the yed Italy March 7-18, 2006
What by
a Wonderful
Wonderful
trip! Pat Wirth

Gary - Pat Wirth
Thanks for a wonderful
Dave and Sherry Meixon

Gary -
Thanks for
everything!
Mary Corcoran

Status -
Bob & Kathi Baydos
Had Fun!!

Great trip
Thanks -

Enjoy the book.
Thanks for a great trip!
Dr. David Hanson and
Christine Hanson

Thanks for
a great trip in
Italy, Bill and
Linda Vallcau

Thank You
great Trip!
Liz Wood

Hi Gary!!
Thanks
Maria &
Rich
Michele

Thanks for
many great!
memories Solomon
Bob & Dora Solomon

Thank you
Thanks for the great memories and God Bless
Marv & Martha Replinski

F/2 Anthony
+
Jeanette Avra

Thanks for a great trip!

Christina Watson

☺ Pat MacDougall

Had a great time!

My thanks to you for all you did to make this a wonderful trip

Syd Blake Shirley Smith

Thank you

Thanks for your info and a great trip.

Bob + Pat Nightingale

A most memorable trip indeed - thanks, Lucia Novak

Warn Wrate

Bobbie Klenzer

Eunice Novak

I enjoyed the trip

Thank you

GRAZIE!

DOUG + INES BOYD

GRAZIE!

Betty & Mark Scott

Gary

Grazie for a wonderful holiday Joann McConnell

"Bene" "Bene"

"Bene" Dragos Dragos Bamberg "Bene"

That a Brand Trip!

you made for us!

Charlotte Ebert

Glory!

You are a terrific guide -

Many many thanks!

Jack & Joan Au

The Novaks

Really enjoyed this whole trip!!!

OMNIBUS

A wonderful Italian journey! Grazie for your jovial guidance.
Lois & Jack Dunn

Thanks for a wonderful - inspirational time in Italy! We loved it & you made it a great experience for us! Duane & Dave Holdene

Gary Fantastic! Thanks! Terry Nyggema

Thank you For Gary From Jim Hogan

Thank you a wonderful tour Cheryl Lohman

Garys, Great Tour! Thank-you. Matt Peplinski

Thank you for my lovely trip you are the best Martha (Marty) Amidos

Gary Rocks! Italia Rocks! Thanks for the lifetime memories — Darci Moss Clarkston, MI

John Grisham

IL BROKER

Traduzione di Renato Pera

MONDADORI

Questo libro è un'opera di fantasia. Personaggi e luoghi citati sono inven-
zioni dell'autore e hanno lo scopo di conferire veridicità alla narrazione.
Qualsiasi analogia con fatti, luoghi e persone, vive o scomparse, è assolutamente casuale.

www.librimondadori.it

ISBN 88-04-53922-4

IL BROKER

1

Nelle ore conclusive di una presidenza destinata a suscitare negli storici un'assenza d'interesse senza precedenti, tranne forse quella di William Henry Harrison (durata trentun giorni, dall'entrata in carica del titolare alla sua morte), Arthur Morgan si chiuse nello Studio Ovale con l'ultimo amico rimastogli per riflettere sulle sue decisioni finali. In quel momento ebbe la sensazione di aver sempre fatto scelte sbagliate nei suoi quattro anni di presidenza e non si illudeva di poter raddrizzare la situazione. Non si illudeva nemmeno il suo amico, il quale come al solito non era granché loquace, e le poche cose che diceva erano quelle che il presidente voleva udire.

L'argomento in questione erano le richieste di grazia: i disperati appelli lanciati da ladri, malversatori e bugiardi, alcuni ancora in carcere e altri che, pur non avendo fatto nemmeno un giorno di prigione, volevano riacquistare la reputazione e i diritti che stavano loro così a cuore. Tutti si spacciavano per amici, o per amici di amici, o per sostenitori della prima ora, anche se ben pochi avevano avuto l'occasione di offrire il loro appoggio prima di quel momento critico. Che tristezza pensare come quei quattro turbolenti anni alla guida del mondo libero si stessero compendiando nello squallido pacco di domande di grazia presentate da una manica di imbroglioni. A chi di loro andava concesso il permesso di tornare a delinquere? Era questa la grave decisione che il presidente si trovava ad affrontare in quelle conclusive ore alla Casa Bianca.

L'ultimo amico era Critz, suo sodale fin dai tempi della Cornell University, quando Morgan guidava la giunta studentesca

7

e Critz riempiva l'urna di schede false. Negli anni della presidenza, l'amico aveva svolto le funzioni di addetto stampa, capo di gabinetto, consigliere per la sicurezza nazionale e perfino segretario di Stato: incarico, questo, durato soltanto tre mesi e poi revocato quando il suddetto Critz, con il suo peculiare stile diplomatico, stava per far scoppiare la Terza guerra mondiale. L'ultimo compito – coordinatore della campagna per la rielezione di Morgan – Critz l'aveva svolto in quelle frenetiche settimane di ottobre precedenti la disfatta elettorale del presidente uscente. Se prima della cura Critz i sondaggi davano Morgan in difficoltà in almeno quaranta Stati, con l'intervento del vecchio amico la macchina organizzativa riuscì ad alienare all'inquilino della Casa Bianca anche l'appoggio dei rimanenti, con l'unica, inopinata eccezione dell'Alaska.

Quell'elezione sarebbe passata alla storia, perché mai prima d'allora un presidente uscente aveva ottenuto così pochi voti. Tre, per l'esattezza, e tutti dall'Alaska: lo Stato cioè in cui Morgan, su consiglio di Critz, non aveva messo piede. Il risultato fu quindi di 535 voti per lo sfidante e 3 per Morgan. Definire "a valanga" quella vittoria non era sufficiente a dare il senso della disfatta subita da Morgan.

Lo sfidante, vittima a sua volta di un consiglio sbagliato, dopo il calcolo dei voti decise di presentare ricorso contro il risultato dell'Alaska. L'obiettivo era ovviamente quello di assicurarsi per intero il bottino elettorale, diventando in tal modo il primo candidato alla presidenza a infliggere un "cappotto" all'avversario e dando il proprio nome alla madre di tutte le batoste. Il presidente Morgan trascorse altre sei settimane di passione mentre in Alaska infuriava la battaglia legale. E quando alla fine la Corte Suprema confermò i suoi tre voti in quello Stato, si scolò una bottiglia di champagne in compagnia dell'amico Critz.

S'innamorò dell'Alaska, Morgan, anche se al termine dello spoglio delle schede il suo margine sull'avversario risultò di soli diciassette voti.

Avrebbe dovuto ignorare anche altri Stati.

Aveva perso in Delaware, la sua casa, i cui elettori, un tempo illuminati, gli avevano permesso di passare otto splendidi anni da governatore. E come Morgan non aveva mai trovato il tempo per fare un salto in Alaska, così il suo avversario aveva completamente ignorato il Delaware, dove non era stato messo in piedi nemmeno uno straccio di organizzazione, dove non erano andati in onda i suoi spot televisivi e dove non aveva tenuto nemmeno un comizio. Ciò nonostante, si era preso il cinquantadue per cento dei voti!

Critz se ne stava seduto in una robusta poltrona di pelle, con in mano un notes sul quale aveva scritto l'elenco di un centinaio di cose da fare. Osservò il suo presidente che passava lentamente da una finestra all'altra, a scrutare nel buio sognando ciò che avrebbe potuto essere. L'uomo era depresso e umiliato: a cinquantotto anni la sua vita era finita, la sua carriera un fallimento, il matrimonio a pezzi. La signora Morgan se n'era già tornata a Wilmington e se la rideva al solo pensiero di andare a vivere in una baita in Alaska. Critz nutriva in segreto qualche dubbio sulla capacità del suo amico di passare il resto della vita dedicandosi a caccia e pesca, anche se la prospettiva di vivere a oltre tremila chilometri dalla signora Morgan era decisamente allettante. Avrebbero potuto spuntarla in Nebraska se la signora, con la sua consueta sufficienza, non si fosse riferita alla squadra di football chiamandola "i Sooners", la squadra dell'Oklahoma.

I Nebraska Sooners!

Da un giorno all'altro Morgan era precipitato nei sondaggi sia in Nebraska sia in Oklahoma, senza alcuna possibilità di recupero.

In Texas, poi, la first lady si era messa a vomitare dopo avere assaggiato una premiatissima marca di *chili*. E mentre la portavano in ospedale un microfono catturò le sue parole, passate ormai alla storia: "Ma come fate, voi sottosviluppati, a mangiare una schifezza del genere?".

Il Nebraska dispone di cinque voti elettorali, il Texas di trentaquattro. Offendere la squadra di football del Nebraska era stato un errore tutto sommato rimediabile, ma nessun candidato poteva permettersi un'espressione così offensiva nei confronti del *chili* texano.

Che campagna elettorale! Critz era tentato di scriverci un libro, qualcuno avrebbe dovuto lasciare una traccia scritta di quel disastro.

Il loro sodalizio, vecchio ormai di quasi quarant'anni, volgeva al termine. Critz era riuscito a strappare un contratto da duecentomila dollari l'anno a un'azienda che lavorava per la Difesa, e avrebbe iniziato a tenere conferenze da cinquantamila dollari l'una se avesse trovato qualcuno tanto pazzo da pagargli un compenso del genere. Dopo una vita dedicata alla causa del paese si trovava al verde e, vedendosi invecchiare con una certa rapidità, era ansioso di mettere le mani su un po' di soldi.

Il presidente aveva venduto a un prezzo più che conveniente la sua bella casa di Georgetown per comprarsi un piccolo ranch in Alaska, dove evidentemente godeva di una certa ammirazione. L'idea era quella di passare lì il resto della sua vita cacciando, pescando e magari scrivendo le sue memorie. La sua futura attività in Alaska non avrebbe comunque avuto nulla a che fare con Washington e la politica, lui non avrebbe indossato i panni dell'anziano statista, del vecchio ospite di riguardo ai party, dell'uomo avveduto che dispensa perle di saggezza. Niente viaggi d'addio, insomma, niente discorsi alle convention, niente cattedre ben sovvenzionate di scienze politiche. Niente biblioteca del presidente. Gli elettori si erano espressi con voce chiara e tonante: se non lo volevano, lui avrebbe potuto benissimo fare a meno di loro.

«Dobbiamo prendere una decisione su Cuccinello» disse Critz.

Il presidente era ancora in piedi davanti a una finestra, a fissare il nulla nell'oscurità, e continuava a riflettere sul Delaware. «Chi?»

«Figgy Cuccinello, quel regista accusato di aver fatto sesso con una giovane attricetta.»

«Quanto giovane?»

«Quindici anni, mi sembra.»

«Altro che giovane.»

«Proprio così. Lui si è rifugiato in Argentina, dove vive ormai da dieci anni, ma ha nostalgia di casa e vorrebbe tornare per rimettersi a girare quei suoi orribili film. Dice che è l'arte a chiamarlo.»

«Forse sono le ragazzine che lo chiamano.»

«Anche loro.»

«Se quell'attricetta avesse avuto diciassette anni l'avrei capito. Ma quindici sono troppo pochi.»

«È disposto a offrire fino a cinque milioni.»

Il presidente si voltò a guardare Critz. «Offre cinque milioni in cambio della grazia?»

«Sì, e ha fretta. La somma deve essere trasferita con un bonifico da una banca svizzera, e in Svizzera ora sono le tre di notte.»

«Dove finirebbero quei cinque milioni?»

«Abbiamo dei conti offshore, nessuna difficoltà.»

«La stampa che farebbe?»

«Brutta bestia, la stampa.»

«È sempre così.»

«Ma stavolta sarebbe particolarmente brutta.»

«Non me ne frega proprio niente della stampa» disse Morgan.

Allora perché me lo chiedi? avrebbe voluto domandargli Critz.

«Sarebbe possibile risalire a quei soldi?» chiese il presidente, tornando alla finestra.

«No.»

Morgan cominciò a grattarsi la nuca, un gesto ricorrente ogni qual volta si trovava ad affrontare una decisione delicata. Dieci minuti prima era stato a un passo dall'ordinare un attacco nucleare contro la Corea del Nord, e si era grattato con tale veemenza da macchiarsi di sangue il colletto della camicia bianca.

«La risposta è no, quindici anni sono troppo pochi» disse poi.

Senza che nessuno avesse bussato, la porta si aprì e fece il suo ingresso Artie Morgan, il figlio del presidente, con una birra Heineken in una mano e alcuni documenti nell'altra. «Ho appena parlato con la CIA» disse con una certa noncuranza. Indossava jeans stinti ed era scalzo. «Maynard sta arrivando.» Lasciò cadere i documenti sulla scrivania e uscì, sbattendo la porta dietro di sé.

Artie Morgan avrebbe accettato quei cinque milioni senza la minima esitazione, fregandosene dell'età dell'attricetta, pensò Critz. Una quindicenne per Artie non era certo troppo giovane. Durante la campagna elettorale suo padre avrebbe potuto farcela in Kansas se lui non si fosse fatto beccare in un motel di Topeka in compagnia di tre majorette, la più anziana delle quali aveva diciassette anni. Un procuratore amante dei bei gesti aveva archiviato le accuse due giorni dopo le elezioni, e soprattutto dopo che le tre ragazzine avevano firmato altrettante dichiarazioni giurate assicurando di non avere fatto sesso con Artie. Stavano per farlo, si accingevano a spassarsela, quando la madre di una di loro aveva bussato alla porta della stanza impedendo in tal modo un'orgia.

Il presidente andò a sedersi nella sua poltrona a dondolo di pelle, fingendo di esaminare alcuni documenti. «Quali sono le ultime notizie su Backman?» chiese.

Nei diciotto anni passati al vertice della CIA, il direttore Teddy Maynard era stato alla Casa Bianca meno di dieci volte. E mai a cena (rifiutava gli inviti per motivi di salute), mai per scambiare quattro chiacchiere con un pezzo grosso straniero (non gliene sarebbe potuto fregare di meno). Nei tempi in cui era ancora in grado di camminare gli era capitato ogni tanto di fare una puntata per conferire con l'inquilino di turno e magari con un paio dei suoi consiglieri. Ma da quando era costretto su una sedia a rotelle le sue conversazioni con la Casa Bianca erano esclusivamente telefoniche. E due volte un vicepresidente si era recato a Langley per parlare con lui.

L'unico vantaggio della sedia a rotelle era quello di fornirgli un'ottima scusa per accettare o non accettare gli inviti, e comunque di poter fare quel che diavolo voleva. Nessuno se la sente di dare ordini a un vecchio paralitico.

Dopo aver fatto la spia per quasi cinquant'anni, ora Maynard preferiva il lusso di potersi guardare le spalle senza ricorrere a mille stratagemmi. Viaggiava a bordo di un anonimo furgone bianco con vetri antiproiettile, fiancate di piombo e due ragazzi armati di tutto punto appollaiati dietro l'autista armato quanto loro. La sedia a rotelle era assicurata al pavimento e rivolta all'indietro, così che Teddy potesse guardare il traffico senza essere visto dagli altri automobilisti. Altri due furgoni seguivano il primo a breve distanza e ogni incauto tentativo di avvicinarsi a quello del direttore sarebbe stato immediatamente bloccato. Ma tentativi del genere non erano previsti. Quasi tutti pensavano che Teddy Maynard fosse morto, oppure che stesse trascorrendo i suoi ultimi giorni nell'ozio più completo in qualche ricovero segreto dove le vecchie spie venivano mandate a morire.

Era stato Teddy a volerlo.

Avvolto in una pesante trapunta grigia, il direttore veniva accudito da Hoby, il suo fedele assistente. Mentre il furgone percorreva la Beltway a una velocità costante di cento chilometri orari, Teddy beveva del tè verde che Hoby gli aveva versato da un termos e guardava le auto alle loro spalle. L'assistente sedeva accanto alla sedia a rotelle su uno strapuntino di pelle fatto apposta per lui.

«Dove si trova ora Backman?» chiese Teddy, dopo aver mandato giù un sorso di tè.

«Nella sua cella» rispose Hoby.

«E i nostri sono con il direttore del carcere?»

«Stanno aspettando nel suo ufficio.»

Un altro sorso dal bicchiere di carta, tenuto con entrambe le mani. Mani fragili, venose e del colore del latte scremato, come se fossero già morte e attendessero pazientemente la stessa sorte per il resto del corpo. «Quanto ci vorrà per farlo uscire dal paese?»

«Circa quattro ore.»

«Il piano è operativo?»

«È tutto pronto, aspettiamo soltanto il semaforo verde.»

«Spero che quell'idiota la pensi come me.»

Critz e l'idiota fissavano le pareti dello Studio Ovale, e il loro silenzio di tanto in tanto era interrotto da qualche commento riguardo a Joel Backman. Dovevano parlare di qualcosa, dal momento che nessuno dei due aveva intenzione di dire all'altro ciò che gli stava passando per la mente.

Ma è davvero possibile?

Siamo proprio arrivati alla fine?

Quarant'anni, dai tempi della Cornell University allo Studio Ovale. La fine era venuta così all'improvviso da non lasciare loro nemmeno il tempo di prepararsi adeguatamente. Avevano fatto conto su altri quattro anni. Quattro anni splendenti al termine dei quali avrebbero lasciato un'eredità morale, e infine le loro sagome a cavallo si sarebbero stagliate sullo sfondo del sole al tramonto.

Fuori, anche se ormai era tardi, l'oscurità sembrava ancora più fitta. Le finestre affacciate sul Roseto erano nere, e si riusciva quasi a sentire il *tic tac* dell'orologio sulla mensola del camino che scandiva inesorabilmente il suo conto alla rovescia.

«Come reagirà la stampa se concederò la grazia a Backman?» chiese ancora una volta il presidente.

«Si scatenerà un putiferio.»

«Potrebbe essere divertente.»

«Tanto tu sarai già fuori di qui.»

«Proprio così.» Dopo il passaggio dei poteri, previsto a mezzogiorno dell'indomani, la sua fuga da Washington avrebbe avuto inizio con il trasferimento a bordo di un jet privato (di proprietà di una società petrolifera) a Barbados, dove sarebbe stato ospite nella villa di un vecchio amico. Ogni televisore, su ordine di Morgan, era stato portato via dalla villa, ogni telefono sarebbe stato staccato e la distribuzione di giornali e riviste sospesa. L'ex presidente non avrebbe avuto contatti con nessuno, neanche con Critz e tanto meno con la signora Morgan, per almeno un mese. Washington sarebbe anche potuta bruciare, lui non avrebbe battuto ciglio: in segreto, anzi, si augurava un evento del genere.

Dopo la parentesi a Barbados si sarebbe rifugiato nella sua baita in Alaska, dove avrebbe continuato a ignorare il resto del mondo facendo passare l'inverno in attesa della primavera.

«Dovremmo concedergli la grazia?» chiese il presidente.

«Probabilmente sì» fu la risposta di Critz.

Il presidente era passato alla prima persona plurale, come faceva ogni qual volta c'era da prendere una decisione potenzialmente impopolare. Per quelle facili, invece, la prima persona singolare non conosceva eccezioni. Quando Morgan aveva bisogno di una stampella, e soprattutto quando doveva dare la colpa a qualcuno, apriva il processo decisionale includendo Critz.

E Critz da quarant'anni si assumeva le colpe e, anche se ormai ci aveva fatto l'abitudine, cominciava a stancarsi. «È molto probabile che noi non ci troveremmo qui, se non fosse stato per Joel Backman» osservò.

«Forse hai ragione.» Il presidente aveva sempre attribuito il merito della vittoria elettorale di quattro anni prima alla sua brillante campagna elettorale, al suo carisma personale, alla

14

sua magica padronanza di qualsiasi argomento e alla sua chiara visione dei destini dell'America. Era quindi quasi uno choc, ora, sentirgli ammettere alla fine di essere in debito nei confronti di Joel Backman.

Ma Critz era troppo smaliziato, oltre che stanco, per provare un'emozione del genere.

Nello scandalo Backman, scoppiato sei anni prima, era rimasta coinvolta mezza Washington e gli schizzi di fango avevano raggiunto la Casa Bianca. Sul capo del presidente in carica era rimasto sospeso un nuvolone, che aveva praticamente consentito all'anonimo Arthur Morgan di fare il suo ingresso alla Casa Bianca.

E ora, alla vigilia di un'uscita altrettanto anonima, Morgan godeva al pensiero di affibbiare un ultimo ceffone in faccia all'establishment di Washington, che lo aveva snobbato per quattro anni. Il provvedimento a favore di Joel Backman avrebbe fatto tremare le pareti di ogni ufficio del Distretto di Columbia, scatenando il frenetico blaterare dei media. A Morgan piaceva quella prospettiva. Mentre lui si abbronzava a Barbados la capitale si sarebbe ancora una volta semiparalizzata, certi membri del Congresso avrebbero preteso pubbliche audizioni, i procuratori distrettuali si sarebbero esibiti davanti alle telecamere e gli insopportabili mezzibusti avrebbero cianciato senza sosta sui canali televisivi via cavo.

Nell'oscurità, il presidente sorrise.

Mentre il furgone della CIA attraversava l'Arlington Memorial Bridge, sul fiume Potomac, Hoby riempì nuovamente di tè verde il bicchiere di carta del direttore. «Che cosa farà domani il nostro amico dopo avere lasciato la Casa Bianca?» gli chiese Teddy.

«Abbandonerà gli Stati Uniti.»

«Avrebbe dovuto farlo da tempo.»

«Ha in programma di passare un mese ai Caraibi a leccarsi le ferite, ignorando il mondo, tenendo il muso a tutti in attesa che qualcuno dimostri interesse nei suoi confronti.»

«E la signora Morgan?»

«Se n'è già tornata in Delaware a giocare a bridge.»

«Stanno per separarsi?»

15

«Se lui è furbo dovrebbe farlo. Ma chi lo sa.»

Teddy mandò giù lentamente un'altra sorsata di tè. «Come potremmo fare pressioni su Morgan se decidesse di metterci i bastoni fra le ruote?»

«Non credo che lo farà. I contatti preliminari sono stati positivi e Critz sembra dalla nostra parte, sa valutare le situazioni molto meglio di Morgan. E, soprattutto, si rende conto che se non fosse stato per lo scandalo Backman loro due lo Studio Ovale se lo sarebbero sognato.»

«Ripeto, se Morgan si tira indietro c'è qualche modo di fargli cambiare idea?»

«Non credo, l'uomo è stupido ma pulito.»

Il furgone svoltò da Constitution Avenue in 18th Street, varcando poco dopo il cancello dell'ala est della Casa Bianca. Dall'oscurità si materializzarono alcuni uomini armati di mitra, ai quali si aggiunsero agenti del Servizio segreto che fecero segno all'autista di fermarsi. Furono scambiate parole in codice, le radio gracchiarono e pochi minuti dopo Teddy veniva calato giù dal furgone. Una volta dentro l'edificio fu eseguito un superficiale controllo della sedia a rotelle, dal quale risultò solamente la presenza di un vecchio paralitico infagottato in una coperta.

Artie fece capolino alla porta, anche questa volta senza bussare, ma senza la birra in mano. «È arrivato Maynard» annunciò.

«È vivo, allora» osservò il presidente.

«Per modo di dire.»

«Fatelo entrare.»

Hoby e un assistente di nome Priddy spinsero la sedia a rotelle nello Studio Ovale, accolti da Critz e dal presidente che li indirizzarono verso il divano davanti al camino. Al contrario di Maynard, che evitava la Casa Bianca, Priddy in pratica ci abitava e ogni mattina forniva al presidente una specie di rapporto sulle questioni di intelligence.

Teddy, mentre gli altri si accomodavano, si guardò intorno come se volesse individuare microspie e altri strumenti di ascolto. Ma era quasi sicuro che non ve ne fossero, certe pratiche erano state cancellate dallo scandalo Watergate. Nixon aveva riempito la Casa Bianca con tanti di quei fili elettrici da illuminare una cittadina, ma naturalmente ne aveva subito le conseguenze. Teddy, comunque, si era dato da fare. Abilmente nascosto sull'asse della sedia a rotelle, una decina di centimetri sotto il sedile, era stato inserito un potente registratore in grado di catturare anche il minimo rumore nei trenta minuti seguenti.

Tentò di sorridere al presidente Morgan, ma il messaggio trasmesso era più o meno il seguente: sei il politico più limitato che abbia mai avuto occasione di incontrare. Solo in America un idiota come te può fare tanta strada e arrivare al vertice.

Anche il presidente Morgan sorrise a Teddy Maynard, ma il messaggio trasmesso era più o meno il seguente: avrei dovuto licenziarti quattro anni fa, la tua agenzia è stata causa di continuo imbarazzo per il paese.

Teddy: non puoi capire la mia sorpresa quando ho saputo che ce l'hai fatta soltanto in uno Stato, e oltretutto con un margine di soli diciassette voti.

Morgan: non sapresti trovare un terrorista nemmeno se si facesse pubblicità su un cartellone.

Teddy: buona pesca, prenderai ancora meno trote che voti.

Morgan: tutti mi avevano assicurato che saresti morto, perché non muori?

Teddy: i presidenti vanno e vengono, ma io rimango sempre in carica.

Morgan: è stato Critz a volerti tenere, quindi devi ringraziare lui. Io avrei voluto toglierti dalla circolazione due settimane dopo il mio insediamento alla Casa Bianca.

«Chi vuole caffè?» chiese Critz ad alta voce.

«Io no» rispose Teddy. E, dopo questa affermazione, Hoby e Priddy rifiutarono a loro volta. Al contrario del presidente, il quale, visto che la CIA non prendeva caffè, lo chiese "nero, con due zollette".

Critz fece un cenno del capo a un segretario in attesa dietro una porta aperta a metà. Poi tornò a dedicare la sua attenzione ai presenti. «Non abbiamo molto tempo a disposizione.»

«Sono venuto qui per parlare di Joel Backman» si affrettò a chiarire Teddy.

«Sì, è il motivo per cui lei è qui» confermò il presidente.

«Come sapete» proseguì Teddy quasi ignorandolo «il signor Backman è andato in prigione senza dire una parola. Ed

17

è tuttora depositario di certi segreti che, onestamente, potrebbero compromettere la sicurezza nazionale.»

«Non potete ucciderlo» esclamò Critz.

«Non possiamo prendere di mira cittadini americani, signor Critz, è la legge a impedircelo. Preferiamo che provveda qualcun altro.»

«Non vi seguo» disse il presidente.

«Il piano è il seguente. Se lei concede la grazia al signor Backman, e lui accetta, nel giro di qualche ora lascerà il paese, ma dovrà anche accettare l'idea di passare il resto della sua vita a nascondersi. Questo non dovrebbe essere un problema, dal momento che ci sono diverse persone che vorrebbero vederlo morto e lui lo sa. Lo sistemeremo all'estero, magari in Europa, dove sarà più facile tenerlo d'occhio. Avrà una nuova identità, sarà un uomo libero e con il passare del tempo il mondo si dimenticherà di Joel Backman.»

«Ma la storia non finisce qui» intervenne Critz.

«No. Attenderemo, un anno più o meno, poi faremo filtrare l'informazione negli ambienti giusti. Certe persone troveranno il signor Backman e lo uccideranno, e allora molti dei nostri interrogativi troveranno una risposta.»

Seguì una lunga pausa, durante la quale Teddy fissò Critz e poi il presidente. Avuta la certezza del loro stato di confusione, proseguì. «È un piano molto semplice, signori. A noi interessa sapere chi sarà a ucciderlo.»

«Quindi, rimarrete a guardare?» chiese Critz.

«Molto da vicino.»

«Chi gli darà la caccia?» chiese il presidente.

Teddy incrociò le mani ricoperte di vene e sembrò quasi subire un contraccolpo, poi abbassò lo sguardo al di là del suo lungo naso come un maestro elementare che si rivolge ai suoi alunni. «Forse i russi, i cinesi o magari gli israeliani. Ma potrebbero essercene altri.»

Ce n'erano ovviamente altri, ma nessuno si aspettava che Teddy rivelasse tutto ciò che sapeva. Non l'aveva mai fatto e mai l'avrebbe fatto, indipendentemente dal nome del presidente in carica e dalla durata prevista della sua permanenza nello Studio Ovale. Gli inquilini della Casa Bianca andavano e venivano, chi per quattro anni e chi per otto. Alcuni amavano le faccende di spionaggio, ad altri interessavano soltanto gli ultimi sondaggi. Morgan si era dimostrato abbastanza incapace in politica estera e, rimanendogli ancora poche ore di presidenza, Teddy non lo avrebbe sicuramente informato più del minimo necessario per convincerlo a concedere la grazia a Backman.

«Perché mai Backman dovrebbe accettare una prospettiva del genere?» chiese Critz.

«Potrebbe anche non accettarla» rispose Teddy. «Ma ha passato sei anni in regime di isolamento, il che significa ventitré ore al giorno in un buco di cella e un'ora d'aria. Tre docce la settimana. Cibo scadente, sembra che il nostro amico abbia perso oltre venticinque chili. E pare che di salute non se la passi bene.»

Due mesi prima, dopo la clamorosa sconfitta elettorale del presidente Morgan, Teddy Maynard aveva cominciato a preparare il terreno attivando alcuni dei suoi numerosi canali, e l'isolamento di Backman si era fatto ancora più duro. La temperatura nella sua cella era stata abbassata di sei gradi e nell'ultimo mese il detenuto aveva sofferto di una terribile tosse. I pasti, insipidi nel migliore dei casi, ora gli venivano serviti freddi. Lo sciacquone del water scrosciava con sempre maggiore frequenza. I secondini lo svegliavano a qualsiasi ora della notte. L'uso del telefono gli era stato ulteriormente limitato. La biblioteca giuridica che frequentava due volte la settimana era diventata all'improvviso off-limits. Backman, che faceva l'avvocato, conosceva i suoi diritti e minacciava continuamente di portare in tribunale la direzione del carcere e il governo, ma non aveva ancora dato seguito al suo intento. Cominciava ad accusare i segni della battaglia, da qui le sue richieste di sonniferi e Prozac.

«Lei vorrebbe che io concedessi la grazia a Joel Backman per poter organizzare il suo omicidio?» gli chiese il presidente.

«Sì» rispose Teddy senza la minima esitazione. «Ma non saremo noi a organizzarlo.»

«Però lui morirà.»

«Sì.»

«E la sua morte avverrà nell'interesse della sicurezza nazionale?»

«È ciò che credo fermamente.»

19

2

Il settore isolamento del carcere federale di Rudley comprendeva quaranta celle quadrate identiche fra loro, di un metro e mezzo di lato, senza finestre, senza sbarre, con il pavimento di cemento color verde, le pareti di calcestruzzo e una porta blindata con in basso una feritoia per far passare il vassoio dei pasti e uno spioncino per consentire ai secondini di lanciare di tanto in tanto un'occhiata. Erano occupate, queste celle, da gole profonde delle autorità investigative, da informatori dell'antidroga, da mafiosi caduti in disgrazia, da un paio di spie: tutte persone, cioè, che avevano bisogno di starsene in disparte e sotto custodia per sottrarsi ad altre persone che avrebbero volentieri tagliato loro la gola. Molti dei quaranta carcerati in isolamento avevano chiesto questo particolare regime detentivo.

Joel Backman stava tentando di prendere sonno quando fecero il loro rumoroso ingresso nella cella due agenti di custodia, che accesero subito la luce. «Il direttore vuole vederti» disse uno dei due, senza ulteriori spiegazioni. I secondini e il detenuto salirono a bordo di un furgone e rimasero in silenzio mentre attraversavano la fredda prateria dell'Oklahoma, passando davanti ad altri edifici che ospitavano criminali meno al sicuro e fermandosi davanti alla palazzina dell'amministrazione. Backman, ammanettato senza alcun evidente motivo, salì con la sua scorta due piani di scale e percorse poi un lungo corridoio al termine del quale fu fatto entrare in un ampio ufficio illuminato, dove stava avvenendo qualcosa d'importante. L'orologio a muro segnava le ventitré meno qualche minuto.

Backman non aveva mai visto il direttore, ma la cosa non era affatto insolita, perché esistevano diversi validi motivi che sconsigliavano il direttore dal girare per il carcere. Oltretutto, non si era candidato alla riconferma né si preoccupava minimamente di motivare i suoi uomini. Con lui erano presenti nell'ufficio altri tre signori in giacca e cravatta dall'espressione seria, che stavano chiacchierando tra loro. E, nonostante il divieto di fumo vigesse in tutti gli uffici pubblici, il portacenere era pieno di mozziconi e una spessa nuvola di fumo aleggiava vicino al soffitto.

«Sieda lì, signor Backman» esordì il direttore senza il minimo preambolo.

«Molto lieto di conoscerla.» Backman guardò gli altri tre uomini. «Potrei sapere per quale motivo mi trovo qui?»

«Ne parleremo.»

«Può farmi togliere queste manette, per favore? Prometto di non uccidere nessuno.»

Il direttore lanciò un'occhiataccia a un agente di custodia, che trovò velocemente la chiave e liberò Backman dalle manette. La guardia poi uscì in fretta dall'ufficio sbattendosi la porta alle spalle: gesto che non piacque granché al direttore, un tipo particolarmente nervoso.

«Le presento l'agente speciale Adair, dell'FBI» disse il direttore. «E poi il signor Knabe, del dipartimento della Giustizia, e il signor Sizemore, che viene anche lui da Washington.»

Nessuno dei tre mosse un muscolo o fissò Backman, che era rimasto in piedi e sembrava piuttosto perplesso. Il detenuto fece loro un cenno con il capo, ma questo suo timido tentativo di mostrarsi educato non ebbe alcun riscontro.

«Si sieda, per favore» ripeté il direttore, e Backman finalmente si accomodò. «Grazie. Come lei saprà, signor Backman, un nuovo presidente degli Stati Uniti sta per prestare giuramento e insediarsi al posto di Morgan: il quale si trova in questo momento nello Studio Ovale e deve prendere una grave decisione, quella di concederle o meno la grazia.»

Backman ebbe un improvviso, violento accesso di tosse provocato sia dalla temperatura quasi polare della sua cella sia dallo choc della parola "grazia".

Il signor Knabe, del dipartimento della Giustizia, gli porse

21

una bottiglia d'acqua dalla quale Backman bevve alcuni sorsi, facendosi cadere qualche goccia sul mento e riuscendo alla fine a placare la tosse. «La grazia?» biascicò.

«L'annullamento totale della pena, con qualche beneficio accessorio.»

«Ma perché?»

«Non lo so perché, signor Backman, né è mio compito capire ciò che sta succedendo. Io sono soltanto il latore della notizia.»

Intervenne il signor Sizemore, presentato semplicemente come uno "che viene anche lui da Washington", senza alcun titolo o riferimento professionale. «Si tratta di un accordo fra le parti, signor Backman. In cambio lei dovrà impegnarsi a lasciare gli Stati Uniti per non farvi mai più ritorno e a stabilirsi con una nuova identità in una località dove nessuno potrà trovarla.»

Nessun problema per quest'ultima clausola, pensò Backman, che non aveva alcuna intenzione di farsi trovare.

«Ma perché?» biascicò di nuovo. La bottiglia d'acqua che teneva con la mano sinistra stava tremando.

Il signor Sizemore di Washington se ne accorse e studiò l'uomo di fronte a lui, quei suoi capelli grigi e corti, le sue malandate scarpe da ginnastica, le calze nere fornite dalla prigione, e non riuscì a non andare con il pensiero al Joel Backman di un tempo. Rivide in particolare la copertina di una rivista sulla quale campeggiava l'elegante immagine di Backman in un impeccabile abito scuro di taglio italiano curato nei minimi dettagli, che guardava l'obiettivo con l'espressione più scioccamente vanesia che si possa immaginare. I capelli erano più lunghi e più scuri, il bel viso pieno e privo di rughe, la vita abbondante che denunciava molti pranzi di lavoro e cene lunghe diverse ore. Amava il vino, le donne e le auto sportive, Backman. Possedeva un aereo, uno yacht, una villa a Vail ed era stato ben lieto di parlarne con il suo intervistatore. Sulla copertina, sopra la testa di Backman, si leggeva: *Il Broker: è lui l'uomo più potente di Washington dopo il presidente?*

La rivista il signor Sizemore se l'era portata nella sua borsa, insieme a un voluminoso dossier intestato a Joel Backman. Che si era letto in aereo durante il viaggio da Washington a Tulsa.

Secondo la rivista, il reddito del Broker superava i dieci milioni di dollari l'anno, anche se Backman si era probabilmente tenuto basso parlando con il cronista. Nel suo studio legale lavoravano duecento avvocati, pochi rispetto alla media di Washington, ma lo studio Backman era di gran lunga il più influente negli ambienti politici della capitale. Era una macchina da lobby, non un luogo dove gli avvocati praticavano la loro professione. Somigliava più a una specie di bordello per ricche società e governi stranieri.

Come cadono i potenti!, pensò Sizemore vedendo tremare la bottiglia.

«Non capisco» riuscì a sussurrare Backman.

«E noi non abbiamo tempo per spiegarglielo» disse Sizemore. «L'accordo deve essere raggiunto velocemente e lei purtroppo non ha il tempo per esaminarlo, serve una decisione immediata. Sì o no. Vuole rimanere qui o andare a vivere sotto un altro nome dall'altra parte del mondo?»

«Dove?»

«Non lo sappiamo, ma siamo in grado di risolvere il problema.»

«Sarò al sicuro?»

«Questa è una domanda alla quale può rispondere soltanto lei, signor Backman.»

La bottiglia che teneva in mano tremò ancora più vistosamente mentre lui valutava la proposta.

«Quando dovrei partire?» chiese poi lentamente. La sua voce stava riprendendo vigore, ma un altro violento accesso di tosse era sempre in attesa.

«Immediatamente» rispose il signor Sizemore, che aveva assunto il comando delle operazioni relegando al ruolo di spettatori il direttore, l'uomo dell'FBI e quello del dipartimento della Giustizia.

«Adesso, intende dire?»

«Senza nemmeno ritornare in cella.»

«Oh, maledizione!» E gli altri non poterono fare a meno di sorridere.

«Davanti alla sua cella c'è un agente di custodia» disse il direttore. «Le porterà qui tutto ciò che le serve.»

«C'è sempre un agente davanti alla mia cella» replicò Backman rivolto al direttore. «Se in questo momento c'è quel piccolo bastardo sadico di Sloan, gli dica di prendere le mie lamette e tagliarsi i polsi.»

Gli altri, a disagio, attesero che quelle parole venissero risucchiate dall'impianto di riscaldamento. La frase di Backman sembrò invece attraversare quell'aria inquinata e rimanere per un po' come sospesa.

Sizemore si schiarì la voce, spostando poi il peso dalla natica sinistra alla destra. «Signor Backman, nello Studio Ovale alcuni signori stanno aspettando. Accetta questo accordo?»

«Il presidente attende una mia risposta?»

«Può ben dirlo.»

«È giusto che sia così, ce l'ho messo io nello Studio Ovale.»

«Non mi sembra il momento migliore per affrontare questi argomenti, signor Backman» replicò con la massima calma Sizemore.

«Mi sta restituendo il favore?»

«Non sono informato sui pensieri del presidente.»

«Quindi dà per scontato che sia in grado di pensare.»

«Ho capito, ora telefono per informarli che la risposta è no.»

«Aspetti.»

Backman vuotò la bottiglia e chiese dell'altra acqua, poi si asciugò la bocca con la manica. «Si tratta di una specie di programma di protezione dei testimoni?» chiese.

«Non si tratta di un programma ufficiale, signor Backman. Ma di tanto in tanto abbiamo la necessità di nascondere delle persone.»

«E ogni quanto vi perdete qualcuno?»

«Non succede molto spesso.»

«Non succede molto spesso? In sostanza mi sta dicendo che non avrò alcuna garanzia di sicurezza.»

«Garanzie di questo tipo non possiamo darne. Ma le sue probabilità sono molto alte.»

Backman fissò il direttore. «Quanti anni mi rimangono da passare qui, Lester?»

Lester si vide all'improvviso nuovamente coinvolto in quella conversazione. Nessuno lo chiamava Lester, nome che lui odiava. L. Howard Cass era quello che si leggeva sulla targhetta metallica posta sul ripiano della scrivania. «Quattordici anni, e puoi chiamarmi direttore Cass.»

«Cass un cazzo. Fra tre anni potrei essere morto e sepolto, grazie a una combinazione di malnutrizione, ipotermia e cure mediche approssimative. Il nostro amico Lester segue la politica della lesina per mandare avanti questa baracca, ragazzi.»

«Possiamo procedere?» chiese Sizemore.

«Accetto» disse Backman. «Chi sarebbe così scemo da non accettare?»

Il signor Knabe, del dipartimento della Giustizia, finalmente prese la parola. «Ecco le carte da firmare» annunciò, aprendo la sua borsa.

«Lei per chi lavora?» chiese Backman al signor Sizemore.

«Per il presidente degli Stati Uniti.»

«Bene, allora gli dica che se non l'ho votato è stato solamente perché ero al fresco: se ne avessi avuto la possibilità avrei sicuramente votato per lui. E lo ringrazi da parte mia, okay?»

«Senz'altro.»

Hoby riempì un altro bicchiere di tè verde, stavolta deteinato visto che era quasi mezzanotte, e lo porse a Teddy che osservava il traffico alle loro spalle. Stavano uscendo dal centro sulla Constitution Avenue ed erano quasi arrivati al Roosevelt Bridge. «Morgan è troppo stupido per vendersi i provvedimenti di grazia» disse il direttore della CIA. «È Critz che mi preoccupa.»

«È stato aperto un nuovo conto su una banca dell'isola di Nevis» lo informò Hoby. «È spuntato fuori un paio di settimane fa e ad aprirlo è stata una società sconosciuta di Floyd Dunlap.»

«E chi sarebbe questo Dunlap?»

«Uno che raccoglieva finanziamenti per Morgan.»

«Perché proprio a Nevis?»

«È l'ultimo grido in materia di conti offshore.»

«Ce ne stiamo occupando?»

«Con la massima attenzione. Tutti i bonifici dovrebbero essere effettuati nelle prossime quarantott'ore.»

Teddy fece un lieve cenno di assenso e con la coda dell'occhio guardò il Kennedy Center, alla sua sinistra. «Dov'è Backman?»

«Sta uscendo di prigione.»

Il direttore sorrise e sorseggiò il suo tè. Attraversarono il ponte in silenzio, lasciandosi alle spalle il Potomac. «Chi gli darà la caccia?»

«È così importante?»

«No, non lo è. Ma sarà un piacere assistere alla gara.»

Mezzanotte era passata da cinque minuti quando Joel Backman, con quattordici anni di anticipo, lasciò la prigione federale di Rudley. Indossava un'uniforme militare color cachi lisa ma perfettamente stirata e inamidata, oltre che del tutto anonima, anfibi neri lucidissimi e un pesante parka della Marina con il cappuccio sollevato sul capo. In quel carcere aveva trascorso sei anni, in isolamento, e ora usciva portandosi dietro solo una piccola borsa di tela con dentro pochi libri e qualche foto. Non si voltò a guardare.

Aveva cinquantadue anni, era divorziato e al verde, non aveva più rapporti con due dei suoi tre figli e tutti gli amici si erano completamente dimenticati di lui. Nemmeno uno di loro si era curato di mantenere una minima forma di corrispondenza dopo il primo anno d'isolamento. Una sua amichetta, una cioè delle innumerevoli segretarie alle quali aveva dedicato le sue attenzioni nei lussuosi uffici dello studio legale, gli aveva scritto per dieci mesi, ma aveva smesso dopo aver letto sul "Washington Post" che secondo l'FBI era improbabile che Joel Backman avrebbe potuto mettere le mani sui milioni di dollari dello studio e dei clienti, come sembrava stando a certe voci. E chi mai avrebbe voluto mantenere una corrispondenza con un avvocato al verde e in carcere? Un avvocato ricco, forse.

Sua madre gli scriveva di tanto in tanto, ma aveva novantun anni, viveva in una modesta casa di riposo vicino a Oakland e ogni lettera lui temeva potesse essere l'ultima. Joel le scriveva una volta la settimana, ma temeva che lei non fosse in grado di leggere ed era quasi certo che nessuno del personale della casa di riposo si prendesse la briga di comunicare a quella vecchia che cosa le scriveva il figlio. "Grazie per la tua lettera" rispondeva sempre la madre, ma senza mai citare qualche riferimento. Nelle occasioni particolari lui le mandava biglietti di auguri. In una delle sue lettere la madre gli aveva confessato che nessun altro si era ricordato del suo compleanno.

Gli anfibi erano pesantissimi e Backman si rese conto che

26

negli ultimi sei anni aveva camminato quasi sempre senza scarpe, con le sole calze. Che strane cose si pensano quando all'improvviso ti trovi fuori di prigione. Quando li aveva portati per l'ultima volta, gli anfibi? E quando se le sarebbe potute togliere dai piedi, quelle maledette scarpe?

Si fermò un momento a guardare il cielo. In quei sei anni gli era stato concesso di passeggiare per un'ora al giorno in un fazzoletto d'erba. E sempre da solo, sempre controllato da un agente di custodia come se Joel Backman, ex avvocato che mai in un momento di rabbia aveva esploso un colpo di pistola, potesse improvvisamente diventare pericoloso e fare del male a qualcuno. Il "giardino" era circondato da una rete di recinzione sormontata da filo spinato. Al di là c'era un canale di scolo vuoto e oltre il canale una prateria infinita, senza l'ombra di un albero, che secondo lui arrivava fino al Texas.

I suoi accompagnatori, cioè il signor Sizemore e l'agente Adair, lo fecero salire su un SUV verde scuro che, pur se con targa civile, denunciava anche a distanza di un chilometro il suo status di auto ufficiale. Joel si sistemò sul sedile posteriore, da solo, e si mise a pregare. Serrò le palpebre, strinse i denti e pregò Dio che il veicolo si mettesse in moto, che le ruote girassero, che i cancelli si aprissero, che i documenti firmati fossero sufficienti. Ti prego, Dio, niente scherzi crudeli. Che questo non sia un sogno, Dio, ti prego!

Il primo ad aprire bocca, venti minuti dopo, fu Sizemore. «Mi dica, signor Backman, ha fame?»

Backman aveva smesso di pregare e aveva cominciato a piangere. Il mezzo su cui viaggiavano procedeva senza interruzioni, ma lui non aveva mai aperto gli occhi, se ne stava sdraiato sul sedile combattendo contro le sue emozioni. E perdendo su tutta la linea.

«Certo» riuscì a rispondere. Si rimise seduto e guardò oltre il finestrino. Viaggiavano su un'interstatale, vide passare velocemente un cartello verde: USCITA PERRY. Si fermarono nel parcheggio di una tavola calda, a meno di quattrocento metri dall'autostrada. In lontananza sfilavano grossi autotreni e si udiva il rombo dei loro motori diesel. Joel rimase solo un secondo a guardarli e ad ascoltare, poi sollevò lo sguardo al cielo e vide una mezza luna.

«Abbiamo fretta?» chiese a Sizemore mentre entravano nel locale.

«Siamo in orario» fu la risposta.

Sedettero a un tavolino accanto alla vetrata dell'ingresso. Joel, che continuava a fissare l'esterno, ordinò french toast e frutta: nulla di particolarmente pesante, nel timore che il suo organismo si fosse troppo abituato alla brodaglia degli ultimi sei anni. La conversazione era ridotta all'essenziale, dal momento che i due funzionari dello Zio Sam erano programmati per dire il meno possibile oltre a essere totalmente incapaci di fare quattro chiacchiere. Non che Joel avesse qualche interesse a sentire ciò che avevano da dire.

Cercò di non sorridere. Nel suo rapporto, Sizemore avrebbe poi scritto che Backman lanciava ogni tanto un'occhiata alla porta e sembrava osservare attentamente gli altri avventori. Non appariva spaventato, tutt'altro. Con il passare dei minuti e con l'affievolirsi della sorpresa Joel sembrò adattarsi in fretta alla nuova realtà e si fece in un certo senso più vivace. Divorò altri due french toast e bevve quattro tazze di caffè nero.

Pochi minuti dopo le quattro del mattino varcarono il cancello di Fort Summit nei pressi di Brinkley, Texas. Backman fu scortato all'ospedale della base militare e visitato da due medici che lo trovarono abbastanza in forma, a parte la tosse e il raffreddore, e uno stato generale di debilitazione. Dall'ospedale fu accompagnato dentro un hangar, dove gli fu presentato un certo colonnello Gantner che divenne immediatamente il suo migliore amico. Seguendo le istruzioni dell'ufficiale, e sotto la sua attenta supervisione, Joel indossò una tuta verde dell'esercito con il nome HERZOG cucito sul petto sopra il taschino destro. «Herzog sarei io?» chiese, osservando quel nome.

«Per le prossime quarantott'ore» gli rispose il colonnello.

«E che grado avrei?»

«Maggiore.»

«Non male.»

Durante questo veloce briefing il signor Sizemore di Washington e l'agente Adair si allontanarono in silenzio. Backman non li avrebbe più rivisti. All'alba salì dal pianale posteriore a bordo di un aereo da carico C-130 e seguì Gantner nella parte superiore, dentro un vano con brandine a castello dove altri sei soldati si stavano preparando per un lungo viaggio.

Il colonnello gli indicò un letto vicino al pavimento. «Prenda quello.»

«Posso chiederle dove stiamo andando?» sussurrò Joel.

«Può chiederlo, ma io non posso rispondere.»

«Semplice curiosità.»

«Le darò tutte le informazioni prima dell'atterraggio.»

«Cioè quando?»

«Tra quattordici ore, circa.»

Senza finestrini a distrarlo, Joel si sistemò sulla brandina, si tirò la coperta sugli occhi e cominciò a russare ancora prima che l'aereo si staccasse dalla pista.

3

Critz dormì qualche ora e uscì di casa molto prima che avesse inizio la cerimonia di insediamento del nuovo presidente. Era da poco passata l'alba quando fu caricato insieme alla moglie sul jet privato di uno dei suoi nuovi datori di lavoro, a bordo del quale raggiunse Londra. Nella capitale inglese avrebbe trascorso due settimane, per poi fare ritorno alla macina degli affari governativi nelle vesti di nuovo lobbista alle prese con un vecchissimo gioco. Odiava la sola idea. Per anni aveva osservato i perdenti passare dall'altra parte e dedicarsi a una nuova carriera facendo pressioni sugli ex colleghi, vendendo l'anima a chiunque avesse fondi sufficienti per acquistare qualsiasi forma d'influenza che il vecchio collega si trovasse a pubblicizzare. Era un lavoro sporco e lui era stanco della vita politica; ma, ahimè, non sapeva fare altro.

Avrebbe tenuto conferenze, magari avrebbe anche scritto un libro, andando avanti per qualche anno nella speranza che qualcuno si ricordasse di lui. Ma Critz sapeva bene con quale velocità gli ex potenti cadevano nell'oblio a Washington.

Il presidente Morgan e il direttore Maynard avevano deciso di non rendere di pubblico dominio per ventiquattr'ore la notizia della grazia a Backman, per non turbare la cerimonia d'investitura del nuovo presidente. La cosa lasciava Morgan indifferente, lui a quell'ora si sarebbe già sistemato a Barbados. Ma Critz non si sentiva vincolato da alcun accordo, specialmente con gente come Teddy Maynard. E così, dopo una lunga cena londinese innaffiata da abbondante vino, verso le due di notte ora inglese telefonò al corrispondente della CBS dalla Casa Bianca e gli spifferò i punti essenziali dell'affare Backman. Come aveva previsto, la CBS nel corso della rubrica di gossip in onda di prima mattina comunicò la notizia, che deflagrò nei circoli politici di Washington quando non erano ancora le otto.

Joel Backman aveva ricevuto la grazia senza condizioni dal presidente Morgan, un attimo prima della sua uscita di scena!

Mancavano i particolari sulla sua scarcerazione. Di lui fino a quel momento si sapeva soltanto che era detenuto in un carcere di massima sicurezza dell'Oklahoma.

La giornata ebbe inizio in una Washington particolarmente nervosa con quella notizia sensazionale, destinata a contendere la scena al nuovo presidente e al suo primo giorno in carica.

Dopo la dichiarazione di fallimento, lo studio legale Pratt & Bolling si era trasferito in Massachusetts Avenue, quattro isolati a nord di Dupont Circle: non una brutta zona, quindi, ma certo non di classe come la vecchia sede di New York Avenue. Qualche anno prima, quando Joel Backman era ancora al timone e lo studio si chiamava Backman, Pratt & Bolling, il potente broker aveva voluto a tutti i costi pagare l'affitto più alto in assoluto per poter abbassare lo sguardo sulla Casa Bianca da dietro le ampie finestre del suo enorme ufficio all'ottavo piano.

La Casa Bianca ora non si vedeva più, non c'erano più enormi uffici con viste imponenti e l'edificio era di tre piani invece che di otto. I duecento legali che componevano un tempo l'organico dello studio erano diventati una trentina. La prima dichiarazione di fallimento, definita per comodità Backman I dai dipendenti, aveva decimato la forza lavoro dello studio, ma ai titolari era stato miracolosamente risparmiato il carcere. E alla Backman II si era arrivati dopo tre anni di lotte intestine senza esclusione di colpi e di querele tra i sopravvissuti. Negli studi concorrenti si amava ripetere che quelli della Pratt & Bolling passavano più tempo a querelarsi che a querelare.

Ma quella mattina i contendenti tacevano. Joel Backman era tornato in libertà. Il Broker era di nuovo in circolazione. Avrebbe fatto ritorno a Washington? Era poi tutto vero? No, certo.

Kim Bolling era rinchiuso in una clinica per disintossicarsi dall'alcol, da dove sarebbe stato direttamente trasferito in una casa di cura specializzata nelle malattie nervose e mentali. Lo stress intollerabile di quegli ultimi sei anni gli aveva fatto superare il punto di non ritorno. E il compito di affrontare l'ultimo incubo provocato da Joel Backman era così caduto sulle capaci spalle di Carl Pratt.

Era stato Pratt a pronunciare il fatale "sì" ventidue anni prima, quando Backman gli aveva proposto l'unione dei loro due piccoli studi legali. Era stato Pratt a darsi da fare con impegno nell'arco di sedici anni per arricchirsi alle spalle di Backman mentre lo studio si espandeva, le parcelle diventavano sempre più sostanziose e i vincoli di natura etica si facevano sempre più elastici. Era stato Pratt a vedersela ogni settimana con il socio riuscendo, con il passare del tempo, a godersi i frutti del loro enorme successo.

Ed era stato sempre Carl Pratt ad arrivare a sua volta a un passo da un procedimento federale, che aveva potuto evitare grazie all'eroica assunzione di ogni responsabilità da parte di Joel Backman. Il patteggiamento di Backman, e l'accordo che proscioglieva di fatto gli altri soci dello studio, avevano comportato una penale di dieci milioni di dollari: e da lì il passo verso il primo fallimento, il Backman I, era stato breve.

Meglio fallito che detenuto, rammentava quasi ogni giorno a se stesso Carl Pratt. Quella mattina prese a camminare a lunghi passi nel suo ufficio semideserto, parlando da solo e tentando disperatamente di convincersi che quella notizia non era vera. Da dietro la finestra osservò il grigio edificio di mattoni accanto alla loro palazzina, chiedendosi come potesse essere successa una cosa del genere. Come aveva fatto un ex avvocato lobbista espulso dall'ordine e caduto in disgrazia a convincere un presidente uscente a concedergli la grazia all'ultimo momento?

Ma poi dovette ammettere con se stesso che se c'era una persona al mondo in grado di compiere un miracolo del genere, quella persona era proprio Joel Backman.

Pratt passò qualche minuto al telefono, sondando la sua ampia rete di amanti del gossip e addetti ai lavori. Un vecchio amico che era riuscito in qualche modo a sopravvivere nello stesso ufficio governativo sotto quattro presidenti, due democratici e due repubblicani, gli confermò infine la notizia.

«Ora dove si trova?» gli chiese ansioso, quasi che Backman potesse risorgere da un momento all'altro a Washington.

«Non lo sa nessuno» fu la risposta.

Pratt chiuse a chiave la porta e allontanò con un certo sforzo la tentazione di aprire la bottiglia di vodka. Quando il suo socio era stato spedito in carcere per vent'anni senza alcuna prospettiva di libertà condizionale lui di anni ne aveva quarantanove e più di una volta si era chiesto che cosa avrebbe fatto a sessantanove anni, quando Backman sarebbe tornato in libertà.

E in quel momento provò la sensazione di essere stato truffato di quattordici anni.

L'aula era così affollata che il giudice aveva deciso di rinviare di due ore l'apertura dell'udienza, in modo da soddisfare tutte le richieste di posti con un certo rispetto delle priorità. Tutti i principali mezzi d'informazione nazionali reclamavano un posto a sedere, o anche in piedi. I pezzi grossi del dipartimento della Giustizia, la CIA, il Pentagono, l'FBI, la National Security Agency, la Casa Bianca e il Congresso premevano per assistere all'udienza, sostenendo che solo la loro presenza al linciaggio di Joel Backman avrebbe garantito gli interessi dei rispettivi enti. E quando finalmente l'imputato fece il suo ingresso in quell'aula satura di tensione la folla si pietrificò quasi, e l'unico rumore udibile fu quello dello stenografo che preparava la sua macchinetta.

Backman venne condotto al tavolo della difesa, dove fu immediatamente circondato dal suo plotoncino di legali quasi si temesse che gli sparassero dal settore riservato al pubblico: ipotesi questa non del tutto campata in aria, anche se le misure di sicurezza erano le stesse di una visita presidenziale. Nella prima fila, alle spalle della difesa, sedevano Carl Pratt e una decina di altri soci – che tra breve sarebbero diventati ex soci – del signor Backman. Erano stati perquisiti a fondo, e non senza motivo dal momento che, pur se nutrivano per quell'uomo un odio profondo, continuavano a essere dalla sua parte. Perché se la sua richiesta di patteggiamento fosse stata respinta a causa di qualche intoppo o disaccordo, loro si sarebbero nuovamente trasformati in selvaggina cacciabile e avrebbero trovato ad attenderli sgradevoli processi.

Ma se non altro erano riusciti a sedersi in prima fila, separati dal pubblico, e non al tavolo della difesa dove venivano fatti sedere i delinquenti. Almeno loro erano vivi. Otto giorni prima Jacy Hubbard, uno dei loro soci più prestigiosi, era stato trovato morto all'interno dell'Arlington Memorial Cemetery, vittima di un suicidio poco convincente e al quale quindi pochi sembravano credere. Hubbard era un ex senatore del Texas che dopo ventiquattro anni aveva lasciato il seggio al Senato con l'unico anche se inespresso scopo di mettere all'asta la sua notevole influenza. Joel Backman, ovviamente, non poteva permettere che un pesce di quelle dimensioni sfuggisse alla sua rete, e quindi lo studio Backman, Pratt & Bolling aveva assunto Hubbard con uno stipendio di un milione di dollari l'anno sapendo che il vecchio Jacy poteva entrare nello Studio Ovale quando voleva.

La morte di Hubbard era stata decisiva per convincere Backman a sposare il punto di vista dell'accusa, e le trattative per il patteggiamento da tempo impantanate si riavviarono in fretta. Backman accettava i venti anni di carcere e voleva cominciare a scontarli il più presto possibile, non vedeva l'ora di sottoporsi alla custodia preventiva!

Il rappresentante dell'accusa era quel giorno un procuratore di grado elevato in forza al dipartimento della Giustizia, e davanti a un pubblico così folto e prestigioso non poteva non fare il pavone, non poteva non dilungarsi: per la prima volta nella sua lunga e oscura carriera si trovava sotto i riflettori davanti alla nazione intera. In tono crudelmente mellifluo lesse i numerosi capi d'accusa e furono subito evidenti, nonostante gli sforzi, la sua mancanza di senso della scena e la sua incapacità di mantenere viva l'attenzione del pubblico. Dopo otto minuti di un noiosissimo monologo intervenne il giudice, lanciandogli uno sguardo addormentato al di sopra degli occhiali. «Le dispiace stringere, signor procuratore, abbassando al contempo la voce?»

Erano diciotto i capi d'accusa, e andavano dallo spionaggio all'alto tradimento. Al termine della lettura Joel Backman se ne era sentite addossare talmente tante da poter essere inserito di diritto nella categoria di Adolf Hitler. Il suo legale ricordò immediatamente alla corte, e a tutti i presenti, che nessun capo d'accusa era stato provato e che ciò che avevano

34

udito era soltanto il punto di vista del governo, cioè di una parte in causa. Spiegò che il suo cliente si riconosceva colpevole soltanto di quattro dei diciotto capi d'accusa, quelli relativi al possesso non autorizzato di documenti militari. Il giudice lesse poi il lungo testo del patteggiamento e per venti minuti nessuno parlò. Il disegnatore seduto in prima fila rappresentò la scena con una certa veemenza, al punto che le immagini non avevano quasi corrispondenza con la realtà.

Nell'ultima fila, seduto in mezzo a estranei, c'era il figlio maggiore di Joel Backman, Neal, che a quel tempo era ancora un associato della Backman, Pratt & Bolling, ma non lo sarebbe rimasto a lungo. Restò a seguire le fasi del processo come in stato di choc, incapace di accettare che suo padre, un giorno così potente, si dichiarasse colpevole e stesse per finire sepolto in qualche carcere federale.

A un certo punto l'imputato fu fatto avvicinare alla pedana e sollevò lo sguardo, tentando di caricarlo di tutto l'orgoglio possibile per affrontare il giudice e i presenti. Gli avvocati che lo affiancavano gli sussurrarono qualcosa alle orecchie, lui si dichiarò colpevole di quattro capi d'accusa e fu poi riportato al suo posto. In quest'ultima fase riuscì a non incrociare lo sguardo di nessuno.

Per la sentenza fu fissato un giorno del mese successivo. E tutti, mentre Backman veniva ammanettato e portato via, capirono che non sarebbe stato costretto a rivelare i suoi segreti e che la sua carcerazione sarebbe stata particolarmente lunga mentre i suoi complotti sbiadivano lentamente. La piccola folla via via si sciolse, i cronisti si allontanarono ben poco gratificati e i pezzi grossi delle agenzie governative se ne andarono senza aprire bocca; ma mentre alcuni di loro erano soddisfatti perché certi segreti erano rimasti tali, altri erano indignati perché certi reati erano rimasti nell'ombra. Carl Pratt e gli altri soci assediati dai reporter si diressero al bar più vicino.

Il primo giornalista chiamò lo studio poco prima delle nove del mattino. Pratt aveva già avvertito la segretaria che dovevano aspettarsi telefonate del genere, raccomandandole quindi di dire a tutti che l'avvocato Pratt era impegnato in un lungo processo fuori città e non avrebbe fatto ritorno prima di qualche mese. Le linee telefoniche finirono per intasarsi e una giornata di lavoro potenzialmente produttiva andò perduta. Nello studio i legali e gli impiegati passarono ore a commentare sottovoce il caso Backman, e diversi di loro tennero d'occhio la porta d'ingresso, quasi temendo che il fantasma del principale venisse a cercarli.

Tutto solo nel suo ufficio, con la porta chiusa a chiave, Carl Pratt si preparò un Bloody Mary seguendo i notiziari non stop sulla tivù via cavo. Fortunatamente nelle Filippine un pullman carico di turisti danesi era caduto in mano ai banditi, perché in caso contrario ogni telegiornale avrebbe aperto con il processo Backman. Che rimaneva pur sempre la seconda notizia della giornata, ed esperti di ogni tipo furono invitati, portati in sala trucco e sistemati in studio sotto i riflettori per dire la loro sui leggendari peccati di quell'uomo.

Un ex capo del Pentagono definì il provvedimento di grazia a Backman "un potenziale colpo alla sicurezza nazionale". Un giudice federale in pensione, che aveva più di novant'anni e li dimostrava tutti, lo chiamò prevedibilmente "aborto giuridico". Un giovane senatore del Vermont ammise di sapere poco dello scandalo Backman, ma era così entusiasta della propria presenza in diretta televisiva che promise di intervenire per parlare di qualsiasi tipo di inchiesta. Un anonimo funzionario della Casa Bianca fece sapere che il nuovo presidente era "piuttosto turbato" da quella vicenda e aveva quindi deciso di sottoporre il provvedimento a revisione, qualunque cosa questo significasse.

E così di seguito, per tutta la mattinata. Pratt si fece un altro Bloody Mary.

Un corrispondente, quindi non un semplice cronista, mandò in onda il suo servizio sul senatore Jacy Hubbard in cui abbondavano immagini piuttosto raccapriccianti, e Pratt allungò la mano verso il telecomando per aumentare il volume appena sullo schermo apparve in primo piano il viso dell'ex senatore. Hubbard era stato trovato cadavere con un proiettile nel cervello la settimana prima che Backman ammettesse le sue colpe. Quello che all'inizio era apparso un suicidio successivamente destò qualche sospetto, anche se nessuna persona sospetta fu mai individuata. La pistola aveva la matricola abrasa e probabilmente era rubata. Hubbard andava a caccia, ma non aveva mai usato pistole, i residui di polvere da sparo sulla sua mano destra erano poco convincenti e l'autopsia aveva rivelato la presenza di un'alta concentrazione di alcol e barbiturici. L'alcol non era una sorpresa, ma a nessuno risultava che Hubbard facesse uso di quel tipo di farmaci. Poche ore prima della morte era stato visto in compagnia di un'attraente signorina in un bar di Georgetown, il che rientrava nel suo personaggio.

Secondo la teoria più accreditata la donna gli aveva versato nel bicchiere una dose di barbiturici tale da metterlo fuori combattimento, consegnandolo poi ad assassini di professione che lo avevano trasportato in una zona isolata dell'Arlington National Cemetery sparandogli un colpo alla testa. Il cadavere era stato trovato riverso sulla tomba del fratello, eroe decorato della guerra in Vietnam. Non male, come idea, se non fosse che a detta di chi lo conosceva bene l'ex senatore parlava raramente della sua famiglia e molti ignoravano l'esistenza di un fratello morto in Vietnam.

Secondo una meno esplicita teoria, Hubbard era stato ucciso dagli stessi che avrebbero voluto fare fuori Backman. E per alcuni anni Carl Pratt e Kim Bolling dovettero pagare dispendiosissime guardie del corpo nell'eventualità che i loro nomi comparissero nello stesso elenco. Ma evidentemente non era così. I particolari del tragico accordo che aveva incastrato Backman e portato Hubbard alla morte erano stati perfezionati e gestiti esclusivamente da loro e, con il passare del tempo, Pratt ridusse le proprie misure di sicurezza personale, pur non separandosi mai dalla propria Ruger.

Ma Backman era lontano e questa lontananza aumentava ogni minuto. Per una strana coincidenza stava pensando anche lui a Jacy Hubbard e ai suoi probabili assassini. Di tempo per pensare ne aveva a volontà, quattordici ore passate in una brandina pieghevole a bordo di un aereo pieno di vibrazioni erano più che sufficienti per intorpidire i sensi. Ma ciò valeva per una persona normale. Per uno come lui, invece, appena rimesso in libertà dopo sei anni di isolamento, quel viaggio era piuttosto stimolante.

Mentre volavano a una quota di ottomila metri, rifletté sul

fatto che chi aveva ucciso Jacy Hubbard avrebbe sicuramente voluto sbarazzarsi anche di Joel Backman, e si pose alcune domande. Chi si era dato tanto da fare per la concessione della grazia? Dove pensavano di nasconderlo? E chi c'era dietro quell'operazione?

Interrogativi davvero gradevoli. Ben diversi da quelli che si era posto quarantott'ore prima: stanno cercando di farmi morire di fame? Di freddo? Sto lentamente uscendo di senno in questa cella di un metro e mezzo per un metro e mezzo? O ci sto uscendo rapidamente? Vedrò mai i miei nipotini? E voglio proprio vederli?

Preferiva quelli nuovi, di interrogativi, anche se inquietanti. Se non altro ora avrebbe potuto passeggiare in strada, respirare all'aria aperta, sentire sulla pelle il calore del sole e magari fermarsi in un bar a bere un bel caffè forte. In passato aveva avuto tra i suoi clienti un facoltoso importatore di cocaina, incastrato dalla DEA. Era un pesce tanto grosso che i federali gli avevano offerto di rifarsi una vita con nome e lineamenti nuovi se avesse tradito i colombiani. Lui accettò e, dopo l'intervento di chirurgia plastica, rinacque nella zona nord di Chicago dove gestiva una piccola libreria. Joel ci era capitato qualche anno dopo, in quel negozio, e aveva ritrovato il suo cliente completamente cambiato, con quel suo pizzetto, la pipa tra i denti e l'atteggiamento colto e disinvolto. Aveva una nuova moglie e tre figliastri, e i colombiani non seppero mai chi ringraziare.

Era grande il mondo, fuori dal carcere. E nascondersi non sarebbe stato difficile.

Joel chiuse gli occhi per concentrarsi e rimase ad ascoltare il costante borbottio dei quattro motori cercando di convincersi che, ovunque lo stessero portando, non sarebbe stato costretto a una vita fatta di fughe. Si sarebbe integrato, sarebbe sopravvissuto, non avrebbe dovuto convivere con la paura.

A poca distanza da lui era in corso una conversazione sottovoce tra due soldati, che si raccontavano le rispettive conquiste. E pensò a Mo, l'informatore di mafia che negli ultimi quattro anni aveva occupato la cella accanto alla sua e che era stato l'unico essere umano con il quale aveva potuto scambiare quattro chiacchiere. Non si vedevano, ma riuscivano a comunicare attraverso la bocchetta di ventilazione. Mo non sentiva alcuna mancanza della famiglia, degli amici, del suo quartiere, o del mangiare, del bere, del sole. Sapeva parlare soltanto di sesso e faceva a Joel lunghi, elaborati resoconti delle sue avventure. Gli raccontava anche barzellette, alcune delle quali particolarmente sconce, e scriveva poesie sulle amanti di un tempo, le orge, le fantasie.

Non gli sarebbero sicuramente mancati Mo e la sua fervida immaginazione.

Non volendo, si appisolò di nuovo.

Fu il colonnello Gantner a svegliarlo, scuotendolo e sussurrandogli ad alta voce: «Maggiore Herzog, maggiore Herzog, devo parlarle!». Backman scivolò giù dalla sua brandina e seguì l'ufficiale lungo lo stretto passaggio tra i letti a castello fino a una stanzetta accanto alla cabina di pilotaggio, dove sedettero l'uno di fronte all'altro, separati da un tavolino di metallo.

Gantner aveva con sé un dossier. «Le spiego come stanno le cose» esordì. «Atterreremo tra un'ora circa, ma prima faremo sapere via radio che lei sta male, tanto male da rendere necessaria un'ambulanza sulla quale caricarla direttamente dall'aereo. Le autorità italiane faranno il solito rapido controllo dei documenti d'accompagnamento, probabilmente vorranno anche darle un'occhiata. O forse nemmeno quella. Scenderemo sulla pista di una base aerea americana, dove i militari vanno e vengono. Ho un passaporto nuovo per lei, con le autorità italiane parlerò io, dopodiché sarà trasportato in ospedale.»

«Autorità italiane?»

«Sì. Mai sentita nominare la base aerea di Aviano?»

«No.»

«Lo immaginavo. È sotto giurisdizione americana fin da quando cacciammo i tedeschi, nel 1945. Si trova nel Nordest d'Italia, vicino alle Alpi.»

«Dovrebbe essere un bel posto.»

«Lo è, ma rimane pur sempre una base militare.»

«Per quanto tempo dovrò restarci?»

«È una decisione che non spetta a me. Io devo soltanto accompagnarla dall'aereo all'ospedale, poi qualcun altro la prenderà in carico. Dia un'occhiata a questi dati biografici del maggiore Herzog, potrebbe averne bisogno.»

Joel lesse per qualche minuto la finta biografia del maggiore Herzog, poi imparò a memoria i dati del nuovo passaporto.

«Ricordi sempre che lei sta molto male ed è sotto sedativi» si raccomandò il colonnello. «Finga di essere in coma.»

«Sono rimasto in coma sei anni.»

«Le va del caffè?»

«Che ore sono nel posto dove stiamo andando?»

Gantner guardò l'orologio e fece un rapido calcolo. «Dovremmo atterrare all'una di notte.»

«Mi andrebbe del caffè.»

Gantner gli diede un bicchiere di carta e un termos e scomparve.

Dopo due caffè, Joel si accorse che i motori avevano ridotto la loro potenza. Allora fece ritorno alla sua brandina e tentò di chiudere gli occhi.

Quando il C-130 si fermò sulla pista, un'ambulanza militare si accostò a marcia indietro al pianale posteriore di carico. I militari sbarcarono, molti ancora mezzo addormentati. La barella con il maggiore Herzog fu portata a terra e messa sull'ambulanza. L'ufficiale italiano di servizio se ne stava seduto a bordo di una jeep americana, osservando la scena con una certa indifferenza e cercando di riscaldarsi. L'ambulanza si mosse a velocità normale e cinque minuti dopo il maggiore Herzog veniva ricoverato nell'ospedale della base, in una stanzetta al primo piano con due agenti della polizia militare di guardia alla porta.

4

Per fortuna di Backman, anche se lui ne era all'oscuro e non aveva alcun motivo di interessarsene, all'ultimissimo momento il presidente Morgan aveva concesso la grazia anche a un anziano miliardario, che aveva evitato il carcere espatriando. Costui, immigrato alcune decine di anni prima da qualche nazione slava e con la possibilità di cambiare immediatamente le sue generalità, si era scelto in gioventù il titolo di Duca Mongo. Il Duca aveva contribuito in maniera più che consistente alla campagna elettorale di Morgan. E quando si venne a sapere che aveva passato la vita a evadere le tasse si seppe altresì che era stato un assiduo frequentatore serale della Lincoln Bedroom, alla Casa Bianca, dove si era fatto qualche bicchierino con il suo amico esaminando insieme a lui i capi d'accusa a proprio carico. A detta di una terza persona presente in queste occasioni, una giovane prostituta che attualmente ricopriva il ruolo di quinta moglie del Duca, il presidente aveva promesso all'amico di esercitare tutta la propria influenza sull'ufficio delle imposte perché richiamasse i cani. Ma non andò così. Il capo d'imputazione occupava trentotto pagine e, prima che fosse stampato, il miliardario si era stabilito in Uruguay senza la moglie numero cinque e faceva maramao in direzione nord, dalla sontuosa villa che divideva con quella che da lì a poco sarebbe diventata la moglie numero sei.

Ora però Mongo voleva tornare a casa per morire con dignità, da vero patriota, ed essere seppellito nel suo allevamento di purosangue nelle vicinanze di Lexington, Kentucky. Della faccenda si occupò Critz e, pochi minuti dopo aver firmato

41

il provvedimento a favore di Joel Backman il presidente Morgan concesse la piena clemenza anche al Duca Mongo.

Passò un giorno prima che la notizia divenisse di pubblico dominio, anche perché la Casa Bianca, per sue buone ragioni, non rendeva note le concessioni di grazia. E la stampa impazzì. Quell'uomo aveva sottratto seicento milioni di dollari all'erario nell'arco di vent'anni ed era quindi un imbroglione che avrebbe dovuto essere rinchiuso a vita; e invece stava per tornare negli Stati Uniti a bordo del suo gigantesco jet per passare gli ultimi giorni di vita in un lusso osceno. L'affare Backman, anche se clamoroso, aveva così trovato un altro concorrente mediatico nel più grosso evasore fiscale del paese, oltre che nel già citato pullman di turisti danesi.

Ma non per questo aveva perduto d'attualità. Molti dei principali quotidiani della costa atlantica avevano ancora in prima pagina una foto del "Broker", e molti continuavano a pubblicare articoli sullo scandalo, il patteggiamento e adesso la grazia.

Carl Pratt se li leggeva tutti online, nelle ore che passava nella sua villa nell'area nordorientale di Washington, dentro l'ampio e disordinato studio sopra il box. Ci si rifugiava per nascondersi, per tenersi lontano dalle guerre che divampavano nello studio legale, per evitare quei soci che non riusciva a sopportare. Là poteva bere e a nessuno gliene sarebbe importato nulla. Poteva lanciare oggetti, imprecare ai muri e fare insomma ciò che più gli piaceva perché quella era la sua tana.

Il dossier Backman si trovava dentro uno scatolone che Pratt aveva nascosto in un armadio. Adesso era sul suo tavolo, e lui lo sfogliava attentamente per la prima volta dopo molti anni. Aveva conservato tutto, ritagli di giornali, fotografie, promemoria d'ufficio, appunti delicati presi da lui stesso, copie del rinvio a giudizio, il referto dell'autopsia di Hubbard.

Che brutta storia.

Nel gennaio del 1996 tre giovani pachistani esperti di informatica avevano fatto una scoperta sbalorditiva. In un afoso e disordinato appartamento all'ultimo piano di un palazzo alla periferia di Karachi, i tre avevano collegato tra loro alcuni computer Hewlett-Packard acquistati online grazie a un finanziamento statale. Il loro nuovo "supercomputer" era stato poi a sua volta collegato a un telefono satellitare militare, anche questo fornito dallo Stato. L'operazione messa in atto era segreta e ai finanziamenti avevano provveduto, senza contabilizzarli, i militari. L'obiettivo, abbastanza semplice, era quello di localizzare e tentare di penetrare un nuovo satellite spia indiano sospeso sul Pakistan a un'altezza di quasi cinquecento chilometri. La speranza, se fossero riusciti nell'intento, era quella di tenere sotto controllo l'attività del satellite, e un sogno accessorio era quello di manipolarne i dati.

Quelli acquisiti, all'inizio entusiasmanti, si rivelarono in realtà inutilizzabili. I nuovi "occhi" indiani stavano facendo in pratica ciò che per dieci anni avevano fatto quelli vecchi, scattare cioè migliaia di foto della stessa base militare. E negli stessi dieci anni i satelliti pachistani avevano trasmesso foto di basi indiane e di movimenti di truppe. I due paesi avrebbero potuto scambiarsi le immagini senza accrescere minimamente le loro conoscenze reciproche.

Finché per caso non fu scoperto un altro satellite, poi un altro e un altro ancora. Non erano né pachistani né indiani e non si sarebbero dovuti trovare dove erano stati individuati, cioè quasi cinquecento chilometri sopra la Terra con un movimento in direzione nord-nordest alla velocità costante di duecento chilometri orari e a una distanza di seicentocinquanta chilometri l'uno dall'altro. Nell'arco di dieci giorni i tre hacker, terribilmente eccitati, seguirono i movimenti di almeno sei diversi satelliti, tutti all'apparenza facenti parte dello stesso sistema, che si avvicinavano lentamente provenendo dalla penisola araba, attraversavano i cieli di Afghanistan e Pakistan e puntavano in direzione della Cina occidentale.

Non ne parlarono a nessuno, ma riuscirono a procurarsi un telefono satellitare militare ancora più potente con la scusa di dover completare un lavoro particolarmente difficile nell'ambito dell'operazione "satellite indiano". E dopo un mese di metodico monitoraggio ventiquattr'ore su ventiquattro erano riusciti a individuare una rete che comprendeva nove satelliti identici, ciascuno collegato all'altro e tutti progettati per essere visibili solo a coloro che li avevano messi in orbita.

Alla loro scoperta diedero il nome in codice Neptune.

I tre giovani maghi dell'informatica avevano studiato negli

Stati Uniti. Il loro leader era un certo Safi Mirza, ex assistente a Stanford, che aveva lavorato per qualche tempo alla Breedin Corp., un'azienda specializzata nei sistemi satellitari alla quale però la Difesa non affidava più commesse. Fazal Sharif aveva una specializzazione in computeristica conseguita alla Georgia Tech.

Il terzo e più giovane componente della banda Neptune si chiamava Faruq Khan, e proprio a lui si doveva il software grazie al quale era stato possibile violare il primo satellite Neptune. Una volta penetrato nel suo sistema, Faruq prese a scaricare materiale d'intelligence talmente delicato da far capire a tutti e tre che si stavano addentrando in una specie di terra di nessuno. Si vedevano nitide foto a colori di un campo di addestramento per terroristi in Afghanistan e di limousine ufficiali a Pechino. Neptune era in grado di ascoltare le scherzose conversazioni radio tra piloti militari cinesi a seimila metri di quota e di seguire un peschereccio sospetto che attraccava in un porto dello Yemen. Neptune seguiva un camion blindato, probabilmente di Castro, che percorreva le strade dell'Avana. E in un video in diretta i tre ragazzi, sbalorditi, poterono chiaramente vedere Arafat in persona che spuntava nel cortile della sua roccaforte a Gaza, si accendeva una sigaretta e poi urinava.

Per due giorni insonni i giovani spiarono i satelliti che sorvolavano il Pakistan. Il software di Neptune era in inglese e, considerando l'interesse di quei satelliti per Medio Oriente, Asia e Cina, era facile desumere che Neptune fosse una creatura americana o, in subordine, inglese o israeliana. A meno che non si trattasse di un segreto misto israelo-americano.

Al terzo giorno dalla scoperta i tre lasciarono l'appartamento e riorganizzarono la loro piccola cellula nella fattoria di un amico, una quindicina di chilometri fuori Karachi. La scoperta era di per sé entusiasmante, ma loro, e in particolare Safi, volevano spingersi oltre. Safi contava cioè di poter alterare i dati forniti dal sistema. Il suo primo successo fu quello di guardare Fazal Sharif intento nella lettura di un giornale. Per impedire l'individuazione del loro covo, Fazal salì su un pullman che lo portò in centro a Karachi e, con un berretto verde sul capo e un paio di occhiali da sole, comprò un quotidiano e andò a sedersi sulla panchina di un giardino pubblico non distante da un certo incrocio. Con Faruq che azionava i comandi mediante un telefono satellitare superpotente, uno dei satelliti di Neptune trovò Fazal, zumò tanto da consentire la lettura dei titoli del suo giornale e trasmise le immagini alla fattoria, dove i tre le fissarono in uno sbalordito silenzio.

Le immagini elettroottiche trasmesse sulla Terra erano della più alta risoluzione raggiungibile all'epoca, cioè fino a un metro e venti circa, analoga a quelle prodotte dai satelliti militari americani da ricognizione, e circa due volte più nitide di quelle dei migliori satelliti commerciali europei e americani.

Per mesi i tre lavorarono incessantemente ad allestire un software fatto in casa per la loro scoperta. Eliminarono la maggior parte del materiale ma, una volta sintonizzati sui programmi giusti, provarono uno stupore ancora maggiore nel momento in cui si resero conto delle potenzialità di Neptune.

Un anno e mezzo dopo la scoperta, i giovani pachistani scaricarono su quattro dischetti JAZ da 2 gigabyte un programma di software che, oltre ad aumentare la velocità con la quale Neptune comunicava con i suoi numerosi contatti sulla Terra, consentiva di disturbare con interferenze molti dei satelliti di navigazione, comunicazione e ricognizione già in orbita. E al loro programma diedero il nome in codice JAM.

I tre cospiratori furono così in grado di controllare, di alterare e perfino rendere inutilizzabile quel sistema Neptune che altri avevano messo in piedi. Ma a quel punto scoppiarono le liti. Safi e Fazal, presi dall'ingordigia, avrebbero voluto vendere JAM al migliore offerente; Faruq invece, convinto che la loro creatura rappresentasse solo una fonte di pericoli, era dell'idea di affidarla ai militari pachistani e poi dimenticarsene.

Nel settembre del 1998 Safi e Fazal trascorsero un mese a Washington tentando, attraverso i loro contatti pachistani, di accedere all'intelligence militare, senza riuscirci. Poi un amico fece loro il nome di Joel Backman, l'uomo in grado di aprire ogni porta a Washington.

Ma arrivare a lui sembrava tutt'altro che facile. Il Broker era una persona importante con clienti importanti, e tanta altra gente importante chiedeva una frazione del suo tempo. La sua tariffa per un'ora di consulenza a un nuovo cliente era di cinquemila dollari, e della consulenza poteva beneficiare soltanto chi era talmente fortunato da godere della benevolenza di quel grand'uomo. Safi si fece prestare duemila dollari da un suo zio di Chicago e promise al signor Backman di saldare la parcella entro novanta giorni. Dai documenti in possesso della corte si sarebbe poi scoperto che il loro primo contatto aveva avuto luogo il 24 ottobre 1998 nello studio Backman, Pratt & Bolling. E quell'incontro avrebbe finito per sconvolgere la vita dei presenti.

Backman si era dapprima mostrato scettico su JAM e le sue incredibili capacità. O forse si era immediatamente reso conto delle sue potenzialità e faceva la commedia per imbrogliare i nuovi clienti. Il sogno di Safi e Fazal era quello di vendere JAM al Pentagono ricavandone una fortuna, qualsiasi cosa il signor Backman potesse pensare della loro creatura. E se a Washington c'era qualcuno in grado di ricavare da JAM una fortuna, quel qualcuno era Joel Backman.

Il quale aveva in precedenza telefonato a Jacy Hubbard, la sua longa manus da un milione di dollari l'anno, che ancora giocava a golf una volta la settimana con il presidente e saltava da un bar all'altro con i pezzi grossi del Congresso. Hubbard era un soggetto pittoresco, eccessivo, pugnace, con tre divorzi alle spalle e amante dei whisky più pregiati, specie se offerti dai lobbisti. Se era riuscito a sopravvivere politicamente lo doveva alla sua fama di organizzatore delle più sporche campagne politiche nella storia del Senato degli Stati Uniti. Era noto per il suo antisemitismo e nell'arco della sua lunga carriera aveva stabilito stretti rapporti con i sauditi. Una delle tante indagini sulle violazioni dell'etica aveva accertato l'esistenza di un contributo elettorale di un milione di dollari da parte di un principe, lo stesso con il quale Hubbard andava a sciare in Austria.

All'inizio Hubbard e Backman non erano d'accordo sul modo con cui sfruttare JAM. Hubbard avrebbe voluto affibbiarlo ai sauditi che, ne era certo, l'avrebbero pagato un miliardo di dollari. Quel provinciale di Backman era invece dell'idea che un prodotto talmente pericoloso non avrebbe dovuto varcare i confini nazionali. Hubbard aveva replicato dicendosi convinto di riuscire a concludere l'affare obbligando i sauditi a promettere che JAM non sarebbe mai stato usato contro gli Stati Uniti, loro apparente alleato. Backman temeva gli israeliani, i loro potenti amici americani, il loro apparato militare e, soprattutto, i loro servizi segreti.

A quell'epoca lo studio Backman, Pratt & Bolling rappresentava diverse società e governi stranieri ed era di fatto l'indirizzo giusto per chi aveva bisogno di stabilire contatti influenti in poco tempo: ottenerli era facile, bastava pagare quelle spaventose parcelle. L'infinito elenco dei clienti comprendeva l'industria siderurgica giapponese, il governo della Corea del Sud, i sauditi, molte banche caraibiche dalla dubbia reputazione, il governo a quei tempi in carica a Panama, una cooperativa agricola boliviana dedita esclusivamente alla coltivazione della coca e così via. Molti clienti erano "normali", molti altri lo erano di meno.

Le voci su JAM iniziarono presto a girare negli uffici dello studio legale e tutti si resero conto che quello poteva essere l'incarico di gran lunga più remunerativo della Backman, Pratt & Bolling, che pure di contratti miliardari ne aveva sottoscritti più di uno. Con il passare delle settimane altri soci proposero scenari alternativi per lo sfruttamento commerciale di JAM. Il concetto di patriottismo cadde presto nel dimenticatoio, di fronte alla montagna di denaro che era in ballo. Lo studio rappresentava una società olandese che produceva apparecchiature per l'aviazione cinese e con una simile malleveria si sarebbe potuto concludere un affare particolarmente vantaggioso con Pechino. I sudcoreani avrebbero dormito sonni più tranquilli sapendo con esattezza ciò che succedeva a nord. I siriani si sarebbero disfatti delle loro riserve auree pur di riuscire a neutralizzare le comunicazioni militari israeliane. Un certo cartello della droga avrebbe pagato miliardi per poter seguire costantemente le mosse della DEA.

Ogni giorno Joel Backman e la sua banda di avvocati ingordi diventavano più ricchi. Negli uffici che contavano non si parlava praticamente d'altro.

Il dottore era un tipo dai modi bruschi e sembrava non avere molto tempo per il suo nuovo paziente. Quello, dopotutto, era un ospedale militare. Senza quasi aprire bocca gli sentì il polso, il cuore, i polmoni, misurò la pressione, valutò i riflessi e così via. «Secondo me lei è disidratato» annunciò poi all'improvviso.

«Come mai?» gli chiese Backman.

«Succede spesso quando si fanno viaggi lunghi. Con un'infusione si rimetterà in ventiquatt'ore.»

«Sarebbe a dire una flebo?»

«Esattamente.»

«Niente flebo.»

«Come dice?»

«Mi sembra di essere stato chiaro. Niente aghi.»

«Ma le abbiamo prelevato un campione di sangue.»

«Un conto è prelevare, un altro è immettermi qualcosa nell'organismo. Non se ne parla nemmeno, dottore: niente flebo.»

«Ma lei è disidratato.»

«Non mi sento disidratato.»

«Il medico sono io, e le ripeto che lei è disidratato.»

«Allora mi dia un bicchiere d'acqua.»

Mezz'ora dopo fece il suo ingresso un'infermiera con un gran sorriso e un vassoio pieno di medicinali. Joel rifiutò i sonniferi. «Che cos'è quella roba?» chiese poi, quando la donna gli fece una specie di saluto con un ago ipodermico.

«Ryax.»

«E cosa diavolo è il Ryax?»

«Un miorilassante.»

«Be', si dà il caso che i miei muscoli siano perfettamente rilassati. Non mi sono lamentato del mancato rilassamento dei miei muscoli, non mi sono stati diagnosticati muscoli non rilassati, nessuno mi ha chiesto se avevo i muscoli rilassati. Quindi può prendere quel Ryax e infilarselo su per il culo, così saremo entrambi più rilassati e felici.»

Per poco l'infermiera non si fece cadere di mano la siringa. Poi, dopo una lunga e dolorosa pausa in cui era rimasta senza parole, riuscì a balbettare: «Ne parlerò al dottore».

«Benissimo. Anzi, sa che cosa le dico? Glielo infili in quel suo grosso culo, è lui che ha bisogno di rilassarsi.» Ma l'infermiera era già uscita dalla stanza.

Sul lato opposto della base un certo sergente McAuliffe si sedette al computer inviando al Pentagono un messaggio, che da lì fu inoltrato a Langley e trasmesso a Julia Javier: cioè l'esperto funzionario scelto personalmente dal direttore Maynard per seguire il caso Backman. Dieci minuti dopo l'incidente del

Ryax, la signora Javier lesse ciò che era apparso sul monitor, biascicò la parola "maledizione" e salì al piano superiore.

Teddy Maynard sedeva come suo solito all'estremità di un lungo tavolo, avvolto nella trapunta, intento a leggere uno dei mille rapporti che ogni ora andavano accumulandosi sulla sua scrivania.

«Ho appena ricevuto notizie da Aviano» lo informò la Javier. «Il nostro amico rifiuta qualsiasi tipo di cura, non vuole flebo né pillole.»

«Non possono mettergli qualcosa nelle pietanze?» chiese Maynard a bassa voce.

«Non mangia.»

«Come lo spiega?»

«Dice di avere lo stomaco in disordine.»

«È plausibile?»

«Difficile da stabilire, fino adesso non è ancora andato in bagno.»

«Assume liquidi?»

«Gli hanno portato un bicchiere d'acqua ma l'ha rifiutato, chiedendo acqua in bottiglia. Quando gliel'hanno portata ha esaminato attentamente il tappo per accertarsi che la bottiglia non fosse già stata aperta.»

Teddy allontanò il rapporto che stava leggendo e si stropicciò gli occhi con le nocche delle dita. Il piano prevedeva che Backman venisse sedato in ospedale, con una flebo o un'iniezione, perché rimanesse un paio di giorni fuori combattimento e poi fosse gradualmente risvegliato con una deliziosa mistura dei narcotici più raffinati. Dopo qualche giorno trascorso in una specie di offuscamento, il paziente sarebbe stato sottoposto al trattamento con sodio pentothal, ossia il siero della verità, grazie al quale, in concorso con gli specialisti di interrogatori, si riusciva sempre a ottenere ciò che si voleva sapere.

Il piano era semplice e infallibile. Per quello di riserva sarebbero stati necessari mesi, e il successo era tutt'altro che assicurato.

«Quell'uomo custodisce grossi segreti, vero?» chiese Teddy.

«Indubbiamente.»

«Ma questo lo sapevamo, no?»

«Sì, lo sapevamo.»

5

Due dei tre figli di Joel Backman l'avevano abbandonato quando era scoppiato lo scandalo. Neal, il maggiore, aveva scritto al padre almeno due volte al mese, anche se non era stato facile nei giorni immediatamente successivi alla sentenza.

Quando il padre era finito in carcere, Neal aveva venticinque anni ed era un neolaureato associato dello studio. Non sapeva nulla di JAM e di Neptune, ma ciò non aveva impedito all'FBI di perseguitarlo e al procuratore federale di rinviarlo a giudizio.

A provocare l'inattesa decisione di Joel di dichiararsi colpevole era stata soprattutto la fine di Jacy Hubbard, ma vi avevano contribuito anche le angherie che il figlio stava subendo da parte delle autorità. Il patteggiamento fece sì che tutte le accuse contro Neal fossero ritirate. Quando suo padre entrò in carcere per rimanervi vent'anni, Neal fu immediatamente licenziato da Carl Pratt che lo fece sbattere fuori dalle guardie di sicurezza. Il nome Backman era una specie di maledizione e trovare lavoro dalle parti di Washington per Neal si rivelò impossibile. Un ex compagno della facoltà di giurisprudenza aveva uno zio, giudice in pensione, e dopo qualche telefonata qua e là Neal si era trasferito nella cittadina di Culpeper, Virginia, a lavorare in uno studio legale composto da cinque persone, ringraziando per l'occasione che gli era stata offerta.

Il ragazzo cercava in tutti i modi l'anonimato e pensò di cambiare le sue generalità, ma non ne parlò al padre. Il suo lavoro consisteva soprattutto nello stendere testamenti e redigere atti legali, e Neal si abituò senza difficoltà alla routine di una tranquilla cittadina di provincia. Conobbe e sposò una ragazza del posto dalla quale ebbe presto una bambina, la seconda dei nipoti di Joel e l'unica della quale avesse la foto.

Neal lesse sul "Post" la notizia della scarcerazione di suo padre. Ne parlò a lungo con la moglie e brevemente con i soci del suo studio. E se la notizia aveva provocato a Washington una specie di terremoto, nemmeno le scosse d'assestamento avevano raggiunto Culpeper, dove nessuno sembrava saperne qualcosa o curarsene. Lui non era il figlio del Broker, era semplicemente Neal Backman, un legale come tanti in una cittadina del Sud.

Al termine di un'udienza un giudice lo prese da parte. «Dove l'hanno nascosto il tuo vecchio?» gli chiese.

«Questo non è uno dei miei argomenti preferiti, vostro onore» fu la sua rispettosa risposta. E la conversazione ebbe termine.

In superficie, nulla era cambiato a Culpeper. Neal continuò a lavorare come se la grazia fosse stata concessa a uno sconosciuto. Ma rimase in attesa di una telefonata, convinto che prima o poi suo padre si sarebbe fatto vivo.

Dopo ripetute richieste la caposala fece una colletta, raccogliendo monete per quasi tre dollari. La somma fu consegnata a quello che loro chiamavano maggiore Herzog, un tipo sempre più irritabile le cui condizioni di salute stavano indubbiamente peggiorando a causa del digiuno. Il maggiore prese le monete e andò direttamente alla macchinetta distributrice che aveva trovato al secondo piano, dove comprò tre sacchettini di Fritos e due lattine di Dr Peppers. Il tutto venne consumato in pochi minuti e un'ora dopo il maggiore era sul water in preda a un attacco di diarrea.

Ma almeno non aveva più tanta fame, non era stato drogato e non aveva detto cose che non avrebbe dovuto dire.

Anche se tecnicamente, come conseguenza della grazia, andava considerato un uomo libero, Backman era ancora confinato in una struttura del governo americano e continuava a stare in una camera non più grande della sua cella a Rudley, dove il cibo era infame, ma lui poteva almeno mangiare senza paura che lo imbottissero di sedativi. Ora andava avanti a snack salati e bibite gassate. Le infermiere erano solo leggermente più cortesi dei secondini che l'avevano tormentato. I dottori volevano soltanto drogarlo per eseguire ordini venuti dall'alto, ne era certo. Da qualche parte, in quell'ospedale, doveva esserci una piccola camera di tortura dove aspettavano di scatenarsi su di lui dopo che le droghe avevano compiuto il loro miracolo.

Non vedeva l'ora di uscire, respirare aria fresca, camminare al sole, rimpinzarsi di cibo, avere un minimo di contatto umano con qualcuno che non indossasse un'uniforme. E trascorsi due lunghi giorni ci riuscì.

Il terzo giorno apparve infatti in camera sua un giovane dal viso assolutamente inespressivo, di nome Stennett, e gli si rivolse con cortesia: «Allora, Backman, veniamo a noi. Io mi chiamo Stennett».

Lasciò cadere sulle coperte un dossier, accanto a vecchie riviste che il paziente aveva letto già tre volte. Joel l'aprì. «Marco Lazzeri?»

«Sei tu, ora, amico. Un italiano a tutti gli effetti. Lì ci sono il tuo certificato di nascita e la carta d'identità. Memorizza tutto il più presto possibile.»

«Memorizzare? Ma non sono capace nemmeno di leggerlo.»

«Allora impara. Partiremo fra tre ore circa, sarai accompagnato in una città qui vicino dove conoscerai il tuo nuovo amico che ti terrà per mano qualche giorno.»

«Qualche giorno?»

«Forse un mese, dipende da come te la caverai nella fase di transizione.»

Joel posò il dossier e fissò Stennett. «Per chi lavori, tu?»

«Se te lo dicessi dovrei ucciderti.»

«Molto divertente. La CIA?»

«Gli Stati Uniti. È tutto ciò che posso dirti e tutto ciò che devi sapere.»

Joel guardò la finestra con gli infissi metallici, con tanto di lucchetto. «Nel mio dossier non ho visto il passaporto.»

«Sì, be', perché non dovrai andare da nessuna parte. Quella che stai per vivere è una vita molto tranquilla, i tuoi vicini sapranno che sei nato a Milano ma cresciuto in Canada e per questo parli così male l'italiano che ti appresti a imparare. Se senti la smania di viaggiare, però, la tua situazione potrebbe farsi pericolosa.»

«Pericolosa?»

«Andiamo, Marco, non fare il finto tonto. In questo mondo c'è gente molto cattiva alla quale piacerebbe sapere dove sei. Fa' ciò che ti diciamo e quella gente non ti troverà.»

«Ma non conosco una parola d'italiano.»

«Altroché se ne conosci: *pizza, spaghetti, caffellatte, bravo, opera, mamma mia*. Ce la farai. Quanto meglio e più velocemente lo imparerai, tanto più al sicuro sarai. E prenderai ripetizioni.»

«Non ho soldi.»

«Così dicono. O meglio, non hai soldi che si riescano a trovare.» Estrasse di tasca alcune banconote e le posò sul dossier. «Mentre eri al fresco, l'Italia ha abbandonato la lira e ha adottato l'euro, che vale poco più di un dollaro. Questi sono cento euro, io tornerò fra un'ora e ti porterò qualche cosa da metterti addosso. Nel dossier c'è un dizionarietto che contiene le prime duecento parole italiane che dovrai imparare. Ti consiglio di darti da fare.»

Un'ora dopo, Stennett era di ritorno con una camicia, pantaloni, giacca, scarpe e calzini, tutti di marca italiana. «Buongiorno» lo salutò in italiano.

«Hello.»

«Come si dice "car" in italiano?»

«Macchina.»

«Bravo, Marco. È ora di entrare in macchina.»

Al volante della piccola e anonima FIAT sedeva un altro signore. Joel si rannicchiò sul sedile posteriore tenendo in mano una borsa di tela che conteneva tutti i suoi averi, Stennett andò a sedersi accanto al guidatore. L'aria era fredda, umida, e un sottile strato di neve copriva quasi completamente il suolo. Varcando l'uscita della base di Aviano, Joel Backman provò la prima sensazione di libertà, anche se su quella leggera ondata emotiva pesava la cappa dell'inquietudine.

Osservò attentamente i cartelli stradali, nel più totale silenzio degli altri occupanti dell'auto. Si trovavano sulla statale 251, una superstrada a due corsie, e gli sembrava che procedessero in direzione sud. Il traffico si fece ben presto intenso avvicinandosi alla città di Pordenone.

«Quanti abitanti ha Pordenone?» chiese Joel, tanto per rompere quel pesante silenzio.

«Cinquantamila» rispose Stennett.

«Siamo nel Nord dell'Italia, giusto?»

«Nordest.»

«A che distanza si trovano le Alpi?»

Stennett indicò con il capo alla sua destra. «Una settantina di chilometri in quella direzione. In una giornata limpida si vedono anche da qui.»

«Possiamo fermarci a bere un caffè?»

«No... non siamo autorizzati a fermarci.»

Fino a quel momento il guidatore era sembrato completamente sordo.

Aggirarono Pordenone da nord e poco dopo si ritrovarono sulla A28, un'autostrada a doppia carreggiata dove tutti, a parte i camionisti, sembravano in ritardo al lavoro. Piccole auto sfrecciavano alla loro sinistra mentre la FIAT procedeva tranquilla a cento chilometri l'ora. Stennett aprì un quotidiano italiano, "la Repubblica", bloccando la visuale su metà parabrezza.

A Joel non dispiaceva viaggiare in silenzio osservando la campagna che veniva loro incontro. Il terreno sembrava molto fertile, anche se a fine gennaio i campi erano brulli. Ogni tanto, sul fianco di una collina, si vedeva una villa d'epoca.

Una volta lui ne aveva affittata una. Una dozzina di anni prima, la moglie numero due aveva minacciato di lasciarlo se non l'avesse portata a fare una lunga vacanza. In quel periodo Joel lavorava ottanta ore la settimana, se non di più, e preferiva vivere in ufficio dove, a giudicare da come andavano le cose in casa sua, poteva contare sicuramente su una maggiore tranquillità. Il divorzio sarebbe però costato troppo e fu così che Joel annunciò a tutti che lui e la sua adorata mogliettina avrebbero trascorso un mese in Toscana. E da come ne parlava – "un'avventura enogastronomica lunga un mese nel cuore del Chianti!" –, sembrava quasi che l'idea fosse stata esclusivamente sua.

Trovarono un monastero del XIV secolo non lontano da San Gimignano, completo di governanti e cuochi, c'era addirittura anche l'autista. Ma al quarto giorno di quell'avventura Joel ricevette l'allarmante notizia che la commissione Finanze e Bilancio del Senato stava per approvare un provvedimento in base al quale un concessionario di appalti della Difesa, suo cliente, avrebbe visto sfumare una commessa da due miliardi di dollari. Allora noleggiò un aereo, si precipitò a Washington e si mise subito al lavoro riuscendo a far recedere il Senato dai suoi intenti. La moglie numero due era rimasta in Toscana, dove, come lui avrebbe appreso, aveva cominciato ad andare a letto con il giovane autista. La settimana successiva la chiamò ogni giorno, promettendole di tornare per completare la loro vacanza, ma lei, passata la seconda settimana, non rispose più alle telefonate.

La disposizione del Senato fu formulata in maniera più confacente e approvata.

Un mese dopo sua moglie avviò le pratiche di divorzio, una disputa serrata che gli venne a costare oltre tre milioni di dollari.

E dire che era la preferita tra le sue tre ex consorti. Ora tutte erano un ricordo del passato e tali sarebbero rimaste. La prima, che era anche la madre di due dei suoi figli, si era poi sposata altre due volte, e l'attuale marito si era arricchito vendendo fertilizzanti liquidi nel Terzo Mondo. Lei gli aveva spedito in carcere un biglietto crudele, nel quale si congratulava con il sistema giudiziario americano per essere finalmente riuscito ad avere ragione di uno dei più grossi imbroglioni sulla piazza.

Non poteva darle torto, ricordando come lei avesse fatto le valigie dopo averlo sorpreso con una segretaria, la bambolona che sarebbe diventata la signora Backman numero due.

La moglie numero tre aveva invece abbandonato la nave subito dopo il rinvio a giudizio.

Che vita squallida. Cinquantadue anni, molti dei quali passati a imbrogliare i clienti, dare la caccia alle segretarie, mettere alle corde untuosi politicanti da quattro soldi, lavorare sette giorni la settimana, ignorare tre figli sorprendentemente equilibrati, disegnare la propria immagine pubblica, costruirsi un ego sfrenato, sempre con la stessa parola d'ordine: "soldi, soldi, soldi". E per che cosa, poi? Quale premio attende chi spericolatamente persegue il grande sogno americano?

Sei anni in carcere, e ora un nome falso perché quello vecchio è diventato pericoloso. Con in tasca l'equivalente di meno di un centinaio di dollari.

Marco? Come avrebbe potuto guardarsi allo specchio ogni mattina e dirsi: "Buongiorno, Marco"?

Molto meglio, comunque, di "Buongiorno, signor criminale".

Più che leggere il giornale Stennett ci lottava. Sotto il suo sguardo "la Repubblica" sussultava, si inclinava, si accartocciava, e ogni tanto l'uomo al volante lanciava un'occhiata disperata.

Un cartello indicava che Venezia era sessanta chilometri più a sud, e Joel decise di rompere la monotonia del viaggio. «Mi piacerebbe vivere a Venezia, se la Casa Bianca non ha nulla in contrario.»

L'uomo al volante trasalì e il giornale di Stennett si abbassò di quindici centimetri. Nell'auto si creò una certa tensione, interrotta da un borbottio, un'alzata di spalle e un "Mi dispiace" di Stennett.

«Ho proprio bisogno di pisciare» disse ancora Joel. «Riuscite a farvi autorizzare una sosta-cesso?»

Si fermarono a una moderna stazione di servizio a nord di Conegliano. Stennett ordinò tre caffè a spese della ditta e Joel si portò la tazzina dietro la vetrata d'ingresso, a osservare il traffico mentre ascoltava una giovane coppia che discuteva animatamente in italiano. E non riconobbe nessuna delle duecento parole che aveva tentato di imparare a memoria. Sembrava proprio un compito impossibile.

Si ritrovò accanto Stennett, intento anche lui a guardare il traffico. «Hai passato molto tempo in Italia?» si sentì chiedere.

«Un mese in Toscana, una volta.»

«Davvero? Un mese intero? Deve essere stato bello.»

«Quattro giorni, per l'esattezza, ma mia moglie si fermò un mese, aveva trovato degli amici. E tu? L'Italia è uno dei tuoi ritrovi abituali?»

«Vado in giro.» La sua espressione era vaga come quella risposta. Bevve un sorso dalla tazzina. «Conegliano è famosa per il suo prosecco.»

«Che sarebbe la risposta italiana allo champagne» disse Joel.

«Esatto. A te piace bere?»

«Non mando giù un goccio da sei anni.»

«In carcere non servivano vino?»

«No.»

«E adesso?»

«Mi riabituerò piano piano. Un tempo esageravo.»

«Dobbiamo rimetterci in viaggio.»

«Durerà ancora molto?»

«No, non molto.»

Stennett si diresse all'uscita ma Joel lo fermò. «No, senti, ho proprio fame, non posso prendermi un panino da mangiare lungo la strada?»

Stennett guardò la sfilza di panini già pronti. «Va bene.»

«E se ne prendessi due?»

«Nessun problema.»

La A27 portava a sud di Treviso, e quando fu chiaro che non l'avrebbero superata, Joel cominciò a capire che il viaggio stava per terminare. L'autista rallentò, uscì dall'autostrada e poco dopo la FIAT girava per le vie della città.

«Quanti abitanti ha Treviso?» chiese Joel.

«Ottantacinquemila» gli rispose Stennett.

«Che mi sai dire di questo posto?»

«È una città prosperosa che non è cambiata granché negli ultimi cinquecento anni. Un tempo, quando queste città si combattevano l'una con l'altra, è stata una fedele alleata di Venezia. Durante la Seconda guerra mondiale l'abbiamo bombardata senza pietà. Non è male, come posto, e senza troppi turisti.»

Ideale per uno che deve nascondersi, pensò Joel. «È qui che mi fermo?»

«Può darsi.»

Un'alta torre con orologio sembrava convogliare il traffico verso il centro città, dove si procedeva a passo d'uomo intorno a piazza dei Signori. Scooter e motorini, guidati da ragazzi spericolati, facevano veloci slalom tra le auto. Joel abbracciò con lo sguardo i caratteristici negozietti, la tabaccheria con la rastrelliera dei giornali all'entrata, la farmacia con la sua croce verde al neon, la macelleria con prosciutti di ogni tipo appesi in vetrina e, naturalmente, i bar con i tavolini all'aperto occupati da gente che sembrava appagata dallo starsene seduta per ore a leggere, fare del pettegolezzo e bere caffè. Ma che razza di lavori faceva, quella gente, se si permetteva la pausa caffè un'ora prima del pranzo?

Scoprirlo, decise, sarebbe stato per lui un punto d'onore.

Il loro anonimo autista andò a fermarsi in un parcheggio a ore. Stennett pigiò alcuni tasti sul cellulare, attese, poi parlò velocemente in italiano. Alla fine indicò a Joel un punto oltre il parabrezza. «Lo vedi quel bar laggiù, sotto il telone bianco e rosso? È il Caffè Donati.»

Joel, sempre seduto dietro, allungò il collo. «Sì, lo vedo.»

«Entra, supera il bancone alla tua destra e vai in fondo dove ci sono i tavolini. Siediti, ordina un caffè e aspetta.»

«Aspetto che cosa?»

«Dopo una decina di minuti ti si avvicinerà un uomo. Dovrai fare quello che ti dirà.»

«E se non ci andassi, in quel bar?»

«Non fare il furbo, signor Backman. Noi ti terremo d'occhio da qui.»

«Chi è quest'uomo?»

«Il tuo nuovo amico del cuore. Seguilo, e probabilmente sopravviverai. Prova a fare una sciocchezza e non camperai più di un mese.» Stennett pronunciò queste ultime parole con un certo compiacimento, come se gli sorridesse l'idea di essere quello che avrebbe fatto fuori il povero Marco.

«Allora ci diciamo *adiós*, eh?» Joel prese la sua borsa di tela.

«*Arrivederci*, Marco, non *adiós*. Ce l'hai le tue carte?»

«Sì.»

«Allora *arrivederci*.»

Joel scese lentamente dall'auto e si incamminò. Provò l'impulso quasi irrefrenabile di voltarsi per avere la conferma che Stennett, il suo protettore, lo stava seguendo con lo sguardo ed era ancora là a fargli da scudo contro l'ignoto. Ma non si voltò. Cercò anzi di apparire il più disinvolto possibile mentre camminava lungo quella strada con in mano la sua borsa di tela, l'unica borsa di tela che avesse visto fino a quel momento nel centro di Treviso.

Stennett lo stava osservando, naturalmente. E chi altro? Certo il suo nuovo amico era lì da qualche parte, parzialmente nascosto dietro un giornale, che mandava segnali a Stennett e agli altri eventuali controllori. Joel fece una breve sosta davanti alla tabaccheria e passò in rassegna i titoli dei giornali, anche se non capiva nemmeno una parola. Si fermò perché poteva fermarsi, perché era un uomo libero con il potere e il diritto di fermarsi dovunque voleva e di riprendere a camminare quando voleva.

Entrò nel Caffè Donati, accolto dal musicale "Buongiorno" del barista che stava asciugando il banco con un panno.

«Buongiorno» riuscì a rispondere, le sue prime vere parole a un vero italiano. E per evitare che nascesse una conversazione tirò dritto, superando una scala a chiocciola con un cartello che segnalava l'esistenza di un altro locale al piano superiore e passando davanti a un banco pieno di ricchissima pasticceria. La saletta in fondo era cupa, stretta e semisoffocata da una nuvola di fumo. Sedette a uno dei due tavolini liberi, ignorando gli sguardi degli altri avventori. Era terrorizzato dal cameriere, dall'idea di dover ordinare, dalla prospettiva di venire smascherato proprio all'inizio della sua fuga, e così rimase seduto a capo chino, leggendo i suoi nuovi documenti d'identità.

«Buongiorno» disse la signorina che si era materializzata dietro la sua spalla sinistra.

«Buongiorno.» E prima che lei potesse proporgli qualcosa dal menu Joel si affrettò ad aggiungere: «Espresso». La donna sorrise e disse qualcosa di totalmente incomprensibile, al che lui rispose: «No».

Funzionò, la cameriera si allontanò e quella fu per Joel un'importantissima vittoria. Nessuno lo osservò come si fa con un forestiero ignorante. E quando la ragazza tornò con l'espresso le disse «Grazie» sottovoce, ricevendone in cambio un sorriso. Bevve lentamente il suo caffè, non sapendo quanto avrebbe dovuto farlo durare e non volendo terminarlo subito così da essere costretto a ordinare qualcos'altro.

Intorno a lui echeggiavano tante parole italiane, il dolce e incessante chiacchierio di amici che si scambiavano pettegolezzi alla velocità della luce. Anche l'inglese suonava così veloce alle orecchie di chi non lo parlava? Probabilmente sì. L'idea di imparare quella lingua abbastanza da poter capire ciò che veniva detto gli sembrava decisamente impossibile. Guardò il suo ridicolo elenco di duecento parole e per qualche minuto cercò disperatamente di sentirne almeno una.

La cameriera passò davanti a lui e gli fece una domanda. Lui ricorse alla risposta standard: «No», che ancora una volta funzionò.

Joel Backman, quindi, si stava godendo un espresso in un bar di via Verdi, dietro piazza dei Signori, nel centro di Treviso, in Veneto, nel Nordest d'Italia, mentre nel carcere federale di Rudley i suoi colleghi detenuti si trovavano ancora in isolamento, alle prese con cibo infame, caffè tipo brodaglia, agenti di custodia sadici, regole assurde e la prospettiva di dover attendere anni anche solo per poter sognare una vita dall'altra parte delle mura.

Contrariamente al previsto, Joel Backman non sarebbe morto dietro le inferriate di Rudley, il suo corpo e il suo spirito non sarebbero appassiti. Era riuscito a portare via quattordici anni da sotto il naso dei suoi persecutori e ora se ne stava seduto e a mani libere al tavolino di un pittoresco caffè a un'ora da Venezia.

Perché stava pensando al carcere? Perché non puoi allontanarti da sei anni vissuti in un certo modo senza subire qualche scossa di assestamento. Un po' di passato te lo porti sempre dietro, per quanto sgradevole possa essere. E l'orrore della prigione aveva reso ancora più dolce la sua inattesa liberazione. Avrebbe avuto bisogno di tempo, e promise a se stesso di concentrarsi esclusivamente sul presente. E di non pensare nemmeno al futuro.

Ascolta suoni e rumori, il rapido parlottio degli amici, le risa, quel tipo laggiù che sussurra qualcosa al cellulare, la bella camerierina che grida qualcosa rivolta verso la cucina. Assorbi gli odori, quello del fumo di sigaretta, il profumo ricco del caffè, della pasticceria fresca, il calore di un antico locale dove gli abitanti del posto si incontrano da secoli.

E per la centesima volta si pose le stesse domande: perché mi trovo qui? Perché sono stato portato fuori dalla prigione e poi dagli Stati Uniti? La concessione della grazia è una cosa, ma come va interpretata questa specie di evasione internazionale? Perché non mi hanno dato i miei documenti così che potessi dire addio alla cara vecchia Rudley e vivere la mia vita, come tutti gli altri criminali graziati?

Ebbe un sospetto e riuscì a formulare mentalmente una risposta abbastanza plausibile.

Una risposta che lo terrorizzò.

In quel momento davanti a lui si materializzò Luigi.

6

Luigi era sulla trentina, con occhi scuri e tristi, capelli neri che gli coprivano le orecchie e una barba di almeno quattro giorni. Era infagottato in una specie di pesante giaccone da lavoro che, insieme alla barba lunga, gli conferiva una simpatica aria da contadino. Ordinò un caffè e sorrise spesso. Joel si accorse subito che aveva mani e unghie pulite e denti in ordine; quella giacca e l'aspetto incolto servivano quindi a fuorviare. Luigi probabilmente aveva frequentato Harvard.

Il suo inglese perfetto aveva quella leggera accentazione necessaria a convincere gli interlocutori di avere a che fare con un italiano. Gli disse di essere milanese, figlio di un diplomatico italiano che si era portato in giro per il mondo la moglie americana e i loro due bambini. Joel dava per scontato che Luigi sapesse molte cose sul suo conto, e quindi lo sondò per capire che tipo fosse l'uomo al quale era stato affidato.

Ma non riuscì a sapere granché. Matrimonio: nessuno. Università: Bologna. Studi negli Stati Uniti: sì, da qualche parte nel Midwest. Lavoro: per il governo. Quale governo? Non precisato. Luigi aveva un sorriso accattivante a cui ricorreva per sottrarsi alle domande che voleva lasciare senza risposta, e Joel non tardò a rendersi conto di avere di fronte un professionista.

«Mi sembra di capire che tu sappia molto di me» gli disse quindi.

Il sorriso, quei denti perfetti, gli occhi tristi semichiusi mentre sorrideva: le donne dovevano andare matte per uno così. «Ho visto il dossier.»

«Il dossier? Non entrerebbe in questa stanza, il mio dossier.»

«Ho visto il dossier.»

«Bene, dimmi allora quanti anni Jacy Hubbard è rimasto al Senato.»

«Troppi, direi. Senti, Marco, abbiamo fin troppo da fare, perciò non possiamo perdere tempo a risvegliare il passato.»

«Posso cambiare nome? Marco non mi fa impazzire.»

«Non l'ho scelto io.»

«E chi l'ha scelto, allora?»

«Non lo so, non io, comunque. Fai un mucchio di domande inutili.»

«È una vecchia abitudine, ho fatto l'avvocato per venticinque anni.»

Luigi finì il suo espresso e lasciò sul tavolino qualche euro. «Andiamo a fare due passi» disse, alzandosi. Joel prese la sua borsa di tela e seguì il suo tutore fuori dal locale. Si incamminarono lungo una stradina trasversale con poco traffico e, fatti pochi passi, Luigi si fermò davanti all'Albergo Campeol. «Questa è la tua prima tappa.»

«Che cos'è?» chiese Joel, osservando quell'edificio di quattro piani affiancato da due palazzi simili, con il portico sormontato da bandiere multicolori.

«Un bell'alberghetto. La parola "albergo" significa hotel, puoi usare indifferentemente l'una o l'altra, ma nelle piccole città preferiscono "albergo".»

«Una lingua facile, allora, l'italiano.» Si mise a guardare a destra e a sinistra quella che, per qualche tempo, sarebbe stata la sua strada.

«Più facile dell'inglese.»

«Vedremo. Tu quante lingue parli?»

«Cinque o sei.»

Entrarono e, mentre attraversavano la piccola hall, Luigi fece un cenno d'intesa all'impiegato alla reception. Joel pronunciò un passabile "Buongiorno" senza fermarsi, sperando di evitare una risposta che lo coinvolgesse troppo. Salirono tre rampe di scale e si fermarono davanti alla stanza 30, in fondo al corridoio. Luigi aveva la chiave e aprì la porta. Era una piccola suite, semplice ma arredata con gusto, con finestre su tre lati. Una si affacciava su un canale.

«È la più bella» gli spiegò Luigi. «Nulla di speciale, ma comunque all'altezza delle tue esigenze.»

«Avresti dovuto vedere la mia ultima stanza.» Joel lanciò sul letto la borsa di tela e cominciò a tirare le tendine.

Luigi aprì lo sportello del piccolo armadio. «Vieni a vedere. Hai quattro camicie, quattro pantaloni, due giacche, due paia di scarpe, tutto della tua misura. E inoltre un cappotto pesante, a Treviso fa piuttosto freddo.» Joel osservò il suo nuovo guardaroba. Gli abiti, stirati e pronti per essere indossati, erano appesi perfettamente. I colori erano tutt'altro che vistosi, scelti con un certo gusto, e ogni camicia poteva essere accoppiata con ogni giacca o pantalone. «Grazie.»

«In quel cassetto troverai una cintura, calze e mutande, tutto quello che ti serve, insomma. E in bagno ci sono gli articoli da toeletta.»

«Che cosa posso dire?»

«E qui ci sono due paia di occhiali.» Luigi ne prese un paio dal tavolo, sollevandoli alla luce. Le piccole lenti rettangolari erano inserite in una montatura metallica nera e sottile, molto europea. «Armani» spiegò, e nella sua voce c'era una traccia d'orgoglio.

«Occhiali da vista?»

«Sì, e no. Ti consiglio di metterli ogni volta che esci, Marco, sono una componente della tua nuova immagine, del nuovo te stesso.»

«Avresti dovuto conoscere quello vecchio.»

«No, grazie. L'apparenza è molto importante per gli italiani, specialmente per noi settentrionali. Il tuo abbigliamento, i tuoi occhiali, i tuoi capelli, tutto deve essere in ordine: in caso contrario ti si noterà.»

Joel avrebbe preferito vestire secondo i propri gusti, ma poi decise di fregarsene, in fondo aveva indossato la divisa della prigione così a lungo da non volersela nemmeno ricordare. Prima, nei giorni del suo massimo splendore, spendeva tremila dollari per un abito su misura.

Luigi continuò a impartirgli le istruzioni. «Niente shorts, niente calze nere con le scarpe da ginnastica bianche, niente pantaloni di poliestere. E non ingrassare, per favore.»

«Come si dice in italiano *kiss my ass*?»

«Ci arriveremo più tardi. Usi e costumi sono importanti, facili da imparare e abbastanza piacevoli. Mai, per esempio, ordinare un cappuccino dopo le dieci e mezzo del mattino, mentre un caffè lo puoi ordinare quando vuoi. Lo sapevi?»

«No.»

«Solo i turisti ordinano il cappuccino dopo pranzo o dopo cena. Un'indecenza, tutto quel latte a stomaco pieno.» Per un attimo Luigi si rabbuiò e sembrò addirittura sul punto di vomitare.

Joel sollevò una mano. «Giuro di non farlo mai.»

«Siediti.» Luigi gli indicò una delle due sedie accanto alla piccola scrivania. Sedettero entrambi e cercarono di mettersi a proprio agio. «La stanza, anzitutto» proseguì. «È a nome mio, ma ho fatto sapere alla direzione dell'albergo che sarà occupata per un paio di settimane da un uomo d'affari canadese.»

«Un paio di settimane?»

«Sì, poi ti trasferirai da un'altra parte.» Luigi diede a queste ultime parole un'intonazione vagamente minacciosa, come se bande di assassini fossero già a Treviso in cerca di Joel Backman. «Da questo momento in poi tu lascerai una traccia. Non dimenticarlo mai, chiunque incontri, qualsiasi cosa tu faccia, rappresenterà una tua traccia. Il segreto della sopravvivenza è proprio quello di lasciare il minor numero di tracce. Quindi, parla con pochissima gente a cominciare dall'impiegato alla reception e continuando con la cameriera. Il personale degli alberghi osserva i clienti e ha buona memoria, tra sei mesi qualcuno potrebbe presentarsi qui e mettersi a fare domande su di te. Potrebbe avere una tua foto, offrire soldi. E l'impiegato potrebbe all'improvviso ricordarsi di te, del fatto che praticamente non parlavi l'italiano.»

«Avrei una domanda.»

«Ma io di risposte ne ho poche.»

«Perché qui? Perché in un paese del quale non conosco la lingua? Perché non in Inghilterra o in Australia, in un posto insomma dove mi potrei integrare più facilmente?»

«Questa decisione l'ha presa qualcun altro, Marco, non io.»

«Me l'ero immaginato.»

«Perché me l'hai chiesto, allora?»

«Non lo so. Posso presentare domanda di trasferimento?»

«Altra domanda inutile.»

«Come battuta sarà stupida, ma la domanda in sé non lo è.»

«Possiamo andare avanti?»

«Sì.»

«Per i primissimi giorni ti porterò io a pranzo e a cena. Ci muoveremo, andremo ogni volta in un posto diverso. Treviso è una bella città, piena di caffè, e li proveremo tutti. Ma devi prepararti al giorno in cui non sarò più al tuo fianco. Attento a chi frequenterai.»

«Ho un'altra domanda.»

«Dimmi, Marco.»

«Si tratta dei soldi, non mi piace essere al verde. Avete intenzione di darmi una piccola rendita o qualcosa del genere? Vi laverò la macchina, farò altri servizi.»

«Che cosa intendi per rendita?»

«Contanti, soldi in tasca.»

«Non preoccuparti dei soldi, ma per ora ai conti penso io. Non soffrirai la fame.»

«D'accordo.»

Luigi infilò la mano nel giaccone e tirò fuori di tasca un cellulare. «Questo è per te.»

«E chi dovrei chiamare, di grazia?»

«Me, se avrai bisogno di qualcosa. Il mio numero è sul dorso.»

Joel prese il telefonino e lo posò sulla scrivania. «Ho fame. Mi sono sognato un lungo pranzo a base di pasta, vino e dolce, oltre naturalmente all'espresso ma non certo il cappuccino, a quest'ora, e poi magari il riposino di prammatica. Mi trovo in Italia ormai da quattro giorni e ho mangiato soltanto merendine salate e panini. Che ne dici?»

Luigi diede un'occhiata all'orologio. «Conosco il posto giusto, ma prima continuiamo con le cose serie. Tu non parli italiano, vero?»

Joel alzò gli occhi al cielo ed emise un profondo sospiro, poi cercò di sorridere. «No, non ho mai avuto l'occasione di imparare l'italiano, il francese, il tedesco o qualsiasi altra lingua. Sono americano, Luigi, va bene? Il mio paese è più grande dell'intera Europa e tutto quello che ti serve è sapere l'inglese.»

«Ricordati che sei canadese.»

«Okay, ma siamo isolati, ci siamo solo noi e gli americani.»

«Il mio compito è quello di provvedere alla tua sicurezza.»

«Grazie.»

«E a questo scopo è necessario che tu impari al più presto l'italiano.»

«Capisco.»

«Andrai a ripetizione, te le darà un giovane studente che si chiama Ermanno. Studierai con lui la mattina e anche il pomeriggio, sarà un lavoro difficile.»

«Fino a quando?»

«Fino a quando sarà necessario, dipende da te. Se studierai con impegno fra tre o quattro mesi dovresti riuscire a renderti indipendente.»

«Tu quanto tempo hai impiegato per parlare inglese?»

«Mia madre è americana, parlavamo inglese a casa e italiano fuori.»

«Non vale, allora. Quali altre lingue conosci?»

«Spagnolo, francese e qualche altra. Ermanno è un ottimo insegnante, l'aula è alla fine di questa strada.»

«Non qui in albergo?»

«Ma no, Marco. Non dimenticare ciò che ti ho appena detto sulle tracce. Che cosa penserebbero il fattorino e la cameriera se un giovanotto si chiudesse qui con te ogni mattina per quattro ore.»

«Dio ce ne scampi.»

«La cameriera origlierebbe alla porta, poi riferirebbe al direttore e in un giorno o due tutto il personale dell'albergo verrebbe a sapere che l'uomo d'affari canadese sta studiando intensamente. Quattro ore al giorno!»

«Sei stato chiarissimo. Ora vogliamo parlare del pranzo?»

Uscendo dall'albergo Joel riuscì a sorridere senza rivolgere una sola parola al personale che incrociò. Poco dopo arrivarono nel centro di Treviso, in piazza dei Signori, con i suoi portici e i caffè. Era mezzogiorno e cresceva il numero dei cittadini che si affrettavano per il pranzo. La temperatura stava calando, ma Joel non sentiva il freddo, sprofondato com'era nel suo nuovo cappotto di lana. E cercò in tutti i modi di passare per italiano.

«Dentro o fuori?» gli chiese Luigi.

«Dentro.» S'infilarono nel Bar Beltrame, dal quale si dominava la piazza. Un forno accanto all'entrata riscaldava l'ambiente mentre dal fondo giungeva l'aroma dei piatti in preparazione. Luigi e il cameriere si rivolsero la parola contemporaneamente, e ne risero; quindi ai due ospiti fu assegnato un tavolo accanto alla vetrina.

«Siamo fortunati» disse Luigi, mentre si toglievano i cappotti e si sedevano. «Il piatto del giorno è faraona con polenta.» Gli tradusse tutto in inglese, e lo stesso fece subito dopo leggendo il menu da una lavagnetta appesa a una trave: «Panzerotti di funghi al burro, conchiglie con cavolfiori, spiedino di carne mista alla griglia».

«Prendo tutto.»

«Il vino della casa è molto buono.»

«Io preferisco il rosso.»

Nel giro di pochi minuti il locale si riempì e tutti i clienti sembravano conoscersi. Un ometto dall'aria allegra e affaccendata con un grembiule sporco si avvicinò al loro tavolo e finse di prendere appunti mentre Luigi elencava le loro ordinazioni. Poco dopo arrivò una caraffa di vino della casa insieme a una ciotola di olio caldo e focaccia affettata. Joel cominciò a mangiare, mentre Luigi gli spiegava i complessi rituali del pranzo e della cena, le abitudini, le tradizioni e gli errori commessi dai turisti che cercavano di farsi passare per italiani DOC.

Con Luigi ogni esperienza sarebbe stata istruttiva.

A Joel il vino diede subito alla testa, anche se lo centellinava per assaporarlo meglio. Si sentì pervadere da una meravigliosa sensazione di calore, di torpore. Era libero, con diversi anni di anticipo sulla data fissata, e se ne stava seduto in un bar di una città italiana che non aveva mai sentito nominare, bevendo ottimo vino locale e pregustando i profumi di un pasto delizioso. Joel sorrise a Luigi, che andava avanti con le sue spiegazioni, finché non ebbe l'impressione di essere come trasportato in un altro mondo.

Ermanno diceva di avere ventitré anni, ma ne dimostrava al massimo sedici. Era alto e terribilmente magro, con capelli biondo rossiccio e occhi nocciola che gli davano un aspetto più da tedesco che da italiano. Era anche molto timido, oltre che piuttosto nervoso, e a Joel a prima vista non piacque.

Erano andati a trovare Ermanno nel suo piccolo appartamento, al terzo piano di un palazzo malandato distante circa sei isolati dall'albergo di Joel. L'abitazione era composta da tre vani – cucina, camera da letto e tinello – arredati con una certa approssimazione, ma Ermanno in fondo era uno studente e quello era il tipico ambiente da studenti, anche se dava l'impressione di essere occupato da qualcuno arrivato da poco e pronto ad andarsene da un momento all'altro.

Sedettero intorno a un tavolino sistemato al centro del tinello. Non c'era televisore. La stanza era fredda e poco illuminata e Joel non riuscì ad allontanare la sensazione di trovarsi in una specie di strada sotterranea dove le persone in fuga venivano tenute in vita e spostate in segreto. Il gradevole calore delle due ore di pranzo stava svanendo velocemente.

E il nervosismo del suo istruttore non migliorava certo la situazione.

Non appena fu chiaro che Ermanno non era in grado di prendere in mano le redini della situazione intervenne Luigi e i progressi si notarono subito. Luigi propose loro di studiare dalle nove alle undici, fare una pausa di due ore e poi riprendere all'una e mezzo per tirare avanti fino a quando non si fossero stancati. L'orario sembrò andare bene a Ermanno e Joel, ma quest'ultimo ebbe la tentazione di rivolgere una domanda ovvia: se Ermanno è uno studente, dove lo trova il tempo per passare le giornate a insegnarmi l'italiano? Ma poi decise di soprassedere.

Ma quante domande si stavano accumulando...

Ermanno, finalmente rilassato, illustrò il suo corso di lingue. Se parlava piano il suo accento si notava poco, ma quando accelerava, come aveva la tendenza a fare, il suo inglese sembrava italiano. Finché Luigi non lo interruppe. «Ermanno, è importante che tu parli molto lentamente, almeno per i primi giorni.»

«Grazie» disse Joel, da vero ruffiano.

Le guance di Ermanno si imporporarono e il ragazzo biascicò un timidissimo: «Grazie». Poi mostrò il suo materiale didattico: il primo libro del corso, un piccolo registratore e due cassette. «Le cassette accompagnano il libro» spiegò, parlando molto lentamente. «Per stasera dovrà studiare il primo capitolo e ascoltare diverse volte ogni cassetta. Domani cominceremo da lì.»

«Sarà uno studio molto intensivo» aggiunse Luigi, mettendolo ulteriormente sotto pressione come se ce ne fosse stato bisogno.

«Dove hai imparato l'inglese?» chiese Joel al ragazzo.

«All'università, a Bologna.»

«Allora non hai studiato negli Stati Uniti?»

«Invece sì.» Ermanno lanciò un'occhiata nervosa a Luigi, come se ciò che era avvenuto negli Stati Uniti fosse qualcosa di cui preferiva non parlare. Ermanno, a differenza di Luigi, arrossiva con una certa facilità. Quindi, non era sicuramente un professionista.

«Dove?» lo incalzò Joel, cercando di capire fino a che punto avrebbe potuto spingersi.

«Furman, una piccola scuola nel South Carolina.»

«Quando ci sei stato?»

Luigi andò in soccorso del ragazzo, schiarendosi la voce. «Più tardi avrete tutto il tempo di fare una chiacchierata, ma è importante, Marco, che tu dimentichi l'inglese. Da oggi in avanti vivrai in un mondo che parla italiano, tutto ciò che toccherai avrà un nome italiano. Ogni tuo pensiero dovrà essere tradotto, fra una settimana ordinerai al ristorante, tra due sognerai in italiano. Sarà un'immersione totale e sicura in questa lingua, senza possibilità di tornare indietro.»

«Possiamo cominciare alle otto del mattino?» chiese Joel.

Ermanno sembrò sulle spine. «Possiamo fare le otto e mezzo?»

«Bene, sarò qui alle otto e mezzo.»

Lasciarono Ermanno e tornarono in piazza dei Signori. Il traffico adesso era notevolmente più scarso e i marciapiedi sembravano quasi deserti. Luigi si fermò davanti alla Trattoria del Monte e con il capo indicò la porta. «Ci vediamo qui per cena alle otto, d'accordo?»

«D'accordo.»

«Ci sai arrivare da solo all'hotel?»

«All'albergo, sì.»

«Una cartina di Treviso ce l'hai?»

«Sì.»

«Bene. Ora dovrai contare soltanto su te stesso, Marco.» Ciò detto, Luigi s'infilò in un vicolo e scomparve. Joel lo seguì per un attimo con lo sguardo, poi riprese a camminare in direzione della piazza principale.

Si sentiva particolarmente solo. Quattro giorni dopo l'uscita da Rudley era finalmente libero, senza nessuno ad accompagnarlo e forse a osservarlo, anche se su quest'ultimo punto nutriva qualche dubbio. Decise immediatamente che se ne sarebbe andato in giro per la città pensando agli affari suoi, come se nessuno lo stesse tenendo d'occhio. E decise anche, mentre fingeva di osservare la merce esposta nella vetrina di una pelletteria, che non avrebbe passato il resto della sua esistenza a guardarsi alle spalle.

Non l'avrebbero trovato.

Vagò senza meta finché non giunse in piazza San Vito, con le chiese di Santa Lucia e San Vito vecchie di oltre settecento anni. Erano entrambe chiuse ma, stando a quanto si leggeva sull'antica targa d'ottone, avrebbero riaperto dalle quattro alle sei. Ma quale istituzione interrompe l'attività da mezzogiorno alle quattro?

I bar non erano chiusi ma solo vuoti, e lui trovò finalmente il coraggio di entrare in uno. Si appollaiò su uno sgabello, trattenne il fiato e, quando il barista si avvicinò, disse: «Birra».

Il barista replicò chiedendogli qualcosa e rimase in attesa di una risposta; per una frazione di secondo Joel ebbe la tentazione di scappare. Ma poi vide la maniglia della spina e gliela indicò, come se fosse fin troppo chiaro ciò che voleva. Il barista prese un boccale.

La prima birra dopo sei anni. Era fredda, forte, gustosa, e Joel se ne godette ogni goccia. Da un televisore all'altra estremità del bar giungeva il chiassoso dialogo di una telenovela e lui provò ogni tanto ad ascoltare, ma non capiva nemmeno una parola e dovette faticare per convincersi di essere in grado di imparare quella lingua. Mentre stava per decidere se alzarsi e tornarsene con calma in albergo, guardò al di là della vetrina.

In quel momento Stennett entrò nel bar.

E Joel ordinò un'altra birra.

7

L'affare Backman era stato seguito con particolare assiduità da Dan Sandberg, un cronista veterano del "Washington Post". Era stato lui nel 1998 il primo a scrivere di certi documenti top secret che erano usciti dal Pentagono senza autorizzazione. E la relativa inchiesta aperta dall'FBI l'aveva impegnato per sei mesi, periodo in cui Sandberg aveva dedicato a quel caso diciotto articoli, molti dei quali in prima pagina. Il giornalista aveva contatti sicuri alla CIA e all'FBI, conosceva i soci dello studio Backman, Pratt & Bolling e aveva passato diverse ore nei loro uffici. Lo si vedeva spesso al dipartimento della Giustizia a caccia di notizie. Ed era presente in aula il giorno in cui Backman aveva ammesso precipitosamente le sue responsabilità per poi essere inghiottito dal carcere.

Un anno dopo era stato lui l'autore di uno dei due libri pubblicati su questo scandalo. Il suo aveva venduto ventiquattromila copie, un numero più che rispettabile, mentre le vendite dell'altro si erano fermate a circa la metà.

A quei tempi Sandberg aveva stabilito rapporti importantissimi e uno, in particolare, si era trasformato in una fonte di notizie preziosa quanto inattesa. Un mese prima della morte di Jacy Hubbard era stato contattato da Carl Pratt, allora sotto accusa come quasi tutti i soci anziani dello studio, che gli aveva fissato un appuntamento. I due avevano avuto una quindicina di incontri mentre lo scandalo seguiva il suo corso, e successivamente erano diventati compagni di bevute. Almeno due volte l'anno si vedevano in maniera riservata per scambiarsi un po' di pettegolezzi.

Tre giorni dopo la clamorosa notizia del provvedimento di grazia a Backman, Sandberg telefonò a Pratt e gli diede appuntamento nel loro locale preferito, un bar frequentato da studenti dalle parti della Georgetown University.

Pratt aveva l'aspetto di chi beve ininterrottamente da giorni e, appena seduto, ordinò vodka mentre Sandberg bevve come al solito birra.

«Allora, che fine ha fatto il nostro amico?» chiese il giornalista con un sorriso complice.

«Non è più in carcere, poco ma sicuro.» Pratt tracannò una sorsata quasi letale di vodka e fece schioccare le labbra.

«Non vi ha dato sue notizie?»

«No, né a me né a nessun altro dello studio.»

«Ti sorprenderesti se telefonasse o comparisse all'improvviso?»

«Sì e no, nulla di Backman può più sorprendermi.» Altro sorso di vodka. «Non mi sorprenderei se non rimettesse più piede a Washington, come non mi sorprenderei se domani riapparisse annunciando l'apertura di un nuovo studio legale.»

«La concessione della grazia ti ha sorpreso?»

«Sì, ma non è stata opera sua. O no?»

«Direi proprio di no.» Passò una studentessa e Sandberg, due volte divorziato e sempre a caccia, le lanciò un'occhiata. «Non può più esercitare, vero?» chiese mandando giù un sorso di birra. «Mi sembra di ricordare che gli hanno tolto la licenza.»

«Lui non è il tipo da arrendersi per così poco. Chiamerebbe la sua attività "rapporti con il governo", "consulenze" o in qualche altro modo. La sua specialità è il lobbying, e per praticarlo non serve alcuna licenza. La metà degli avvocati di questa città non sa nemmeno dove si trova il tribunale, ma il Congresso eccome se lo sanno trovare.»

«E i clienti?»

«Inutile chiederselo, tanto lui a Washington non ci torna. A meno che tu non abbia saputo qualcosa che io non so.»

«Non ho saputo niente, quello è scomparso. E alla prigione tengono tutti la bocca chiusa, non sono riuscito a cavare niente nemmeno dagli avvocati.»

«Tu hai una teoria?» Pratt vuotò il bicchiere e sembrava pronto a fare il bis.

«Oggi ho scoperto che la sera del 19 Maynard è andato alla Casa Bianca, e solo uno come Teddy avrebbe potuto ottenere da Morgan qualcosa come la grazia per il Broker. Backman è uscito di prigione, probabilmente sotto scorta, ed è subito scomparso.»

«Stai parlando del programma di protezione dei testimoni?»

«Qualcosa del genere, non è la prima volta che la CIA nasconde qualcuno. Non è previsto per iscritto, naturalmente, ma quella gente ha tante risorse.»

«E perché nasconderebbero Backman?»

«Per vendetta. Ti ricordi Aldrich Ames, la più grossa talpa nella storia della CIA?»

«Certo.»

«Ora è al sicuro sotto chiave in una prigione federale. Lo sai, vero, che la CIA adorerebbe combinargli qualche scherzetto? Ma non lo fa perché è contro la legge, non possono colpire un cittadino americano né in patria né all'estero.»

«Ma Backman non era una talpa all'interno della CIA. Lui odiava Maynard, e ne era ricambiato.»

«Maynard non lo ucciderà, ma sistemerà le cose in modo che qualcun altro si tolga questa soddisfazione.»

Pratt si stava alzando. «Ne vuoi un'altra?» chiese al giornalista indicandogli la birra.

«Dopo, magari.» Sandberg sollevò il boccale e mandò giù un altro sorso.

Poco dopo Pratt tornò a sedersi, con in mano una doppia vodka. «Quindi, secondo te, Backman avrebbe i giorni contati?»

«Te l'ho detta, la mia teoria. Adesso sentiamo la tua.»

Pratt rispose dopo una ragionevole sorsata di vodka. «Il punto d'arrivo è lo stesso, ma da una prospettiva leggermente diversa.» Infilò l'indice nel bicchiere per mescolare il drink, poi si leccò il dito e rimase qualche secondo a riflettere. «Quanto sto per dirti rimane fra noi, okay?»

«Naturalmente.» Nel corso degli anni si erano parlati con tale frequenza che tutto quello che si dicevano era *off the record*.

«Tra la morte di Hubbard e l'ammissione di colpevolezza da parte di Backman passarono otto giorni. Furono momenti di paura. Io e Kim Bolling fummo messi sotto protezione dall'FBI ventiquattr'ore su ventiquattro. Curioso, a pensarci.

L'FBI stava facendo di tutto per mandarci in prigione a vita e al tempo stesso si sentiva in dovere di proteggerci.» Mandò giù un altro sorso, guardandosi intorno per accertarsi che nessuno studente stesse ascoltando di nascosto. «Vi furono alcune minacce, serie, da parte degli stessi che avevano ucciso Jacy Hubbard. L'FBI ci interrogò successivamente, cioè mesi dopo la carcerazione di Backman, quando la faccenda era in pratica sistemata. Ci sentimmo un po' più al sicuro, ma nei due anni successivi io e Bolling pagammo delle guardie del corpo. Ancora adesso guardo sempre lo specchietto retrovisore, e il povero Kim è andato fuori di testa.»

«Da chi venivano quelle minacce?»

«Dagli stessi che ora vorrebbero trovare Backman.»

«Chi?»

«Backman e Hubbard avevano raggiunto un accordo con i sauditi, ai quali avrebbero venduto il loro giocattolino in cambio di una vagonata di soldi. Il prezzo era oggettivamente altissimo, ma in ogni caso inferiore alla spesa per la realizzazione di un sistema satellitare nuovo di zecca. Ma l'affare va a monte e Hubbard viene ucciso. Backman si rifugia di corsa in prigione e i sauditi non sprizzano gioia da tutti i pori. Come gli israeliani, che avrebbero voluto raggiungere lo stesso accordo e, oltretutto, erano furiosi con Backman e Hubbard per avere trattato con i sauditi.» S'interruppe per tracannare dell'altra vodka, quasi cercasse il coraggio per completare il suo racconto. «Per non parlare, poi, di chi quel sistema l'aveva costruito.»

«I russi?»

«Probabilmente no. Jacy Hubbard aveva un debole per le orientali e l'ultima volta che qualcuno l'ha visto vivo stava uscendo da un bar in compagnia di un'affascinante creatura tutta gambe, dai lunghi capelli neri e dal visetto tondo. Una ragazza dell'altra parte del mondo. Qui da noi la Cina comunista può contare su migliaia di persone per raccogliere informazioni: studenti universitari, uomini d'affari, diplomatici. Washington è piena di cinesi impiccioni. E i loro servizi segreti, inoltre, hanno agenti particolarmente in gamba. Per un affare del genere, insomma, non avrebbero esitato a colpire Hubbard e Backman.»

«Sei sicuro che si tratti della Cina, quindi?»

«Nessuno è sicuro. Magari Backman sa qualcosa, ma non ha mai aperto bocca. Ricorda che la CIA non sapeva nemmeno dell'esistenza di questo sistema satellitare. Sono stati sorpresi con i pantaloni calati, e il vecchio Teddy sta ancora cercando di recuperare il tempo perduto.»

«Per lui questo è un gioco divertente, vero?»

«Decisamente. Ha attaccato all'amo l'esca della sicurezza nazionale e Morgan, come era prevedibile, ha abboccato. Backman quindi esce di scena, nel senso che Teddy lo fa espatriare e ora lo tiene sotto controllo per vedere chi busserà alla sua porta con in mano una pistola. È un gioco al quale non può perdere.»

«Ben architettato.»

«Più che ben architettato, Dan. Rifletti: quando Joel Backman sarà eliminato nessuno lo verrà a sapere. Nessuno sa dove si trovi attualmente. E nessuno saprà chi e quando il suo cadavere verrà trovato.»

«Se verrà trovato.»

«Esattamente.»

«E Backman questo lo sa?»

Pratt terminò il secondo drink e si asciugò la bocca con una manica. Poi sembrò incupirsi. «Backman non è affatto stupido, ma molto di ciò che sappiamo è emerso dopo che lui se n'era andato. È sopravvissuto sei anni in carcere e ora pensa probabilmente di poter sopravvivere a tutto.»

Critz s'infilò in un pub non lontano dal Connaught Hotel, a Londra, per ripararsi dalla leggera pioggia che cadeva da qualche minuto. La signora Critz era tornata nel piccolo appartamento messo a loro disposizione dal nuovo datore di lavoro del marito, così lui poteva permettersi il lusso di farsi in santa pace un paio di birre in un affollato pub dove nessuno lo conosceva. Era a Londra ormai da una settimana e ne sarebbe passata un'altra prima del suo ritorno a Washington. Nella sua città Critz avrebbe intrapreso una nuova attività della quale non era entusiasta, quella del lobbista al servizio di una società che produceva, insieme ad altro hardware, missili difettosi che il Pentagono, pur disprezzandoli, sarebbe stato costretto ad acquistare, potendo la società in questione contare sui lobbisti giusti.

Trovò un séparé libero, parzialmente nascosto da una nuvola di fumo, e si sedette per godersi la sua birra. Che bello poter bere da solo, senza il pensiero di essere riconosciuto e avvicinato da qualcuno che gli avrebbe detto qualcosa del tipo: "Ehi, Critz, ma che credevate di risolvere voi scemi con quel veto Berman?". Ah, ah, ah.

Assorbì le allegre voci degli avventori che entravano e uscivano dal locale, e il loro accento inglese non gli dava fastidio come non gliene dava il fumo. Era solo, sconosciuto a tutti, e si immerse nella sua piacevole privacy.

Ma quell'anonimato non era completamente tale. Alle sue spalle spuntò un ometto con sul capo uno stropicciato berretto da marinaio e Critz trasalì vedendolo piazzarsi di fronte a lui nel séparé.

«Le spiace se mi siedo, signor Critz?» gli chiese il marinaio, con un sorriso che mise in mostra i suoi grossi denti giallastri. Critz non avrebbe dimenticato quei denti pieni di tartaro.

«Si accomodi» gli disse, guardingo. «Ce l'ha un nome?»

«Ben.» Non era inglese, e l'inglese non era la sua lingua madre. Sulla trentina, con occhi e capelli scuri e il naso a punta, forse si trattava di un greco.

«Niente cognomi, eh?» Critz portò il boccale alle labbra. «Come fa a sapere come mi chiamo?»

«So tutto di lei.»

«Ignoravo di essere tanto famoso.»

«Non la chiamerei fama, signor Critz. Sarò breve. Lavoro per certe persone che vogliono trovare Joel Backman a tutti i costi e sono disposte a pagare più che profumatamente, in contanti. Contanti dentro una scatola o in una banca svizzera, non ha importanza, e l'affare si può concludere presto, nel giro di qualche ora. Lei mi dice dov'è Backman, si mette in tasca un milione di dollari e nessuno lo verrà mai a sapere.»

«Come ha fatto a trovarmi?»

«È stato semplice, signor Critz. Noi siamo, diciamo così, professionisti.»

«Spie?»

«Non ha importanza. Siamo chi siamo e vogliamo trovare il signor Backman. La domanda è questa: lo vuole un milione di dollari?»

«Non so dov'è.»

«Ma può scoprirlo.»

«Forse.»

«Accetta l'affare?»

«Non per un milione di dollari.»

«E per quanto?»

«Dovrò pensarci su.»

«Allora si sbrighi.»

«E se non riuscissi ad avere quell'informazione?»

«Be', non ci vedremo più e questa conversazione non c'è mai stata. Semplice, come vede.»

Critz mandò giù un lungo sorso di birra ed esaminò la cosa. «Facciamo conto che io sia in grado di avere l'informazione, non sono molto ottimista ma potrei anche avere fortuna. Che cosa dovrei fare in questo caso?»

«Prendere un biglietto di prima classe sul volo Lufthansa Washington-Amsterdam dal Dulles e scendere all'Amstel Hotel, sul Biddenham. La troveremo noi, come l'abbiamo trovata qui.»

Critz memorizzò quei dati. «Quando?» chiese poi.

«Appena possibile, signor Critz. Ci sono anche altri che stanno cercando Backman.»

Ben sparì alla stessa velocità con cui si era materializzato e Critz rimase a osservare il fumo, chiedendosi se per caso non avesse sognato. Un'ora dopo uscì dal pub, con il viso nascosto dall'ombrello, sicuro di essere osservato.

L'avrebbero tenuto sotto controllo anche a Washington? Ebbe l'inquietante sensazione che sarebbe andata proprio così.

8

Il sonnellino non ebbe alcun effetto. Il vino bevuto a pranzo e le due birre del pomeriggio non gli furono d'aiuto. C'erano troppe cose a cui pensare.

E poi si era riposato anche troppo, il suo organismo era gravato da un eccesso di sonno. Sei anni trascorsi in regime di isolamento riducono il corpo umano a una tale passività che dormire finisce per diventare l'attività principale. Dopo i primi mesi di carcere Joel dormiva otto ore a notte, alle quali si aggiungeva un bel pisolino pomeridiano; e ciò era comprensibile dal momento che aveva dormito così poco nei venti anni precedenti, quando reggeva le sorti della nazione per poi di notte dare la caccia alle gonnelle. Dopo un anno di prigione era arrivato a nove, a volte dieci ore di sonno, anche perché c'era ben poco da fare oltre a leggere e guardare la televisione. Per vincere la noia una volta Joel aveva condotto un piccolo sondaggio, una delle sue inchieste clandestine, facendo circolare tra le celle un foglietto di carta mentre anche gli agenti di custodia schiacciavano un pisolino. Accertò così che i trentasette detenuti che avevano risposto al sondaggio dormivano una media di undici ore per notte. Mo, la gola profonda della mafia, sosteneva di arrivare a sedici ore, e a volte lo si sentiva russare anche a mezzogiorno. Il record negativo, tre ore, era detenuto da Miller "Mucca Pazza"; ma il poveretto era uscito di senno anni prima e la sua risposta al sondaggio fu quindi scartata.

Backman aveva sofferto anche di attacchi d'insonnia, con lunghe ore passate a fissare il buio pensando agli errori, ai figli, ai nipoti, alle umiliazioni del passato e alla paura del futuro. E c'erano state settimane in cui gli venivano portate in cella pillole di sonnifero, una alla volta, che però non avevano mai avuto effetto. Joel aveva sospettato che si trattasse di un semplice placebo.

Ma in quei sei anni aveva dormito fin troppo. E ora il suo fisico era ben riposato e il cervello faceva anche gli straordinari.

Si alzò lentamente dal letto su cui era rimasto sdraiato un'ora, senza riuscire a chiudere occhio, e andò a prendere sul tavolino il cellulare che gli aveva lasciato Luigi. Poi si avvicinò alla finestra, compose il numero segnato dietro il telefonino e dopo quattro squilli udì una voce familiare.

«Ciao, Marco. Come stai?»

«Volevo solo accertarmi che questo cellulare funzionasse.»

«Pensavi che te ne avessi dato uno difettoso?» gli chiese Luigi.

«No, certo.»

«Come hai dormito?»

«Eh? Bene, molto bene. Ci vediamo a cena.»

«Ciao.»

Dove si trovava Luigi? Si era appostato nelle vicinanze con il cellulare in tasca in attesa della telefonata di Joel? Teneva d'occhio l'albergo? Se Stennett e l'autista erano ancora a Treviso, con Luigi ed Ermanno, era di quattro il totale provvisorio degli "amici" di vario genere incaricati della sorveglianza di Joel Backman.

Strinse il cellulare, chiedendosi chi altro fosse al corrente di quella telefonata. Chi lo stava ascoltando? Da dietro i vetri abbassò lo sguardo sulla strada: c'era soltanto Luigi, o qualcun altro?

Allontanò quei pensieri e sedette al tavolo. Voleva del caffè, magari un doppio espresso, per tenere i nervi in esercizio, ma non certo un cappuccino a quell'ora; però non si sentiva ancora pronto per sollevare il telefono e ordinare qualcosa al bar. Era in grado di dire "Pronto" e "Caffè", ma sicuramente avrebbe poi dovuto vedersela con un fiume di altre parole a lui sconosciute.

Come si fa a sopravvivere senza caffè forte? C'era stato un tempo in cui la sua segretaria preferita gli portava sei giorni la settimana, alle sei e mezzo in punto del mattino, la prima di una serie di tazze di una miscela turca. Ci mancò poco che non se la sposasse, quella segretaria. Ogni mattina alle dieci il Broker era così teso da lanciare oggetti e urlare contro i dipendenti, parlando contemporaneamente a tre telefoni e tenendo in attesa i senatori.

Quel flashback però non gli fece piacere, come al solito. Ne aveva a iosa, di ricordi del genere, e nei sei anni di isolamento aveva condotto una feroce guerra mentale per bonificare il suo passato.

Non poteva ordinare il caffè perché aveva paura della nuova lingua. Joel Backman non aveva mai avuto paura di niente; e se era riuscito a stare dietro a trecento provvedimenti legislativi nei labirinti del Congresso, se aveva potuto fare cento telefonate al giorno senza cercare i numeri sull'agenda da tavolo o sulla guida, sarebbe stato sicuramente in grado di imparare abbastanza italiano per ordinare un caffè. Sistemò accuratamente sul tavolo il materiale didattico di Ermanno, poi controllò le batterie del piccolo registratore e armeggiò con le cassette. La prima pagina della lezione numero uno era interamente occupata dal disegno abbozzato di una famiglia che guardava la televisione nel tinello di casa, e ogni oggetto era indicato in italiano e in inglese: *door* e "porta", *sofa* e "sofà", *window* e "finestra", *painting* e "quadro", e così via. *The boy* era "il ragazzo", *the mother* era "la madre", il vecchio appoggiato al bastone in un angolo era *the grandfather*, "il nonno".

Poche pagine dopo si vedeva la cucina, quindi la stanza da letto e il bagno. Un'ora più tardi, sempre senza caffè, Joel girava senza far rumore nella sua stanza indicando tutto ciò che vedeva e sussurrandone il nome: *bed*, "letto"; *lamp*, "lampada"; *clock*, "orologio"; *soap*, "sapone". Ogni tanto buttava lì prudentemente qualche verbo: *to speak*, "parlare"; *to eat*, "mangiare"; *to drink*, "bere"; *to think*, "pensare". Poi chiamò con il suo nome italiano lo specchio e il bagno, e cercò di convincersi di essere veramente Marco. Marco Lazzeri. «Sono Marco, sono Marco» ripeté in italiano. Gli sembrò sciocco, all'inizio, ma poteva anche accettarlo, la posta in palio era troppo alta per rimanere attaccato a un vecchio nome che avrebbe potuto costargli la vita. Essere Marco mi salva la pelle? E Marco sia, allora.

Marco, Marco, Marco.

Si mise alla ricerca di oggetti non presenti nei disegni. Nel suo nuovo dizionario scoprì che la *toilet paper* si chiamava "carta igienica", *pillow* era il "cuscino", *ceiling* il "soffitto". Tutto aveva un nuovo nome, ogni oggetto in quella stanza, in quel suo piccolo mondo, tutto ciò che in quel momento vedeva diventava qualcos'altro. E Joel, saltando con lo sguardo da un oggetto all'altro, continuò a ripetere la corrispondente parola italiana. Poi passò in rassegna se stesso. Aveva un "cervello", cioè *brain*; si toccò una "mano", *hand*; un "braccio", *arm*; una "gamba", *leg*. Poteva *breathe*, "respirare"; *see*, "vedere"; *touch*, "toccare"; *hear*, "sentire"; *sleep*, "dormire"; *dream*, "sognare". Ma si accorse di divagare e la piantò lì. Il giorno dopo Ermanno avrebbe cominciato dalla lezione numero uno, la prima bordata di vocabolario, con particolare attenzione alle nozioni base come i saluti e il benvenuto, la conversazione formale, i numeri da uno a cento, i giorni della settimana, i mesi dell'anno, anche l'alfabeto, la coniugazione dei verbi essere e avere al presente, passato remoto e futuro.

Per l'ora di cena Marco aveva imparato a memoria l'intera prima lezione e ascoltato il relativo nastro una decina di volte. Uscì di casa scoprendo che faceva molto freddo e s'incamminò in quella che ricordava essere la direzione della Trattoria del Monte, sapendo che avrebbe trovato Luigi seduto a un tavolo da lui scelto e pronto a consigliargli qualcosa sul menu. Camminando, con la mente satura dopo ore di meccanico apprendimento mnemonico, notò uno scooter, una bicicletta, un cane, due sorelle gemelle: e si scoprì terribilmente preoccupato di non conoscere nessuno di quei termini nella sua nuova lingua.

Erano rimasti tutti nella sua stanza d'albergo.

Pensando alla cena che l'attendeva tirò diritto, impavido e fiducioso di potersi trasformare in un rispettabile italiano, Marco Lazzeri. Una volta entrato, vide a un tavolo d'angolo Luigi e lo salutò in italiano esibendosi in un disinvolto: «Buonasera, signore, come sta?».

Luigi sorrise compiaciuto. «Sto bene, grazie, e lei?»

«Molto bene, grazie.»

«Vedo che hai studiato.»

«Non avevo molto altro da fare.»

Prima che Marco potesse spiegare il tovagliolo arrivò un cameriere che posò sul tavolo un fiasco di rosso della casa, ne versò velocemente due bicchieri e si allontanò. «Ermanno è un bravissimo insegnante» stava dicendo Luigi.

«Te ne sei già servito altre volte?» gli chiese Marco in tono indifferente.

«Sì.»

«E ti capita spesso di portare qui uno come me e di trasformarlo in un italiano?»

Luigi sorrise. «Ogni tanto.»

«Mi riesce difficile crederlo.»

«Credi pure ciò che vuoi, Marco. È tutta un'invenzione.»

«Parli come una spia.»

Luigi fece spallucce.

«Per chi lavori, Luigi?»

«Tu per chi pensi che io lavori?»

«Per qualcuna di quelle sigle, CIA, FBI, NSA. Forse per qualche sconosciuto ufficio dell'intelligence militare.»

«Ti piace che ci incontriamo in questi ristorantini?»

«Perché, posso forse scegliere?»

«Sì. Se continuerai a farmi domande del genere non ci vedremo più. E questo significa che la tua vita, già precaria di suo, diverrà ancora più vulnerabile.»

«Pensavo che il tuo lavoro consistesse nel tenermi in vita.»

«Proprio così, quindi smetti di fare domande sul mio conto perché ti garantisco che non ci sono risposte.»

Quasi fosse pagato da Luigi, il cameriere si materializzò con perfetto tempismo deponendo sulla tavola due grossi menu, riuscendo in tal modo a sviare l'argomento di conversazione. Marco fece scorrere lo sguardo sulla lista dei piatti, rendendosi ancora una volta conto di quanta strada dovesse fare nello studio dell'italiano. In fondo all'elenco riconobbe le parole caffè, vino e birra.

«Che cosa c'è di buono?» chiese.

«Il cuoco è di Siena e quindi ha una preferenza per i piatti toscani. Il risotto con i funghi porcini è l'ideale per cominciare. Qui ho mangiato anche un'eccezionale bistecca alla fiorentina.»

Marco richiuse il menu riempiendosi le narici con gli aromi che venivano dalla cucina. «Prenderò entrambi.»

Luigi fece segno al cameriere. Dopo le ordinazioni rimasero qualche minuto in silenzio a centellinare il vino rosso. «Qualche anno fa» disse a un certo punto l'italiano «una mattina mi svegliai in un alberghetto di Istanbul. Ero solo, avevo cinquecento dollari e un passaporto falso. Non parlavo nemmeno una parola di turco. Il mio istruttore era in città, ma se mi fossi rivolto a lui sarei stato costretto a cambiare mestiere. E da lì a dieci mesi, secondo i piani, sarei dovuto tornare in quello stesso albergo per incontrare un amico che mi avrebbe fatto uscire dalla Turchia.»

«Ha tutta l'aria dell'addestramento base della CIA.»

«Sigla sbagliata.» Luigi bevve un altro sorso. «Siccome mangiare mi piace, ho imparato a sopravvivere. Ho assorbito la lingua, la cultura, tutto ciò che mi circondava. Ci sono riuscito piuttosto bene, mescolandomi agli abitanti del posto, e quando dieci mesi dopo andai all'appuntamento con questo amico avevo più di mille dollari.»

«Conosci l'italiano, l'inglese, il francese, lo spagnolo e il turco... che altro?»

«Il russo, mi hanno tenuto un anno a Stalingrado.»

Marco stava per chiedergli chi lo aveva tenuto per un anno a Stalingrado, ma poi rinunciò, sia perché non avrebbe avuto risposta sia perché credeva di conoscerla già.

Il cameriere posò sul tavolo un cestino con pane di diversi tipi e una ciotola di olio d'oliva. Luigi cominciò a intingere nell'olio pezzi di pane e l'argomento fu dimenticato o ignorato. Poi arrivò altro cibo, un vassoietto di prosciutto, salame e olive, e la conversazione si diradò. Luigi era una spia, o una controspia, o un operativo, o un agente di qualche servizio, oppure semplicemente un istruttore, o un contatto, o ancora un corrispondente locale, ma era prima di ogni cosa un italiano. E tutto l'addestramento di questo mondo non avrebbe potuto distogliere la sua attenzione dalla sfida che gli si presentava ogni volta che si sedeva a tavola.

Mangiando cambiò argomento e passò a spiegare all'americano la liturgia di una cena italiana con le relative regole. Si comincia con gli antipasti, di solito un piatto di affettati come quelli che avevano davanti a loro. Quindi i primi, di solito una sostanziosa porzione di pasta, riso, zuppa o polenta, che hanno la funzione di scaldare per così dire lo stomaco in vista dei secondi: ossia un piatto di carne o pesce o maiale o pollo o agnello. Attenzione ai dolci, lo mise in guardia Luigi dopo avere dato un'occhiata in giro per assicurarsi che il cameriere non fosse a portata d'orecchio. E scosse mestamente il capo spiegandogli che molti buoni ristoranti i dolci ormai li comprano già confezionati e contengono tanto di quello zucchero o liquore scadente da rovinarti i denti.

Marco assunse un'aria sufficientemente scioccata da questo scandalo nazionale.

«Impara la parola "gelato"» disse ancora Luigi, mentre gli occhi tornavano a brillargli.

«Cioè *ice cream*.»

«Bravo. Il migliore del mondo. In fondo a questa strada c'è una gelateria, ci andremo dopo cena.»

Il servizio in camera terminava a mezzanotte. Alle 23.55 Marco sollevò lentamente la cornetta del telefono e premette due volte il tasto 4, ingoiò a vuoto e trattenne il fiato. Da mezz'ora stava ripetendo le poche parole che si apprestava a pronunciare.

Dopo alcuni pigri squilli, durante i quali fu tentato due volte dalla voglia di riagganciare, una voce assonnata rispose al telefono. «Buonasera.»

Marco chiuse gli occhi e si lanciò. «Buonasera, vorrei un caffè, per favore, un espresso doppio.»

«Va bene, cinque minuti.»

«Grazie.» Marco si affrettò a riattaccare per evitare un'appendice di dialogo, eventualità della quale comunque dubitava seriamente, visto lo scarso entusiasmo all'altro capo del filo. Balzò in piedi, agitò il pugno in aria e si diede idealmente una pacca sulla schiena complimentandosi per quella sua prima conversazione in italiano. Senza il minimo intoppo, ciascuno aveva capito ciò che l'altro aveva detto.

All'una di notte stava ancora sorseggiando il suo espresso doppio, gustandoselo anche se ormai si era raffreddato. Era arrivato a metà della terza lezione e, sveglio come un grillo, stava pensando addirittura di divorarsi il libro intero in vista della sua prima lezione con Ermanno.

Era in anticipo di dieci minuti quando bussò alla porta. Faceva sempre così, anche se aveva cercato di resistere era tornato d'impulso alle sue abitudini di sempre. E in quel caso preferiva essere lui a decidere quando la lezione avrebbe dovuto avere inizio. Dieci minuti prima o venti dopo, il tempo non aveva importanza. Mentre attendeva sul pianerottolo semibuio tornò con la memoria a un incontro ad alto livello che aveva presieduto un giorno nella monumentale sala riunioni dello studio. La stanza era piena di dirigenti e responsabili di diversi enti federali, ed era stato lui stesso a convocarli. Ma, anche se la sala distava solo una cinquantina di passi dal suo ufficio, Joel si era presentato con venti minuti di ritardo, scusandosi e spiegando di essere stato trattenuto al telefono dal primo ministro di una qualche piccola nazione.

Com'erano scemi quei giochetti.

Ermanno non sembrò colpito dall'anticipo del suo studente e lo fece aspettare almeno cinque minuti, prima di aprire la porta con un timido sorriso e un cordiale: «Buongiorno, signor Lazzeri».

«Buongiorno, Ermanno. Come stai?»

«Molto bene, grazie. E lei?»

«Molto bene, grazie.»

Ermanno spalancò la porta e con la mano gli fece segno di entrare. «Prego.»

Marco entrò e per la seconda volta fu colpito dal senso di provvisorio di quella casa. Posò i libri sul tavolino al centro della stanza e decise di non togliersi il cappotto. All'esterno c'era una temperatura di quattro gradi, ma in quell'appartamento non doveva essere di molto superiore.

«Vuole un caffè?» gli chiese Ermanno.

«Sì, grazie.» Aveva dormito circa due ore, dalle quattro alle sei, poi aveva fatto la doccia e si era vestito. Quindi era uscito di casa, avventurandosi per le strade di Treviso ed entrando in un bar già aperto, frequentato da anziani che facevano colazione parlando tutti insieme. Gli andava, ora, dell'altro caffè, ma ciò di cui aveva soprattutto bisogno era qualcosa da mettere sotto i denti, un croissant, un muffin o qualcosa del genere di cui non conosceva ancora il nome italiano. Ma poi decise che avrebbe potuto resistere fino a mezzogiorno, quando si sarebbe rivisto con Luigi per una nuova incursione nella cucina italiana.

«Tu sei uno studente, vero?» chiese in inglese a Ermanno, che tornava dalla cucina con due tazzine.

«Non in inglese, Marco, non in inglese.»

Fu un addio netto, brusco e conclusivo alla lingua madre. Ermanno andò a sedersi a un lato del tavolo, Marco all'altro e alle otto e mezzo in punto attaccarono insieme la pagina uno della prima lezione. Marco lesse il primo dialogo in italiano, Ermanno qualche volta lo corresse amichevolmente ma rimase colpito dalla preparazione del suo allievo. Il vocabolario era stato imparato per intero a memoria, ma sulla pronuncia c'era ancora da lavorare. Un'ora dopo Ermanno cominciò a indicare gli oggetti presenti nella stanza: il tappeto, il libro, la rivista, la sedia, la trapunta, le tendine, la radio, il pavimento, la parete, lo zaino, e Marco diede a ciascuno il suo nome con una certa facilità. Poi, migliorando la pronuncia, snocciolò veloce l'intero elenco dei convenevoli: buongiorno, come stai, bene, grazie, prego, ci vediamo, addio, buonanotte e molti altri. Seguirono poi i giorni della settimana e i mesi dell'anno. Dopo soltanto due ore la prima lezione era stata completata ed Ermanno gli chiese se voleva fare un intervallo. «No.» Passarono alla seconda lezione, con un'altra pagina di vocabolario del quale Marco si era già impadronito, e poi fecero ancora un po' di dialogo con gli stessi ottimi risultati.

«Ha studiato» mormorò Ermanno in inglese.

«Non in inglese, Ermanno, non in inglese» lo corresse Marco. La gara di resistenza era ormai cominciata. A mezzogiorno l'insegnante era esausto e pronto a fare una pausa, quando entrambi udirono con sollievo bussare alla porta. Luigi entrò e li vide seduti l'uno di fronte all'altro a quel tavolo ingombro di libri, con l'aria di chi da ore è impegnato in una gara di braccio di ferro.

«Come va?» chiese.

Ermanno gli lanciò un'occhiata stanca. «Molto intenso» fu la sua risposta.

«Vorrei andare a pranzo» annunciò Marco, sempre in italiano, alzandosi lentamente.

Marco sperava in un pranzetto con qualche parola in inglese per facilitare le cose e magari anche per alleviare la fatica mentale di dover provare a tradurre ogni parola che udiva. Ma, dopo l'entusiasta sintesi che Ermanno gli aveva fatto della mattinata, decise di proseguire l'immersione nell'italiano anche a tavola, o almeno durante la prima parte del pranzo. Il menu non conteneva nemmeno una parola d'inglese e Marco, dopo aver sentito Luigi spiegare ogni piatto in un italiano incomprensibile, sollevò le mani e si arrese. «Basta, per un'ora non voglio sentire o dire una parola d'italiano.»

«E come farai a ordinare?»

«Mangerò quello che avrai ordinato tu.» Bevve un sorso di rosso e cercò di rilassarsi.

«D'accordo, per un'ora possiamo anche parlare inglese.»

«Grazie» disse Marco in italiano. Poi si corresse e lo ripeté in inglese.

9

La mattina successiva, a metà lezione, Marco all'improvviso cambiò atteggiamento e, nel corso di un dialogo particolarmente noioso, abbandonò l'italiano. «Tu non sei uno studente.»

Ermanno sollevò lo sguardo dal libro. «Non in inglese, Marco, solo italiano.»

«Ora sono stanco dell'italiano, va bene? Tu non sei uno studente.»

Ermanno non era bravo a fingere, e oltretutto rimase in silenzio troppo a lungo. «Sì che lo sono» disse poi, con scarsa convinzione.

«Io invece non credo. È evidente che non stai frequentando l'università, altrimenti non avresti il tempo di passare tutta la giornata con me.»

«Potrei avere le lezioni di sera. A lei che gliene importa?»

«Non ci vai, alle lezioni. Non vedo testi universitari, giornaletti studenteschi e tutta quella robaccia che gli studenti lasciano in giro.»

«Potrebbero essere nell'altra stanza.»

«Fammi vedere.»

«Perché? Perché è importante?»

«Perché secondo me tu e Luigi lavorate per la stessa gente.»

«E anche se fosse?»

«Voglio sapere chi è, questa gente.»

«E se io non lo sapessi? Perché le interessa, lei deve solo imparare l'italiano.»

«Da quanto abiti qui?»

«Non sono obbligato a rispondere alle sue domande.»

«Secondo me tu ti sei sistemato qui una settimana fa. Questa deve essere una specie di casa sicura e tu non sei quello che dici di essere.»

«In questo caso saremmo in due.» Ermanno si alzò all'improvviso e si diresse verso la cucina, dalla quale fece subito ritorno con dei documenti che mise sul tavolo di fronte a Marco. Erano le pratiche relative all'iscrizione all'università di Bologna di Ermanno Rosconi, il cui nome e indirizzo si leggevano sulla busta postale con lo stemma dell'ateneo.

«Le lezioni riprenderanno fra qualche giorno» aggiunse Ermanno. «Vuole dell'altro caffè?»

Marco esaminò i moduli, e anche se non capiva in pratica nulla di ciò che leggeva ne afferrò il significato generale. «Sì, per favore» rispose. Quelle carte potevano essere state falsificate, ma in tal caso l'autore del falso era stato bravissimo. Ermanno scomparve in cucina e cominciò a far scorrere l'acqua.

Marco si alzò dal tavolo. «Vado a fare due passi, ho bisogno di schiarirmi le idee.»

La routine fu modificata a cena. Luigi lo aspettava da un tabaccaio di fronte a piazza dei Signori e i due passeggiarono in un vicolo pieno di negozi che stavano chiudendo. Era già buio, faceva freddo e ogni tanto si vedeva qualche distinto signore che tornava a casa a passo spedito con il capo e il viso protetti da cappello e sciarpa.

Luigi teneva le mani guantate infilate nelle tasche del suo soprabito, un capo che poteva avere ereditato dal nonno o acquistato la settimana prima a Milano nella boutique di qualche famosa griffe a un prezzo oltraggiosamente alto. Lo indossava comunque con indubbia classe e Marco provò invidia per l'eleganza del suo tutore.

Luigi non aveva fretta e sembrava che il freddo gli piacesse. Provò a fare qualche commento in italiano ma Marco non stette al gioco. «Inglese, Luigi» gli disse due volte. «Ho bisogno di parlare inglese.»

«D'accordo. Come è andato il secondo giorno di lezione?»

«Bene, Ermanno è bravo. Sense of humor ne ha poco, ma come insegnante è all'altezza.»

«Fai progressi?»

«E come potrei non farne?»

«Ermanno mi dice che hai orecchio per le lingue.»

«Ermanno come imbroglione è penoso, e tu lo sai. Io lavoro molto perché molto dipende da questo mio lavoro. Mi faccio sei ore di lezione al giorno e la sera sgobbo altre tre ore. I progressi sono inevitabili.»

«In effetti, lavori molto» confermò Luigi. Poi si fermò all'improvviso davanti a quello che sembrava un negozio di gastronomia. «La cena sarà qui, Marco.»

Marco sembrò tutt'altro che entusiasta. Era un locale largo al massimo quattro metri e mezzo, pieno di gente e con tre tavolini assiepati dietro la vetrina. «Sei sicuro?» gli chiese.

«Sì, è ottimo. Cibo leggero, panini e roba del genere. Mangerai da solo, io non entro.»

Marco lo fissò e stava per protestare, ma poi si trattenne e sorrise per far capire che accettava volentieri quella prova.

«Il menu è scritto su una lavagnetta sopra la cassa, e non c'è una parola in inglese. Si ordina, si paga e poi ci si porta la pappa all'estremità del banco. Se si riesce a trovare uno sgabello non è un brutto posto dove mangiare. La mancia è compresa nel prezzo.»

«Qual è la specialità della casa?»

«La pizza con prosciutto e carciofi è deliziosa, e anche i panini. Ci vediamo tra un'ora davanti a quella fontana laggiù.»

Marco strinse i denti ed entrò, mettendosi in fila alla cassa dietro due signorine e cercando disperatamente sulla lavagnetta qualcosa che fosse in grado di pronunciare. Non contava ciò che avrebbe mangiato, l'importante era ordinare e pagare. La cassiera per fortuna era una signora di mezz'età dal sorriso facile. Marco le augurò un cordiale "Buonasera" e, prima che lei potesse dire qualcosa, ordinò "un panino prosciutto e formaggio e una Coca-Cola".

Cara, vecchia Coca-Cola, che si chiama allo stesso modo in tutte le lingue.

Il registratore di cassa si mise rumorosamente in funzione e la donna pronunciò una massa indistinta di parole che lui non comprese. Ma si salvò con un "Sì" continuando a sorridere, poi le porse una banconota da venti euro, di sicuro sufficiente per coprire la spesa e avere il relativo resto. Funzionò, e insieme al resto c'era lo scontrino. «Numero sessantasette» disse la cassiera.

Con lo scontrino tra le dita Marco si avvicinò lentamente all'ingresso della cucina. Nessuno lo guardò incuriosito, nessuno sembrò accorgersi della sua presenza. Davvero era riuscito a farsi passare per un italiano, uno del posto? Oppure era così chiaro il suo essere uno straniero che la gente non si curava nemmeno di guardarlo? Aveva preso subito l'abitudine di osservare il modo di vestire degli altri uomini ed era convinto di essere alla loro altezza. Gli uomini del Nord Italia, come gli aveva detto Luigi, tenevano molto più degli americani all'abbigliamento e all'aspetto esteriore. Si vedevano molti più completi su misura, più golf e cravatte; e, di converso, molti meno jeans, felpe o altri segni che indicassero poca attenzione all'esteriorità.

Luigi o chiunque gli avesse scelto quel guardaroba, qualcuno sicuramente pagato dal contribuente americano, aveva fatto un buon lavoro. Per essere uno che negli ultimi sei anni aveva indossato esclusivamente la divisa carceraria, Marco si stava italianizzando piuttosto bene.

Osservò i piatti con le pietanze che venivano ogni tanto depositati sul banco. Dopo dieci minuti apparve un robusto panino, un commesso lo prese, gli staccò il biglietto e gridò: «Numero sessantasette!». Marco si fece avanti senza dire una parola e consegnò il suo scontrino. Subito dopo arrivò la bibita. Andò a sedersi a un tavolino d'angolo e si godette quella cena solitaria. Il locale era affollato e rumoroso, un posto caratteristico, dove molti avventori si conoscevano e si salutavano calorosamente. Mettersi in fila per ordinare non creava problemi, anche se gli italiani sembravano avere qualche difficoltà ad accettare la regola che prevede una persona dietro l'altra. Negli Stati Uniti in una situazione del genere sarebbero volate tra i clienti parole grosse, e magari anche qualche imprecazione della cassiera.

In un paese dove una casa di trecento anni è considerata nuova, il tempo ha un significato diverso. Il cibo va gustato, anche in un negozio di gastronomia con pochi tavoli. Le persone sedute intorno a Joel sembravano pronte a passare lì delle ore per digerire la pizza o il panino: c'erano tante di quelle cose da dirsi!

La routine da encefalogramma piatto della prigione aveva smussato tutti i suoi spigoli. Marco aveva mantenuto il suo equilibrio mentale leggendo otto libri la settimana, ma anche quell'esercizio aveva finalità di evasione e non necessariamente d'istruzione. Gli ultimi due giorni trascorsi a imparare a memoria, a coniugare, pronunciare e ad ascoltare come mai prima aveva ascoltato lo avevano ridotto in uno stato di spossatezza mentale.

Rimase così ad ascoltare il vocio, senza cercare di capire ma godendo il ritmo, la cadenza, e le risa. Qua e là coglieva qualche parola, specialmente nei saluti, e decise che anche quello andava considerato un passo avanti. Osservare le famiglie, gli amici, lo fece sentire solo, ma preferì non assecondare quello stato d'animo. La solitudine era quella provata per ventitré ore al giorno in una cella angusta, ricevendo poca posta e con un libretto da quattro soldi come unica compagnia. L'aveva sperimentata, la solitudine, e in confronto quella era una giornata in spiaggia.

Cercò di far durare il più a lungo possibile il panino, ma più di tanto non poté trattenersi. Decise allora che alla prossima occasione avrebbe ordinato delle patatine fritte, con le quali ci si può gingillare anche quando sono diventate fredde prolungando in tal modo la permanenza. Poi, controvoglia, si alzò dal tavolino e, a distanza di quasi un'ora dal suo ingresso, lasciò il calore del locale e si diresse alla fontana, alla quale avevano tolto l'acqua per evitare che si ghiacciasse. Luigi arrivò dopo qualche minuto ed ebbe il coraggio di proporgli un gelato, ma Marco già tremava. Camminarono insieme fino all'albergo, dove si salutarono.

Il supervisore di Luigi lavorava al consolato americano a Milano sotto copertura diplomatica. Si chiamava Whitaker, e Backman era l'ultima delle sue preoccupazioni. Lui infatti non aveva nulla a che fare con spionaggio e controspionaggio, due settori nei quali Whitaker era invece fin troppo impegnato per potersi occupare di un ex potente broker di Washington che era stato nascosto in Italia. Ma preparava ugualmente i suoi rapporti quotidiani, inviandoli a Langley, dove venivano ricevuti ed esaminati da Julia Javier, il funzionario che riferiva a

Maynard in persona. E si doveva proprio all'importante ruolo della signora Javier l'assiduità dei rapporti di Whitaker, che altrimenti li avrebbe redatti più sporadicamente.

Teddy voleva fare un briefing.

La Javier fu così convocata nel suo ufficio al settimo piano dell'"ala Teddy", come veniva chiamata a Langley, mentre lui preferiva che la chiamassero "stazione". E ancora una volta lo trovò all'estremità dell'enorme tavolo da riunioni, seduto eretto nella sua sedia a rotelle e avvolto in coperte dal petto in giù, con addosso il solito abito nero. Stava leggendo una pila di rapporti, con Hoby che si aggirava nelle vicinanze pronto a versargli un'altra tazza di quell'orribile tè verde che, secondo Teddy, lo teneva in vita.

Non sembrava molto in vita, ma erano anni che Julia Javier faceva quella considerazione.

Dal momento che lei non beveva caffè e non avrebbe nemmeno toccato il tè, non le fu offerto nulla. Julia andò a sedersi come al solito alla destra del direttore, quella specie di banco dei testimoni occupato da ogni visitatore, perché lui sentiva molto meglio con l'orecchio destro che con il sinistro. «Salve, Julia» riuscì a biascicare stancamente Maynard.

Hoby, come sempre, aveva preso posto di fronte a lei ed era pronto a prendere appunti. Ogni rumore della "stazione" veniva catturato da alcuni dei più sofisticati impianti di registrazione realizzati dalla tecnologia moderna, ma Hoby seguiva comunque quel ridicolo rituale e prendeva nota di ogni parola.

«Ragguagliami su Backman» le disse Teddy. Un rapporto verbale di questo tipo doveva essere conciso, senza divagazioni e senza nemmeno una parola inutile.

Julia guardò i suoi appunti, si schiarì la voce e cominciò a parlare a beneficio dei microfoni nascosti. «Si trova dove previsto, in una cittadina del Nord Italia che si chiama Treviso, e sembra integrarsi piuttosto bene. Il nostro agente lo vede più volte al giorno e l'insegnante di italiano, uno del posto, sta facendo un buon lavoro. Backman non ha né soldi né passaporto e finora si è dimostrato disposto a tenersi in contatto con l'agente. Non si è servito del telefono nella sua camera d'albergo né ha tentato di usare il cellulare per chiamare qualcun altro oltre al nostro agente. Non ha mostrato alcun desiderio di visitare la città o di andarsene in giro, evidentemente le abitudini contratte in carcere sono difficili da cancellare. Non si avventura molto lontano dall'albergo e, quando non va a lezione e non mangia, se ne sta in camera sua a studiare.»

«Come va con la lingua?»

«Non male. L'uomo ha cinquantadue anni, quindi non la imparerà velocemente.»

«Io ho imparato l'arabo a sessant'anni» osservò Maynard con orgoglio, quasi che i sessant'anni li avesse compiuti un secolo prima.

«Sì, lo so.» Tutti a Langley lo sapevano. «Sta studiando moltissimo e fa progressi, ma è lì solo da tre giorni. Il suo insegnante è rimasto colpito.»

«Di che cosa parla?»

«Non del passato o di vecchi amici e nemici, nulla che ci possa interessare. Ci ha messo una pietra sopra, almeno per il momento. Gli argomenti di conversazione tra una lezione e l'altra sono stati finora l'Italia, la sua cultura e la sua lingua.»

«Di che umore è?»

«È uscito di prigione con quattordici anni di anticipo e fa lunghi pasti innaffiati da buon vino. È abbastanza felice. Non sembra avere nostalgia di casa, ma lui naturalmente una casa non ce l'ha. E non parla mai della famiglia.»

«Salute?»

«Sembra buona, la tosse è scomparsa e apparentemente dorme. Finora non si è lamentato di nulla.»

«Quanto beve?»

«Ci sta attento. Beve vino a pranzo e a cena e si fa una birra in un bar vicino all'albergo, niente eccessi.»

«Cerchiamo di farlo ubriacare, e vediamo se così parla un po' di più.»

«Il piano è proprio quello.»

«Che tipi di controllo facciamo?»

«Abbiamo messo cimici dappertutto, nei telefoni, in camera, e registriamo ciò che dice durante le lezioni d'italiano, oltre che a pranzo e a cena. Ha microspie anche nelle scarpe, in entrambe le paia, e nell'orlo del suo cappotto è stato cucito un Peak 30. Possiamo seguire le sue tracce praticamente ovunque.»

«Quindi non lo potete perdere?»

«È un avvocato, non una spia, e finora sembra accontentarsi della sua libertà e di fare ciò che gli viene detto.»

«Ma non è uno stupido, Julia, ricordatelo. Backman sa bene che ci sono certe persone molto cattive che vorrebbero rintracciarlo.»

«È vero, ma finora è stato una specie di marmocchio attaccato alle gonne della madre.»

«Si sente al sicuro, quindi?»

«Sì, considerate le circostanze.»

«Allora facciamogli prendere uno spavento.»

«Ora?»

«Sì.» Teddy si stropicciò le palpebre e bevve un sorso di tè. «Che mi dici di suo figlio?»

«È sotto sorveglianza di terzo livello, anche perché non succede granché a Culpeper. Se Backman tenterà di mettersi in contatto con qualcuno questo qualcuno sarà Neal Backman. Ma lo sapremo noi in Italia prima di lui a Culpeper.»

«Il figlio è l'unica persona di cui si fida» disse Teddy, facendo sua un'osservazione che Julia ripeteva da tempo.

«È verissimo.»

Teddy fece una lunga pausa. «C'è altro, Julia?» chiese poi.

«Sta scrivendo una lettera a sua madre, a Oakland.»

«Che caro. Ce l'abbiamo, quella lettera?» le chiese con un risolino.

«Sì, il nostro agente l'ha fotografata ieri e l'abbiamo appena ricevuta. Backman la tiene nascosta nella sua camera, tra le pagine di una rivista turistica.»

«Quanto è lunga?»

«Due paragrafi, evidentemente la sta scrivendo a puntate.»

«Leggimela.» Teddy appoggiò il capo allo schienale della sedia a rotelle e chiuse gli occhi.

Julia frugò tra le sue carte e s'infilò gli occhiali. «Non c'è data, è scritta a mano e ci fa penare perché la grafia di Backman fa schifo. "Cara mamma, non so se e quando riceverai questa lettera, non ho ancora deciso se imbucarla o no. Comunque, sono uscito di prigione e sto meglio. L'ultima volta che ti ho scritto ti dicevo che le cose andavano abbastanza bene nelle piatte campagne dell'Oklahoma, ma allora non avevo idea che il presidente stava per concedermi la grazia. È successo tutto così in fretta che mi riesce ancora difficile crederci." Secondo paragrafo. "Vivo dall'altra parte del mondo, ma non posso dirti dove perché metterei in agitazione certa gente. Preferirei essere negli Stati Uniti, ma la cosa non è possibile, e io non ho voce in capitolo. Non è una gran vita quella che conduco qui, ma è sicuramente migliore di quella che ho vissuto fino a una settimana fa. In prigione stavo morendo, al contrario di quanto ti avevo scritto perché non volevo che ti preoccupassi. Qui sono libero, e la libertà è la cosa più importante al mondo. Posso passeggiare, entrare in un bar, andare e venire come meglio mi aggrada, fare in pratica tutto ciò che voglio. Libertà, mamma, qualcosa che ho sognato per anni e che mi sembrava impossibile.»

Julia posò la lettera sul tavolo. «Qui si è fermato.»

Teddy aprì gli occhi. «Credi che sia tanto stupido da spedire una lettera alla madre?»

«No, ma per parecchio tempo le ha scritto una volta la settimana. È una sua abitudine, probabilmente terapeutica. Deve parlare a qualcuno.»

«Controlliamo ancora la posta della madre?»

«Sì, quel poco che le arriva.»

«Molto bene. Fagli prendere un bello spavento, poi torna a riferirmi.»

«Sì, signore.» Julia raccolse le sue carte e uscì, mentre Teddy prendeva uno dei rapporti e si sistemava gli occhiali sul naso. Hoby passò nel cucinino, in un angolo della sala.

Il telefono della madre di Backman, nella casa di riposo di Oakland, era sotto controllo ma fino a quel momento non aveva rivelato nulla. Il giorno della concessione della grazia due vecchi amici l'avevano chiamata facendole un sacco di domande oltre che sommessi complimenti, ma lei era tanto frastornata che era stato necessario darle un sedativo che l'aveva fatta dormire per ore. Negli ultimi sei mesi nessuno dei suoi tre nipoti – i figli avuti da Joel con le sue varie mogli – l'aveva chiamata.

Lydia Backman era sopravvissuta a due ictus ed era costretta su una sedia a rotelle. Nel periodo di massimo splendore del figlio lei viveva in un appartamento spazioso e di un certo pregio con un'infermiera a tempo pieno, ma dopo la condanna di Joel aveva dovuto rinunciare agli agi e adattarsi a vivere in una casa di riposo con un centinaio di altri vecchi.

Backman non avrebbe sicuramente cercato di mettersi in contatto con lei.

10

Dopo aver passato qualche giorno a sognare i soldi, Critz cominciò a spenderli, anche se soltanto con il pensiero. Con una simile somma non sarebbe stato costretto a lavorare per quegli squallidi appaltatori della Difesa né a convincere il pubblico ad ascoltare le sue conferenze; e dell'esistenza di questo pubblico non era poi molto convinto, al contrario di quanto gli aveva assicurato il suo agente.

Meditava di andarsene in pensione, Critz! Lontano da Washington e da tutti i nemici che si era fatto nella capitale, in un posto di mare con una barca a vela a disposizione. Oppure avrebbe potuto trasferirsi in Svizzera per starsene vicino alla sua nuova fortuna sepolta nella sua nuova banca, soldi meravigliosamente esentasse e in quotidiano aumento.

Fece una telefonata e confermò ancora per qualche giorno l'appartamento di Londra. E incoraggiò la signora Critz a spendere a man bassa, anche lei si era stancata di Washington e meritava una vita migliore.

In parte per colpa del suo avido entusiasmo e in parte per la sua assoluta inesperienza in materia d'intelligence, Critz si mosse malissimo fin dall'inizio. E per una vecchia volpe di Washington come lui quegli errori furono imperdonabili.

Anzitutto usò il telefono dell'appartamento londinese, rendendo in tal modo più che agevole il compito di chi aveva interesse a localizzarlo. Chiamò Jeb Priddy, l'agente di collegamento con la CIA che da quattro anni aveva il suo ufficio alla Casa Bianca. Priddy era ancora stanziato lì, ma si aspettava di tornare quanto prima a Langley. Il nuovo presidente si era appena insediato e regnava un certo caos, a sentire Priddy, che era apparso leggermente irritato da quella telefonata. Lui e Critz non si erano mai frequentati molto e Priddy capì subito che il suo interlocutore aveva bisogno di qualcosa. Critz alla fine gli disse che stava cercando un vecchio amico, un analista della CIA con il quale aveva giocato spesso a golf. Si chiamava Daly, Addison Daly, ed era stato temporaneamente trasferito in qualche parte dell'Asia. Priddy sapeva per caso dove avrebbe potuto trovarlo?

Addison Daly era stato fatto rientrare a Langley e Priddy lo conosceva bene. «Il nome l'ho già sentito e forse riuscirò a trovartelo» gli rispose. «Dove posso contattarti?»

Critz gli diede il numero di telefono di Londra e Priddy chiamò subito Addison, riferendogli i suoi sospetti. Daly accese il registratore e chiamò su una linea sicura Critz, che sembrò impazzire di gioia nel riascoltare la voce di un vecchio amico. Gli raccontò le meraviglie della vita dopo la Casa Bianca, dopo tutti quegli anni passati a giocare alla politica, il piacere di essere un qualsiasi privato cittadino. Non vedeva l'ora di riallacciare le vecchie amicizie e di dedicarsi seriamente al golf.

Daly fu bravissimo a sintonizzarsi sulla sua lunghezza d'onda. Ammise che anche lui stava considerando l'idea di andare in pensione, dopo quasi trent'anni nell'agenzia, e che aspirava a sua volta a una vita più tranquilla.

Critz gli chiese come se la passava Teddy, che tipo era il nuovo presidente e che aria tirava a Washington con la nuova amministrazione.

Non è cambiata granché, rispose Daly tenendosi sul vago, a una manica di idioti ne è subentrata un'altra. A proposito, come sta l'ex presidente Morgan?

Critz non lo sapeva, non gli aveva parlato e non aveva neppure in programma di mettersi in contatto con lui nelle settimane a venire. Poi, accorgendosi che la conversazione si stava esaurendo, fece la domanda che gli stava a cuore preceduta da una goffa risatina. «Immagino che nessuno abbia più visto Joel Backman, vero?»

Daly riuscì a sua volta a ridere, era tutto un grosso scherzo. «No, credo che il ragazzo sia nascosto come si deve.»

«Non mi meraviglia.»

Critz promise di telefonargli appena tornato a Washington,

insieme si sarebbero fatti diciotto buche in uno dei migliori circoli di golf e avrebbero brindato come ai bei tempi.

Ma quali bei tempi? pensò Daly riagganciando.

Un'ora dopo, Teddy Maynard stava ascoltando quella conversazione registrata.

Abbastanza incoraggiato da queste due prime telefonate, Critz ne fece un'altra. Quella del telefono per lui era sempre stata una specie di fissazione e aveva fatto sua questa teoria: riempi l'aria di telefonate e qualcosa succederà. Cominciava a delinearsi un piano. Destinatario della terza telefonata fu un'altra vecchia conoscenza, uno che fino a pochi anni prima aveva lavorato con il presidente della commissione Intelligence del Senato e che, anche se ora era diventato un noto e ben introdotto lobbista, si diceva avesse mantenuto stretti rapporti con la CIA.

Parlarono di politica, di golf e infine, per la gioia di Critz, l'amico gli chiese come fosse venuto in mente al presidente Morgan di concedere la grazia al Duca Mongo, il più grosso evasore fiscale nella storia d'America. Critz sostenne di essersi opposto e riuscì poi a indirizzare la conversazione su un provvedimento analogo e altrettanto discusso. «Che si dice a Washington di Backman?»

«C'eri anche tu quando il presidente l'ha graziato» osservò l'amico.

«Sì, ma dove l'ha nascosto Maynard? È questo il grosso interrogativo.»

«Quindi sarebbe stato un lavoretto della CIA?»

«Naturalmente» rispose Critz, dando alla sua voce un tono autorevole. Chi altri avrebbe potuto farlo uscire dal paese nel cuore della notte?

«Interessante.» L'amico a questo punto si fece taciturno. Critz insistette perché pranzassero insieme la settimana seguente e la conversazione si concluse.

Mentre componeva febbrilmente un altro numero di telefono, Critz si sorprese ancora una volta a constatare quanto fossero numerosi i suoi contatti. Il potere ha le sue gratificazioni.

Joel, alias Marco, si congedò da Ermanno alle cinque e mezzo del pomeriggio al termine di una seduta di studio praticamente senza soste. Erano entrambi esausti.

L'aria fredda contribuì a ridargli energia mentale mentre camminava per le stradine di Treviso. Per il secondo giorno si fermò in un baretto d'angolo e ordinò una birra, poi andò a sedersi dietro la vetrina a osservare i trevigiani che tornavano in fretta a casa dal lavoro o compravano qualcosa per cena. Nel bar faceva caldo, e ancora una volta Marco tornò con il pensiero al carcere: non riusciva a farne a meno, il cambiamento era stato troppo radicale, la libertà troppo improvvisa. E lui, in un angolo della sua mente, aveva paura di risvegliarsi e di ritrovarsi di nuovo in cella con qualche invisibile burlone che rideva istericamente da lontano.

Dopo la birra bevve un espresso e quindi uscì nell'oscurità con le mani infilate nelle tasche. Voltato l'angolo vide Luigi che camminava nervosamente sul marciapiede davanti all'albergo, fumando una sigaretta. E quando Marco attraversò la strada lui gli andò subito incontro. «Partiamo, immediatamente» disse.

«Perché?» gli chiese Marco, guardandosi intorno alla ricerca di tipi poco raccomandabili.

«Te lo spiego dopo. Sul letto troverai una borsa da viaggio, mettici dentro le tue cose più in fretta che puoi. Io ti aspetto qui.»

«E se io non volessi andarmene?»

Luigi gli afferrò il polso sinistro, rifletté velocemente e altrettanto velocemente sorrise. «In questo caso potresti non sopravvivere ventiquattr'ore» gli rispose nel tono più inquietante possibile. «Fidati, ti prego.»

Marco salì di corsa le scale e stava per arrivare davanti alla sua stanza in fondo al corridoio quando si rese conto che a provocare la fitta che sentiva allo stomaco non era lo sforzo fisico ma la paura.

Che cos'era successo? Che cosa aveva visto o udito, Luigi? Che cosa gli avevano detto? Ma, soprattutto, chi era Luigi e da chi prendeva ordini? Queste domande, insieme a molte altre, Marco se le fece mentre prendeva le sue cose dall'armadio e le lanciava sul letto. Poi, riempita la borsa, si sedette un momento cercando di raccogliere le idee. Inspirò a fondo, poi espirò lentamente e si disse che ciò che stava accadendo faceva parte del gioco.

Avrebbe dovuto passare la vita a fuggire? A fare in fretta le valigie passando da un posto all'altro? Sempre meglio della prigione, certo, ma alla lunga ne avrebbe risentito pesantemente.

E poi, come erano riusciti a trovarlo così presto? Era a Treviso da soli quattro giorni.

Ritrovata un po' di calma scese lentamente nella hall, facendo un cenno al portiere ma senza dire niente, e uscì in strada. Luigi gli prese di mano la borsa e la gettò dentro il portabagagli di un'utilitaria FIAT. Nessuno dei due aprì bocca finché non furono alla periferia di Treviso.

«Allora, Luigi, che succede?» gli chiese Marco.

«Si cambia ambiente.»

«Questo l'avevo capito. Perché?»

«Per delle ottime ragioni.»

«Ah, be', questo spiega tutto.»

Luigi teneva il volante con la sinistra e cambiava freneticamente marcia con la destra, schiacciando a fondo il pedale dell'acceleratore e ignorando i freni. Marco si era chiesto già da un po' come fosse possibile che gente abituata a passare piacevolmente due ore e mezza a tavola fosse poi capace di mettersi al volante e andare a rotta di collo.

Viaggiarono per un'ora in direzione sud sulle statali, evitando le autostrade. «Ci segue qualcuno?» chiese Marco più di una volta, mentre l'auto prendeva le curve praticamente su due ruote.

Luigi si limitò a scuotere il capo. Teneva gli occhi semichiusi, le sopracciglia quasi unite e la mascella serrata quando le labbra non erano occupate dalla sigaretta. Riusciva in qualche modo a guidare come un folle fumando con la massima calma e senza guardare lo specchietto retrovisore. Era deciso a non aprire bocca, aumentando in tal modo la voglia di conversazione di Marco.

«Stai cercando di spaventarmi, vero, Luigi? Stiamo giocando alle spie, tu sei il capo e io il povero scemo con i suoi segreti. Vuoi terrorizzarmi in modo che io finisca per dipendere da te ed esserti fedele. Lo so quello che stai facendo.»

«Chi ha ucciso Jacy Hubbard?» gli chiese Luigi, quasi senza muovere le labbra.

Backman ebbe all'improvviso voglia di starsene zitto. Soltanto sentire Hubbard gli aveva provocato un brivido. Quel nome per lui era associato alla stessa immagine: una foto della polizia in cui Jacy era riverso sulla tomba del fratello con la parte sinistra della testa portata via da una pallottola e sangue sulla lapide, sulla camicia bianca. Dappertutto.

«Il dossier ce l'avete» gli rispose. «È stato un suicidio.»

«Certo, certo. Mi spieghi, allora, se hai creduto alla versione del suicidio, perché hai deciso di confessare e chiesto di andare in carcere, in isolamento cautelare?»

«Ero spaventato. Il suicidio può essere contagioso.»

«Verissimo.»

«In pratica, mi stai dicendo che quelli che hanno fatto suicidare Hubbard ora mi danno la caccia?»

Luigi confermò con un'alzata di spalle.

«E che sono riusciti in qualche maniera a scoprire che mi nascondevo a Treviso?»

«Meglio non correre rischi.»

Particolari Marco non ne avrebbe avuti, ammesso che ce ne fossero. Cercò di resistere alla tentazione, ma poi istintivamente si voltò, vedendo la strada buia dietro di loro. Luigi guardò invece lo specchietto retrovisore e poi riuscì a sorridere in maniera convincente, quasi a dire: non li vediamo ma ci sono.

Joel sprofondò nel suo sedile e chiuse gli occhi. Due dei suoi clienti erano già morti prima. Safi Mirza era stato accoltellato all'uscita di un nightclub a Georgetown tre mesi dopo essersi rivolto a Backman e avergli consegnato l'unica copia esistente di JAM. A rendere mortali le coltellate era stato un potente veleno del quale era stata probabilmente cosparsa la lama. Nessun testimone, nessun indizio. Uno dei tanti delitti irrisolti a Washington. Un mese dopo, Fazal Sharif era scomparso a Karachi e si riteneva fosse morto.

JAM valeva un miliardo di dollari, ma nessuno si sarebbe goduto quella cifra.

Nel 1998 lo studio Backman, Pratt & Bolling aveva assunto Jacy Hubbard per un milione di dollari l'anno, e lo sfruttamento commerciale di JAM era stato il primo grosso incarico dell'ex senatore. Per dimostrarsi all'altezza, Hubbard si era fatto strada a colpi di bustarelle all'interno del Pentagono, nel goffo e vano tentativo di ottenere una conferma del sistema satellitare Neptune. Certi documenti, manipolati ma ancora classificati segreti, furono consegnati a Hubbard da una sua talpa che però riferiva tutto ai superiori. Questi documenti avrebbero dovuto dimostrare l'esistenza di Gamma Net, un finto sistema di sorveglianza del tipo Guerre Stellari dalle incredibili possibilità. Quando Hubbard "ebbe la conferma" che i tre giovani pachistani effettivamente non si sbagliavano, e cioè che il Neptune da loro scoperto era una creatura americana, riferì orgoglioso a Joel Backman l'esito del proprio lavoro e i due divennero soci.

A quel punto il Pentagono rese pubblica la trappola, cioè la presunta violazione delle norme di sicurezza da parte di una talpa al servizio dell'ex senatore Jacy Hubbard e del suo nuovo e potente capo, Joel Backman. E scoppiò lo scandalo. L'FBI perquisì in piena notte gli uffici dello studio Backman, Pratt & Bolling, trovò i documenti del Pentagono che tutti ritenevano autentici e nel giro di quarantott'ore un plotoncino di procuratori federali particolarmente motivati aveva incriminato tutti i soci dello studio.

Subito dopo erano avvenuti gli omicidi, senza che se ne scoprisse il mandante. Il Pentagono riuscì abilmente a neutralizzare Hubbard e Backman senza dover spiegare se effettivamente era stata la Difesa a realizzare e detenere il sistema satellitare. Gamma Net, o Neptune, o comunque si chiamasse, venne efficacemente protetto dalla rete impenetrabile del "segreto militare".

L'avvocato Backman voleva il processo, specie se i documenti del Pentagono erano effettivamente discutibili, ma l'imputato Backman voleva evitare di fare la stessa fine di Hubbard.

Se quella fuga precipitosa da Treviso aveva lo scopo di spaventarlo significava che il piano era all'improvviso diventato operativo. E, per la prima volta dal giorno in cui aveva ottenuto la grazia, Joel rimpianse la protezione della sua piccola cella nell'ala di massima sicurezza.

Stavano avvicinandosi alla città di Padova, della quale si vedevano già le luci mentre il traffico si faceva più intenso. «Quanti abitanti ha Padova?» chiese Marco, rompendo un silenzio che durava da mezz'ora.

«Più di duecentomila. Ma perché voi americani volete sempre sapere la popolazione di ogni paese e città?»

«Non mi ero reso conto che per te fosse un problema.»

«Hai fame?»

«Certo» rispose, anche se a provocare quelle fitte allo stomaco non era la fame ma la paura. Mangiarono una pizza in un bar alle spalle della tangenziale e si rimisero subito in viaggio verso sud.

Passarono quella notte in una piccola pensione di campagna, con otto stanze delle dimensioni di un armadio, appartenuta alla stessa famiglia fin dai tempi dell'antica Roma. Una pensione senza insegna, dove Luigi sostava quando era in viaggio. La strada che passava accanto era stretta e poco frequentata. Bologna non era molto distante.

Luigi e Marco occupavano due stanze attigue, separate da una spessa parete vecchia di secoli. Quando Joel Backman/Marco Lazzeri s'infilò sotto le coperte riuscendo finalmente a riscaldarsi, non vide intorno a sé nemmeno un piccolo tremolio di luce. Oscurità totale. E silenzio totale. Un silenzio che gli impedì a lungo di chiudere gli occhi.

11

Quando gli venne comunicato per la quinta volta che Critz continuava a telefonare facendo domande su Joel Backman, Teddy Maynard andò su tutte le furie come raramente gli accadeva. Quello scemo stava a Londra, attaccato al telefono, e per qualche motivo cercava chiunque potesse fornirgli informazioni sul Broker.

«Qualcuno sicuramente ha offerto a Critz dei soldi» abbaiò a Wigline, un assistente vicedirettore.

«Ma non c'è modo che Critz riesca a scoprire dove si trova Backman» osservò il funzionario.

«Non dovrebbe nemmeno provarci, così complica le cose. Va neutralizzato.»

Wigline lanciò un'occhiata a Hoby, che aveva improvvisamente smesso di prendere appunti. «Che cosa stai dicendo, Teddy?»

«Neutralizzalo.»

«Ma è un cittadino americano.»

«Lo so! E sta anche compromettendo un'operazione. C'è un precedente, in passato l'abbiamo già fatto.» Non si curò di rendere noto quale fosse questo precedente, ma Wigline e Hoby capirono che avrebbero fatto meglio a non approfondire, sapendo che Teddy amava spesso crearseli i precedenti.

Hoby annuì, quasi a confermare l'esistenza del precedente.

Wigline serrò la mascella. «Immagino tu voglia un intervento immediato.»

«Il prima possibile. Illustrami un piano tra due ore.»

Tennero d'occhio Critz che usciva dal suo appartamento

londinese per la sua lunga passeggiata del tardo pomeriggio, che terminava con qualche boccale di birra. Dopo una mezz'ora a un'andatura tutt'altro che sostenuta, il loro uomo arrivò dalle parti di Leicester Square ed entrò al Dog and Duck, lo stesso pub del giorno prima.

Era alla sua seconda pinta, e se ne stava seduto davanti al bancone quando lo sgabello accanto a lui si liberò per essere subito occupato da un agente di nome Greenlaw che ordinò a gran voce una birra.

«Le spiace se fumo?» chiese Greenlaw a Critz.

Quello si strinse nelle spalle. «Non siamo in America.»

«Lei è uno yankee, eh?»

«Sì.»

«E vive a Londra?»

«No, sono un turista.» Critz cercava di concentrarsi sulle bottiglie alle spalle del barista, evitando di guardare lo sconosciuto e cercando di troncare quella conversazione. Si era abituato da subito alla solitudine che si gode in un pub affollato, adorava starsene seduto a bere e ad ascoltare gli sfottò che si scambiavano gli avventori sapendo che nessuno aveva la minima idea di chi lui fosse. Ma continuava a farsi domande su quell'ometto di nome Ben. Se lo tenevano d'occhio erano bravissimi a farlo restando nell'ombra.

Greenlaw mandò giù la sua birra nel tentativo di mettersi alla pari con Critz, era importante infatti che la prossima la ordinassero contemporaneamente. Tirò una boccata dalla sigaretta e il fumo andò ad aggiungersi alla nuvola sopra le loro teste. «Io sono qui da un anno» disse.

Critz annuì senza guardarlo. Levati dai piedi.

«Riesco a sopportare la guida a destra e questo schifo di tempo, ma ciò che mi irrita di più dell'Inghilterra è lo sport. Ha mai assistito a un incontro di cricket? Dura quattro giorni.»

Critz rispose con un grugnito e un banale: «Che sport stupido».

«Qui non si scappa, o calcio o cricket, e la gente ammattisce per entrambi. Sono riuscito a stento a superare l'inverno senza il nostro campionato di football, ma è stata dura.»

Critz era un fedele abbonato dei Redskins e poche cose nella vita lo entusiasmavano quanto la sua beneamata squadra.

Greenlaw era invece un tifoso molto tiepido, ma aveva passato la giornata a imparare a memoria risultati e classifiche in una casa sicura della CIA a nord di Londra. Se il football non avesse funzionato sarebbe passato alla politica. E se anche in quel caso fosse andata buca c'era fuori in attesa una bella signora, anche se Critz non godeva fama di donnaiolo.

All'improvviso Critz provò nostalgia di casa. Standosene in un pub lontano da Washington e dalla frenesia dei giorni precedenti il Super Bowl (ne mancavano due, alla partita, ma la stampa inglese stava praticamente ignorando l'evento) gli sembrava quasi di udire la folla e provare l'eccitazione di ogni anno. Se i Redskins avessero superato i playoff arrivando alla finalissima, lui in quel momento non si sarebbe certo trovato a bere birra a Londra ma proprio al Super Bowl, nella sua poltroncina all'altezza della linea delle cinquanta yard, gentile omaggio di una delle molte società sulle quali poteva fare affidamento.

Guardò Greenlaw. «Patriots o Packers?»

«La squadra della mia città non ce l'ha fatta, ma io seguo un altro campionato, quello della NFC.»

«Anch'io. Lei per chi tiene?»

E quella fu probabilmente la domanda più fatale fatta in vita sua da Robert Critz. Perché quando Greenlaw rispose "Redskins" lui sorrise e gli venne voglia di chiacchierare. Passarono qualche minuto a valutare i rispettivi pedigree, controllare cioè da quanto tempo l'altro tifasse per i Redskins, quale fosse la più bella partita alla quale avevano assistito, i grandi giocatori, i grandi Super Bowl. Greenlaw ordinò un altro giro di birre ed entrambi sembrarono disposti a rievocare per ore i vecchi incontri. Critz aveva parlato con così pochi yankee a Londra e quel tipo era uno con il quale si familiarizzava facilmente.

Greenlaw a un certo punto chiese scusa e andò in bagno. Si trovava al piano di sopra, e come molte toilette di Londra aveva le dimensioni di un ripostiglio per le scope. L'uomo della CIA mise il catenaccio alla porta per godere di qualche secondo di privacy e immediatamente riferì al cellulare l'esito del suo aggancio. L'operazione procedeva secondo i piani, i suoi tre uomini e la bella signora erano in attesa in strada.

A metà del quarto boccale, e nel corso di una civile divergenza d'idee sul rapporto mete realizzate/palle intercettate di Sonny Jurgensen, Critz ebbe finalmente bisogno di fare pipì. Si fece indicare dov'era la toilette e scomparve; e Greenlaw ne approfittò immediatamente per lasciar cadere nel boccale di Critz una pastiglia bianca di Rohypnol, un forte sedativo insapore e inodore. Poco dopo fece ritorno Mr Redskins, che si era anche sciacquato il viso ed era pronto per rimettersi a bere. E, mentre si godevano la serata parlando di John Riggins e Joe Gibbs, il mento del povero Critz cominciò lentamente ad abbassarsi.

«Uau» disse, con la lingua già impastata. «È meglio che torni a casa, la mia vecchia mi sta aspettando.»

«Eh, sì, anch'io. Vuotiamo i boccali» disse Greenlaw, sollevando il suo.

Si alzarono dopo essersi scolati le birre, Critz davanti e Greenlaw alle sue spalle, pronto ad afferrarlo prima che cadesse. Si fecero largo tra la piccola folla intorno all'uscita e si portarono finalmente sul marciapiede, dove il vento freddo rianimò Critz ma soltanto per pochi secondi. Dopo meno di venti passi Critz, che aveva già dimenticato l'esistenza del suo nuovo amico, ebbe l'impressione che le gambe gli fossero diventate di gomma e tentò di abbracciare un lampione. Greenlaw lo afferrò impedendogli di cadere e disse ad alta voce: «Maledizione, Fred, ti sei ubriacato anche stavolta» a beneficio di una giovane coppia di passaggio.

Fred era più che ubriaco. All'improvviso si materializzò un'auto, che accostò al marciapiede. Si aprì uno sportello posteriore e Greenlaw depositò sul sedile un Critz mezzo morto. Fecero la prima sosta in un magazzino otto isolati più avanti dove Critz, ormai definitivamente nel regno dei sogni, fu trasferito a bordo di un furgone. Un agente della CIA praticò al poveretto, riverso sul pianale, un'iniezione di eroina purissima: la presenza dell'eroina altera infatti l'esito dell'eventuale autopsia, eseguita ovviamente su insistenza della famiglia.

Con Critz che respirava a fatica il furgone uscì dal magazzino raggiungendo Whitcomb Street, non lontano dall'appartamꞏnto del lobbista. L'organizzazione dell'omicidio prevedeva altri due automezzi dietro il furgone, e cioè una grossa Mercedes e una terza auto guidata da un inglese che avrebbe svolto una duplice funzione: quella di tenere il traffico più lontano possibile dalla Mercedes e, subito dopo, quello di rimanere in zona e parlare con la polizia.

Al terzo passaggio, con i tre guidatori che comunicavano tra loro via radio e i due agenti – oltre alla bella signora – in ascolto avvolti dall'oscurità del marciapiede, il doppio portellone posteriore fu spalancato e Critz cadde sull'asfalto. La Mercedes accelerò e passò con la ruota sul capo del poveretto, schiacciandogliela con un agghiacciante colpo sordo. Poi sparirono tutti tranne l'inglese alla guida della terza auto, che frenò di colpo, scese e corse accanto al corpo dell'ubriaco caduto dal marciapiede e travolto dal pirata della strada, guardandosi intorno alla ricerca di altri testimoni.

Non ne vide, ma in senso contrario stava arrivando un taxi. L'uomo si sbracciò per attirare l'attenzione e poco dopo si fermarono altre auto. Quando arrivò la polizia si era raccolta una piccola folla. L'inglese sulla terza auto, anche se era stato l'unico testimone oculare, aveva visto ben poco: la vittima, disse, è inciampata fra quelle due auto parcheggiate ed è caduta venendo subito travolta da una grossa auto nera. O forse color verde scuro, ma non ricordava né la marca né il modello. Non aveva pensato a prendere nota della targa né era in grado di descrivere l'automobilista pirata, essendo troppo choccato alla vista di quell'ubriaco che veniva investito.

Mentre il cadavere di Bob Critz veniva caricato su un'ambulanza per essere trasferito all'obitorio, Greenlaw, la bella signora e altri due componenti del team viaggiavano in treno alla volta di Parigi. Si sarebbero separati per qualche settimana, per poi fare ritorno alla loro base londinese.

Marco voleva fare colazione, anche perché gli giungeva il profumo del prosciutto e di altre prelibatezze alla griglia, ma Luigi non vedeva l'ora di muoversi. «Ci sono altri ospiti e mangiano tutti allo stesso tavolo» gli spiegò mentre caricavano in fretta i bagagli sull'auto. «Ricordati, stai lasciando una traccia e la signora della pensione non dimentica nulla.»

«Dove stiamo andando?» gli chiese poco dopo Marco, mentre percorrevano una strada di campagna.

«Vedremo.»

«Piantala con questi giochetti!» ringhiò Marco. «Sono un uo-

110

mo assolutamente libero e posso scendere da quest'auto quando voglio!»

«Sì, ma...»

«Smettila di spaventarmi! Ogni volta che ti faccio una domanda te ne esci con queste vaghe minacce, mi dici che da solo non sopravviverei ventiquattr'ore. Voglio sapere che cosa sta succedendo. Dove stiamo andando? Quanto ci fermeremo? Per quanto ancora starai con me? Dammi qualche risposta, Luigi, o sparisco.»

Luigi imboccò una strada a quattro corsie e superò un cartello che segnalava Bologna a trenta chilometri di distanza. «Stiamo andando a Bologna per un po'» gli rispose, dopo una breve attesa per far calare la tensione. «Lì ci aspetta Ermanno, con il quale riprenderai le lezioni. Verrai sistemato in una casa sicura per diversi mesi, poi io sparirò e tu dovrai cavartela da solo.»

«Grazie. Era tanto difficile dirmelo?»

«Il piano cambia.»

«Lo sapevo che Ermanno non è uno studente.»

«È uno studente e fa parte anche lui del piano.»

«Ma ti rendi conto di quanto sia ridicolo, questo piano. Pensaci, Luigi. Qualcuno starebbe sprecando tempo e soldi solo per cercare di farmi imparare un'altra lingua e assimilare un'altra cultura. Perché allora non mettermi su un aereo da carico e sistemarmi in un posto come la Nuova Zelanda?»

«Bellissima idea, Marco, ma non le prendo io certe decisioni.»

«Marco un cazzo, ogni volta che mi guardo allo specchio e dico Marco mi viene da ridere.»

«C'è poco da ridere. Lo conosci Robert Critz?»

Marco ci pensò su. «L'ho incontrato qualche volta, ma non ho mai avuto bisogno di lui. Direi che è un politicante, come me, del resto.»

«Amico intimo del presidente Morgan, capo di gabinetto, responsabile della campagna elettorale.»

«E allora?»

«L'hanno ucciso a Londra, ieri sera. Sale così a cinque il totale degli uomini morti per causa tua: Jacy Hubbard, i tre pachistani e ora Critz. Gli omicidi non si sono interrotti, Marco, e non si fermeranno. Quindi ti prego di avere pazienza, sto solo cercando di proteggerti.»

Marco batté il capo contro il poggiatesta e chiuse gli occhi. Non riusciva a combinare le tessere del puzzle.

Fecero una rapida sosta per il rifornimento e Luigi tornò in macchina con in mano due bicchierini di carta pieni di caffè forte. «Caffè per il viaggio» disse Marco in tono ironico. «Credevo che certe brutte abitudini fossero vietate, in Italia.»

«Il fast food prende sempre più piede, purtroppo.»

«Prenditela con gli americani, lo fanno tutti.»

Poco dopo dovettero affrontare il traffico dell'ora di punta alla periferia di Bologna. «Le nostre macchine più belle si fabbricano da queste parti» gli stava dicendo Luigi. «Ferrari, Lamborghini, Maserati, tutte le grandi auto sportive.»

«Posso averne una?»

«Il bilancio non lo prevede, mi spiace.»

«Che cosa prevede, esattamente, il bilancio?»

«Una vita molto semplice e tranquilla.»

«È quello che pensavo.»

«Molto meglio di quella che hai condotto in questi ultimi anni.»

Marco sorseggiò il caffè osservando il traffico. «Non hai studiato qui, tu?»

«Sì. L'università è vecchia di un migliaio d'anni, ed è una delle migliori al mondo. Un giorno te la farò visitare.»

Lasciarono il vialone immergendosi nelle stradine di periferia, sempre più corte e strette, che Luigi sembrava conoscere bene, e seguirono i cartelli che indicavano il centro città e l'università. Luigi all'improvviso sterzò e salì con due ruote sul marciapiede, infilando la FIAT in uno spazio a malapena sufficiente per una moto. «Andiamo a mangiare qualcosa» disse, dopo che a stento riuscirono a scivolare fuori dall'auto.

Il nuovo nascondiglio di Marco era uno squallido alberghetto a pochi isolati dal centro. «I tagli al bilancio si notano già» borbottò, attraversando con Luigi l'angusta hall.

«È soltanto per qualche giorno.»

«E poi?» Marco saliva con i bagagli la stretta rampa di scale, mentre Luigi era a mani vuote. La stanza per fortuna si trovava al primo piano, un ambiente ristretto con un piccolo letto e tende che non venivano aperte da anni.

«Preferivo Treviso» fu il commento di Marco, guardando le pareti.

Luigi spalancò le tende, ma il sole non migliorò granché la situazione. «Non male» disse, poco convinto.

«La mia cella era migliore.»

«Stai sempre a lamentarti.»

«Ho i miei motivi.»

«Disfa i bagagli, ci vediamo giù tra dieci minuti. Ermanno ci sta aspettando.»

Ermanno sembrava innervosito al pari di Marco da quell'improvviso cambio di sede, e aveva un'aria provata, come se li avesse inseguiti faticosamente da Treviso. Camminarono insieme per alcuni isolati, fino a un palazzo fatiscente. Non si vedevano ascensori e salirono quindi a piedi fino al quarto piano, dove entrarono in un appartamento di due stanze con ancora meno mobili di quello di Treviso. Ermanno aveva evidentemente fatto i bagagli in fretta e li aveva disfatti ancora più in fretta.

«La tua discarica è più brutta della mia» commentò Marco, dando un'occhiata intorno.

Sparso su un tavolino c'era il materiale didattico sul quale avevano lavorato il giorno prima.

«Torno all'ora di pranzo» annunciò Luigi, e scomparve.

«Andiamo a studiare» disse Ermanno in italiano.

«Ho già dimenticato tutto.»

«Ma ieri abbiamo lavorato bene.»

«Non possiamo andare in un bar a bere qualcosa? Non sono nello stato d'animo adatto per studiare.» Ma Ermanno aveva già preso posto al tavolo e stava girando le pagine del manuale. E Marco, controvoglia, andò a sedersi di fronte a lui.

Pranzo e cena furono da dimenticare, due veloci spuntini in quelle finte trattorie che sono la versione italiana del fast food. Luigi era di cattivo umore e insistette, a volte anche bruscamente, perché si esprimessero soltanto italiano. E parlò lentamente, in modo chiaro, ripetendo tutto quattro volte finché Marco capiva, per poi passare alla frase successiva. Impossibile godersi il cibo, con quella pressione.

A mezzanotte Marco era a letto avvolto in una coperta leggera, in quella fredda stanza d'albergo, e beveva succo d'arancia ordinato personalmente al servizio in camera, mentre imparava a memoria elenchi di verbi e aggettivi.

Che cosa poteva avere combinato Robert Critz per essere assassinato da quelli che ora forse stavano cercando Joel Backman? Già la domanda in sé era curiosa e lui non riusciva a prendere in considerazione nemmeno una risposta. Dava per scontato che Critz fosse presente al momento della concessione della grazia, non essendo l'ex presidente Morgan in grado di prendere da solo una decisione del genere. Ma, a parte ciò, era impossibile immaginare un coinvolgimento di Critz a livelli superiori. Per anni aveva dimostrato di non essere nulla più di un buon lacchè, ed erano pochissimi a fidarsi di lui.

Ma se la gente continuava a morire Marco doveva imparare il più presto possibile i verbi e gli aggettivi sparsi sul suo letto. La lingua italiana significava sopravvivenza e possibilità di movimento. Luigi ed Ermanno sarebbero spariti quanto prima, e Marco Lazzeri avrebbe dovuto cavarsela da solo.

12

Marco uscì dalla sua claustrofobica stanza, o "appartamento", come lo chiamavano, per farsi una lunga passeggiata all'alba. I marciapiedi erano umidi quasi quanto l'aria fredda. Consultando la guida tascabile, tutta in italiano ovviamente, che Luigi gli aveva dato si inoltrò nel centro storico e, superati i ruderi delle antiche mura a Porta San Donato, imboccò via Irnerio che costeggia il versante nord dell'area universitaria. I marciapiedi vecchi di secoli erano occupati da chilometri di portici.

Dalle parti dell'università l'attività aveva evidentemente inizio più tardi che altrove. Ogni tanto si vedeva qualche auto o qualche bici, ma la maggioranza della gente era ancora a letto. Luigi gli aveva spiegato che Bologna aveva una storia legata alla sinistra, al comunismo: una storia interessante che aveva promesso di esplorare con lui.

Marco fu attirato da una piccola insegna verde al neon, BAR FONTANA, e avvicinandosi avvertì subito il profumo di caffè forte. Il bar era come incastrato nell'angolo di un edificio, antico come quasi tutti quelli di Bologna, e appena ebbe aperto la porta cigolante Marco venne come investito dagli aromi di caffè, sigarette e dolci, e quasi sorrise di piacere. Ma poi fu assalito dalla solita paura, l'apprensione di dover ordinare in una lingua sconosciuta.

I frequentatori del Bar Fontana non erano studenti o donne ma uomini della sua età, sulla cinquantina e oltre, dall'abbigliamento vagamente eccentrico e muniti di così tante pipe e barbe da qualificare quel locale come ritrovo di docenti universitari. Un paio dei presenti gli lanciarono un'occhiata, ma sarebbe stato difficile per chiunque attirare l'attenzione su di sé nel cuore di un'università con centomila studenti.

Marco andò all'unico tavolino libero, sul fondo, e quando finalmente si sedette con la schiena al muro si ritrovò in pratica spalla a spalla con due avventori, entrambi assorti nella lettura del giornale e quindi apparentemente disinteressati a lui. In una delle sue miniconferenze sulla cultura italiana, Luigi gli aveva spiegato come in Europa il concetto di spazio venga inteso in maniera diversa rispetto agli Stati Uniti. In Europa, cioè, lo spazio non è protetto ma condiviso; si condivide lo stesso tavolo e anche l'aria, evidentemente, visto che il fumo non dà fastidio a nessuno. Auto, autobus, appartamenti, caffè sono più piccoli, quindi più affollati e condivisi di buon animo. Non è offensivo durante una conversazione con un conoscente trovarsi naso contro naso, perché non si viola alcuno spazio. Si parla con le mani, ci si stringe, ci si abbraccia e a volte addirittura ci si bacia.

Una tale familiarità è difficile da comprendere anche per l'americano più cordiale.

Marco non si era ancora abituato a cedere troppo spazio. Prese dal tavolino il menu spiegazzato e scelse immediatamente la prima voce che riconobbe. E, quando il cameriere si fermò davanti a lui fissandolo, disse: «Un espresso e un panino al formaggio» con tutta la naturalezza che riuscì a racimolare.

Il cameriere annuì. Nessuno sollevò il capo per guardare la persona con quello strano accento, nessun giornale fu abbassato, nessuno insomma ci fece caso. Posando il menu sul tavolo, Marco Lazzeri decise che forse Bologna gli piaceva, anche se si fosse effettivamente rivelata un nido di comunisti. Con tanti studenti e professori in giro, provenienti da mezzo mondo, gli stranieri venivano accettati come elementi della cultura locale. Forse, addirittura, avere un accento marcato e distinguersi per un diverso abbigliamento era considerato "in"; forse non c'era alcun bisogno di studiare l'italiano di nascosto.

Lo straniero lo si riconosce anche perché osserva tutto, ha gli occhi sempre in movimento come se si rendesse conto che sta sconfinando in una nuova cultura e non volesse essere quindi sorpreso sul fatto. Marco, che non desiderava attirare troppo l'attenzione, tirò fuori di tasca il suo autarchico vocabolarietto e si sforzò di ignorare quella gente e quelle scene che avrebbe voluto osservare. Verbi, verbi, verbi. Ermanno gli ripeteva sempre che per acquisire la padronanza dell'italiano, come di qualsiasi altra lingua romanza, bisogna conoscere i verbi. Il vocabolarietto conteneva un migliaio di verbi base, che secondo Ermanno costituivano un buon punto di partenza.

Imparare a memoria, seppure monotono, dava a Marco uno strano piacere. Provava infatti una certa gratificazione nello scorrere quattro pagine contenenti un centinaio di verbi, nomi o aggettivi senza saltarne uno. Quando invece sbagliava una traduzione o una pronuncia si puniva tornando indietro e ricominciando daccapo. Quando caffè e panino arrivarono lui aveva conquistato trecento verbi. Mandò giù un sorso e si rimise al lavoro, come se la colazione fosse molto meno importante del vocabolario. E aveva superato quota quattrocento quando arrivò Rudolph.

La sedia di fronte a quella di Marco, al suo stesso tavolino tondo, era libera e attirò l'attenzione di un uomo basso e grassoccio, vestito di nero sbiadito, con ciuffi di capelli brizzolati che "sparavano" in tutte le direzioni fuori da un basco nero in miracoloso equilibrio sulla sua testa. «Buongiorno, è libera?» chiese lo sconosciuto indicando la sedia. Marco non aveva capito bene tutte le parole, ma il senso era chiarissimo.

«Sì.»

L'uomo si tolse il lungo mantello nero poggiandolo sulla sedia e poi vi si sedette con mille contorcimenti, venendo a trovarsi a nemmeno un metro di distanza da Marco. Il concetto di spazio qui è diverso, si ripeté lui mentalmente. L'uomo posò poi una copia dell'"Unità" sul tavolino, facendolo traballare pericolosamente. Marco temette per il suo espresso e, volendo evitare il rischio di una conversazione, tornò a concentrarsi sui verbi di Ermanno.

«Americano?» gli chiese lo sconosciuto in un inglese privo di accenti.

Marco abbassò il volumetto e fissò gli occhi brillanti dell'uomo così vicini ai suoi. «Quasi. Sono canadese. Come l'ha capito?»

Quello indicò il libriccino. «Vocabolario Inglese-Italiano. Lei non ha l'aria da inglese, per questo pensavo fosse americano.»

A giudicare dall'accento, non doveva essere del Midwest settentrionale, né di New York o del New Jersey, né del Texas o del Sud, o degli Appalachi, o di New Orleans. Eliminate tutte quelle zone degli Stati Uniti, Marco cominciò a pensare alla California e a innervosirsi, perché stava per avere inizio la serie delle bugie e non si sentiva abbastanza preparato.

«Lei di dov'è?» gli chiese.

«Ho fatto l'ultima fermata a Austin, Texas, ma questo succedeva trentanove anni fa. Mi chiamo Rudolph.»

«Buongiorno, Rudolph, lieto di conoscerla. Io mi chiamo Marco.» Solo nomi, niente cognomi, come alla scuola materna. «Sentendola parlare non si direbbe che lei è del Texas.»

«Ringraziando Iddio» disse lui con una simpatica risata, quasi senza aprire bocca. «Sono di San Francisco.»

Il cameriere si chinò sul loro tavolo e Rudolph ordinò caffè nero e poi velocemente qualcosa in italiano. Il cameriere replicò, lo stesso fece Rudolph e Marco non capì nemmeno una virgola.

«Che cosa la porta a Bologna?» gli chiese Rudolph. Sembrava avere una gran voglia di chiacchierare, forse perché non gli capitava spesso di sedersi con un altro nordamericano al tavolo del suo caffè preferito.

Marco abbassò il volumetto. «Ho deciso di passare un anno in giro per l'Italia, voglio conoscerla e imparare un po' della lingua.»

La metà inferiore del viso di Rudolph era coperta da una barba grigia e incolta che cominciava all'altezza degli zigomi e, come i ciuffi di capelli, "sparava" in tutte le direzioni. Rimanevano visibili quasi tutto il naso e parte della bocca. Per qualche strano motivo, incomprensibile anche perché nessuno avrebbe mai avuto il coraggio di fargli una domanda così ridicola, aveva lasciato libera dai peli un'area circolare sotto il labbro inferiore che gli scopriva gran parte del mento sottostante. A parte questa zona franca, i ciuffi grigiastri godevano della massima libertà e sembravano avere rari contatti con il sapone.

Ad attirare l'attenzione, con quasi tutti i lineamenti coperti, erano quindi i suoi occhi, di colore verde scuro, che da sotto le spesse sopracciglia ricurve sembravano emettere raggi ai quali nulla sfuggiva.

«Da quanto è a Bologna?» gli chiese Rudolph.

«Sono arrivato ieri e non ho fatto programmi. Che cosa la porta qui?» gli chiese a sua volta Marco, per evitare di trasformarsi nell'oggetto della conversazione.

Gli occhi dell'uomo brillarono immobili. «Vivo a Bologna da trent'anni, insegno all'università.»

Marco si decise finalmente a dare un morso al panino, un po' per fame e un po' perché l'altro continuasse a parlare.

«Dove abita, lei, in Canada?» gli chiese Rudolph.

«A Toronto» gli rispose, secondo copione. «I miei nonni emigrarono lì da Milano e io perciò ho sangue italiano, ma non parlo la lingua.»

«La lingua non è difficile.» Arrivò il caffè di Rudolph, che sollevò la tazzina infilandosela tra i peli della barba e facendole trovare evidentemente la bocca. Poi fece schioccare le labbra e si sporse leggermente verso Marco come se volesse parlare. «Lei non ha l'aria di un canadese» disse, e i suoi occhi sembrarono prendersi gioco dell'interlocutore.

Marco, che da qualche giorno faceva di tutto per apparire italiano, non aveva nemmeno pensato di assumere un'aria da canadese. E quale sarebbe, poi, l'aria da canadese? Diede un altro grosso morso al panino. «Non posso farci nulla» tagliò corto, masticando. «Che cosa l'ha portata da Austin a Bologna?»

«È una lunga storia.»

Marco si strinse nelle spalle, come se avesse tutto il tempo che voleva.

«Ero un giovane docente alla facoltà di giurisprudenza dell'università del Texas, ma quando scoprirono che ero comunista cominciarono a fare pressioni perché me ne andassi. Io mi opposi, loro reagirono. Cominciai a esprimere con ancora più veemenza le mie idee, specialmente durante le lezioni. I comunisti non godevano di buona fama in Texas all'inizio degli anni Settanta, e dubito che ne godano oggi. Mi tolsero la cattedra, mi costrinsero ad andarmene e allora mi sono trasferito a Bologna, nel cuore del comunismo italiano.»

«E che cosa insegna qui?»

«Giurisprudenza, legge. Teorie giuridiche della sinistra radicale.»

Arrivò una brioche ricoperta di zucchero a velo e Rudolph

ne staccò metà con un morso. Dagli antri della sua barba caddero delle briciole.

«È sempre comunista?» gli chiese Marco.

«Naturalmente, sempre. Perché dovrei cambiare?»

«Il comunismo sembra aver esaurito il suo corso, non crede? Non pare più una grande idea. Voglio dire, guardi in che casino si trova la Russia per colpa di Stalin e dello stalinismo. Per non parlare della Corea del Nord, dove soffrono la fame mentre il dittatore locale costruisce testate nucleari. Cuba è cinquant'anni indietro rispetto al resto del mondo, in Nicaragua i sandinisti hanno perso le elezioni, la Cina sta passando al libero mercato dopo il fallimento del vecchio sistema. Non funziona proprio, il comunismo, non crede?»

La brioche aveva perso il suo fascino e gli occhi verdi di Rudolph erano semichiusi. Marco si preparò all'imminente filippica, probabilmente infarcita di oscenità in inglese e in italiano. Si guardò intorno, rendendosi conto che probabilmente la maggioranza dei clienti del Bar Fontana erano comunisti.

E poi, che cosa aveva fatto per lui il capitalismo?

Ma Rudolph sorrise, sollevando le spalle. «Forse ha ragione, ma trent'anni fa era proprio divertente essere comunista, soprattutto in Texas. Quelli sì che erano bei tempi» ricordò con nostalgia.

Marco gli indicò con il capo il quotidiano. «Non legge mai i giornali di casa nostra?»

«La mia casa è qui, caro amico. Sono diventato cittadino italiano e non metto piede negli Stati Uniti da vent'anni.»

La cosa diede sollievo a Backman che, pur non leggendo un giornale americano da quando era uscito di prigione, dava per scontato che del suo caso si parlasse ancora. E forse continuavano a pubblicare qualche vecchia foto. Ma con Rudolph il suo passato era al sicuro.

Si chiese se anche nel suo futuro ci fosse la cittadinanza italiana. E quale futuro lo attendesse. Fra vent'anni si sarebbe ancora ritrovato a vagare per l'Italia, con qualche residuo timore per la sua incolumità?

«Perché ha detto "casa nostra"?» lo interruppe Rudolph. «Lei è canadese o statunitense?»

Marco sorrise. «Dall'altra parte dell'Atlantico, intendevo

dire.» Un piccolo errore, che avrebbe dovuto comunque evitare. Cambiò immediatamente argomento. «È la prima volta che vengo a Bologna e non sapevo che fosse la roccaforte del comunismo italiano.»

Rudolph posò la tazzina e schioccò di nuovo le labbra seminascoste. Poi con entrambe le mani si carezzò lentamente la barba, simile a un vecchio gatto che si liscia i baffi. «Bologna è tante cose, amico mio» disse, come se quello fosse l'inizio di una lunga lezione. «È stata sempre al centro del libero pensiero e dell'attività intellettuale in Italia, da qui il suo soprannome "la dotta". Quindi è diventata la casa della sinistra politica ricevendo un altro soprannome, "la rossa". I bolognesi, poi, trattano con la dovuta serietà il cibo e considerano la loro città, probabilmente non a torto, lo stomaco d'Italia. Da qui il terzo soprannome, "la grassa", soprannome affettuoso perché qui di persone sovrappeso non se ne vedono molte. Io ero grasso già prima di arrivare a Bologna.» E con una mano si diede delle pacche compiaciute sulla pancia, mentre con l'altra s'infilava in bocca ciò che restava della brioche.

Marco fu colto all'improvviso da un terribile dubbio: possibile che anche Rudolph facesse parte del piano? Che fosse un complice di Luigi, di Ermanno, di Stennett e di tutti quelli che nell'ombra si affannavano per tenere in vita Joel Backman? No, certo. Sicuramente era quello che diceva di essere: un professore universitario. Un eccentrico, un disadattato, un maturo comunista che aveva trovato una vita migliore in un'altra realtà.

Quel dubbio Marco se lo fece passare, ma senza rimuoverlo completamente. Terminò il panino, decise che avevano chiacchierato abbastanza e s'inventò quindi un treno da prendere per andare a vedere qualche altra città. Poi, dopo essersi districato dal tavolino, venne calorosamente salutato da Rudolph. «Mi trova qui ogni mattina, venga quando potrà fermarsi un po' più a lungo.»

«Grazie, arrivederci.»

Via Irnerio si stava animando e il traffico era composto soprattutto da furgoncini che avevano iniziato il giro delle consegne. Due autisti si urlarono qualcosa, probabilmente delle amichevoli oscenità che Marco non avrebbe mai potuto capire. Si allontanò in fretta dal Bar Fontana, temendo che Rudolph si fosse fatto venire in mente qualche altra domanda e uscisse a cercarlo. Voltò in una laterale, via Capo di Lucca – le strade erano tutte indicate benissimo e facili da trovare sulla sua cartina –, e procedette a zigzag in direzione del centro. Superò un altro piccolo caffè, poi fece dietrofront ed entrò ordinando un cappuccino.

Lì non dovette preoccuparsi di nessun comunista, nessuno sembrò fare caso a lui. Marco e Joel Backman si godettero quel momento, quella bevanda dal gusto delizioso, l'atmosfera calda e intensa, le risa sommesse. Nessuno sapeva dove lui si trovasse in quel momento, e quella sensazione era decisamente piacevole.

Su insistenza di Marco le lezioni del mattino ebbero inizio alle otto e non più alle otto e mezzo. Ermanno, lo studente, aveva ancora bisogno di molte ore di sonno, ma non la spuntò contro la determinazione del suo allievo. Marco si presentava ogni mattina sapendo perfettamente a memoria le voci del suo vocabolario, con il dialogo sensibilmente migliorato e riuscendo a fatica a controllare la sua smania di assorbire quella nuova lingua. Al punto da proporre di cominciare le lezioni alle sette.

La mattina dell'incontro con Rudolph, Marco studiò senza sosta per due ore. «Vorrei vedere l'università» disse all'improvviso in italiano.

«Quando?» gli chiese Ermanno.

«Adesso. Andiamo a fare una passeggiata.»

«Penso che dovremmo studiare.»

«Possiamo studiare camminando.»

Marco era già in piedi e si stava infilando il cappotto. Uscirono da quel palazzo deprimente e si diressero verso l'università.

«Questa via come si chiama?» gli chiese Ermanno.

«È via San Donato» rispose Marco, senza nemmeno guardare la targa stradale.

Si fermarono davanti a un negozietto affollato. «Che tipo di negozio è questo?» gli chiese ancora Ermanno.

«Una tabaccheria.»

«Che cosa ci si può comprare?»

«Si possono comprare molte cose. Giornali, riviste, franco-bolli, sigarette.»

La lezione si trasformò in una specie di gioco. Ermanno indicava qualcosa chiedendo: "Come si chiama quello in italiano?". Una moto, un vigile, un'auto blu, un autobus, una panchina, un cestino dei rifiuti, uno studente, una cabina telefonica, un cane, un caffè, una pasticceria. E a ogni cosa, a parte il caso di un lampione, Marco diede il nome giusto. Lo stesso accadde con i verbi come camminare, parlare, vedere, studiare, comprare, pensare, chiacchierare, respirare, mangiare, bere, affrettarsi, guidare: l'elenco era infinito e Marco aveva sempre la traduzione pronta.

Pochi minuti dopo le dieci l'università sembrò finalmente prendere vita. Ermanno gli spiegò che non esisteva un campus all'americana con il parco centrale quadrangolare circondato da alberi e piante. L'Università degli Studi di Bologna aveva sede in decine di begli edifici antichi, alcuni vecchi di cinque secoli, che si trovavano in maggioranza su via Zamboni, l'uno accanto all'altro; ma con il passare dei secoli l'ateneo si era sviluppato e ora occupava un intero quartiere della città.

Dovettero interrompere il corso d'italiano quando finirono in mezzo a una massa di studenti che uscivano o entravano a lezione. Marco si sorprese a cercare con lo sguardo un vecchio dalla vistosa capigliatura grigia, il suo comunista preferito, la prima persona con la quale avesse fatto in effetti conoscenza da quando era uscito di prigione. Aveva già deciso di rivedere Rudolph.

Arrivati al 22 di via Zamboni, Marco si fermò a guardare una targa affissa tra il portone e una finestra: FACOLTÀ DI GIURI-SPRUDENZA.

«Sarebbe la *law school*?» chiese a Ermanno.

«Sì.»

Lì dentro c'era Rudolph, e in quel momento sicuramente stava esprimendo il suo dissenso da sinistra ai suoi influenzabili studenti.

Ripresero a camminare senza fretta, sempre giocando a "Come si chiama quello in italiano?" e godendosi l'energia che quella strada sembrava emanare.

13

La lezione itinerante continuò la mattina seguente su richiesta di Marco, che aveva insistito per uscire perché dopo una noiosa ora di grammatica non ne poteva più.

«Ma deve imparare la grammatica» insistette Ermanno.

Marco si stava già infilando il cappotto. «È qui che sbagli, Ermanno. Ho bisogno di fare conversazione, non di studiare la struttura della frase.»

«Sono io l'insegnante.»

«Andiamo, Bologna ci aspetta. Le strade sono piene di giovani allegri, l'aria risuona della vostra lingua e attende che io l'assorba.» Sorrise vedendo Ermanno esitare. «Ti prego, amico mio. Ho passato sei anni in una cella grande più o meno come questo appartamento, non puoi pretendere che me ne stia chiuso qui. Fuori c'è una città che pulsa, andiamo a esplorarla.»

L'aria era fresca e limpida, non si vedeva nemmeno una nuvola, era una splendida giornata invernale e ogni bolognese amante della vita era sceso in strada per fare qualche commissione o una chiacchierata con un vecchio amico. Si erano formati capannelli di studenti che parlavano tra di loro, alcuni con l'aria ancora assonnata, e di casalinghe che si scambiavano pettegolezzi. Maturi signori incappottati si stringevano la mano mettendosi poi a parlare. E i venditori ambulanti alzavano la voce per reclamizzare i loro prodotti.

Ma Ermanno non era uscito per una passeggiata. Se il suo studente voleva fare conversazione se la doveva guadagnare. Indicò quindi un vigile e disse a Marco, ovviamente in italiano: «Vada da quel vigile e gli chieda di spiegarle la strada per piazza Maggiore. Ascolti bene e poi venga a ripetermi quello che le dirà».

Marco s'incamminò lentamente, sussurrando a se stesso qualche parola e tentando di ricordarne qualche altra. Cominciare sempre con un sorriso e il giusto saluto. «Buongiorno» disse, quasi trattenendo il fiato.

«Buongiorno» rispose il vigile.

«Mi può aiutare?»

«Certamente.»

«Sono canadese, non parlo molto bene l'italiano.»

«Okay.» Il vigile sorrise, ora quasi smanioso di aiutarlo.

«Dov'è piazza Maggiore?»

Il vigile si girò e guardò in lontananza, in direzione del centro. Poi si schiarì la voce e Marco si preparò a ricevere un fiume di indicazioni, mentre Ermanno, a pochi metri di distanza, non si perdeva una sillaba.

Ogni parola fu pronunciata dal vigile con una bella cadenza lenta, naturalmente aiutandosi con le mani. «Non è distante. Alla prima traversa giri a destra, in via Zamboni, e la segua finché non vedrà le Due Torri. Poi giri ancora in via Rizzoli e prosegua per tre isolati.»

Marco lo ascoltò con la massima attenzione, cercando poi di ripetere ogni frase mentre il vigile, pazientemente, ricominciava da capo a dargli le indicazioni. Marco lo ringraziò, ripeté a se stesso tutto ciò che poté e infine riversò le informazioni a Ermanno.

«Non c'è male» commentò lui. Il divertimento era appena incominciato. E mentre l'allievo si godeva il suo piccolo trionfo, Ermanno si mise a cercare un altro involontario maestro, trovandolo in un vecchio che avanzava appoggiandosi a un bastone, con un giornale sotto il braccio. «Gli chieda dove ha comprato quel giornale.»

Marco se la prese comoda e seguì lo sconosciuto, finché non ritenne di avere trovato le parole giuste. «Buongiorno, scusi» gli disse allora. Il vecchio si voltò a guardarlo, senza nemmeno abbozzare il "Buongiorno" di prammatica. E per un attimo Marco temette che stesse per dargli una bastonata in testa.

«Dove ha comprato quel giornale?»

Il vecchio guardò il giornale come se fosse stato un articolo di contrabbando, poi spostò lo sguardo su Marco come se fosse stato offeso. Quindi girò di scatto il capo a sinistra e disse qualcosa che suonò più o meno come "Laggiù". Per lui la conversazione era terminata. Mentre lo sconosciuto si allontanava, Marco tornò da Ermanno. «Un po' scarso come dialogo, vero?» gli disse in inglese.

«Direi proprio.»

Entrarono in un baretto dove Marco ordinò un espresso. Ma Ermanno, che non si accontentava delle cose semplici, chiese un caffè all'americana zuccherato ma senza panna e una brioche con marmellata alla ciliegia. Naturalmente chiese a Marco di ordinare il tutto. Poi, una volta seduti, posò sul tavolino diverse banconote insieme a monete da un euro e da cinquanta centesimi, quindi le fece riconoscere e contare dal suo allievo. A quel punto decise che gli andava un altro caffè all'americana, ma stavolta senza zucchero e con un po' di panna. Marco prese dal tavolino due euro e tornò con il caffè, poi contò il resto.

Al termine di questa breve pausa tornarono in strada e imboccarono via San Vitale, con i portici su entrambi i lati. La strada era piena di biciclette, il mezzo di locomozione preferito. Ermanno sosteneva di studiare a Bologna da tre anni, ma Marco credeva a ben poco di ciò che gli dicevano lui o Luigi.

«Questa è piazza Verdi» annunciò Ermanno indicando una piazzetta dove stava faticosamente per avere inizio una manifestazione di protesta. Un capellone reduce degli anni Settanta stava sistemando un microfono, preparandosi di sicuro a una veemente denuncia dei misfatti commessi in qualche parte del mondo dagli USA. I suoi compagni erano invece occupati a srotolare un grosso striscione sul quale si leggeva uno slogan scritto malamente con la vernice, il cui senso nemmeno Ermanno riuscì ad afferrare. Ma gli studenti erano ancora mezzo addormentati, oltre che preoccupati di fare tardi a lezione.

«Con chi ce l'hanno?» chiese Marco mentre passavano davanti a quel gruppetto.

«Non lo so con sicurezza, credo che ci sia di mezzo la Banca Mondiale. C'è sempre qualche manifestazione, qui.»

Proseguirono mescolati alla piccola folla degli studenti, facendosi strada tra i passanti e puntando verso il centro.

Luigi li aspettava per il pranzo in un ristorante, Testerino, non lontano dall'università. Potendo contare sui fondi del contribuente americano ordinò diversi piatti, senza nemmeno guardare quanto costavano. Ermanno, lo studente al verde, sembrava a disagio di fronte a un tale scialo ma poi, da buon italiano, si rilassò al pensiero di un lungo e tranquillo pranzo. Durò due ore, e la conversazione fu lenta, metodica e spesso ripetitiva, ma senza la minima concessione all'inglese. Fu difficile per Marco godersi quell'ottimo cibo dovendo tenere alto il proprio livello di attenzione per afferrare, elaborare, capire e abbozzare una replica all'ultima frase che gli era stata rivolta. Spesso questa frase gli era entrata da un orecchio e uscita dall'altro, lasciando nella sua mente soltanto una o due parole più o meno identificate, quando all'improvviso il concetto era sostituito da un altro. E i suoi due amici non chiacchieravano per il piacere della conversazione. Se avevano il minimo sospetto che Marco annuisse unicamente per essere lasciato in pace a mangiare, gli chiedevano all'improvviso: "Che cosa ho detto?".

Marco continuava a masticare per qualche secondo, cercando di guadagnare tempo per pensare a qualcosa – in italiano, maledizione! – che lo facesse uscire da quella situazione. Stava imparando ad ascoltare per afferrare le parole più importanti, comunque, e più volte in precedenza i suoi due commensali lo avevano avvertito che avrebbe capito molto più di quanto avrebbe saputo dire.

A salvarlo fu proprio il pranzo. Particolare importanza aveva la differenza fra i tortellini, che hanno il ripieno di maiale, e i tortelloni, che sono più grossi e contengono invece ricotta. Il cuoco capì che Marco era un canadese animato da una grande curiosità per la cucina bolognese e insistette per servirli entrambi. Come al solito, Luigi spiegò che gli uni e gli altri erano creazioni esclusive dei grandi chef bolognesi.

Marco mangiò in silenzio, cercando di divorare quei deliziosi piatti senza dover fare ricorso all'italiano.

Dopo due ore implorò un break, terminò il secondo espresso, si congedò da loro davanti al ristorante e si allontanò tutto solo con la testa che gli girava.

Al termine di via Rizzoli girò intorno a due isolati, e poi ancora per essere sicuro di non essere seguito, anche perché i lunghi portici erano adattissimi a pedinare qualcuno senza farsi notare. Quando intorno a sé la strada si riempì di nuovo di studenti attraversò piazza Verdi, dove la manifestazione di protesta si era ridotta a un infuocato comizio; e Marco fu lieto di non capire l'italiano. Arrivato davanti al 22 di via Zamboni guardò ancora una volta il massiccio portone della facoltà di giurisprudenza, poi entrò nell'edificio cercando di dare l'impressione di trovarsi nel proprio ambiente. Non si vedevano targhe con l'indicazione dei vari istituti, ma su una bacheca gli studenti avevano affisso gli annunci più svariati: appartamenti in affitto, libri in vendita, offerte di compagnia, perfino un corso estivo alla Wake Forest Law School.

Il lungo corridoio terminava in un cortile all'aperto dove gli studenti bivaccavano parlando al cellulare, fumando o aspettando l'inizio di una lezione.

Una scalinata a sinistra attirò la sua attenzione. Salì fino al terzo piano, dove finalmente trovò una specie di elenco dei vari istituti. Capì la parola "uffici" e seguì un corridoio con due aule finché non trovò gli uffici della facoltà. Molti erano accompagnati da un nome, altri invece no. L'ultimo era quello di Rudolph Viscovitch, unico nome non italiano fino a quel momento. Marco bussò, ma dall'interno nessuno rispose, poi girò la maniglia ma la porta era chiusa a chiave. Allora estrasse in fretta dalla tasca della giacca un foglietto che aveva preso all'Albergo Campeol di Treviso e scrisse un biglietto.

Caro Rudolph, mentre giravo per la facoltà sono capitato davanti alla porta del suo ufficio e pensavo di farle un saluto. Forse ci rivedremo al Bar Fontana. Mi è piaciuta la nostra chiacchierata di ieri, è bello sentire ogni tanto parlare un po' d'inglese. Il suo amico canadese Marco Lazzeri.

Fece scivolare il foglietto sotto la porta e scese le scale insieme a un gruppo di studenti. Tornato in via Zamboni si mise a vagare senza meta, poi si fermò a comprarsi un gelato e lentamente riprese la via dell'albergo. La sua stanzetta buia era però troppo fredda per un sonnellino e si ripromise di reclamare con il suo tutore, dal momento che il pranzo era costato più del triplo della tariffa di quella stanza. Il che significava che Luigi e i suoi superiori potevano sicuramente permettersi di spendere di più per la sua sistemazione.

Poi si mosse controvoglia in direzione dell'appartamento bonsai di Ermanno per la lezione pomeridiana.

Luigi era in paziente attesa dell'Eurostar da Milano alla stazione di Bologna Centrale. La stazione era abbastanza tranquilla prima dell'ora di punta, cioè le 17. Alle 15.35, in perfetto orario, la snella sagoma d'argento si fermò sul binario previsto e Whitaker scese.

Whitaker non sorrideva mai e i due si salutarono con una formale stretta di mano, salendo poi sulla FIAT di Luigi. «Che mi dici del nostro amico?» chiese Whitaker, dopo avere chiuso lo sportello.

«Sta andando bene» gli rispose Luigi, mettendo in moto. «Studia moltissimo, anche perché non ha molto altro da fare.»

«E rimane in zona?»

«Sì, gli piace passeggiare in città ma ha paura di allontanarsi troppo. E poi è al verde.»

«Che ci rimanga. Come va con l'italiano?»

«Lo sta imparando velocemente.» Erano in via dell'Indipendenza, un'ampia strada che portava direttamente in centro. «È molto motivato.»

«Spaventato?»

«Credo di sì.»

«È furbo, ed è un abile manipolatore, Luigi, non te lo dimenticare. Ed essendo furbo è anche molto spaventato, sa riconoscere il pericolo.»

«Gli ho detto di Critz.»

«E lui?»

«L'ho visto disorientato.»

«Ha mostrato segni di paura?»

«Sì, direi di sì. Chi ha fatto fuori Critz?»

«Secondo me siamo stati noi, ma non si può mai dire. È pronta la casa sicura?»

«Sì.»

«Bene, andiamo a vedere l'appartamento di Marco.»

Via Fondazza era una tranquilla strada di un quartiere resi-

129

denziale a sudest, a pochi isolati dall'università, e anche lei aveva i suoi bravi portici sui quali si aprivano i portoni di molti palazzi. A differenza di altri numeri civici, il 112 non aveva citofono ed era stato dato in affitto per tre anni a un misterioso uomo d'affari milanese che pagava regolarmente ma lo usava molto di rado. Whitaker non ci andava da oltre un anno e non si era perso molto. Si trattava di un normale appartamento di una sessantina di metri quadri, e l'affitto era di milleduecento euro al mese. Una casa sicura, niente di più e niente di meno: una delle tre sotto il suo controllo nell'Italia settentrionale.

Comprendeva due stanze da letto, una piccola cucina e un soggiorno con divano, tavolo, due poltrone di pelle e niente televisore. Luigi indicò il telefono e i due, in un linguaggio da addetti ai lavori, parlarono della microspia che era stata abilmente occultata al suo interno. In ogni stanza erano stati nascosti due microfoni, piccoli e potentissimi, ai quali non sfuggiva alcun suono. E inoltre tre microcamere: una inserita nella crepa di una vecchia piastrella e puntata verso la porta d'ingresso, un'altra nascosta in un'applique su una parete della cucina che inquadrava l'ingresso di servizio e la terza nel soffitto del soggiorno.

Nessuno degli obiettivi copriva la stanza da letto, e a Luigi la cosa andava più che bene. Se Marco fosse riuscito a trovare una donna disposta ad andare da lui, loro avrebbero potuto seguirne i movimenti in entrata e in uscita, e quello per Luigi era sufficiente; se si fosse annoiato, magari avrebbe potuto premere un interruttore e divertirsi un po'.

La casa confinava a sud con un altro appartamento, separato da una spessa parete, un appartamento leggermente più grande rispetto a quello di Marco e che aveva come unico occupante Luigi. La porta sul retro si apriva su un giardinetto invisibile dalla casa accanto, nel quale quindi Luigi avrebbe potuto muoversi liberamente. La cucina era stata trasformata in una sofisticata postazione di controllo high tech, dal quale premendo un pulsante era possibile seguire su un monitor ciò che accadeva nell'appartamento adiacente.

«Studieranno qui?» chiese Whitaker.

«Sì, è un posto sufficientemente sicuro. E poi posso controllarlo.»

Whitaker passò di nuovo in rassegna i vari ambienti. «Qui accanto è tutto pronto?» chiese infine.

«Ci ho dormito le ultime due notti. È tutto sistemato.»

«Quando lo trasferirai?»

«Oggi pomeriggio.»

«Molto bene. Andiamo a vedere il nostro amico.»

Percorsero via Fondazza fino al termine, e da lì imboccarono Strada Maggiore. L'appuntamento era in un piccolo caffè, il Lestre, dove Luigi trovò un giornale e andò a sedersi a un tavolino mentre Whitaker, con un altro giornale, occupò quello accanto. I due, ovviamente, si ignorarono. Alle quattro e mezzo in punto Ermanno e il suo allievo entrarono per prendere un rapido caffè con Luigi.

«Sei stanco dell'italiano?» chiese Luigi in inglese, dopo i saluti.

«Non ne posso più» rispose Marco, sorridendo.

«Bene, allora parliamo in inglese.»

«Dio ti benedica.»

Whitaker se ne stava seduto a fumare una sigaretta a un metro e mezzo di distanza da loro, dietro il suo giornale, come se non gli interessasse minimamente ciò che accadeva intorno a lui. Sapeva di Ermanno, ma non l'aveva mai visto. Con Marco, ovviamente, era un'altra faccenda.

Una decina di anni prima, quando tutti conoscevano il Broker, Whitaker era stato a Washington per un periodo di lavoro a Langley. Il ricordo che aveva di Joel Backman era quello di una forza politica che divideva equamente il suo tempo fra la cura spasmodica della sua immagine e la rappresentanza dei suoi importantissimi clienti. Backman era stato l'epitome di soldi e potere, il perfetto esempio del pezzo grosso che sa intimidire o blandire; e in ogni caso poteva disporre di somme tali da ottenere tutto ciò che voleva.

I sei anni di carcere avevano avuto conseguenze incredibili. Backman adesso era decisamente più magro, e aveva un aspetto molto europeo dietro i suoi occhiali di Armani e con quell'accenno di pizzetto sale e pepe. Whitaker era convinto che nessun americano, entrando in quel momento al Lestre, avrebbe potuto identificare Joel Backman.

Marco si accorse che l'uomo seduto al tavolino accanto lanciava ogni tanto qualche occhiata, ma non vi diede peso. Probabilmente, pensò, è incuriosito perché parliamo in inglese e al Lestre, diversamente che nel quartiere universitario, si sentono raramente altre lingue.

Bevuto il caffè Ermanno si congedò, imitato qualche minuto più tardi da Whitaker. Dopo qualche isolato l'americano entrò in un Internet Caffè del quale si era già servito in precedenza, attaccò alla presa il suo computer portatile, entrò in rete e inviò a Julia Javier, a Langley, questo messaggio:

L'appartamento di via Fondazza è operativo, dovrebbe trasferirsi stasera. Dato un'occhiata al nostro uomo che prendeva un caffè con i nostri amici. Se non fosse stato per loro non l'avrei riconosciuto. Si sta abituando bene alla nuova vita. Qui tutto è in ordine, non vi sono problemi di alcun tipo.

Quando si fece buio, la FIAT si fermò a metà di via Fondazza e Marco scaricò i suoi bagagli. Poca roba, dal momento che non possedeva nulla, a parte due borse con i suoi effetti personali e i libri d'italiano. Entrato nella sua nuova casa si accorse subito che era sufficientemente riscaldata. «Ora cominciamo a ragionare» disse a Luigi.

«Sposto l'auto, tu intanto dai un'occhiata.»

Marco contò quattro locali, ben arredati sebbene non lussuosi, ma in ogni caso un bel passo avanti rispetto alla precedente sistemazione. La sua vita stava migliorando, solo dieci giorni prima lui era in carcere.

«Che te ne pare?» gli chiese Luigi, che era tornato in un attimo.

«La prendo, grazie.»

«Non c'è di che.»

«E grazie anche a quelli di Washington.»

Luigi premette un interruttore. «Hai visto la cucina?»

«Sì, è perfetta. Quanto rimarrò qui?»

«Non le prendo io queste decisioni, lo sai.»

«Lo so.»

Tornarono in soggiorno. «Un paio di cose» annunciò Luigi. «La prima: Ermanno verrà qui ogni giorno per farti studiare, dalle otto alle undici e poi dalle due alle cinque, o quando vorrai smettere.»

«Meraviglioso. Per favore, trova un altro appartamento anche a quel ragazzo. Dove abita adesso è una specie di topaia, una sistemazione imbarazzante per il contribuente americano.»

«Seconda cosa: questa è una strada tranquilla, in pratica ci sono soltanto abitazioni. Entra ed esci di casa in fretta, non fermarti a chiacchierare con i vicini, non fare amicizie. Stai lasciando una traccia, Marco, e se la ingrandisci troppo qualcuno ti troverà.»

«Me l'hai già detto dieci volte.»

«E te lo dico per l'undicesima.»

«Rilassati, Luigi. I vicini non mi vedranno mai, te lo prometto. Questo posto mi piace, è molto più bello della mia cella a Rudley.»

14

La cerimonia di suffragio per Robert Critz si svolse in un mausoleo simile a un country club in una zona residenziale di Filadelfia, la sua città natale, che però negli ultimi trent'anni aveva a dir poco evitato. Critz era morto senza lasciare un testamento, e senza alcuna disposizione circa le modalità del suo distacco terreno, scaricando in tal modo sulle spalle della povera signora Critz non solo l'onere di riportarlo in patria da Londra, ma anche la decisione di come disporre delle sue spoglie mortali. Uno dei figli aveva caldeggiato l'idea della cremazione, con asettica inumazione in una cripta marmorea protetta dalle intemperie. A quel punto, la signora Critz avrebbe accettato qualsiasi soluzione. Le sette ore di traversata atlantica (in classe turistica) con la salma del marito da qualche parte nella stiva sotto i suoi piedi, infilata in una di quelle fredde casse metalliche adibite alla traslazione per via aerea degli esseri umani deceduti, l'avevano quasi fatta uscire di senno. Per non parlare del caos all'arrivo in aeroporto, dove non aveva trovato nessuno ad accoglierla e a darle una mano. Che casino!

La cerimonia era esclusivamente a inviti, condizione imposta dall'ex presidente Morgan che, dopo due sole settimane a Barbados, non aveva molta intenzione di tornare e farsi vedere. Se era davvero addolorato per la morte del suo amico di una vita, non lo diede a vedere. Aveva discusso i particolari della cerimonia con la famiglia Critz, che alla fine stava quasi per chiedergli di rimanersene a casa. La data era stata spostata per accontentarlo, la scaletta del servizio funebre non gli andava bene. Accettò con notevole riluttanza di pronunciare l'orazione, a patto però che fosse breve. La verità era che a Morgan la signora Critz non era mai piaciuta, come d'altronde lui non era mai piaciuto alla signora Critz.

Alla ristretta cerchia di amici e familiari non sembrava plausibile che Robert Critz si fosse ubriacato in un pub di Londra al punto da inciampare in una strada piena di traffico cadendo davanti a un'auto in movimento. Quando l'autopsia rivelò un elevato livello di eroina nel sangue la signora Critz, sconvolta, pretese che il referto venisse sigillato e dimenticato, e non ne parlò con nessuno, nemmeno con i figli. Era assolutamente sicura che il marito non avesse mai fatto uso di stupefacenti – anche se beveva troppo, ma questo lo sapeva solo lei – ed era decisa a tutelarne la memoria.

La polizia di Londra aveva accettato volentieri la richiesta di mettere sotto chiave i risultati dell'autopsia e archiviare il caso. Gli investigatori avevano qualche perplessità, ovviamente, ma erano oppressi dal carico delle tante indagini in corso e volevano accontentare una vedova che non aspettava altro se non tornarsene a casa e lasciarsi la tragedia dietro le spalle.

La funzione ebbe inizio alle due del pomeriggio di un giovedì – anche l'ora era stata fissata da Morgan, in modo che il jet privato potesse volare direttamente da Barbados a Filadelfia – e durò un'ora. Degli ottantadue invitati se ne presentarono cinquantuno, molti dei quali spinti più dalla curiosità di vedere il presidente Morgan che dal desiderio di dire addio al vecchio Critz. Il servizio fu celebrato da un pastore semiprotestante di una non meglio precisata confessione. Critz non entrava in una chiesa da quarant'anni, a parte matrimoni e funerali. Al pastore toccò l'ingrato compito di ricordare un uomo che non aveva mai visto e, anche se vi si dedicò con coraggio, fallì miseramente. Lesse un passo dal Libro dei Salmi e pronunciò una generica orazione che sarebbe andata bene per un diacono come per un serial killer. E rivolse parole di conforto ai familiari del defunto, anche loro a lui totalmente sconosciuti.

La cerimonia, lungi dal rappresentare un caldo commiato, fu fredda come le grigie pareti di marmo della finta cappella. Morgan, ridicolo con quell'abbronzatura a febbraio, cercò di intrattenere i presenti raccontando aneddoti sul suo vecchio

135

amico, ma lo fece con una tale assenza di partecipazione da far intendere a tutti la propria impazienza di rimettere piede sull'aereo e tornarsene a Barbados.

Le ore passate al sole dei Caraibi l'avevano convinto che la colpa della sua mancata rielezione andava attribuita in tutto e per tutto a Robert Critz. Ma si era tenuto per sé questa conclusione, anche perché non c'era nessuno al quale confidarla, dal momento che in quella villa sul mare abitavano soltanto lui e la servitù locale. Morgan aveva comunque già maturato un certo risentimento, cominciando addirittura a mettere in discussione quell'amicizia.

Al termine della funzione non si fermò più del necessario. Abbracciò doverosamente la vedova e i figli di Critz, scambiò due parole con alcuni vecchi amici ai quali promise che si sarebbero rivisti entro qualche settimana e si allontanò in fretta circondato dalla protocollare scorta del Servizio segreto. Le telecamere erano state piazzate lungo una siepe di fronte alla chiesa ma non riuscirono a cogliere nemmeno l'ombra dell'ex presidente, chino sul sedile posteriore di uno dei due furgoni neri. Cinque ore dopo, Morgan era sul bordo della piscina a godersi un altro tramonto caraibico.

Oltre che dalla piccola folla degli invitati il funerale era stato seguito, molto più attentamente, da altri spettatori. E quando non si era ancora concluso Teddy Maynard aveva già l'elenco dei cinquantuno presenti. Ma fra di loro non c'era alcun nome sospetto o tale in ogni caso da destare sorpresa.

L'omicidio rimase impunito. L'autopsia fu archiviata, in parte grazie alla signora Critz ma soprattutto a certe sollecitazioni ricevute a livello molto più elevato della polizia londinese. La salma si era trasformata ormai in cenere e il mondo si sarebbe dimenticato in fretta di Robert Critz. La sua sciocca incursione nella scomparsa di Backman si era risolta senza che il piano ne venisse minimamente compromesso.

L'FBI aveva tentato di nascondere una telecamera all'interno della cappella, ma invano, perché il proprietario si era opposto e non c'era stato modo di convincerlo nonostante le enormi pressioni esercitate su di lui. Aveva però accettato che le telecamere nascoste venissero sistemate fuori, e così fu possibile immortalare tutti coloro che erano entrati e usciti. I filmati furono montati, l'elenco compilato in fretta e un'ora dopo il termine della cerimonia il direttore dell'FBI venne informato nel dettaglio.

Due giorni prima della morte di Robert Critz, l'FBI aveva ricevuto un'informazione allarmante, oltre che del tutto inattesa e non sollecitata, da parte di un manager truffaldino con la prospettiva di trascorrere quarant'anni in un carcere federale. L'uomo, titolare di un importante fondo comune d'investimento, era stato arrestato per una storia di evasione fiscale, uno dei tanti scandali di Wall Street con in ballo qualche miliardo di dollari. Ma il fondo in questione era controllato da una cricca internazionale di banchieri, e con il passare degli anni il manager si era fatto strada al vertice dell'organizzazione. Il fondo aveva infatti attivi così elevati, grazie anche all'abilità del suo management di sottrarsi al fisco, da non poter essere ignorati: e l'uomo era stato cooptato nel consiglio di amministrazione con il bonus di un lussuoso appartamento a Bermuda, dove aveva sede la casa madre di questa segretissima organizzazione.

Disperato all'idea di passare in carcere il resto della sua esistenza, il manager aveva dato la sua disponibilità a svelare certi segreti. Segreti di banche e sporchi traffici offshore. E si era detto in grado di dimostrare che l'ex presidente Morgan, nel suo ultimo giorno in carica, si era venduto almeno un provvedimento di grazia in cambio di tre milioni di dollari. La somma era stata trasferita con un bonifico da una banca di Grand Cayman a una di Singapore, entrambe controllate segretamente dal consorzio dal quale era appena uscito. E si trovava tuttora a Singapore, su un conto aperto da una società fantasma della quale era però titolare un vecchio sodale di Morgan. Secondo il manager collaboratore di giustizia, inoltre, i tre milioni di dollari erano riservati esclusivamente e personalmente a Morgan.

Quando l'FBI fu in grado di accertare l'esistenza di quel bonifico e di quel conto, venne subito raggiunto un accordo in base al quale il manager avrebbe dovuto scontare solamente due anni di arresti domiciliari. Un presidente che per denaro concede provvedimenti di grazia era un fatto così clamoroso da meritare l'assoluta priorità nell'Hoover Building, il quartier generale dell'FBI.

L'informatore non era stato però in grado di risalire al titolare dei tre milioni di dollari trasferiti da Grand Cayman, anche se risultava a tutti evidente che solo due dei graziati da Morgan avevano la possibilità, almeno sulla carta, di pagare una somma così elevata. Il primo, e più probabile, era Duca Mongo, l'anziano miliardario che deteneva il record dei dollari sottratti illegalmente al fisco. E su questo punto il dibattito nel mondo imprenditoriale americano era ancora aperto. L'informatore era però quasi convinto che Mongo fosse da escludere per i suoi burrascosi precedenti con le banche in questione. Lui preferiva lavorare con quelle svizzere, circostanza questa poi accertata dall'FBI.

L'altro sospetto era naturalmente Joel Backman, anche perché una mazzetta di quelle dimensioni non si poteva escludere se di mezzo c'era lui. E molti fino ad allora non avevano condiviso l'ipotesi sostenuta per anni dall'FBI, quella secondo cui Backman non aveva messo da parte una fortuna. Il Broker, quando era ancora in attività, aveva rapporti sia con le banche svizzere sia con quelle dei Caraibi, poteva contare su una rete di amicizie, aveva contatti ai più alti livelli e, infine, si muoveva come un pesce nell'acqua fra tangenti, mazzette, contributi elettorali e parcelle.

Il direttore dell'FBI era un'anima in pena che rispondeva al nome di Anthony Price. Era stato nominato tre anni prima dal presidente Morgan, che però dopo soli sei mesi aveva tentato di silurarlo. Price in quella circostanza aveva chiesto più tempo, ottenendolo, ma i due erano rimasti in rotta di collisione. Per qualche motivo che non riusciva nemmeno a ricordare, poi, Price aveva deciso di dimostrare la propria risolutezza incrociando la lama con quella di Teddy Maynard. Il quale non aveva perso molte battaglie di quella guerra segreta che oppone CIA e FBI, e non si spaventava certo per la sfida lanciatagli da Anthony Price, ultimo di una lunga serie di anatre zoppe.

Teddy, però, ignorava la storia della grazia venduta che stava angustiando il direttore dell'FBI. Il nuovo presidente si era impegnato a sbarazzarsi di Anthony Price e a riorganizzare l'agenzia da lui diretta. E aveva altresì promesso di concedere finalmente il meritato riposo a Maynard. Ma non era certo la prima volta che a Washington si udivano minacce del genere.

A Price si presentò all'improvviso la splendida occasione di conservarsi il posto eliminando allo stesso tempo Maynard. Andò quindi alla Casa Bianca e informò il consigliere per la sicurezza nazionale, che era stato confermato nell'incarico il giorno prima dal nuovo presidente, di quel conto sospetto sulla banca di Singapore. Si disse convinto del coinvolgimento dell'ex presidente Morgan e sottolineò l'importanza di localizzare Joel Backman e riportarlo negli Stati Uniti per interrogarlo e, nel caso, incriminarlo. Quello scandalo, se dimostrato, avrebbe avuto l'effetto di un terremoto e lo si sarebbe potuto definire senza esagerazioni unico e storico.

Il consigliere per la sicurezza nazionale lo ascoltò con la massima attenzione. Poi congedò Price, andò direttamente dal vicepresidente, fece uscire i collaboratori, chiuse a chiave la porta e gli raccontò ciò che aveva appena saputo. E, insieme, i due riferirono infine al presidente.

Come accade spesso, il nuovo occupante dello Studio Ovale e il suo predecessore non si amavano alla follia. La loro campagna elettorale si era svolta all'insegna di quell'acredine e di quei colpi bassi che sono ormai diventati consuetudine nella politica americana. E il nuovo presidente, pur avendo riportato una vittoria di dimensioni storiche e nonostante l'eccitazione di essersi insediato alla Casa Bianca, non aveva alcuna intenzione di elevarsi da quello squallore. Adorava la prospettiva di umiliare Arthur Morgan e già immaginava la scena: un processo concluso con una condanna clamorosa e lui che, all'ultimo minuto, concedeva all'imputato una grazia *motu proprio* per salvaguardare l'immagine della presidenza.

Che colpo di scena!

Alle sei della mattina seguente il vicepresidente faceva il suo ingresso, con il solito corteo di auto blindate, nel quartier generale della CIA a Langley. Il direttore Maynard era stato convocato il giorno prima alla Casa Bianca ma, sospettando qualche scherzo poco simpatico, aveva marcato visita spiegando che i medici gli avevano proibito di muoversi in seguito ad attacchi di vertigine. Gli succedeva spesso di mangiare e dormire in ufficio, specie quando andava soggetto alle crisi acute di questa sindrome, una delle tante cui faceva ricorso in caso di necessità.

La riunione fu di breve durata. Teddy sedeva come di consueto sulla sedia a rotelle a un'estremità del lungo tavolo nella sala riunioni, avvolto nella trapunta e con Hoby al suo fianco. Il vicepresidente entrò accompagnato da un solo assistente e, dopo un impacciato scambio sulla nuova amministrazione, entrò in argomento. «Signor Maynard, sono venuto su incarico del presidente.»

«Naturalmente» commentò Teddy con un sorrisetto. Stanno per licenziarmi, pensò: finalmente, dopo diciotto anni e tante minacce, ci siamo arrivati. Finalmente un presidente che aveva le palle necessarie per licenziare Teddy Maynard. Aveva preparato Hoby a quel momento e, aspettando l'arrivo del vicepresidente, gli aveva espresso il suo timore. Hoby aveva davanti a sé il solito blocco di appunti ed era pronto a scrivere quelle parole che da tempo paventava: signor Maynard, il presidente chiede le sue dimissioni.

Il vicepresidente disse invece qualcosa di assolutamente inatteso. «Signor Maynard, il presidente vuole sapere di Joel Backman.»

Nulla riusciva a far trasalire Teddy Maynard. «Che cosa vuole sapere?» chiese il direttore della CIA senza la minima esitazione.

«Vuole sapere dove si trova e quanto tempo ci vorrà per riportarlo in patria.»

«Perché?»

«Non posso dirglielo.»

«In questo caso nemmeno io posso risponderle.»

«Per il presidente è importantissimo.»

«Mi fa piacere, ma in questo momento il signor Backman è importantissimo per le nostre attività.»

Fu il vicepresidente il primo a battere ciglio. Lanciò un'occhiata al suo assistente, occupatissimo a prendere appunti e assolutamente inutile. Per nessun motivo avrebbero rivelato alla CIA la faccenda di quei tre milioni di dollari per la concessione della grazia, perché Maynard avrebbe sicuramente trovato il modo per sfruttarla a suo vantaggio, si sarebbe impadronito di quella piccola pepita per rimanere in sella. E invece stavolta l'alternativa era una sola: o la collaborazione con la Casa Bianca o il licenziamento.

Il vicepresidente si avvicinò di qualche centimetro. «Il presidente non ha alcuna intenzione di scendere a compromessi su questo argomento, signor Maynard. Avrà quelle informazioni e le avrà in tempi brevi, altrimenti chiederà le sue dimissioni.»

«Non ci penso nemmeno a dimettermi.»

«Devo ricordarle che le può revocare il mandato quando vuole?»

«No, non ce n'è bisogno.»

«Molto bene, allora, è tutto chiaro. Si presenti alla Casa Bianca con il dossier Backman e lo esamineremo con la dovuta attenzione, in caso contrario la CIA avrà quanto prima un nuovo direttore.»

«Con il dovuto rispetto, signor vicepresidente, una tale franchezza è rara nel suo ambiente.»

«Lo prendo come un complimento.»

E la riunione si concluse.

L'Hoover Building era il regno delle soffiate, delle quali beneficiava l'intera capitale. A sfruttarle c'era ovviamente anche Dan Sandberg del "Washington Post", che però, godendo di fonti migliori, rispetto agli altri giornalisti d'inchiesta ebbe subito sentore dello scandalo Morgan. Allora mise sotto pressione una talpa all'interno della Casa Bianca della quale si serviva da tempo e ottenne una parziale conferma. I contorni della storia cominciarono così a definirsi, ma Sandberg capì che sarebbe stato praticamente impossibile avere la conferma dei particolari decisivi, che cioè non avrebbe trovato alcuna traccia scritta della transazione.

Ma se la notizia rispondeva al vero, se cioè un presidente in carica si era venduto una o più concessioni di grazia per rimpolpare sensibilmente la pensione, era di fatto un evento senza precedenti. Un ex presidente incriminato, processato e magari condannato e mandato in carcere: impensabile.

Il giornalista sedeva alla sua scrivania ingombra di carte quando ricevette una telefonata da Londra. A chiamarlo era un vecchio amico, un cronista cocciuto come lui, che scriveva per il "Guardian". Parlarono per qualche minuto della nuova presidenza, argomento di prammatica a Washington anche perché si era ancora all'inizio di febbraio, la capitale era co-

perta di neve e il Congresso era come impantanato nelle sedute annuali delle commissioni. La vita procedeva quindi con
una certa lentezza e gli argomenti di conversazione non erano
poi molti.

«Sai qualcosa sulla morte di Bob Critz?» gli chiese l'amico.

«No, i funerali ci sono stati ieri. Perché?»

«C'è qualche perplessità sull'incidente a quel poveraccio. E,
a parte questo, non è stato reso noto il referto dell'autopsia.»

«Perplessità di che tipo? Credevo che fosse uno di quei casi
"apri e chiudi".»

«Forse, ma l'hanno chiuso troppo in fretta. Non ho in mano
nulla di concreto, bada bene, ma mi piacerebbe capire se c'è
qualche nota stonata in questa faccenda.»

Ce n'era abbastanza per insospettire Sandberg. «Lasciami
fare qualche telefonata.»

«Bene, ci risentiamo tra un paio di giorni.»

Sandberg riattaccò, rimanendo poi a fissare lo schermo del
computer. Critz doveva per forza essere stato presente quando Morgan aveva concesso all'ultimo momento quei provvedimenti di grazia. Ed essendo entrambi abbastanza paranoici,
era probabile che, prese queste decisioni e firmati i relativi documenti, nello Studio Ovale con Morgan si trovasse soltanto
Critz.

Forse Critz sapeva troppo.

Tre ore dopo, Sandberg partiva dall'aeroporto Dulles alla
volta di Londra.

142

15

Molto prima che albeggiasse, Marco si svegliò una volta di più in un letto sconosciuto in un posto sconosciuto. E impiegò del tempo per rimettere in ordine le idee, per ricostruire i suoi ultimi movimenti, analizzare quella strana situazione, programmare la giornata, cercare di dimenticare il passato e immaginare ciò che sarebbe potuto accadere nelle dodici ore successive. Dormiva in maniera irregolare, a dir poco. Aveva sonnecchiato qualche ora, quattro o cinque, forse, ma non ne era sicuro perché quella stanza piccola e calda era completamente immersa nell'oscurità. Si tolse le cuffie dalle orecchie; come al solito si era addormentato poco dopo mezzanotte ascoltando quelle allegre frasi in italiano.

Era benedetto, il calore di quell'ambiente. A Rudley l'avevano congelato e la sua ultima stanza d'albergo era stata altrettanto fredda. Quell'appartamento aveva invece pareti spesse e un impianto di riscaldamento che funzionava a pieno regime. Quando infine Marco decise che la sua giornata era debitamente organizzata poggiò i piedi sulle calde mattonelle del pavimento e ringraziò di nuovo Luigi per quell'ultimo trasloco.

Non riusciva a prevedere per quanto si sarebbe fermato in quella casa né quale futuro fosse stato programmato per lui. Accese la luce per guardare l'ora: erano quasi le cinque. In bagno si osservò allo specchio. La peluria che si stava facendo crescere sotto il naso, ai lati della bocca e sul mento era un po' più grigia di quanto aveva sperato. Dopo una settimana era ormai chiaro che quel pizzetto sarebbe stato grigio almeno al novanta per cento, con qualche traccia di nero qua e là. Lui aveva cinquantadue anni, in fondo, e quella barbetta faceva parte del camuffamento, lo caratterizzava. Con quel volto sottile, le guance incavate, i capelli corti e quegli eccentrici occhiali rettangolari griffati sarebbe potuto tranquillamente passare per Marco Lazzeri in ogni strada di Bologna. O di Milano, di Firenze e di qualsiasi altra città dove fosse andato.

Un'ora dopo uscì, incamminandosi sotto quei freddi portici costruiti da operai morti ormai da secoli. Il vento era secco e pungente, e per l'ennesima volta Marco si ripromise di lamentarsi con il suo tutore per quell'abbigliamento troppo leggero. Lui non leggeva i giornali, non vedeva la televisione e ignorava quindi le previsioni del tempo, ma era sicuro che la temperatura si fosse abbassata.

Si affrettò lungo i portici di via Fondazza diretto all'università e si accorse di essere l'unica persona in giro. Aveva deciso di non usare la cartina che teneva ripiegata in tasca. Se si fosse perduto l'avrebbe tirata fuori, ammettendo la momentanea sconfitta, ma voleva a tutti i costi imparare a muoversi per Bologna camminando e osservando. Mezz'ora più tardi, con il sole che cominciava a dare i primi segni di vita, sbucò in via Irnerio nella zona nord del quartiere universitario. E due isolati dopo vide l'insegna verde chiaro del Bar Fontana, poi dietro la vetrina notò una macchia di capelli grigi. Rudolph era già arrivato.

Per la forza dell'abitudine attese qualche momento. Poi spostò lo sguardo su via Irnerio, nella direzione dalla quale era venuto, aspettando che qualcuno simile a un segugio sbucasse fuori dall'ombra. E quando ebbe la certezza di non essere stato seguito entrò nel locale.

«Il mio amico Marco» disse sorridendo Rudolph. «Si sieda, prego.»

Il bar era pieno per metà, con i soliti docenti immersi nella lettura dei giornali e persi nel loro mondo. Marco ordinò un cappuccino mentre Rudolph ricaricava la sua pipa di schiuma. Il loro angolo era come avvolto da un piacevole aroma.

«Ho letto il suo biglietto, l'altro giorno» stava dicendo Rudolph, tra nuvole di fumo. «Mi è spiaciuto di non esserci potuti vedere. Dov'è stato, di bello?»

Marco non era stato da nessuna parte, ma aveva già prepa-

144

rato un falso itinerario per il suo personaggio di tranquillo turista canadese con radici italiane. «Qualche giorno a Firenze.»

«Ah, che bella città!»

Parlarono per un po' di Firenze, con Marco che si teneva sul vago elencando le bellezze storiche e artistiche di un posto del quale sapeva solo ciò che aveva letto sulla guida avuta in prestito da Ermanno. La guida era ovviamente in italiano, e lui aveva dovuto faticare ore e ore con l'aiuto del vocabolarietto per essere in grado di chiacchierare amabilmente con Rudolph come se a Firenze ci avesse passato settimane.

I tavolini cominciarono a riempirsi e gli ultimi arrivati dovettero accomodarsi al bancone. Luigi gli aveva già spiegato come in Europa, se si occupa un tavolino, lo si possa considerare a disposizione per l'intera giornata in quanto nessuno viene sbattuto fuori per lasciar sedere qualcun altro. Una tazzina di caffè, un giornale, e si può rimanere seduti mentre gli altri vanno e vengono.

Ordinarono di nuovo e Rudolph ricaricò la pipa. E per la prima volta Marco notò le macchie di tabacco sui ciuffi di barba accanto alla bocca. Sul tavolino erano posati tre quotidiani, tutti italiani.

«Esiste un buon giornale in inglese qui a Bologna?» chiese a Rudolph.

«Perché me lo chiede?»

«Mah, non so. A volte mi piacerebbe sapere quello che succede dall'altra parte dell'oceano.»

«Ogni tanto compro l'"Herald Tribune". Ma mi fa piacere vivere qui, lontano dai delitti, dal traffico, dall'inquinamento, dai politici, dagli scandali. La società americana è marcia e il governo raggiunge livelli insuperabili d'ipocrisia. E sarebbe la democrazia più illuminata che esiste al mondo! Il Congresso è finanziato e condizionato dai ricchi.»

Quando sembrò sul punto di sputare, Rudolph si mise all'improvviso a succhiare la pipa e poi a schiacciarne il cannello tra i denti. Marco trattenne il fiato, aspettandosi un'altra invettiva contro gli Stati Uniti. Passarono alcuni momenti, durante i quali entrambi bevvero il caffè.

«Odio il governo degli Stati Uniti» riprese borbottando Rudolph.

E bravo, pensò Marco. «E quello canadese?» gli domandò.

«Gli do un voto più alto, ma non di molto.»

Marco si finse sollevato e decise di cambiare argomento. Disse che nei giorni seguenti aveva intenzione di andare a Venezia. Rudolph naturalmente c'era già stato e fu prodigo di consigli e suggerimenti che lui ascoltò prendendo appunti, come se non vedesse l'ora di salire sul treno. C'era poi Milano, anche se Rudolph non ne era entusiasta per colpa di "tutti quei fascisti". «Quella città è stata il centro di potere di Mussolini» disse, abbassando la voce quasi che gli altri comunisti presenti nel Bar Fontana potessero abbandonarsi ad atti di violenza al solo udire il nome del dittatore.

Quando fu evidente che Rudolph era disposto a passare quasi tutta la mattinata al bar, Marco si congedò. I due rimasero d'accordo per rivedersi lì alla stessa ora il lunedì successivo.

Aveva preso a nevicare, in modo leggero ma abbastanza perché i furgoni delle consegne lasciassero traccia del loro passaggio sull'asfalto di via Irnerio. Uscendo dal calduccio del bar, Marco ancora una volta si meravigliò di quanta previdenza avessero dimostrato secoli prima gli urbanisti di Bologna coprendo i marciapiedi della città con oltre trenta chilometri di portici. Camminò per qualche isolato e poi svoltò in via dell'Indipendenza, realizzata intorno al 1870 perché i cittadini delle classi abbienti che abitavano in centro potessero raggiungere agevolmente la stazione ferroviaria. Attraversando via Marsala finì su un mucchietto di neve appena spalata e trasalì inzuppandosi la scarpa destra in quella poltiglia gelida.

Maledisse Luigi per avergli messo a disposizione un guardaroba inadatto: se stava per nevicare una persona di buon senso avrebbe capito che servivano degli scarponcini. E, partendo da questa considerazione, Marco se la prese con i responsabili di tutta l'operazione per l'insufficiente sostegno finanziario. L'avevano catapultato in Italia, a Bologna, e stavano evidentemente spendendo una certa cifra per le lezioni d'italiano, le case, il personale impiegato e sicuramente anche il cibo per mantenerlo in vita. Tempo e soldi sprecati, secondo lui. L'ideale sarebbe stato portarlo a Londra o a Sydney, città piene di americani dove tutti parlano inglese e dove avrebbe potuto agevolmente mescolarsi alla gente del posto.

In quel momento gli si materializzò al fianco proprio l'oggetto dei suoi pensieri. «Buongiorno» disse Luigi.

Marco si fermò, sorrise e gli tese la mano. «Buongiorno, Luigi. Mi stai seguendo di nuovo?»

«No, ero andato a fare due passi e ti ho visto sull'altro marciapiede. A me la neve piace, Marco. E a te?»

Ripresero a camminare, a passo lento. Marco avrebbe voluto credere all'amico, ma dubitava che quell'incontro fosse stato davvero fortuito. «Piace anche a me. All'ora di punta si sta molto meglio qui che a Washington. Tu che cosa fai esattamente tutto il giorno, Luigi? Ti spiace se ti faccio questa domanda?»

«Non mi spiace affatto, puoi farmi tutte le domande che vuoi.»

«Lo immaginavo. Ascoltami, ho due lamentele da fare. Anzi tre.»

«La cosa non mi sorprende. Hai già preso il caffè?»

«Sì, ma ne prendo volentieri un altro.»

Luigi gli indicò un piccolo bar all'angolo, pochi metri più avanti. I tavolini erano tutti occupati e il caffè lo bevvero quindi al banco. «Qual è la prima lamentela?» gli chiese poi a bassa voce.

Marco gli si avvicinò, e i due vennero praticamente a trovarsi naso contro naso. «Le prime due sono legate tra loro. I soldi, anzitutto. Non ne voglio tanti, ma gradirei ricevere una specie di stipendio. Non piace a nessuno essere al verde, Luigi. Mi sentirei meglio se avessi qualche soldo in tasca, sapendo di non doverlo mettere da parte.»

«Quanto?»

«Mah, non so, è da tempo che non apro una trattativa sulle mie spettanze. Direi un centinaio di euro la settimana, per cominciare, in modo da potermi comprare giornali, riviste, libri, qualcosa da mangiare: le spese essenziali, insomma. Lo Zio Sam mi sta pagando l'affitto e gliene sono grato. Anzi, ora che ci penso, è da sei anni che me lo paga.»

«Potresti trovarti ancora in carcere, sai.»

«Tante grazie, non ci avevo proprio pensato.»

«Mi spiace, è stato scortese da parte...»

«Ascolta, Luigi. Lo so che sono fortunato se mi trovo qui, ma al tempo stesso sono anche un cittadino di un paese, non mi ricordo quale, che ha ottenuto la grazia totale e ho quindi diritto a essere trattato con un minimo di dignità. Non mi piace essere al verde e non mi piace chiedere soldi. Voglio la promessa di cento euro la settimana.»

«Vedrò che cosa si può fare.»

«Grazie.»

«La seconda lamentela?»

«Vorrei dei soldi per comprare qualcosa da mettermi addosso. Sto gelando perché fuori nevica e io non ho le scarpe adatte. Vorrei anche un cappotto più pesante e magari anche un paio di golf.»

«Ti farò avere tutte queste cose.»

«No, Luigi, voglio comprarmele io. Dammi i soldi e al mio shopping provvederò io. Chiedo troppo?»

«Ci proverò.»

Bevvero un altro sorso di caffè. «La terza lamentela?» chiese Luigi.

«Si tratta di Ermanno, mi sembra sempre più demotivato. Passiamo insieme sei ore al giorno e queste lezioni lo annoiano terribilmente.»

Luigi alzò gli occhi al cielo. «Non posso trovare un altro insegnante facendo schioccare le dita, Marco.»

«Fammi lezione tu. Mi piaci, Luigi, con te sto bene. Lo sai che Ermanno è noioso. E poi è giovane e vorrebbe frequentare l'università. Inoltre, tu saresti un ottimo insegnante.»

«Non faccio l'insegnante.»

«E allora trovamene un altro, per favore. A Ermanno non va più e io non sto facendo grandi progressi.»

Luigi distolse lo sguardo, posandolo su due anziani signori appena entrati. «Credo che voglia abbandonare in ogni caso. Come dicevi tu, vuole tornare a fare lo studente.»

«Fino a quando dureranno queste mie lezioni?»

Luigi scosse il capo come se non ne avesse idea.

«Non sono decisioni che prendo io.»

«Avrei una quarta lamentela.»

«Quattro, cinque, sei. Sentiamole tutte, così poi potremo magari passare una settimana senza reclami.»

«Te ne ho già parlato, Luigi. È una specie di condizione pregiudiziale.»

«Che cos'è, roba da avvocati?»

«Hai visto troppa televisione americana. Voglio trasferirmi a Londra, dove vivono dieci milioni di persone che parlano tutte inglese, e così non dovrò passare dieci ore al giorno tentando di imparare una lingua. Non fraintendermi, Luigi, a me l'italiano piace, più lo studio e più mi sembra bello. Però, dài, se proprio dovete nascondermi sistematemi in un posto dove riesca a sopravvivere.»

«Ho già fatto presente la tua richiesta a chi di dovere, Marco. E, ripeto, sono decisioni che non prendo io.»

«Lo so, lo so. Tu però insisti.»

«Andiamo.»

La neve cadeva con maggiore intensità quando uscirono dal bar incamminandosi nuovamente sotto i portici, incrociando ogni tanto qualche signore diretto al lavoro o le prime casalinghe che andavano a fare la spesa al mercato rionale. In strada gli scooter e le utilitarie facevano lo slalom tra gli autobus, cercando di evitare gli accumuli di neve mista a fango.

«Nevica spesso da queste parti?» chiese Marco.

«Qualche volta ma non spesso, e abbiamo questi bellissimi portici che ci tengono all'asciutto.»

«Ottima soluzione.»

«Alcuni sono vecchi di mille anni. Ci sono più portici a Bologna che in qualsiasi altra città del mondo, lo sapevi?»

«No, ho pochissimo da leggere. Se avessi i soldi potrei comprarmi dei libri e imparare delle cose.»

«I soldi li avrai a pranzo.»

«A pranzo dove?»

«Ristorante Cesarina, via Santo Stefano. All'una?»

«Come faccio a dire di no?»

Quando Marco entrò, con cinque minuti di anticipo, trovò Luigi già seduto in compagnia di una donna a un tavolo vicino all'entrata. E si accorse di avere interrotto una conversazione di una certa serietà. La donna si alzò contro voglia e gli strinse debolmente la mano, con un'espressione cupa in volto, mentre Luigi la presentava come la signora Francesca Ferro. Era attraente, sui quarantacinque anni, forse un po' troppo vecchia per Luigi che aveva l'abitudine di lanciare occhiate al-

149

le studentesse universitarie, e sembrava irradiare un'aura di raffinata irritazione. Mi scusi, avrebbe voluto dirle Marco, ma io sono stato semplicemente invitato a pranzo.

Sedendosi a tavola Marco notò due mozziconi di sigaretta nel portacenere e il bicchiere dell'acqua di Luigi quasi completamente vuoto, e capì che i due dovevano essere lì da almeno venti minuti. «La signora Ferro è un'insegnante di lingue e una guida turistica» annunciò Luigi parlando volutamente in italiano. E a Marco non rimase altro che biascicare un debole "Sì".

Guardò la signora e sorrise, ricevendo in cambio uno sorriso abbastanza formale. Sembrava essersi già annoiata di lui.

«È la tua nuova insegnante» proseguì Luigi sempre in italiano. «Ermanno ti farà lezione la mattina e la signora Ferro il pomeriggio.» Marco capì ogni parola e disse: «Va bene» lanciando un sorriso di circostanza alla signora.

«Ermanno vuole riprendere a frequentare l'università dalla prossima settimana» proseguì Luigi.

«Lo immaginavo.»

Francesca si accese un'altra sigaretta, serrandola tra le labbra rosse e piene, poi espirò una nuvola di fumo. «Allora, come va il suo italiano?» chiese a Marco con voce profonda e quasi roca, effetto sicuramente aumentato da anni di sigarette. Il suo inglese era lento e ricercato, oltre che privo d'accento.

«È terribile.»

«Non è vero, sta andando benissimo» obiettò Luigi. Un cameriere portò una bottiglia di acqua minerale e tre menu, e la signora scomparve dietro il suo imitata da Marco. Ognuno dei tre si concentrò in silenzio ignorando gli altri.

Quando finalmente i menu vennero abbassati Francesca si rivolse a Marco. «Vorrei sentirla ordinare in italiano.»

«Nessun problema» disse lui, e scelse dei piatti che era in grado di ordinare senza provocare risate. «Allora» disse al cameriere che aveva estratto di tasca penna e taccuino «vorrei delle lasagne e un'insalata di pomodori.» E ancora una volta rivolse un pensiero pieno di gratitudine a certe voci ormai internazionali della cucina italiana come spaghetti, lasagne, ravioli e pizza.

«Non c'è male» commentò lei.

Quando arrivarono le lasagna Luigi e la signora Ferro spensero la sigaretta, e tutti e tre si misero a mangiare ponendo fine a quella conversazione impacciata. Nessuno aveva ordinato vino, nonostante ce ne fosse davvero bisogno.

Il passato di Marco, il presente della signora e l'incerta attività di Luigi erano argomenti banditi dalla conversazione, che andò avanti a sprazzi. Parlarono soprattutto del tempo, e fortunatamente in inglese.

Dopo il caffè, Luigi pagò il conto e uscirono in fretta dal ristorante. Approfittando di un momento in cui Francesca guardava da un'altra parte, fece scivolare nella tasca di Marco una busta. «Dentro c'è qualche euro» bisbigliò.

«Grazie.»

Non nevicava più e il sole brillava nel cielo limpido. Luigi li lasciò in piazza Maggiore e sparì come solo lui sapeva fare. Marco e Francesca camminarono per un po' in silenzio. «Che cosa vorrebbe vedere?» gli chiese lei a un certo punto.

Marco non aveva ancora messo piede nella basilica di San Petronio. Si fermarono di fronte all'ampia scalinata. «È bella e triste al tempo stesso» disse la signora Ferro, e per la prima volta nel suo inglese si colse una traccia d'Inghilterra. «Fu concepita dal consiglio comunale come tempio civico e non cattedrale, in diretta contrapposizione al papa. Secondo il progetto originario doveva essere addirittura più grande della basilica di San Pietro, ma in corso d'opera certe ambizioni vennero abbandonate. Roma pose il veto e destinò i finanziamenti ad altro. Una parte della somma stanziata fu utilizzata per dare vita all'università.»

«Quando è stata costruita?» le chiese Marco in inglese.

«Lo dica in italiano.»

«Non sono capace.»

Lei tradusse la frase in italiano, facendogliela poi ripetere quattro volte prima di ritenersi soddisfatta.

«Non credo nei libri e nelle cassette» proseguì la signora Ferro, mentre sollevavano lo sguardo sull'enorme cattedrale. «Credo invece nella conversazione, tanta conversazione. Per imparare una lingua bisogna parlarla, e continuare a ripetere, come si fa da bambini.»

«Lei dove l'ha imparato l'inglese?» le chiese.

«Non posso risponderle, ho avuto istruzioni di non parlare del mio passato. E neanche del suo.»

151

Per una frazione di secondo Marco ebbe la tentazione di andarsene. Non sopportava più le persone che non potevano parlargli, che evitavano le sue domande, che si muovevano come se il mondo intero fosse pieno di spie. Era stanco di quei giochetti. Sono un uomo libero, continuava a ripetersi, e posso andare e venire come voglio, prendere tutte le decisioni che voglio. Se si stancava di Luigi e di Ermanno, e ora della signora Ferro, poteva dire loro in italiano di andare a farsi fottere.

«I lavori ebbero inizio nel 1390 e per un secolo tutto filò liscio» riprese Francesca. La parte inferiore della chiesa, un terzo circa del totale, era di un bel marmo rosa sostituito nei due terzi sovrastanti da brutti mattoni rossicci. «Poi cominciarono i tempi grami. L'esterno non è mai stato completato.»

«Non è particolarmente bello.»

«No, ma è comunque interessante. Le va di visitare l'interno?»

Salirono i gradini fermandosi davanti al portale. Lei gli indicò una targa. «Mi dica, a che ora chiude la chiesa?»

Marco si accigliò provando la risposta in italiano. «La chiesa chiude alle sei.»

«Ripeta.»

Ripeté quelle parole tre volte e solo allora lei si ritenne soddisfatta. Entrarono insieme. «È dedicata a san Petronio, il patrono di Bologna» disse Francesca sottovoce. L'interno della cattedrale era di dimensioni tali da poterci disputare un incontro di hockey con la folla di spettatori ai due lati.

«È grande» commentò Marco, come intimidito.

«Sì, e pensi che rappresenta soltanto un quarto del progetto originale. Il papa, come dicevo, cominciò a preoccuparsi ed esercitò certe pressioni. Questa chiesa è costata una montagna di denaro pubblico e alla fine la gente si stancò.»

«È ugualmente di grande effetto.» Marco notò con piacere che stavano parlando in inglese.

«Preferisce il giro lungo o quello breve?» gli chiese lei. Anche se lì dentro faceva freddo quasi come fuori, la signora Ferro sembrava cominciare lentamente a sciogliersi.

«L'insegnante è lei.»

Camminarono in direzione della navata sinistra, aspettando poi che un gruppetto di turisti giapponesi terminasse di ammirare una cripta marmorea. A parte i giapponesi, la cattedrale era vuota in quel venerdì di febbraio, non esattamente un mese di alta stagione turistica. Qualche ora dopo lei gli avrebbe detto che d'inverno la sua attività entrava in fase di stanca. E quello fu l'unico accenno di natura vagamente personale che la donna si permise.

Visto che il lavoro andava a rilento, e lei non aveva alcuna fretta, la Ferro gli fece vedere le ventidue cappelle e quasi tutti i dipinti, le sculture, le vetrate e gli affreschi. Le cappelle erano state realizzate nel corso dei secoli su interessamento delle ricche famiglie bolognesi, che pagavano profumatamente quella forma di arte commemorativa. La loro costruzione apparteneva alla storia della città e Francesca ne conosceva tutti i particolari. Gli mostrò il teschio ben conservato dello stesso san Petronio, al centro di un altare, e un orologio astrologico creato nel 1655 da due scienziati che avevano lavorato direttamente sugli studi messi a punto da Galileo in quell'università.

Anche se a volte tediato dai complicati dettagli dei dipinti e delle sculture, e sommerso da nomi e date, Marco riuscì a tenere desta la sua attenzione mentre a passo lento giravano all'interno di quell'imponente edificio. In questo aiutato e anche incantato dalla voce di lei, dalle sue lente ed esaurienti spiegazioni, dal suo inglese perfetto.

I giapponesi se ne erano andati da un pezzo quando loro due si ritrovarono davanti all'uscita. «Ne ha abbastanza?» gli chiese lei.

«Sì.»

Una volta fuori la donna si accese immediatamente una sigaretta.

«Ci prendiamo un caffè?» propose Marco.

«Conosco il posto adatto.»

Attraversarono la strada arrivando in via Clavature, distante pochi passi, e s'infilarono nel Rosa Rose. «Qui si beve il miglior cappuccino della zona» gli assicurò lei, ordinandone due alla cassa. Marco stava per chiederle come mai bevesse cappuccino dopo le dieci e mezzo del mattino, ma poi lasciò correre. E mentre aspettavano, Francesca si tolse guanti, sciarpa e cappotto. Quella sosta era probabilmente destinata a durare.

Si sedettero a un tavolino vicino alla vetrina e lei versò nella sua tazza due bustine di zucchero, portandolo alla dolcezza desiderata. Nelle ultime tre ore non aveva mai accennato un sorriso e Marco non se lo aspettava certo adesso.

«Ho una copia del materiale che sta usando con l'altro insegnante» disse Francesca allungando la mano sul pacchetto di sigarette.

«Ermanno.»

«Non so come si chiama e non m'interessa. Propongo di fare ogni pomeriggio conversazione su ciò che avete studiato la mattina.»

Lui non era in una posizione tale da potersi opporre. «Va bene» disse, stringendosi nelle spalle.

Francesca si accese un'altra sigaretta e bevve un sorso di cappuccino.

«Che cosa le ha detto Luigi sul mio conto?» le chiese Marco.

«Non molto. Lei è un canadese che sta facendo una lunga vacanza in Italia e vuole imparare la lingua. È così?»

«Mi sta facendo una domanda personale?»

«No, ho solo chiesto se ciò che ho saputo è vero.»

«È vero.»

«Non sta a me preoccuparmi di certe faccende.»

«Non le ho chiesto di preoccuparsi.»

Marco la paragonò a una di quelle stoiche testimoni che siedono con aria di sfida di fronte alla giuria, certe oltre ogni dubbio di non soccombere durante il controinterrogatorio. Aveva assunto quell'aria imbronciata e assente così diffusa tra le donne europee, teneva la sigaretta vicino al viso e seguiva con lo sguardo ciò che avveniva sul marciapiede, ma senza vedere nulla. Parlare del più e del meno non era una delle sue specialità.

«Lei è sposata?» le chiese. Preannuncio di un controinterrogatorio.

Un accenno di brontolio, un finto sorriso. «Ho i miei ordini, signor Lazzeri.»

«Mi chiami Marco, la prego. Io come posso chiamarla?»

«Signora Ferro per il momento va bene.»

«Ma lei avrà dieci anni meno di me.»

«Da queste parti siamo più formali, signor Lazzeri.»

«Lo vedo.»

Lei spense la sigaretta, bevve un altro sorso di cappuccino e venne al punto. «Oggi è il suo giorno di riposo, signor Lazzeri, ed è l'ultima volta che parliamo in inglese. Dalla prossima lezione comunicheremo solo in italiano.»

«Bene, ma vorrei le fosse chiaro che non mi sta facendo un favore, va bene? Lei viene pagata, è la sua professione. Io sono un turista canadese con tutto il tempo a disposizione e, se non andremo d'accordo, potrò sempre trovarmi qualcun altro con cui studiare.»

«L'ho offesa?»

«Potrebbe sorridere più spesso.»

Lei annuì impercettibilmente e gli occhi le si velarono. Poi distolse lo sguardo, riportandolo sulla vetrina. «Ho così poco di cui sorridere.»

16

Il sabato i negozi in via Rizzoli aprivano alle dieci e Marco aspettava, osservando gli articoli in vetrina. Con i cinquecento euro in tasca, pensò sudando freddo, non poteva sottrarsi alla prima vera esperienza di shopping in italiano. La sera precedente aveva imparato a memoria parole e frasi prima di crollare per il sonno, ma quando entrò nel negozio e la porta si chiuse alle sue spalle sperò con tutto il cuore di trovare una commessa giovane e carina che parlasse la sua lingua.

Niente da fare. A servirlo fu un signore più vecchio di lui, dal sorriso caldo, che non parlava nemmeno una parola d'inglese. Marco cominciò a indicare, a balbettare, ma tutto sommato se la cavò bene chiedendo taglie e prezzi. E meno di un quarto d'ora dopo uscì dal negozio con un paio di scarponcini giovanili, del tipo che aveva visto ai piedi degli studenti dalle parti dell'università nei giorni di brutto tempo, e con un parka nero con il cappuccio arrotolabile. In tasca aveva ora meno di trecento euro, il risparmio sarebbe diventato la sua nuova priorità.

Tornò a casa, indossò parka e scarponcini e uscì di nuovo. Per arrivare alla Stazione Centrale, una camminata di mezz'ora, impiegò quasi un'ora seguendo volutamente un itinerario tortuoso. Non si guardò mai alle spalle, ma entrò una volta in un caffè per seguire dall'interno i movimenti sul marciapiede, e un'altra volta si bloccò all'improvviso davanti a una pasticceria per ammirare i dolci e osservare le persone riflesse nella vetrina. Se qualcuno lo stava pedinando lui non voleva apparire sospettoso. Esercitarsi, poi, era importante da quando

Luigi gli aveva annunciato la sua intenzione di uscire di scena quanto prima, lasciandolo a cavarsela da solo.

Ma fino a che punto c'era da credere a Luigi? Marco Lazzeri e Joel Backman non si fidavano di nessuno.

Alla stazione ebbe una fitta d'ansia quando vide la folla, studiò i cartelloni elettronici degli arrivi e delle partenze e si guardò intorno disperato, alla ricerca di qualcosa scritto in inglese. Ma stava imparando a scacciare la tensione. Si mise in fila a uno sportello della biglietteria e, quando venne il suo turno, sorrise alla minuscola signora dall'altra parte del vetro.

«Buongiorno, vado a Milano.»

L'impiegata stava già annuendo.

«Alle tredici e venti» aggiunse lui.

«Cinquanta euro.»

Le diede una banconota da cento perché voleva il resto e si allontanò, stringendo il biglietto fra le dita e congratulandosi con se stesso. Aveva un'ora da far passare e quindi, uscito dalla stazione, percorse due isolati di via Boldrini finché non trovò un bar, dove si fece un panino e una birra osservando il marciapiede, senza aspettarsi di vedere qualcuno o qualcosa di particolare.

L'Eurostar arrivò in perfetto orario e Marco si unì ai viaggiatori che salivano a bordo. Era la prima volta che prendeva un treno in Europa e non conosceva le eventuali procedure. Mentre mangiava aveva osservato attentamente il biglietto, ma senza trovare nulla che facesse pensare a un'assegnazione di posti, quindi andò a sedersi nel primo sedile accanto al finestrino che trovò. Quando all'una e venti il treno si mosse lentamente la sua carrozza era piena solo a metà.

Presto furono fuori Bologna e la campagna sfrecciò loro incontro. Il tracciato ferroviario costeggiava per un tratto l'autostrada che da Milano porta a Parma, Bologna, e poi Ancona e l'intera costa orientale italiana. Marco era deluso, a centosessanta chilometri l'ora è difficile apprezzare il panorama perché le immagini sfilano in un lampo. Per non parlare delle troppe fabbriche disseminate lungo la ferrovia e l'autostrada.

Capì subito perché fosse l'unico ad avere un minimo di interesse per il paesaggio. I viaggiatori sopra i trenta erano immersi nella lettura di giornali e riviste, e sembravano completamente rilassati oppure annoiati. I più giovani, invece, dormivano. Dopo un po' anche lui si appisolò.

Fu svegliato dal controllore che gli stava dicendo qualcosa di assolutamente incomprensibile. Al secondo o terzo tentativo lui colse la parola "biglietto" e si affrettò a porgerglielo; il controllore lo guardò accigliato, come se avesse intenzione di gettare fuori dal treno il povero Marco al primo ponte, poi all'improvviso forò il biglietto con la sua pinza e glielo restituì sorridendo.

Un'ora dopo dagli altoparlanti giunse una raffica di parole inintelligibili ma che avevano comunque a che fare con Milano, e il panorama iniziò a cambiare radicalmente. Il treno, come assorbito dall'agglomerato urbano, rallentò, si fermò e tornò a muoversi lentamente passando davanti a una lunga serie di palazzoni del primo dopoguerra separati ogni tanto da un ampio viale. Dalla guida che Marco aveva portato con sé apprese che la provincia di Milano raggiungeva i quattro milioni di abitanti: una città importante, capitale anche se non ufficiale dell'Italia settentrionale oltre che centro nevralgico della finanza, della moda, dell'editoria e dell'industria. Una città laboriosa, dunque, con un bel centro e una cattedrale che valeva la pena visitare.

I binari si moltiplicarono aprendosi a ventaglio e il treno entrò a Milano Centrale fermandosi sotto l'alta cupola della stazione. Marco, sceso dal treno, rimase sbalordito dalle dimensioni dello scalo. Camminando sulla banchina contò almeno una dozzina di altri binari perfettamente allineati, molti occupati da treni in paziente attesa dei passeggeri. Si fermò al termine del marciapiede, in mezzo a migliaia di persone che si muovevano quasi freneticamente in tutte le direzioni, e studiò il tabellone delle partenze: Stoccarda, Roma, Firenze, Madrid, Parigi, Berlino, Ginevra.

Tutta l'Europa era raggiungibile in poche ore.

Seguì i cartelli dell'uscita, scese una scalinata e trovò il parcheggio dei taxi, dove attese qualche minuto il suo turno e poi salì su una piccola Renault bianca. «Aeroporto Malpensa» disse al tassista. Si immisero nell'intenso traffico raggiungendo la periferia, e mezz'ora dopo il taxi usciva dall'autostrada puntando verso l'aeroporto. «Quale compagnia aerea?» chiese l'autista senza voltarsi.

«Lufthansa.»

Al Terminal 2 il taxi trovò uno spazio libero a lato del marciapiede e Marco si alleggerì di altri quaranta euro. Le porte a vetri
automatiche si aprirono su un'enorme massa di persone e lui fu
lieto di non dover prendere un aereo. Sul tabellone delle partenze trovò ciò che cercava, un volo diretto per Washington, aeroporto Dulles. Girò fino a quando non individuò il banco della
Lufthansa, con una lunga fila che però, grazie alla proverbiale
efficienza tedesca, si muoveva con una certa celerità.

La prima scelta cadde su un'attraente ragazza con i capelli
rossi, sui venticinque anni, che sembrava essere sola. Particolare importante perché chi viaggiava in compagnia avrebbe
potuto avere la tentazione di parlare al compagno della strana
richiesta rivoltagli da quel singolare personaggio. La ragazza
era la seconda nella fila della business class e, mentre la osservava, lo sguardo di Marco cadde su un altro candidato: uno
studente in jeans dai lunghi capelli incolti, la barba di qualche
giorno, uno zaino malandato e una T-shirt dell'università di
Toledo. Perfetto, anche lui. Era piuttosto indietro nella fila e
ascoltava musica dagli auricolari di un giallo squillante.

Marco seguì la rossa che si stava allontanando dal banco
con la carta d'imbarco e il bagaglio a mano. Al suo volo mancavano due ore e lei si diresse senza fretta al duty-free, fermandosi a osservare gli ultimi modelli di orologi svizzeri. Poi
si trasferì all'edicola, dove comprò due riviste di moda. Quando puntò verso il cancello d'imbarco, e il primo controllo di sicurezza, Marco trattenne il fiato ed entrò in azione. «Mi scusi,
signorina, mi scusi.» Lei non riuscì a evitare di voltarsi a guardarlo, ma era troppo sospettosa per aprire bocca.

«Per caso sta andando a Washington?» le chiese, accompa-
gnando la domanda con un'espressione sorridente e fingendo
di essere senza fiato per averla rincorsa.

«Sì» rispose secca. Niente sorriso. Americana.

«Anch'io, ma mi hanno appena rubato il passaporto e non so
quando potrò partire.» Estrasse di tasca una busta. «Questo è
un biglietto di auguri per il compleanno di mio padre, mi farebbe il favore di impostarlo appena arriva all'aeroporto Dulles?
Compie gli anni martedì prossimo e temo di non arrivare in
tempo per la sua festa.»

La ragazza, sempre sospettosa, lo fissò e poi spostò lo sguardo sulla busta. In fondo era un biglietto di auguri, non una pistola o una bomba.

Marco stava estraendo dalla tasca qualcos'altro. «Mi spiace, ma non c'è il francobollo. Eccole un euro. Me lo fa questo piacere?»

Il volto della ragazza finalmente si distese e lei sorrise. «Certo» rispose, prendendo sia l'euro sia la busta e infilandoseli nella borsetta.

«Grazie, grazie tante» disse Marco, pronto a scoppiare in lacrime. «Mio padre compie novant'anni. Grazie.»

«Certo, non c'è problema.»

Il ragazzo con gli auricolari gialli fu meno disponibile. Era americano anche lui e anche lui abboccò alla storia del passaporto rubato. Ma, quando Marco fece per porgergli la busta, si guardò intorno come se stessero violando la legge.

«Non lo so, amico» biascicò, facendo un passo indietro. «Credo di no.»

Marco preferì non insistere e si allontanò augurandogli un "Buon viaggio" carico di sarcasmo.

Tra gli ultimi passeggeri in fila al check-in c'era la signora Ruby Ausberry di York, Pennsylvania. Aveva insegnato geografia al liceo per quarant'anni e ora se la godeva viaggiando in paesi che aveva conosciuto soltanto attraverso i libri di testo. Era appena arrivata a Malpensa con un volo proveniente da Istanbul, dopo tre settimane passate in giro per la Turchia, e aspettava la coincidenza per Washington. Quel simpatico signore l'aveva fermata con un sorriso disperato, spiegandole che gli avevano rubato il passaporto e non sarebbe arrivato in tempo per la festa del novantesimo compleanno del padre. Lei aveva preso volentieri la busta, infilandosela nella borsa. Poi, superato il controllo di sicurezza, aveva camminato per quattrocento metri prima di raggiungere il gate del suo volo, dove finalmente era riuscita a sedersi e a riposarsi un po'.

Dietro di lei, distante meno di cinque metri, la ragazza dai capelli rossi prese una decisione. Quella poteva tutto sommato essere una lettera esplosiva, anche se non sembrava abbastanza spessa: ma lei che ne sapeva di esplosivi? Accanto alla vetrata c'era un cestino dei rifiuti, e lei con la massima indifferenza vi si avvicinò lasciandovi cadere la busta.

E se fosse esplosa lì dentro? si chiese rimettendosi a sedere. Ma ormai era troppo tardi, non poteva certo tornare indietro per infilare la mano nel cestino e riprendere la busta. E poi che cosa avrebbe potuto fare? Mettersi a cercare qualcuno in uniforme, spiegandogli in inglese che la busta che teneva in mano poteva essere esplosiva? Impensabile. Prese allora il bagaglio a mano e si spostò all'altra estremità del gate, il più lontano possibile dal cestino dei rifiuti. Dal quale non riusciva però a staccare gli occhi.

Quando l'imbarco ebbe inizio lei, sempre in preda alla psicosi dell'attentato, fu la prima a salire sul 747 e riuscì a rilassarsi solo con una coppa di champagne. Appena arrivata a Baltimora avrebbe guardato subito la CNN, convinta com'era che da lì a poco all'aeroporto di Malpensa ci sarebbe stata una tremenda carneficina.

Il ritorno in taxi alla Stazione Centrale di Milano costò quarantacinque euro, ma Marco preferì non discutere con il tassista. Il ritorno in treno a Bologna costò invece come l'andata, cinquanta euro. Dopo una giornata di shopping e di viaggio le sue risorse si erano ridotte a cento euro circa, in rapida e costante diminuzione.

Era quasi buio quando il treno rallentò alla stazione di Bologna. Marco era uno dei tanti stanchi viaggiatori che affollavano la banchina, ma in cuor suo era orgoglioso e soddisfatto. Aveva acquistato scarponcini e parka oltre a due biglietti del treno, era sopravvissuto alla folle confusione della stazione e dell'aeroporto di Milano, aveva preso due taxi e spedito la sua lettera: una giornata piena, insomma, senza che apparentemente nessuno sapesse chi lui fosse e dove si trovasse.

E nessuno gli aveva chiesto il passaporto o un altro documento d'identità.

Luigi aveva preso un altro treno, l'espresso delle 11.45 per Milano. Ma poi era sceso a Parma mescolandosi ai passanti, era salito su un taxi e si era fatto portare al luogo non lontano dell'appuntamento, uno dei suoi caffè. Attese oltre un'ora Whitaker, che a Milano aveva perso il treno ed era stato costretto a prendere il successivo. Whitaker come al solito era di cattivo umore, e la cosa rendeva ancora più gravoso per Luigi quell'appuntamento di sabato. Ordinarono subito e, appena il cameriere si fu allontanato, l'americano entrò in argomento. «Non mi piace questa donna.»

«Francesca?»

«Sì, la guida turistica. Non ce n'eravamo mai serviti prima, vero?»

«Esatto. Ma rilassati, lei è a posto. Non sospetta nulla.»

«Com'è, fisicamente?»

«Piuttosto attraente.»

«Piuttosto attraente non significa nulla, Luigi. Quanti anni ha?»

«Non chiedo mai l'età. Comunque, direi sui quarantacinque.»

«Sposata?»

«Sì, ma senza figli. È sposata con uno molto più anziano di lei che è conciato male, sta morendo.»

Whitaker prendeva come al solito appunti, preparandosi alla domanda successiva. «Sta morendo? Di che cosa?»

«Cancro, credo. Non le ho fatto molte domande.»

«Forse invece dovresti fargliele.»

«Forse lei non ha molta voglia di parlare di certe cose, come la sua età o il marito in fin di vita.»

«Dove l'hai trovata?»

«Non è stato facile, gli insegnanti di lingua non li trovi in fila come i taxi. Me l'ha segnalata un amico, io mi sono informato e ho saputo che a Bologna gode di ottima reputazione. E poi è disponibile, è quasi impossibile trovare qualcuno disposto a passare ogni giorno tre ore con uno studente.»

«Ogni giorno?»

«Soprattutto i giorni feriali. Lei ha accettato di lavorare ogni pomeriggio per un mese o poco più, questa per le guide turistiche è stagione morta. Una o due volte la settimana potrebbe essere occupata, ma cercherà di rendersi reperibile. Quindi rilassati, è la persona giusta.»

«Quanto le dai?»

«Duecento euro la settimana, fino a quando non riprenderà la stagione turistica a primavera.»

Whitaker sollevò gli occhi al cielo, quasi che quei soldi fossero detratti dal suo stipendio. «Marco ci sta costando troppo» osservò, quasi parlando a se stesso.

«Marco ha avuto una grande idea, vuole andare in Australia, in Nuova Zelanda o in qualsiasi altro posto dove la lingua non rappresenti un problema.»

«Vuole essere trasferito?»

«Sì, e secondo me è un'idea giusta. Scarichiamolo a qualcun altro.»

«Non dipende da noi, vero Luigi?»

«Purtroppo.»

Arrivarono le insalate e per un momento tacquero.

«Comunque, quella donna non mi piace» disse poi Whitaker. «Continua a cercare qualcun altro.»

«Non c'è nessun altro. Ma di che cosa hai paura?»

«Marco se non mi sbaglio ha avuto storie con diverse donne e c'è sempre il rischio di una complicazione di ordine sentimentale.»

«L'ho già diffidata. E a lei, poi, quei soldi servono.»

«È al verde?»

«Ho l'impressione che se la passi male. È stagione morta e il marito non lavora.» Whitaker quasi sorrise, come se avesse ricevuto una buona notizia. Si infilò in bocca un grosso pezzo di pomodoro e masticandolo si guardò intorno, per controllare che nessuno stesse ascoltando la loro conversazione sottovoce e in inglese. «Parliamo di e-mail» disse poi. «Marco non ha mai avuto molta familiarità con il computer. Ai bei tempi viveva attaccato al telefono, ne aveva quattro o cinque in ufficio, oltre a due nell'auto e uno in tasca, ed era capace di usarne tre contemporaneamente. Era il tipo che si vantava di addebitare cinquemila dollari a un nuovo cliente solo per avere risposto alla sua prima telefonata. Mai messo le mani su un computer; secondo quelli che lavoravano con lui si limitava a leggere ogni tanto un'e-mail, ma non ne mandava mai, e quando doveva farlo incaricava una segretaria. Aveva un ufficio high-tech, ma assumeva impiegati per il lavoro di ordinaria amministrazione. Era un pezzo grosso, insomma.»

«E in carcere?»

«Non risulta che sia ricorso alla posta elettronica. Aveva un portatile, ma lo usava solo per mandare lettere, mai e-mail, e dopo la caduta tutti sembravano averlo abbandonato. Scriveva ogni tanto alla madre o al figlio, ma sempre per posta normale.»

«Quindi non dovrebbe essere in grado di comunicare.»

«Dovrebbe, ma a Langley temono che cerchi di mettersi in contatto con qualcuno. Non può farlo per telefono, non adesso almeno. E non ha alcun indirizzo da dare, quindi la posta per il momento è da escludere.»

«Sarebbe stupido se spedisse una lettera» osservò Luigi. «Rivelerebbe la città in cui si trova.»

«Esatto. E questo vale anche per il telefono, il fax, per tutto tranne l'e-mail.»

«Però possiamo rintracciarla.»

«È vero, ma c'è sempre il modo di sfuggire.»

«Marco non ha né il computer né i soldi per comprarselo.»

«Lo so, ma potrebbe sempre entrare in un Internet Caffè, usare un account in codice, mandare un'e-mail per poi cancellare tutto, pagare l'affitto del computer e andarsene via tranquillo.»

«Certo, ma chi gli insegnerebbe a usarlo?»

«Può imparare da sé, può leggerlo su un manuale. È improbabile, ma esiste sempre una possibilità del genere.»

«Passo al setaccio il suo appartamento ogni giorno, centimetro per centimetro» assicurò Luigi. «Se compra un libro o posa da qualche parte una ricevuta, io me ne accorgo.»

«Controlla gli Internet Caffè della sua zona, ormai ce ne sono diversi anche a Bologna.»

«Li conosco.»

«Dove si trova Marco, adesso?»

«Non lo so, è sabato, il suo giorno libero. Probabilmente è in giro per le strade di Bologna godendosi la libertà.»

«È sempre spaventato?»

«Terrorizzato.»

La signora Ausberry prese un blando sedativo e dormì per sei delle otto ore di volo dall'aeroporto di Malpensa al Dulles International. Il caffè tiepido che le servirono prima dell'atterraggio non contribuì a snebbiarle le idee, al punto che quando il 747 rullò diretto al gate lei si era di nuovo appisolata. Si era completamente dimenticata del biglietto di auguri mentre la navetta portava lei e gli altri viaggiatori dall'aereo al terminal, e continuò a non pensarci mentre insieme agli altri attendeva il bagaglio e poi superava la dogana. Né le venne in mente quando trovò ad attenderla all'uscita l'adorata nipote.

Se ne ricordò soltanto nel momento in cui, tornata sana e salva nella sua casa di York, Pennsylvania, si mise a cercare un souvenir nella sua borsa da viaggio. «Oh, santo cielo!» esclamò, vedendo la busta cadere sul tavolo della cucina. «Avrei dovuto impostarla all'aeroporto.» Poi raccontò alla nipote la storia dell'incontro con quel poveretto al quale avevano rubato il passaporto e che non avrebbe quindi fatto in tempo a partecipare al novantesimo compleanno del padre.

La nipote guardò la busta. «Non sembra un biglietto di auguri» commentò. Poi lesse l'indirizzo: "Avvocato R.N. Backman, 412 Main Street, Culpeper, Virginia, 22701".

«Manca l'indirizzo del mittente» notò la nipote.

«La imposterò domani mattina, come prima cosa» disse la signora Ausberry. «Spero che arrivi prima del compleanno.»

17

Alle dieci di lunedì mattina, a Singapore, i misteriosi tre milioni di dollari depositati sul conto dell'Old Stone Group, Ltd. fuoriuscirono elettronicamente dando inizio a un tranquillo viaggio verso l'altra parte del mondo. La somma, per effetto del fuso orario, arrivò nove ore dopo, quando sull'isola caraibica di Saint Christopher si aprirono le porte della Galleon Bank and Trust, per essere accreditata su un conto anonimo. In circostanze normali si sarebbe trattato di una transazione altrettanto anonima, una delle diverse migliaia effettuate quel lunedì mattina, ma la Old Stone godeva ormai dell'assidua attenzione dell'FBI. La banca di Singapore stava fornendo una totale disponibilità, al contrario di quella di Saint Christopher, alla quale però si sarebbe presto presentata la possibilità di collaborare.

Quando prima dell'alba di lunedì Anthony Price, il direttore dell'FBI, giunse nel suo ufficio all'Hoover Building trovò ad attenderlo un messaggio urgente. Allora cancellò tutti gli impegni della mattinata, riunì il suo team e attese che la somma atterrasse a Saint Christopher.

Poi telefonò al vicepresidente.

Furono necessarie quattro ore di pressioni poco protocollari per convincere quelli di Saint Christopher a fornire le informazioni desiderate. I vertici della banca furono dapprima irremovibili, ma quale piccola e inerme quasi-nazione può mai opporsi alla forza e alla determinazione dell'unica superpotenza? Quando il vicepresidente degli Stati Uniti minacciò sanzioni economiche e bancarie che avrebbero messo in ginocchio la già debole economia dell'isola, il primo ministro di Saint Christopher cedette e convocò i banchieri.

Il titolare del conto cifrato risultò essere Artie Morgan, trentunenne figlio dell'ex presidente degli Stati Uniti. Quello che nelle ultime ore della presidenza paterna entrava e usciva dallo Studio Ovale con in mano una birra Heineken, dispensando ogni tanto qualche consiglio al presidente o a Critz.

Lo scandalo montava di ora in ora.

Da Grand Cayman a Singapore, e da lì a Saint Christopher, i bonifici rivelavano le eloquenti impronte di un dilettante che tentava di impedire che si risalisse a lui. Un professionista avrebbe diviso quella somma in otto parti, sistemandole in diverse banche di diversi paesi, e tra un bonifico e l'altro avrebbe fatto passare qualche mese. Ma anche un pivello come Artie sarebbe riuscito a occultare quella somma, grazie alla copertura delle banche offshore, senza la soffiata ai federali del titolare del fondo comune d'investimento disperatamente proteso a risparmiarsi il carcere.

Ma non c'erano ancora elementi per risalire alla fonte di quel denaro. Nei suoi ultimi tre giorni di presidenza Morgan aveva concesso la grazia a ventidue persone e tutti i provvedimenti erano passati inosservati a eccezione di due: quelli a favore di Duca Mongo e Joel Backman. Ora l'FBI stava facendo gli straordinari per indagare sugli altri venti casi, per capire chi poteva disporre di quella enorme somma. Ogni amico, familiare e socio dei venti veniva passato al setaccio.

Da un'analisi preliminare emerse ciò che già si sapeva: Mongo era miliardario e sufficientemente corrotto per comprarsi chiunque, ma anche Backman poteva vantare allettanti disponibilità finanziarie. Un terzo indiziato era un ex legislatore del New Jersey la cui famiglia si era arricchita con gli appalti stradali assegnati dal governo. Dodici anni prima aveva passato qualche mese in un "campo federale", ossia al fresco, e ora voleva essere riabilitato.

Il nuovo presidente, impegnato nel suo primo tour mondiale per celebrare la vittoria elettorale, si trovava in Europa. Il suo ritorno era previsto tre giorni dopo e il vicepresidente decise quindi di attendere. In quei tre giorni avrebbero controllato più volte fatti e particolari, in modo da presentargli un rap-

167

porto completo e inattaccabile. Uno scandalo come quello avrebbe scatenato un putiferio nel paese, umiliando il partito dell'opposizione e indebolendone la posizione al Congresso. Avrebbe garantito per alcuni anni a Anthony Price la poltrona di direttore dell'FBI, e avrebbe finalmente portato Teddy Maynard in una casa di riposo. Non si delineava alcuna controindicazione a un blitz dei federali nei confronti di un ex presidente che al momento non sospettava nulla.

La sua insegnante lo attendeva nell'ultimo banco della chiesa di San Francesco. Era ancora imbacuccata da capo a piedi e teneva le mani coperte dai guanti infilate nelle tasche del pesante cappotto. Fuori aveva ripreso a nevicare e all'interno di quella chiesa vasta, fredda e vuota la temperatura non era molto più alta rispetto all'esterno. Marco andò a sederle accanto, sussurrandole: «Buongiorno».

Lei prese atto della sua presenza con un sorriso appena sufficiente al rispetto della buona educazione e ricambiò il saluto. Anche Marco teneva le mani in tasca ed entrambi rimasero a lungo seduti come due escursionisti infreddoliti che cercavano riparo. Il viso di lei era come al solito triste e i suoi pensieri non includevano quel goffo uomo d'affari canadese che voleva imparare la sua lingua. Era distaccata, assente, e Marco cominciava a stancarsi di questo atteggiamento. Ermanno perdeva interesse giorno dopo giorno, Francesca era a mala pena sopportabile, Luigi era sempre in agguato nelle vicinanze e anche lui stesso, a dire il vero, sembrava perdere interesse per quel gioco.

Marco pensava comunque che la svolta fosse ormai prossima, che la cima che lo teneva fissato alla nave sarebbe stata tagliata e lui avrebbe dovuto nuotare o affogare. E non vedeva l'ora. In fondo era libero da quasi un mese e l'italiano che aveva imparato era sufficiente a farlo sopravvivere. Di sicuro avrebbe continuato a studiare per conto suo.

«Allora, quanto è vecchia questa chiesa?» le domandò, quando fu evidente che doveva essere lui a parlare per primo.

Francesca si mosse leggermente nel banco, si schiarì la voce e tolse le mani dalle tasche, come se lui l'avesse destata da un lungo sonno. «Fu iniziata nel 1236 da un gruppo di frati francescani e trent'anni dopo il corpo del convento era terminato.»

«Un lavoro veloce.»

«Sì, piuttosto rapido. Nei secoli successivi spuntarono le cappelle ai due lati della chiesa, poi la sacrestia e quindi la torre campanaria. La Francia di Napoleone la sconsacrò nel 1798, trasformandola nella sede della Dogana. Nel 1886 fu riconvertita in chiesa e restaurata nel 1928. Quando Bologna fu bombardata dagli Alleati, la facciata subì gravi danni. Insomma, è una storia crudele quella di questa chiesa.»

«Non è molto bella vista da fuori.»

«Le bombe non abbelliscono.»

«Forse avevate scelto di stare dalla parte sbagliata.»

«Bologna non ha fatto questa scelta.»

Non aveva senso rivangare in tono polemico i tempi della guerra. Rimasero per un po' in silenzio, mentre le loro voci sembravano come echeggiare sommessamente sospese sotto la cupola. Da bambino la madre di Marco lo aveva portato qualche volta in chiesa, ma quel timido tentativo di avvicinarsi a una fede era stato presto abbandonato al liceo e completamente dimenticato negli ultimi quarant'anni. Neanche la prigione era riuscita a convertirlo, a differenza di quanto avvenuto ad altri detenuti. Rimaneva comunque difficile, per un uomo privo di convincimenti come lui, capire come fosse possibile dedicarsi a una qualsiasi fede in quella specie di museo freddo e distante.

«Sembra così vuota. Ci viene mai qualcuno a pregare, qui dentro?»

«Viene celebrata una messa al giorno, oltre alle funzioni della domenica. Io mi sono sposata qui.»

«Non dovrebbe parlare di sé, Luigi si arrabbierebbe.»

«In italiano, Marco, basta con l'inglese. Che cos'ha studiato questa mattina con Ermanno?»

«La famiglia.»

«Mi parli della sua famiglia.»

«È un gran casino» disse in inglese.

«Sua moglie?»

«Quale? Ne ho tre» rispose ancora in inglese.

Lei glielo fece ripetere in italiano. «L'ultima moglie» gli disse poi.

Lui riuscì a fermarsi in tempo. Perché non era più Joel Back-

169

man, con tre ex mogli e una famiglia a pezzi, ma Marco Lazzeri di Toronto con una moglie, quattro figli e cinque nipoti.

«Mi dica di sua moglie, in italiano.»

Parlando lentamente, Marco le descrisse la propria moglie di fantasia: si chiama Laura, ha cinquantadue anni, abita a Toronto, lavora in una piccola società, non le piace viaggiare e via di seguito.

Ogni frase fu ripetuta almeno tre volte. Ogni pronuncia sbagliata venne accolta da una smorfia e da un secco: "Ripeta". Lui andò avanti a lungo a parlare di quell'inesistente Laura, passando poi al figlio maggiore che si chiamava Alex, aveva trentun anni, faceva l'avvocato a Vancouver, era divorziato con due figli eccetera eccetera.

Luigi per fortuna gli aveva fornito una piccola biografia di Marco Lazzeri, e lui ora vi stava attingendo a piene mani in fondo a quella gelida chiesa. Lei lo spronava a perfezionare sempre più ciò che diceva, mettendolo in guardia contro la sua naturale tendenza a parlare in fretta.

Era severa e certo non divertente, ma riusciva a motivarlo. Se lui fosse riuscito a conoscere l'italiano la metà di quanto lei conosceva l'inglese sarebbe stato più che soddisfatto. E se lei credeva nell'efficacia di ripetere continuamente, lui l'avrebbe accontentata.

Mentre parlavano della madre di Marco entrò in chiesa un anziano signore, che andò a sedersi al banco davanti al loro immergendosi subito nella meditazione e nella preghiera. Decisero allora di uscire senza fare rumore. Fuori cadeva ancora una leggera neve e si fermarono al primo bar per un caffè e una sigaretta.

«Adesso possiamo parlare della sua famiglia?» le chiese lui in perfetto italiano.

Lei sorrise mettendo in mostra i denti, caso raro. «L'ha detto benissimo, Marco. Però non possiamo, mi dispiace.»

«Perché no?»

«Abbiamo delle regole.»

«Dov'è suo marito?»

«Qui a Bologna.»

«Dove lavora?»

«Non lavora.»

170

Dopo la seconda sigaretta si avventurarono sotto i portici dando inizio a una lezione basata sul tema della neve. Lei diceva una breve frase in inglese e lui doveva tradurla. Nevica. In Florida non nevica mai. Forse domani nevicherà. La scorsa settimana è nevicato due volte. Amo la neve. Non mi piace la neve.

In via Rizzoli passarono davanti al negozio dove Marco aveva comprato gli scarponcini e il parka, e lui pensò che la donna avrebbe gradito udire la sua versione dell'avvenimento, poteva riferirgliela quasi per intero in italiano. Ma poi si trattenne, vedendola così presa dall'argomento neve. Arrivati a un incrocio si fermarono a guardare le Due Torri, delle quali i bolognesi vanno così orgogliosi.

Una volta c'erano oltre duecento torri, disse lei chiedendogli poi di ripetere la frase. Lui ci provò, maltrattando però l'imperfetto e il numero, e Francesca gli chiese allora di provare e riprovare finché non fosse riuscito a dirla senza errori.

Nel Medio Evo, per ragioni che gli italiani dei nostri giorni non sanno spiegarsi, i loro antenati erano stati presi dall'insolita smania architettonica di costruire torri alte e snelle nelle quali abitare. Ma, essendo endemici i conflitti e le ostilità locali, queste torri svolsero soprattutto una funzione protettiva. Erano efficaci punti d'avvistamento e di riparo dagli attacchi, ma sotto il profilo abitativo si dimostrarono tutt'altro che pratiche. Le cucine, per proteggere il cibo, avevano di solito sede nella parte alta, cioè a trecento gradini dalla strada, e questo rendeva difficile trovare servitù su cui fare affidamento. Quando scoppiavano i combattimenti le famiglie in lotta si lanciavano frecce e lance da una torre all'altra, non avendo alcun senso combattere in strada come gente comune.

Le torri, in qualche modo, assunsero anche il ruolo di status symbol. Nessun nobile che avesse rispetto di se stesso avrebbe accettato che il vicino e/o il rivale ne avesse una più alta della sua. E fu così che tra il XII e il XIII secolo prese piede una curiosa gara a chi costruiva la torre più alta, con i nobili portati spesso a fare il passo più lungo della gamba, e questa gara modificò l'aspetto della città. Bologna fu soprannominata "la turrita" e un viaggiatore inglese la definì "un mazzo di asparagi".

Nel XIV i governanti più lungimiranti della città capirono

171

che le guerre tra nobili andavano tenute a freno. Ogni volta che le autorità riuscirono a imporsi, furono abbattute molte torri, alle altre provvidero gli anni e la forza di gravità, mentre il passare dei secoli ebbe ragione di quelle dalle fondamenta meno solide.

Verso la fine dell'Ottocento, una campagna per abbatterle tutte finì all'ordine del giorno del consiglio comunale e il relativo provvedimento fu approvato con uno scarto minimo di voti. Ne rimasero in piedi soltanto due, quelle degli Asinelli e della Garisenda, l'una di fianco all'altra in piazza Ravegnana. Nessuna delle due è perfettamente verticale e in particolare quella della Garisenda pende verso nord, formando un angolo che fa concorrenza a quello della Torre di Pisa, più famosa e molto più bella. Nel corso degli anni le due sopravvissute sono state oggetto di varie e pittoresche descrizioni. Un poeta francese le ha paragonate a due marinai ubriachi che tornano barcollando a casa, cercando ognuno sostegno nell'altro. Nella guida di Ermanno venivano definite "Stanlio e Ollio" dell'architettura medievale.

La Torre degli Asinelli fu costruita all'inizio del XII secolo e, con i suoi 97,2 metri, è alta il doppio di quella vicina. Quella della Garisenda cominciò a pendere quando non era stata ancora completata, nel XIII secolo, e fu come segata a metà proprio per bloccarne l'inclinazione. Il clan della Garisenda a quel punto perse però ogni interesse e, fatto oggetto del disonore, abbandonò la città.

Marco aveva imparato quella storia sul libro di Ermanno. Francesca non lo sapeva e, come tutte le brave guide, dedicò alle Torri un quarto d'ora di esposizione senza curarsi del freddo che faceva. Formulò una frase semplice, enunciandola chiaramente, aiutò Marco a ripeterla con qualche incertezza e poi, di malavoglia, passò alla successiva.

«Per arrivare in cima alla Torre degli Asinelli bisogna fare quattrocentonovantotto scalini» gli disse.

«Andiamo.» Entrarono da una porticina, poi salirono una scala a chiocciola passando al piano superiore, quasi quindici metri più su; lui acquistò due biglietti al botteghino e a quel punto ebbe inizio l'arrampicata. La torre era concava e gli scalini infissi nella parete.

Francesca, che non entrava agli Asinelli da dieci anni, sembrava eccitata da quella piccola avventura. Prese a salire a uno a uno gli stretti, robusti scalini di quercia, illuminati ogni tanto da una finestrella dalla quale entrava l'aria fredda, distaccando Marco. «Se la prenda comoda» gli gridò in inglese senza voltarsi. Erano gli unici, in quel pomeriggio gelido e nevoso di febbraio, a voler vedere la città dall'alto.

Lui si mosse con calma e ben presto non vide più la sua insegnante. Circa a metà strada si fermò all'altezza di un finestrone per lasciare che il vento gli rinfrescasse il viso, poi prese fiato e si rimise in movimento ancora più lentamente. Cinque minuti dopo si fermò con il fiato corto e il cuore che gli batteva all'impazzata, e dubitò di farcela. Ma, dopo quattrocentonovantotto scalini, sbucò in cima alla torre. Francesca stava fumando una sigaretta, senza una goccia di sudore sul viso, in ammirazione della sua bella città.

Da lassù si godeva uno splendido panorama. Le tegole rosse dei tetti erano coperte da cinque centimetri di neve, proprio sotto di loro si vedeva la cupola verde chiaro di San Bartolomeo che grazie alla sua forma era stata risparmiata dal manto nevoso. «In una giornata limpida da qui si riesce a vedere l'Adriatico, a est, e le Alpi a nord» disse lei. «È proprio bella Bologna, anche con la neve.»

«Proprio bella» confermò lui, quasi senza fiato. Il vento soffiava tra le inferriate e faceva molto più freddo che in strada.

«Questa torre è la quinta struttura più alta della vecchia Italia» lo informò Francesca con un certo orgoglio. E Marco dava per scontato che lei sapesse quali erano le altre quattro.

«Perché l'hanno risparmiata invece di abbatterla?»

«Per due motivi, credo. Era stata ben progettata e ben costruita e, in secondo luogo, la famiglia Asinelli era forte e potente. Tra l'altro, nel XIV secolo fu temporaneamente adibita a carcere, mentre le altre venivano demolite. Ma nessuno, a dire la verità, sa con esattezza perché la Torre degli Asinelli si salvò.» Erano bastati novanta metri di altitudine per trasformarla in una persona diversa, ora i suoi occhi erano vivaci e la voce squillante.

«Questo posto ogni volta mi fa capire perché amo la mia città» proseguì, con uno dei suoi rari sorrisi. Non era legato, questo sorriso, a ciò che lei aveva detto e non era rivolto a Marco ma ai tetti e al panorama di Bologna. Si spostarono sulla parte opposta e spinsero lo sguardo a sudovest. Su una collina in lontananza si scorgeva il profilo del santuario della Madonna di San Luca, l'angelo custode della città.

«C'è mai stato?» gli chiese.

«No.»

«Un giorno ci andremo, con il bel tempo.»

«Certo.»

«Abbiamo tanto da vedere.»

Forse, tutto sommato, Marco non l'avrebbe più licenziata. Aveva una tale fame di compagnia, specialmente femminile, da riuscire a sopportare l'aria distaccata, la tristezza, gli sbalzi d'umore di quella donna. Decise di studiare ancora di più per guadagnarsi l'approvazione della sua insegnante.

Come la salita in cima alla Torre degli Asinelli l'aveva sollevata di spirito, così la discesa a terra la fece tornare allo stato d'animo di sempre. Bevvero velocemente un caffè in un bar vicino alle Torri e si separarono senza un accenno di abbraccio, un rapido bacio sulla guancia, nemmeno una formale stretta di mano. E mentre lei si allontanava, Marco decise che le avrebbe concesso un'altra settimana.

La mise cioè alla prova, senza che lei lo sapesse. Francesca aveva sette giorni per ammorbidirsi, in caso contrario lui avrebbe posto fine alle lezioni. La vita era troppo corta.

Ma lei era molto carina.

La busta era stata aperta dalla sua segretaria, come tutta la corrispondenza del giorno prima e di quello precedente. Ma all'interno c'era una seconda busta, indirizzata semplicemente a Neal Backman, e davanti e dietro si leggeva a lettere maiuscole questa categorica avvertenza: RISERVATA, PERSONALE. DEVE ESSERE APERTA SOLO DA NEAL BACKMAN.

«Forse dovrebbe leggere per prima la lettera in cima alle altre» fu il consiglio della segretaria, quando alle nove del mattino gli portò la pila quotidiana di posta. «La data sul timbro è di due giorni fa ed è stata spedita da York, Pennsylvania.» Quando la segretaria uscì chiudendo la porta, Neal esaminò la busta di colore marrone chiaro, senza altre indicazioni a parte quelle scritte in maiuscolo dal mittente, con una grafia vagamente familiare.

Aprì lentamente la busta con un tagliacarte e ne estrasse un unico foglio bianco piegato in due. Era di suo padre, quel biglietto, e per lui fu un piccolo choc. O forse no.

21 febbraio

Caro Neal,
    sono sano e salvo, per il momento, ma non so per quanto durerà. Ho bisogno del tuo aiuto. Non ho indirizzo, telefono, fax e non sono sicuro se, potendo farlo, li userei. Mi serve l'accesso a un'e-mail, qualcosa che non si possa localizzare. Io non so come fare ma sono certo che tu lo sai. Non ho un computer né i soldi per comprarlo. È molto probabile che tu sia sorvegliato, quindi, qualsiasi cosa tu faccia, non lasciare tracce. Coprile, e copri anche le mie. Non fidarti di nessuno, controlla tutto, e distruggi questa lettera. Mandami più soldi che puoi, sai bene che te li restituirò. Non usare mai il tuo nome per questa operazione e scrivi al seguente indirizzo: Signor Rudolph Viscovitch, Università degli Studi, via Zamboni 22, 40126 Bologna, Italia. Adopera due buste, la prima per Viscovitch e l'altra per me. Nel biglietto per lui chiedigli di tenere quella indirizzata a Marco Lazzeri.
    Fai presto!

Con affetto, *Marco*

Neal posò la lettera sulla scrivania, poi andò a chiudere a chiave la porta e sedette su un piccolo divano di pelle per raccogliere le idee. Aveva da tempo deciso che il padre doveva essere all'estero, perché in caso contrario si sarebbe già messo in contatto con lui. Ma perché era finito in Italia? E perché quella lettera era stata spedita da York, Pennsylvania?

La moglie di Neal non aveva mai visto il suocero, che era in carcere da due anni quando lei e Neal si erano conosciuti e sposati. Gli avevano mandato qualche foto del matrimonio e poi quella della loro creatura, la seconda nipotina di Joel.

Joel non era un argomento sul quale Neal amasse soffermarsi, anche solo a pensare. Era stato un pessimo padre, quasi sempre assente durante la sua infanzia e adolescenza, e quella rovinosa e improvvisa caduta aveva messo in imbarazzo tutti i suoi amici e conoscenti. Neal, anche se controvoglia, gli aveva spedito in carcere lettere e biglietti, ma poteva confessare in tutta onestà, almeno a se stesso e a sua moglie, di non sentire la mancanza del padre. Raramente erano stati insieme.

Ora era ricomparso chiedendo soldi che Neal non aveva, dando per scontato che il figlio avrebbe seguito esattamente le istruzioni, pronto senza imbarazzi a mettere in pericolo qualcun altro.

Neal tornò alla scrivania e rilesse la lettera, poi la lesse ancora una volta. Era la stessa grafia a zampa di gallina che conosceva bene, e il tono quello che il padre adottava sia a casa sia sul lavoro: fai questo, questo e questo e tutto funzionerà. Fallo come ti dico e fallo presto! Subito! Rischia il tutto per tutto perché ho bisogno di te.

Ma se le cose fossero andate secondo i piani e il Broker fosse tornato? Di sicuro non avrebbe avuto tempo per Neal e la nipotina. Se ne avesse avuto l'occasione Joel Backman, a cinquantadue anni, sarebbe nuovamente emerso negli ambienti che contano a Washington. Si sarebbe fatto gli amici giusti, avrebbe imbrogliato i clienti giusti, sposato la donna giusta, trovato i soci giusti e nel giro di un anno sarebbe tornato a dirigere un grosso ufficio dal quale avrebbe imposto parcelle incredibilmente alte e messo sotto torchio i parlamentari.

La vita era stata molto più semplice, per Neal, durante la prigionia di suo padre.

Che cosa avrebbe detto a sua moglie Lisa? Tesoro, quei duemila dollari che abbiamo messo nel libretto di risparmio sono stati appena ipotecati, e con loro anche qualche altro centinaio per un programma e-mail cifrato. Tu e la bimba, poi, tenete sempre tutte le porte sbarrate perché la vita è diventata all'improvviso molto più rischiosa.

La giornata era ormai rovinata. Neal premette il pulsante dell'interfono e chiese alla segretaria di non passargli telefonate per un po'. Poi andò a sdraiarsi sul divano, si tolse i mocassini, e a occhi chiusi prese a massaggiarsi le tempie.

18

La piccola, sporca guerra in corso tra CIA ed FBI prevedeva il ricorso per ragioni tattiche, da entrambe le parti, a certi giornalisti. Manipolando la stampa era possibile lanciare attacchi preventivi, respingere contrattacchi, mascherare precipitose ritirate e perfino mettere in atto una forma di controllo dei danni. Dan Sandberg coltivava da vent'anni contatti in entrambi gli schieramenti ed era più che disposto a farsi usare se l'informazione era esatta ed esclusiva. Si considerava anche disponibile a fare la parte del corriere muovendosi con cautela, carico di delicati "si dice", tra un fronte e l'altro per accertare quanti di questi "si dice" fossero già pervenuti a una controparte. E così, per trovare una conferma alla voce secondo cui l'FBI stava indagando su uno scandalo riguardante la compravendita di concessioni di grazia, decise di attivare la sua fonte più sicura all'interno della CIA. Andò a sbattere contro il solito muro, che però crollò nel giro di due giorni.

Il suo contatto a Langley era Rusty Lowell, uno stanco funzionario la cui unica attività, indipendentemente dalla sua qualifica ufficiale, consisteva nel controllare la stampa e suggerire a Teddy Maynard il modo di servirsene e abusarne. Non era un informatore prezzolato, e con lui non si correva il rischio di avere notizie non vere, al punto che Sandberg, dopo anni di rapporti con Lowell, aveva maturato la convinzione che quanto veniva a sapere da lui era stato graziosamente centellinato dallo stesso Teddy.

Si diedero appuntamento al centro commerciale Tyson Corner, in Virginia, appena fuori dalla Beltway. Andarono in una squallida tavola calda al primo piano, si comprarono una fetta ciascuno di pizza al formaggio con salame piccante e una bibita, poi andarono a sedersi in un séparé dove nessuno poteva vederli. Le regole di quegli incontri erano sempre le stesse: 1) tutto ciò che Sandberg sarebbe venuto a sapere era da considerarsi *off the record* e attendibile; 2) per pubblicare quella notizia Sandberg avrebbe dovuto attendere il via libera di Lowell; 3) se un'altra fonte avesse smentito quanto detto da Lowell, lo stesso Lowell avrebbe potuto controllarla nuovamente e, in ogni caso, l'ultima parola spettava a lui.

Sandberg, come tutti i cronisti d'inchiesta, odiava le regole. Ma d'altra parte Lowell non si era mai sbagliato e non parlava con gli altri giornalisti. Quindi lui doveva attenersi alle regole se voleva sfruttare quella ricca fonte di notizie.

«Hanno trovato dei soldi» disse il giornalista. «E credono si tratti del compenso per una concessione di grazia.»

Gli occhi tradivano sempre Lowell, uno che non sapeva ingannare. In quel caso si erano trasformati in due fessure, segno che quanto stava sentendo gli giungeva assolutamente nuovo.

«La CIA ne è a conoscenza?» gli chiese Sandberg.

«No» rispose brusco il funzionario, che non aveva mai avuto paura della verità. «Teniamo sotto controllo certi conti offshore, ma finora non è emerso nulla. Quanti soldi?»

«Tanti, ma non conosco la cifra esatta. E non so nemmeno come li hanno trovati.»

«Da dove vengono?»

«Non l'hanno accertato, ma stanno tentando disperatamente di collegarli a Joel Backman. E ne stanno parlando con la Casa Bianca.»

«Ma non con noi.»

«No, evidentemente. Sento puzza di politica, quelli vorrebbero coinvolgere il presidente Morgan in uno scandalo, e Backman sarebbe il collegamento ideale.»

«Anche Duca Mongo non sarebbe male.»

«Sì, ma è virtualmente morto. La sua è stata una lunga e pittoresca carriera di evasore fiscale, però ormai è fuori gioco. Backman invece è depositario di segreti. Vogliono riportarlo qui per fargli dare una bella ripassata da quelli del dipartimento della Giustizia. Washington per qualche mese impazzirebbe. E Morgan subirebbe un'umiliazione.»

«Già, con l'economia in ribasso sarebbe uno splendido diversivo.»

«Tutta politica, come ti dicevo.»

Lowell finalmente diede un morso alla sua fetta di pizza e rimase a masticare soprappensiero. «Non può essere Backman, stanno sbagliando bersaglio.»

«Ne sei certo?»

«Più che certo. Backman non sospettava che gli stavano per concedere la grazia. Lo strappammo letteralmente dalla sua cella nel cuore della notte, poi gli facemmo firmare dei documenti e prima dell'alba aveva già lasciato gli Stati Uniti.»

«Per andare dove?»

«Non lo so, e anche se lo sapessi non te lo direi. Il fatto è che Backman non ha avuto il tempo di organizzare un'operazione del genere, era sepolto in isolamento e non si sognava nemmeno di ottenere la grazia. L'idea è stata di Teddy, non di Backman: quindi io lo escludo.»

«Loro però vogliono mettergli le mani addosso.»

«E perché? È un uomo libero, non un condannato in fuga. Non può essere estradato, a meno che naturalmente non gli appioppino un altro capo d'accusa.»

«Potrebbero anche farlo.»

Lowell fissò per qualche secondo il tavolo inarcando le sopracciglia. «Non vedo di che cosa potrebbero accusarlo. Non hanno alcuna prova, tutto ciò di cui dispongono è una somma sospetta depositata in una banca, della quale come hai detto tu ignorano la provenienza. Ti assicuro che non sono soldi di Backman.»

«Riusciranno a trovarlo?»

«Metteranno Teddy sotto pressione, per questo ho accettato il tuo appuntamento.» Lowell accantonò la pizza e si avvicinò a Sandberg. «Ci sarà quanto prima una riunione nello Studio Ovale, e il presidente chiederà a Teddy di sottoporgli il materiale riservato sul conto di Backman, lui si rifiuterà e ne seguirà un braccio di ferro. Domanda: il presidente avrà il coraggio di licenziare il vecchio?»

«Secondo te?»

«È probabile, Teddy almeno se l'aspetta. Questo è il quarto presidente con cui lavora, il che, come sai, è un record. I primi tre hanno tentato invano di farlo fuori, ma lui ormai è vecchio e pronto ad andarsene.»

«È una vita che è vecchio e pronto ad andarsene.»

«È vero, ma ora è diverso.»

«Perché non si dimette?»

«Perché è un figlio di puttana ipocondriaco, cocciuto e bastian contrario, lo sai.»

«Poco ma sicuro.»

«E puoi star certo che se lo fanno fuori non se ne andrà in punta di piedi. Lui è per la ritorsione bilanciata.»

"Ritorsione bilanciata" era da tempo la loro espressione gergale per dire "Ci tagliamo la gola a vicenda".

Sandberg mise a sua volta da parte la pizza e cominciò a farsi scrocchiare le nocche. «La notizia a grandi linee sarà data così» disse poi, seguendo il loro rituale. «Teddy Maynard, dopo diciotto anni passati saldamente al timone della CIA, viene licenziato da un presidente appena entrato in carica. E questo perché Maynard si è rifiutato di riferire i particolari di certe delicate operazioni in corso. Il direttore ha mantenuto questa posizione in nome della sicurezza nazionale, arrivando a sfidare il presidente: il quale vuole quelle informazioni riservate in modo che l'FBI possa concludere un'indagine sui provvedimenti di grazia firmati dall'ex presidente Morgan.»

«Backman non puoi citarlo.»

«È ancora presto per fare nomi, non ho conferme.»

«Ti assicuro che quei soldi non provengono da Backman. E se a questo punto fai il suo nome c'è il rischio che lui venga a saperlo e commetta qualche sciocchezza.»

«Per esempio?»

«Sparire dalla circolazione per salvarsi la vita.»

«E perché sarebbe una sciocchezza?»

«Perché non vogliamo che sparisca dalla circolazione per salvarsi la vita.»

«Lo volete morto?»

«Naturalmente, il piano è proprio questo. Vogliamo vedere chi sarà a ucciderlo.»

Sandberg si appoggiò al rigido schienale del sedile di plastica e fissò il vuoto. Lowell si mise a piluccare le fettine di salame sulla sua pizza fredda e gommosa e i due rimasero a lungo a riflettere in silenzio. «Questo significa» riprese poi Sandberg, scolando ciò che restava della sua Diet Coke «che Teddy è riuscito in qualche modo a convincere Morgan a concedere la grazia a Backman, il quale ora si trova in qualche parte del mondo a fare da esca per chi vuole ucciderlo.»

Lowell, che a sua volta fissava il vuoto, annuì.

«E il suo assassinio darà la risposta a certe domande che vi ponete a Langley?»

«Forse. L'idea sarebbe quella.»

«Lo sa Backman perché ha avuto la grazia?»

«Noi non glielo abbiamo certo detto, ma lui è piuttosto sveglio.»

«Chi gli sta dando la caccia?»

«Certa gente pericolosa che ce l'ha con lui.»

«Sai chi sono?»

«Potenzialmente sono in tanti. Noi seguiremo gli eventi da vicino e forse qualcosa impareremo. O forse no.»

«E perché quella gente ce l'avrebbe con lui?»

Lowell rise a quella ridicola domanda. «Bel tentativo, Dan. È sei anni che me lo chiedi, ormai. Senti, ora devo andare. Tu scrivi un pezzo equilibrato e fammelo leggere.»

«Quando ci sarà questa riunione con il presidente?»

«Non lo so con certezza. Appena tornerà.»

«E se Teddy viene silurato?»

«Sarai il primo al quale telefonerò.»

Facendo l'avvocato in una cittadina di provincia come Culpeper, Neal Backman guadagnava molto meno di quanto aveva sognato ai tempi dell'università. Lo studio del padre era allora così influente a Washington da fargli prevedere redditi elevatissimi dopo pochi anni di pratica. Gli avvocati più giovani da Backman, Pratt & Bolling partivano da centomila dollari l'anno e un neosocio in ascesa prendeva tre volte tanto. Durante il secondo anno di giurisprudenza un periodico locale aveva messo in copertina una foto del Broker e nell'articolo, dedicato ai suoi costosi giocattoli, il suo reddito era valutato nell'ordine dei dieci milioni di dollari l'anno. La cosa aveva suscitato un certo scalpore nell'ambiente universitario, che a Neal non era sicuramente dispiaciuto. Che meraviglioso futuro mi si prospetta, aveva pensato all'epoca, con potenzialità del genere.

Ma un anno dopo che Neal aveva firmato come socio praticante, suo padre aveva ammesso le proprie responsabilità ed era finito in prigione. E lui era stato letteralmente buttato fuori.

Neal aveva comunque smesso da tempo di sognare i grossi guadagni e la vita brillante. Era soddisfatto di esercitare la sua professione in un piccolo studio sulla Main Street portando a casa cinquantamila dollari l'anno, se tutto andava bene. Lisa aveva smesso di lavorare alla nascita della bambina ed era lei ad amministrare le finanze e a far quadrare il bilancio domestico.

Dopo una notte praticamente insonne, Neal si alzò dal letto con una vaga idea di ciò che avrebbe fatto. Il dubbio più lacerante era se parlarne o meno alla moglie: poi, una volta deciso per il no, il piano aveva cominciato a prendere forma. Quella mattina andò in ufficio alle otto, come al solito, e per un'ora e mezza lavoricchiò fino a quando non ebbe la certezza che la banca era aperta. Camminando per Main Street non riusciva a credere che qualcuno nascosto nell'ombra potesse spiare i suoi movimenti, ma preferì ugualmente non correre rischi.

Richard Koley era il direttore della locale agenzia della Piedmont National Bank. Lui e Neal andavano a messa insieme, praticavano la caccia al gallo cedrone, giocavano a softball con la squadra del Rotary Club. Lo studio legale in cui lavorava Neal era da sempre cliente di quella banca. Il salone era vuoto a quell'ora del mattino e Richard era già alla sua scrivania con una tazza di caffè, il "Wall Street Journal" e, evidentemente, ben poco da fare. Fu piacevolmente sorpreso di vedere Neal e per una ventina di minuti i due amici parlarono del campionato universitario di basket. «Allora, che cosa posso fare per te?» gli chiese infine Richard.

«Una semplice curiosità» rispose Neal con aria indifferente, pronunciando le parole che si era ripetuto per ore. «Quanto potrei chiedere in prestito con la mia sola firma?»

«Hai qualche problema?» Richard si mise a manovrare il mouse tenendo gli occhi sul monitor, dove erano immagazzinate tutte le risposte.

«No, nulla del genere. I tassi d'interesse sono bassi e ho messo gli occhi su certi titoli.»

«Non è sbagliata, come strategia, anche se non sono certo io a poter fare pubblicità con i clienti. Con l'indice Dow Jones nuovamente a diecimila viene da chiedersi come mai tanti risparmiatori tengano i soldi in banca invece di acquistare azioni. Sarebbe certo un bene per la vecchia banca.» Fece una risatina per la sua battuta. Ma tornò subito serio. «Fascia di reddito?» chiese, digitando sulla tastiera.

«È variabile. Tra i sessanta e gli ottanta, diciamo.»

Richard si accigliò ulteriormente e Neal non capì se ciò fosse dovuto alla scoperta che l'amico guadagnava così poco o, al contrario, perché l'amico guadagnava molto più di lui. Non l'avrebbe mai saputo. Certo le banche di paese non avevano fama di strapagare i loro dipendenti.

«Totale dei debiti, a parte il mutuo?»

«Mmh... vediamo.» Neal chiuse gli occhi e fece qualche calcolo. Il suo mutuo, contratto proprio con la Piedmont, era di quasi duecentomila dollari. Lisa era così contraria ai debiti che il loro piccolo bilancio patrimoniale era notevolmente pulito. «Un prestito di circa ventimila per comprare l'auto» disse poi. «E mille o giù di lì sulle carte di credito. Non molto, come vedi.»

Richard annuì in segno di approvazione, senza sollevare gli occhi dal monitor. E quando staccò le dita dalla tastiera tornò a vestire i panni del bancario generoso. «Con la tua semplice firma potremmo arrivare a tremila, con il sei per cento d'interesse.»

Neal, che non aveva mai preso prestiti su garanzia, non sapeva che cosa avrebbe dovuto aspettarsi. Non aveva idea, cioè, di quanto potesse ottenere con la sua sola firma, ma tremila gli sembrarono una cifra equa. «Possiamo arrivare fino a quattromila?» chiese.

Richard si fece di nuovo serio e tornò a concentrarsi sul monitor, dal quale ebbe la risposta. «Certo, perché no? Tanto so dove trovarti.»

«Bene. Ti terrò informato su quelle azioni.»

«Hai avuto una dritta da qualcuno dell'ambiente?»

«Dammi un mese. Se la quotazione sale verrò qui a darmi delle arie.»

«Mi sembra giusto.»

Richard stava aprendo un cassetto, alla ricerca dei moduli. «Ascolta» gli disse Neal «questa faccenda rimane tra noi, d'accordo? Lisa, voglio dire, non firmerà queste carte.»

«Non c'è problema» rispose l'amico, modello di discrezione bancaria. «Mia moglie non conosce nemmeno la metà delle mie operazioni finanziarie. Le donne non ne capiscono proprio.»

«L'hai detto. A questo proposito, sarebbe possibile averla in contanti quella somma?»

Una pausa, uno sguardo perplesso, ma alla fine tutto era possibile alla Piedmont National. «Certo, dammi un'oretta.»

«Devo scappare in ufficio per fare causa a un tale. Tornerò verso mezzogiorno per firmare quello che c'è da firmare e prendere i soldi.»

Neal rientrò in fretta allo studio, a due isolati di distanza, con un bruciore allo stomaco di sicura origine nervosa. Lisa l'avrebbe ucciso se avesse scoperto la faccenda del prestito, e in un piccolo centro i segreti sono difficili da mantenere. Nei quattro anni del loro matrimonio più che felice avevano sempre preso insieme tutte le decisioni. Spiegarle il perché di quel prestito sarebbe stato duro, anche se dicendole la verità lei probabilmente alla fine avrebbe accettato.

Il problema sarebbe stato quello della restituzione del prestito. Suo padre era un tipo facile alle promesse: a volte le manteneva, altre no, e in ogni caso non se la prendeva mai troppo a cuore. Ma quello era il vecchio Joel Backman, quello nuovo era un uomo disperato, senza amici e senza nessuno su cui fare affidamento.

In fondo erano soltanto quattromila dollari, che diavolo, e Richard non ne avrebbe parlato con nessuno. Del prestito si sarebbe preoccupato dopo, lui era pur sempre un avvocato, avrebbe potuto caricare qualche parcella, addebitare qualche ora in più.

Il suo unico pensiero in quel momento era quello del pacco da spedire a Rudolph Viscovitch.

Con la tasca gonfia di banconote Neal partì da Culpeper durante la pausa pranzo e si precipitò ad Alexandria, a un'ora e mezza di macchina. Trovò il negozio che cercava, Chatter, all'interno di un piccolo centro commerciale sulla Russel Road, a circa un chilometro e mezzo dal fiume Potomac. Era il posto ideale, come si leggeva nella pubblicità su Internet, se si cercavano i più avanzati gadget nel campo dell'informatica e della telefonia e uno dei pochi negli Stati Uniti dove era possibile acquistare cellulari del tipo *unlocked* funzionanti anche in Europa. Mentre osservava la merce esposta, Neal rimase sbalordito dall'amplissima scelta di cercapersone, computer, telefoni satellitari, tutto il necessario insomma per comunicare. Ma non poteva fermarsi troppo, alle quattro era in programma una deposizione nel suo ufficio. E, a parte questo, Lisa avrebbe potuto chiamarlo per sapere che c'era di nuovo in città, come faceva più di una volta ogni giorno.

Chiese a un commesso di mostrargli un cellulare, l'Ankyo 850 PC Pocket smartphone, l'ultima meraviglia tecnologica comparsa sul mercato da tre mesi a quella parte. Il commesso lo prese dalla vetrina e, passando praticamente a un'altra lingua, ne decantò le virtù: «Tastiera QWERTY completa, modalità tri-band nei cinque continenti, 80 megabyte di memoria incorporata, connessione dati ad alta velocità con l'EGPRS, accesso LAN senza fili, tecnologia Bluetooth, supporto dual stack IPv4 e IPv6, infrarossi, interfaccia Pop-Port, sistema operativo Symbian versione 7.0S, piattaforma serie 80».

«Il passaggio da una banda all'altra è automatico?»

«Sì.»

«Funziona anche con i gestori europei?»

«Naturalmente.»

Il cellulare era leggermente più grande del normale, ma si teneva bene in mano. Aveva una superficie metallica liscia con un dorso di plastica ruvida perché non scivolasse durante l'uso.

«È un po' più grosso» stava dicendo il commesso «ma dentro ha tutto: e-mail, messaggeria multimedia, macchina fotografica, lettore video, word processor completo, Internet e l'accesso completo in quasi tutto il mondo. Lei dove deve usarlo?»

«In Italia.»

«È già predisposto, le basta aprire un account con un provider.»

Aprire un account significava riempire dei moduli, ossia lasciare una traccia, cosa che Neal non aveva affatto intenzione di fare. «Non è possibile usare una SIM card prepagata?»

«Certo, in Italia si chiama TIM, Telecom Italia Mobile. È il più grosso provider italiano.»

«Lo prendo.»

Neal fece scorrere la parte inferiore del cellulare, che copriva una tastiera completa. «Conviene tenerlo con entrambe le mani e digitare con i pollici» spiegò il commesso. «Non può lavorare con tutte e dieci le dita.» Lo tolse a Neal e fornì una dimostrazione del suo metodo preferito, quello con i soli pollici.

«Ho capito, lo prendo» ripeté Neal.

Il prezzo era di 925 dollari più le tasse, oltre a 89 dollari per la scheda TIM. Neal pagò in contanti e rifiutò tutto ciò che prevedeva la compilazione di un modulo, e quindi una traccia scritta, come il certificato di garanzia. Il commesso gli chiese nome e indirizzo ma lui glieli negò. «Insomma, è possibile pagare e portarsi via questo telefono?» chiese molto irritato a un certo punto.

«Sicuro, perché no?»

«E allora sbrighiamoci.»

Uscì, salì in auto e meno di un chilometro dopo si fermò davanti a un grosso negozio di articoli per uffici, dove trovò subito un PC Tablet della Hewlett-Packard: altri 440 dollari investiti per la sicurezza del padre, anche se Neal si sarebbe tenuto il computer nascondendolo nel suo ufficio. Seguendo una cartina stradale scaricata da Internet trovò l'ufficio postale per la spedizione dei pacchi in un altro centro commerciale poco distante. Una volta entrato, scrisse in fretta al padre due pagine di istruzioni, che poi piegò e infilò dentro una busta contenente una lettera scritta la mattina stessa insieme ad altre istruzioni. E quando ebbe la certezza che nessuno lo stesse guardando fece scivolare velocemente venti biglietti da cento dollari nella piccola borsa nera che faceva da custodia al gioiellino dell'Ankyo. Poi sistemò la lettera con le istruzioni, il cellulare e la custodia dentro una scatola di cartone, la chiuse meticolosamente e con un pennarello vi scrisse sopra: "Consegnare per favore a Marco Lazzeri". La scatola finì poi dentro un'altra leggermente più grande, che indirizzò a Rudolph Viscovitch, via Zamboni 22, 40126 Bologna, e come indirizzo del mittente indicò sul retro lo stesso ufficio postale, 8851 Braddock Road, Alexandria, Virginia 22302. Non potendo fare altrimenti, dovette però lasciare il proprio nome, indirizzo e numero di telefono per potere essere avvertito nel caso il pacco fosse tornato indietro. L'impiegato lo pesò, chiedendo poi a Neal se volesse assicurarlo, ma lui rispose di no, sempre per non lasciare tracce scritte. «In totale fanno diciotto dollari e venti centesimi» disse infine l'impiegato, dopo avere appiccicato sul pacco i francobolli.

Neal pagò e si fece nuovamente garantire che nel pomeriggio il pacco sarebbe stato spedito.

19

Nella semioscurità del suo appartamento, Marco sbrigò velocemente le consuete operazioni del primissimo mattino. A parte i sei anni in prigione, durante i quali non aveva avuto né opportunità né motivazioni che lo spingessero a mettersi subito in movimento, non era mai stato il tipo da gingillarsi dopo il risveglio. C'era troppo da fare, troppo da vedere. Spesso arrivava in ufficio prima delle sei, già sputando fuoco e fiamme alla ricerca della prima rissa della giornata, magari dopo avere dormito non più di tre o quattro ore.

Stava riprendendo quelle abitudini. Non si lanciava ogni mattina all'attacco della giornata, non cercava la rissa, ma ad attenderlo c'erano altre sfide.

Fece la doccia in meno di tre minuti, altra vecchia abitudine favorita in via Fondazza da una desolante scarsità di acqua calda. Poi si fece la barba, curando con particolare attenzione i contorni della peluria che si stava lasciando crescere sul viso. I baffi erano quasi a posto, il mento totalmente grigio. Non assomigliava a Joel Backman, e anche l'eloquio era diverso, visto che si esercitava ogni giorno a parlare con maggiore lentezza e con voce più morbida. E lo faceva, ovviamente, in un'altra lingua.

La rapida routine mattutina prevedeva anche una piccola attività spionistica. Accanto al letto c'era infatti un comò con quattro cassetti, l'ultimo dei quali a una quindicina di centimetri dal pavimento. Marco aveva preso da un lenzuolo un sottile filo di cotone bianco e ogni giorno ne leccava le estremità, poi attaccava il filo da una parte sotto l'ultimo cassetto e dall'altra alla fiancata del comò, così che se qualcuno avesse aperto il cassetto il filo si sarebbe staccato.

Qualcuno, Luigi secondo lui, entrava ogni giorno in casa sua mentre lui studiava con Ermanno o con Francesca, e frugava nei cassetti.

La scrivania si trovava nel piccolo soggiorno, sotto l'unica finestra, e lì sopra Marco teneva carte, taccuini, libri, la guida di Bologna datagli da Ermanno, alcuni numeri dell'"Herald Tribune", una triste raccolta di guide allo shopping distribuite in strada dagli zingari, il suo sfruttatissimo vocabolario italiano-inglese e la pila sempre più imponente di materiale didattico di cui Ermanno lo caricava. La scrivania era solo parzialmente ordinata e la cosa lo infastidiva. Quella del suo studio a Washington, così grossa che quella stanza non avrebbe potuto contenerla, era famosa per il suo ordine meticoloso. Una segretaria aveva l'incarico di riordinarla ogni giorno nel tardo pomeriggio.

Ma un imperscrutabile disegno presiedeva a quella confusione. La superficie della vecchia scrivania con il passare degli anni si era ricoperta di tacche e graffi e altre tracce, tra cui una macchiolina che secondo Marco era d'inchiostro. Aveva le dimensioni di un piccolo bottone e si trovava quasi al centro del ripiano. Ogni mattina prima di uscire di casa lui sovrapponeva al centro della macchiolina l'angolo di un qualsiasi foglio di carta. Nemmeno la spia più meticolosa se ne sarebbe accorta.

E infatti non se ne era accorta. Chi entrava in casa sua per la perlustrazione quotidiana non aveva mai adottato la precauzione di rimettere carte e libri esattamente nella posizione in cui li aveva trovati.

Ogni giorno, sette giorni la settimana, anche nei weekend in cui lui non studiava, Luigi e i suoi entravano in casa a fare il loro sporco lavoro. Marco abbozzò un piano in base al quale lui una domenica mattina avrebbe telefonato a Luigi, l'unica persona con la quale aveva contatti sul cellulare, per dirgli di essersi svegliato con un gran mal di testa e chiedergli quindi di portargli dell'aspirina o qualsiasi altra cosa gli italiani prendessero in casi del genere. Poi avrebbe finto di curarsi restando a letto e lasciando l'appartamento nell'oscurità fino al tardo pomeriggio, quando avrebbe ritelefonato a Luigi annunciandogli di sentirsi molto meglio e di avere bisogno di mettere qualcosa sotto i denti. Con Luigi sarebbe andato a mangiare in un posto dietro l'angolo, poi all'improvviso gli sarebbe venuta voglia di tornarsene a casa. In tutto sarebbero stati via meno di un'ora.

Durante la loro breve assenza sarebbe comunque entrato in casa qualcuno?

Il piano cominciava a prendere forma. Marco voleva sapere chi altri lo stava tenendo sotto controllo, che estensione aveva quella rete. Perché perquisire ogni giorno l'appartamento, se la loro unica preoccupazione era quella della sua incolumità? Di che cosa avevano paura?

Avevano paura che sparisse dalla circolazione. Ma perché tanto timore? Era un uomo libero, assolutamente libero di muoversi come e dove voleva. La sua nuova identità era plausibile, le sue nozioni d'italiano erano passabili anche se ancora rudimentali, e comunque miglioravano con il passare dei giorni. Che cosa importava a loro se Marco avesse fatto perdere le sue tracce? Se fosse salito su un treno per girare l'Italia, magari per non tornare più? Non avrebbe in fin dei conti semplificato loro la vita?

E perché poi tenerlo al guinzaglio corto, senza passaporto e con pochi soldi?

Temevano che potesse scomparire.

Marco spense la luce e aprì la porta di casa. Fuori, sotto i portici di via Fondazza, era ancora buio. Chiuse a chiave e si mosse in cerca di un bar aperto.

Dall'altra parte dello spesso muro divisorio, Luigi fu svegliato da un ronzio lontano, lo stesso ronzio che quasi ogni mattina lo svegliava a quelle ore impossibili.

«Che c'è?» chiese lei.

«Niente.» Si sbarazzò della coperta e uscì nudo dalla stanza da letto, poi corse in cucina, aprì la porta chiusa a chiave e richiuse dopo essere entrato. Scrutò i monitor sul tavolo pieghevole. Marco stava uscendo di casa, come al solito. E ancora una volta alle 6.10, come faceva praticamente ogni mattina. Un'abitudine terribilmente scoraggiante, maledetti americani.

Luigi premette un pulsante e il monitor si fece silenzioso. Secondo la procedura avrebbe dovuto vestirsi in fretta e furia, uscire a sua volta, localizzare Marco e tenerlo d'occhio fino a quando non si fosse incontrato con Ermanno. Ma Luigi cominciava a stancarsi di quella procedura, e poi c'era Simona che lo aspettava.

Era una studentessa napoletana di vent'anni, uno schianto di ragazza che aveva conosciuto la settimana prima in un locale nel quale era capitato. Quella era stata la loro prima notte insieme e non sarebbe stata l'ultima. Quando lui tornò a infilarsi sotto le coperte Simona si era riaddormentata.

Fuori faceva freddo e lui aveva Simona. Whitaker era a Milano, probabilmente ancora addormentato e magari a letto con un'italiana. Non c'era assolutamente nessuno a tenere d'occhio ciò che lui, Luigi, avrebbe fatto durante l'arco della giornata. E Marco non faceva altro che bere caffè.

Si spinse Simona contro il petto e si riaddormentò.

Era una limpida giornata di sole, ai primi di marzo, e Marco terminò una lezione di due ore con Ermanno. Come al solito, se il tempo lo permetteva, i due passeggiavano per le strade di Bologna parlando esclusivamente in italiano. Il verbo del giorno era "fare" e, a giudizio di Marco, era uno dei più elastici e abusati tra i verbi italiani: fare la spesa, fare domande, fare colazione...

Ermanno aveva finito un po' prima del solito perché impegnato nei suoi studi. Abbastanza spesso, quando si concludeva una lezione itinerante, faceva la sua comparsa Luigi, dopodiché Ermanno scompariva a notevole velocità. E Marco aveva l'impressione che un tale coordinamento avesse tra l'altro lo scopo di fargli credere di essere costantemente sotto controllo.

Si salutarono con una stretta di mano davanti alla libreria Feltrinelli, una delle tante della città universitaria. Luigi sbucò in pratica da dietro un angolo. «Buongiorno. Andiamo a pranzo?» disse cordialmente come al solito.

«Certo.»

Da qualche tempo pranzavano insieme con minore frequenza e Marco aveva così più occasioni di affrontare da solo il menu e il servizio.

«Ho trovato un nuovo ristorante.»

«Andiamo.»

Non era molto chiaro come Luigi passasse la giornata, ma indubbiamente molto di questo tempo doveva essere dedicato alla scoperta di nuovi ristoranti, trattorie e bar. Non era mai successo che tornassero a mangiare nello stesso posto.

Percorsero alcune stradine arrivando in via dell'Indipendenza, con Luigi che parlava quasi in continuazione e sempre in un italiano lento e preciso. A Marco sembrava quasi che avesse dimenticato l'inglese.

«Francesca non può studiare con te oggi pomeriggio» gli annunciò.

«Perché no?»

«Ha una visita guidata con una comitiva di australiani, le hanno telefonato ieri. Il suo lavoro va molto a rilento in questo periodo dell'anno. Lei ti piace?»

«Dovrebbe piacermi?»

«Non sarebbe male se ti piacesse.»

«Non è precisamente un tipo caldo ed espansivo.»

«Come insegnante è brava?»

«Eccellente. E il suo inglese perfetto mi invoglia a studiare di più.»

«Lei dice che ci dai dentro e che sei simpatico.»

«Le piaccio?»

«Sì, come studente. Tu la trovi carina?»

«Molte donne italiane sono carine, compresa Francesca.»

Svoltarono in un'altra stradina, via Goito, e Luigi indicò un punto più avanti. «Eccoci» disse poi, fermandosi davanti all'entrata del ristorante Franco Rossi. «Non ci sono mai stato, ma dicono che si mangi molto bene.»

Fu Franco in persona ad accoglierli cordialmente con un bel sorriso. Il ristoratore, con indosso un abito scuro di buon taglio che faceva risaltare i suoi folti capelli grigi, prese i loro cappotti e si mise a chiacchierare con Luigi come si fa con un vecchio amico, approvando con un cenno del capo ogni volta che Luigi lasciava cadere qualche nome. Scelsero un tavolo accanto alla vetrata d'ingresso. «È il nostro tavolo migliore» commentò orgogliosamente Franco. Marco si guardò intorno, ma di tavoli brutti non ne vide.

«Da noi gli antipasti sono superbi» li informò il titolare con un certo tono di modestia, quasi avesse degli scrupoli a vantare

192

i suoi piatti. «Io personalmente preferisco l'insalata di funghi. Lino vi aggiunge un po' di tartufo, del parmigiano, qualche fettina di mela...» E le parole di Franco si spensero lentamente mentre lui si baciava la punta delle dita. «Davvero ottimi» riuscì a dire, chiudendo gli occhi in un'espressione estatica.

Ordinarono due insalate e Franco si allontanò per dare il benvenuto ad altri clienti. «Chi è Lino?» chiese Marco.

«Suo fratello, lo chef.» Luigi intinse un boccone di pane toscano in una ciotola d'olio. Un cameriere si fermò al loro tavolo chiedendo se volevano vino. «Certamente, qualcosa di questa regione» gli rispose Luigi.

Non poteva essere altrimenti. Il cameriere puntò la penna sulla carta dei vini. «Vi consiglio questo, il Liano di Castel San Pietro. È fantastico.» E aspirò una boccata d'aria, quasi a sottolineare il suo consiglio. Luigi non ebbe scelta. «Proviamolo.»

«Stavamo parlando di Francesca» riprese Marco. «Sembra così distante. Che cosa c'è che non va?»

Luigi intinse dell'altro pane nell'olio e ne staccò un grosso boccone, cercando di decidere quanto poteva dire a Marco. «Il marito non sta bene.»

«Francesca ha figli?»

«Non credo.»

«Che cos'ha il marito?»

«È molto malato. Credo sia più vecchio di lei, ma io non l'ho mai visto.»

Tornò il signor Rossi per aiutarli a scegliere le altre pietanze, anche se loro non avevano bisogno di aiuto. Spiegò che i suoi tortellini erano i migliori di Bologna e quel giorno, poi, erano particolarmente buoni. Lino sarebbe stato lieto di uscire dalla cucina per confermarlo. Dopo i tortellini una scelta eccellente sarebbe stata il filetto di vitello con tartufi.

Per oltre due ore seguirono i consigli di Franco. E all'uscita ripresero a stomaco troppo pieno via dell'Indipendenza, parlando del sonnellino che si accingevano a fare.

La vide per caso in piazza Maggiore. Marco se ne stava seduto a un tavolino all'aperto di un bar, sfidando il freddo in quella bella giornata di sole, quando notò un gruppo di persone anziane che usciva dal Palazzo Comunale, il municipio di Bologna. Li guidava una figura familiare, una donna sottile che camminava con le spalle erette e con un basco bordeaux dal quale scendevano lunghi capelli neri. Marco lasciò sul tavolino un euro e andò loro incontro. All'altezza della Fontana del Nettuno si mise in coda al gruppo, dieci persone, per ascoltare Francesca al lavoro. Lei stava spiegando ai turisti che la gigantesca scultura bronzea del dio romano del mare era opera del Giambologna, un artista fiammingo, che l'aveva realizzata fra il 1563 e il 1566. A commissionarla era stato un vescovo, nel quadro di un programma di abbellimento urbano deciso per ingraziarsi il papa. Secondo la leggenda, lo scultore prima ancora di dare inizio al suo lavoro era preoccupato che il suo progetto fosse un po' troppo ardito – Nettuno è completamente nudo – e mandò i bozzetti al papa per averne l'approvazione. Il pontefice gli rispose dicendo: "Per Bologna va bene".

Con i turisti autentici Francesca era leggermente più vivace di quanto non lo fosse con il turista Marco: la voce era più energica, il sorriso saliva più rapido alle labbra. Quel giorno aveva un paio di occhiali da vista molto eleganti che la facevano apparire più giovane di dieci anni. Nascosto dietro gli australiani, Marco rimase a lungo ad ascoltarla senza farsi vedere.

Lei spiegò che la Fontana del Nettuno è uno dei simboli cittadini più famosi, oltre che lo sfondo preferito per le foto. Spuntarono come per incanto le macchine fotografiche e a turno i turisti si misero in posa davanti al monumento. Marco riuscì a un certo punto ad avvicinarsi fino a incrociare lo sguardo di Francesca, che, vedendolo, sorrise istintivamente, rivolgendogli un "Buongiorno" sottovoce.

«Buongiorno. Le spiace se mi aggrego?» le chiese in inglese.

«No, certo. Mi scusi se dovuto cancellare la lezione.»

«Non c'è problema. Ceniamo insieme?»

Lei si guardò intorno come se avesse fatto qualcosa di male.

«Per studiare, naturalmente. Nient'altro» aggiunse Marco per tranquillizzarla.

«No, non posso.» Gli indicò un punto dall'altra parte della piazza, accanto alla basilica di San Petronio. «Vede quel piccolo bar all'angolo? Vediamoci lì alle cinque, potremo fare un'ora di studio.»

«Va bene.»

Il gruppo si spostò di pochi passi fino alla parete ovest del Palazzo Comunale, e Francesca si fermò davanti a tre grosse bacheche piene di foto in bianco e nero. Durante la Seconda guerra mondiale, spiegò ai turisti, Bologna e i suoi dintorni furono un centro nevralgico della Resistenza. I bolognesi odiavano Mussolini, i fascisti e gli occupanti tedeschi, e organizzarono clandestinamente molte azioni armate. La rappresaglia tedesca adottava la regola, tristemente famosa, in base alla quale per ogni soldato tedesco ucciso dai partigiani venivano giustiziati dieci italiani, e così in numerosi di massacri in città e in provincia trovarono la morte migliaia di giovani. Nomi e volti di questi italiani erano immortalati in quelle bacheche.

Era una parentesi triste nella visita della città e gli anziani turisti australiani si avvicinarono per guardare le foto. Si avvicinò anche Marco, colpito da quei giovani, dalla loro vita incompiuta, spezzata per un gesto di coraggio.

E mentre Francesca si allontanava con il suo gruppo lui rimase lì, per osservare i volti che coprivano gran parte della lunga parete. Erano centinaia, forse migliaia e tra loro spuntava qua e là anche qualche bel viso femminile. Fratelli. Padri e figli. Una famiglia intera.

Contadini pronti a morire per la loro patria e le loro idee. Patrioti fedeli che non avevano altro da offrire che la propria vita. Marco non era così, nossignore. Costretto a scegliere tra la fedeltà al suo paese e i soldi, Marco si era regolato come al solito: aveva scelto i soldi, voltando le spalle al suo paese.

Tutto per la gloria del denaro.

Lei lo aspettava dentro il bar, non aveva ordinato da bere ma ovviamente stava fumando. Secondo Marco la disponibilità della sua insegnante a fargli lezione a quell'ora era un'ulteriore prova del suo bisogno di lavorare.

«Le va di camminare?» gli chiese ancora prima di salutarlo.

«Naturalmente.» Prima di pranzo Marco aveva percorso diversi chilometri con Ermanno, e dopo pranzo aveva passeggiato di nuovo qualche ora prima di andare all'appuntamento. Per quel giorno aveva quindi camminato abbastanza, ma che cos'altro aveva da fare, tutto sommato? Dopo un mese passato a macinare quotidianamente lunghe distanze se non altro era in forma. «Dove andiamo?»

«Sarà una lunga passeggiata.»

Si incamminarono per le strade e i vicoli chiacchierando lentamente in italiano, discutendo della lezione del mattino con Ermanno. Lei gli parlò degli australiani, turisti sempre gradevoli e simpatici. Erano arrivati al margine del centro storico e stavano avvicinandosi a Porta Saragozza quando Marco capì qual era la loro meta.

«Stiamo salendo a San Luca» disse.

«Sì. L'aria è limpida, sarà una bella serata. Lei sta bene?»

I piedi gli dolevano da morire, ma lui non si sognava nemmeno di tirarsi indietro. «Andiamo.»

Da otto secoli il santuario dedicato a San Luca veglia sulla città dal Colle della Guardia, avamposto appenninico alto oltre trecento metri. Per arrivarci senza bagnarsi o scottarsi i bolognesi decisero di costruire ciò che sapevano fare meglio: i portici. A partire dal 1674, e andando avanti senza interruzioni per sessantacinque anni, realizzarono una serie di archi: 666 su un percorso che con i suoi 3,6 chilometri è il portico più lungo del mondo.

Marco quella storia l'aveva già letta, ma trovò molto più interessante apprenderne i particolari dalla viva voce di Francesca. Attaccarono la salita allo stesso passo ma, dopo un centinaio di archi, i polpacci di Marco cominciarono a implorare pietà mentre lei procedeva spedita e sembrava in grado di scalare una montagna. Lui attese che l'effetto di tutte quelle sigarette la rallentasse.

Per finanziare quel grandioso e dispendioso progetto Bologna impiegò la sua notevole ricchezza. E, in una rara dimostrazione di coesione tra le fazioni in lotta, ogni arco del porticato fu realizzato grazie alle donazioni provenienti da mercanti, artigiani, studenti, congregazioni religiose e famiglie nobili. Per lasciare una traccia della loro partecipazione, e quindi per assicurarsi l'immortalità, ciascuno ebbe l'autorizzazione di affiggere una targa di fronte al proprio arco. Ma con il passare del tempo molte di queste targhe sono scomparse.

Francesca decise di fare una sosta all'altezza del centosettantesimo arco, uno di quelli la cui targa era ancora al suo posto, la targa della "Madonna grassa". Lungo l'itinerario sorgevano quindici cappelle e loro fecero un'altra sosta tra l'ottava e la nona, all'altezza di un ponte che sormontava la strada. Dalle arcate si proiettavano lunghe ombre mentre i due affrontavano la parte più ripida della salita. «La sera è ben illuminato, per il viaggio di ritorno» lo rassicurò Francesca.

Marco non pensava al ritorno ma continuava a tenere lo sguardo rivolto in alto verso la chiesa, che a volte sembrava più vicina e altre volte dava l'impressione di allontanarsi di soppiatto. Adesso gli dolevano anche i muscoli delle cosce e i suoi passi diventavano sempre più pesanti.

Quando arrivarono al seicentosessantaseiesimo arco la splendida basilica si materializzò davanti ai loro occhi. Si stavano accendendo le luci mentre l'oscurità cominciava ad avvolgere le colline sopra Bologna e la cupola si abbelliva di tonalità dorate. «È chiusa, dovremo tornare un altro giorno» disse Francesca.

Durante la salita Marco aveva brevemente colto l'immagine di un pullman che scendeva. Se fosse tornato a San Luca unicamente per visitare la chiesa avrebbe preso quel pullman.

«Da questa parte» bisbigliò lei, facendogli segno.

La seguì su un sentiero ghiaioso alle spalle della chiesa fino a una piazzola, dove si fermarono ad abbracciare con lo sguardo la città sotto di loro. «Questo è il punto che preferisco» disse lei respirando a fondo, come se volesse riempirsi i polmoni con la bellezza della sua città.

«Viene qui spesso?»

«Diverse volte l'anno, di solito con qualche comitiva, ma i turisti prendono quasi sempre il pullman. A volte però, la domenica pomeriggio, mi godo l'arrampicata.»

«Da sola?»

«Da sola.»

«Possiamo andare a sederci da qualche parte?»

«Sì, nascosta lì dietro c'è una panchina, non la conosce nessuno.» Scesero di qualche passo, poi percorsero un sentiero sassoso fino a un'altra piazzola dalla quale si godeva una vista altrettanto spettacolare.

«Si sente le gambe stanche?» gli chiese la donna.

«No di certo» mentì lui.

Francesca si accese una sigaretta, godendosela come pochi

sarebbero stati in grado di fare. Rimasero per un po' in silenzio a riposare, a riflettere e a guardare le tremolanti luci di Bologna.

Marco finalmente parlò. «Luigi mi ha detto che suo marito è molto malato, mi dispiace.»

Lei lo guardò sorpresa, poi distolse lo sguardo. «Luigi mi aveva assicurato che le faccende personali non rientravano negli argomenti di conversazione.»

«Luigi le cambia, le regole. Di me che cosa le ha raccontato?»

«Io non gli ho chiesto niente. Lei è canadese, è in giro per il mondo e sta cercando di imparare l'italiano.»

«Lei ci crede?»

«Non molto.»

«Perché?»

«Perché lei sostiene di avere moglie e figli, però li abbandona per un lungo viaggio in Italia. E poi, se è un uomo d'affari in viaggio di piacere, che cosa c'entra Luigi? Ed Ermanno? Perché ha bisogno di quei due?»

«Domande giuste. Non ho moglie.»

«Quindi, è tutta una bugia.»

«Sì.»

«La verità qual è?»

«Non posso dirgliela.»

«Bene, non la voglio sapere.»

«Ha già abbastanza problemi, vero, Francesca?»

«I miei problemi non la riguardano.» Si accese un'altra sigaretta.

«Me ne offre una?»

«Lei fuma?»

«Tanti anni fa sì.» Ne tirò fuori una dal pacchetto e se l'accese. Le luci della città brillavano di più mentre la notte li assorbiva.

«Lei racconta a Luigi tutto quello che facciamo?» le chiese Marco.

«Gli dico molto poco.»

«Bene.»

20

L'ultima visita di Teddy alla Casa Bianca era in programma alle dieci del mattino. Lui aveva deciso di arrivare in ritardo e a questo scopo, a partire dalle sette, aveva avuto una serie di incontri con i componenti del gruppo che avrebbe dovuto gestire, anche se non ufficialmente, la transizione: gruppo composto dai suoi quattro vice e dai funzionari anziani. Nel corso di queste riunioni, svoltesi in un'atmosfera sempre serena, aveva informato coloro dei quali si fidava da anni che stava per lasciare l'agenzia, che ormai da tempo una simile evenienza si era rivelata inevitabile, che la CIA godeva di ottima salute e infine che la vita doveva andare avanti.

Chi lo conosceva bene notò nelle sue parole un tono di sollievo. Maynard, dopo tutto, si stava avvicinando agli ottanta e le sue leggendarie cattive condizioni di salute stavano visibilmente peggiorando.

Alle 8.45 in punto, mentre conferiva con il suo vice responsabile delle operazioni, William Lucat, convocò Julia Javier per la consueta riunione dedicata al caso Backman. Un caso importante, senza dubbio, ma che occupava un posto di metà classifica nella gerarchia delle priorità della CIA.

Strano, a pensarci, che a sancire l'uscita di scena di Teddy fosse un'operazione relativa a un ex lobbista caduto in disgrazia.

Julia andò a sedersi accanto a Hoby, sempre all'erta e impegnato a prendere appunti che nessuno avrebbe mai letto, ed entrò subito in argomento. «È ancora a Bologna, quindi volendo potremmo attivarci subito.»

«Pensavo che il piano prevedesse il suo trasferimento in un paese della provincia, dove fosse possibile tenerlo d'occhio più efficacemente.»

«Questo trasferimento dovrebbe avvenire tra qualche mese.»

«Non ce l'abbiamo qualche mese.» Teddy si rivolse a Lucat. «Che cosa succede se premiamo il pulsante adesso?»

«Funzionerà lo stesso. Bologna è una bella città dove la criminalità è praticamente inesistente. Di omicidi non ne vengono commessi quasi mai, quindi la sua morte farà scalpore se il cadavere sarà trovato là. Gli italiani non ci metteranno molto a scoprire che non si tratta di... Che nome gli abbiamo dato, Julia?»

«Marco» rispose Teddy senza bisogno di leggere gli appunti. «Marco Lazzeri.»

«Certo. Rimarranno lì a grattarsi la zucca chiedendosi chi sia veramente.»

«Non riusciranno a risalire alla sua vera identità» assicurò Julia. «Avranno a disposizione soltanto un cadavere e falsi documenti d'identità, ma nessun familiare, nessun amico, nessun indirizzo, nessun lavoro, niente di niente. Lo seppelliranno come un indigente e terranno la pratica aperta per un anno. Poi la chiuderanno.»

«Questo non è un problema nostro» osservò Teddy. «Non saremo noi a ucciderlo.»

«Giusto» confermò Lucat. «Farlo in città sarà un po' più complicato, ma a quello piace girare per le strade. Lo prenderanno, magari sarà investito da un'auto. Gli italiani guidano come pazzi, lo sapete.»

«Non sarà difficile, vero?»

«Non direi proprio.»

«E che possibilità abbiamo di sapere quando succederà?»

Lucat si grattò la barba e guardò Julia, seduta di fronte a lui. Lei mordicchiandosi un'unghia spostò lo sguardo su Hoby, intento a mescolare il tè verde con un bastoncino di plastica. Fu Lucat alla fine a rispondere. «Cinquanta per cento, secondo me, sulla scena del fatto. Noi lo terremo d'occhio ventiquattr'ore su ventiquattro e sette giorni la settimana, ma a farlo fuori sarà il meglio del meglio. E potrebbero non esserci testimoni.»

«Le occasioni migliori ci si presenteranno in un secondo tempo, qualche settimana dopo la sepoltura» intervenne ancora Julia. «Sul posto abbiamo gente in gamba, ascolteremo con attenzione. Ma penso che ne sentiremo parlare più avanti.»

«Come al solito» disse Lucat «quando non siamo noi a premere il grilletto c'è il rischio di non venire a sapere le cose con certezza.»

«Non possiamo fallire, sia chiaro. Sarà bello sapere che Backman è morto, sa Dio se se lo merita, ma l'obiettivo dell'operazione è quello di vedere chi sarà a ucciderlo.» Con le sue mani biancastre e rugose Teddy portò lentamente alle labbra un bicchiere di carta pieno di tè verde. Poi bevve rumorosamente, con rozzezza.

Forse era davvero l'ora che il vecchio sparisse dentro una casa di riposo.

«Sono abbastanza fiducioso» disse Lucat, e Hoby scrisse sul suo taccuino anche queste parole.

«Se facciamo trapelare adesso dove si trova, quanto rimarrà da vivere a Backman?» chiese Teddy.

Lucat si strinse nelle spalle e distolse lo sguardo, meditando. Julia si stava mordicchiando un'altra unghia. Fu lei a rispondere. «Dipende. Se a muoversi saranno gli israeliani, potrebbero farlo fuori entro una settimana. I cinesi di solito sono più lenti. Non escludo che i sauditi facciano ricorso a un agente free lance, ma potrebbero impiegare un mese per trovare la persona giusta e spedirla sul posto.»

«I russi potrebbero concludere in una settimana» fu la valutazione di Lucat.

«Quando succederà io non sarò più qui» osservò triste Teddy. «E nessuno da questa parte dell'Atlantico lo saprà mai. Promettetemi che mi darete un colpo di telefono.»

«Dobbiamo interpretare queste parole come un semaforo verde?» chiese Lucat.

«Sì, ma state attenti a come farete sapere dove si trova Backman. Tutti i cacciatori dovranno avere le stesse probabilità di trovare la loro preda.»

Si congedarono definitivamente da Teddy e uscirono dal suo ufficio. Alle nove e mezzo Hoby spinse la sedia a rotelle nel corridoio e la fece entrare in un ascensore. Scesero otto piani fermandosi nel garage sotterraneo, dove i furgoni bianchi a prova di proiettile aspettavano il direttore della CIA per la sua ultima visita alla Casa Bianca.

La riunione nello Studio Ovale fu di breve durata. Ebbe inizio pochi minuti dopo le dieci, mentre Dan Sandberg sedeva alla sua scrivania al "Post". Ed era ancora seduto lì venti minuti dopo, quando gli arrivò la telefonata di Rusty Lowell: «È fatta».

«Che cos'è successo?» chiese il giornalista, che aveva già cominciato a premere qualche tasto sul computer.

«Tutto secondo copione. Il presidente ha voluto sapere di Backman, ma Teddy non ha ceduto, il presidente allora gli ha ricordato il proprio diritto di sapere tutto. Teddy, a questo punto, pur riconoscendo questo diritto, si è detto certo che quel tipo di informazione sarebbe stata sfruttata a fini politici e che in ogni caso rivelandola si sarebbe compromessa una delicata operazione. C'è stata una breve discussione e alla fine Teddy è stato licenziato. Proprio come ti avevo detto.»

«Accidenti.»

«La Casa Bianca darà l'annuncio tra cinque minuti, ti conviene accendere il televisore.»

L'iter come al solito si mise subito in movimento. Il portavoce presidenziale annunciò con espressione cupa che il presidente aveva deciso "di imprimere una nuova spinta alle nostre operazioni d'intelligence", aveva lodato la leggendaria leadership del direttore Maynard e sembrava sinceramente rattristato al pensiero di dovergli trovare un successore.

La prima domanda, proveniente dalla prima fila, fu quella di un giornalista che voleva sapere se si era trattato di dimissioni o di licenziamento.

«Il presidente e il direttore Maynard hanno raggiunto una comune intesa.»

«Che cosa significa?»

«Esattamente ciò che ho detto.»

L'incontro con la stampa proseguì su questo tono per mezz'ora.

Con il suo articolo in prima pagina, la mattina dopo, Sandberg divulgò due notizie bomba. Il pezzo cominciava con la definitiva conferma che Maynard era stato licenziato per essersi rifiutato di divulgare una delicata notizia che, a suo parere, sarebbe stata usata per sporche finalità politiche. Niente dimissioni, quindi, nessuna "comune intesa". Era stato un licenziamento in piena regola. La seconda notizia bomba era quella con cui si informavano i lettori che l'insistenza del presidente per ottenere certe informazioni andava direttamente collegata a una nuova indagine dell'FBI sulla compravendita dei provvedimenti di grazia. Lo scandalo "grazia in cambio di soldi" era rimasto un semplice mormorio in sottofondo fino allo scoop di Sandberg, uno scoop che praticamente bloccò il traffico sull'Arlington Memorial Bridge.

Sandberg stava oziando in sala stampa godendosi il colpaccio quando il suo cellulare squillò. «Chiamami da un telefono fisso, subito» gli impose Rusty Lowell saltando i preliminari. Il cronista si chiuse in un ufficio e formò il numero di Lowell a Langley.

«Hanno appena licenziato Lucat» gli disse l'informatore. «Il presidente lo aveva ricevuto questa mattina alle otto nello Studio Ovale, chiedendogli di assumere l'interim della CIA e lui aveva accettato. Poi hanno discusso per un'ora, il presidente ha insistito per avere quelle notizie su Backman, Lucat non ha ceduto e alla fine è stato licenziato come Teddy.»

«Che diavolo, era alla CIA da una vita!»

«Trentotto anni, per l'esattezza. Ed era uno dei migliori, un grande amministratore.»

«Ora a chi toccherà?»

«Domanda intelligente. Qui tutti hanno paura di sentir bussare alla porta.»

«Ma qualcuno deve pur mandare avanti l'agenzia.»

«Conosci Susan Penn?»

«No, so chi è ma non l'ho mai conosciuta.»

«Vicedirettore con delega a scienza e tecnologia, fedelissima di Teddy. Lo siamo tutti, a dire il vero, ma lei è una sopravvissuta. In questo momento si trova nello Studio Ovale e se il presidente le offrirà l'interim lei accetterà. Ma dovrà dare quelle informazioni su Backman.»

«Stiamo parlando del presidente, Rusty, ha il diritto di sapere tutto.»

«Naturalmente, è anche una questione di principio e lo capisco: è appena entrato in carica e vuole mostrare i muscoli. Di questo passo ci licenzierà tutti, se non otterrà ciò che cerca. Ho detto a Susan Penn di accettare l'incarico e porre fine a questa emorragia.»

«Quindi, l'FBI potrebbe quanto prima avere quelle informazioni su Backman?»

«Oggi, secondo me. E non so bene che cosa faranno appena sapranno dove si trova. Tra qualche settimana potrebbe esserci un'incriminazione e in tal modo fotteranno la nostra operazione.»

«Dov'è Backman?»

«Non lo so.»

«Andiamo, Rusty, la situazione ormai è cambiata.»

«La risposta è no, fine delle trasmissioni. Ti terrò informato sull'andamento del salasso.»

Un'ora dopo, il portavoce della Casa Bianca convocò una conferenza stampa annunciando la nomina di Susan Penn a direttore ad interim della CIA. E sottolineò come fosse la prima volta che una donna raggiungeva quella posizione, come ulteriore conferma della determinazione del presidente a operare nella maniera più efficace per la causa delle pari opportunità.

Luigi se ne stava seduto sul bordo del letto, tutto solo e interamente vestito, in attesa del segnale dall'appartamento accanto. E il segnale arrivò quattordici minuti dopo le sei, Marco era ormai diventato un animale abitudinario. Luigi andò allora alla stanza dei monitor a spegnere il cicalino che annunziava l'uscita da casa del suo vicino. Un computer registrò l'ora esatta e pochi secondi dopo qualcuno a Langley seppe che Marco Lazzeri era appena uscito dalla casa sicura di via Fondazza esattamente alle 6.14 ora italiana.

Da qualche giorno, ogni volta che Simona rimaneva a dormire da lui, Luigi non seguiva più Marco. Quella mattina fece passare qualche secondo, poi uscì dalla porta sul retro, superò un vicolo e scrutò le ombre degli archi di via Fondazza. Marco era a sinistra rispetto a lui e camminava con il suo solito passo spedito, che con il passare dei giorni si stava facendo sempre più veloce. Aveva almeno venti anni più di lui, Marco, ma grazie alla sua passione per le lunghe camminate era molto più in forma. Inoltre non fumava, non beveva, non sembrava interessato alle donne e alla vita notturna e aveva trascorso gli ultimi sei anni dentro una cella. Normale quindi che riuscisse a passare lunghe ore in giro per le strade senza fare niente.

Portava ai piedi ogni giorno gli stessi scarponcini che si era comprato, e sui quali Luigi non era riuscito a mettere le mani per nascondervi una microspia che segnalasse in ogni momento la sua posizione. La cosa preoccupava Whitaker a Milano, ma quello si preoccupava di tutto. Luigi invece era certo che Marco non sarebbe uscito dalla città, anche se avesse camminato per cento chilometri. Poteva sparire per un po', andare a esplorare una nuova zona o visitare un nuovo museo, ma lo si ritrovava sempre.

Marco svoltò in via Santo Stefano, una delle strade principali che dall'estremità sudorientale del centro storico arrivava nei pressi di piazza Maggiore. Luigi attraversò la strada e lo seguì dal marciapiede di fronte. Praticamente correndo, chiamò via radio Zellman, uno nuovo mandato da Whitaker per infittire la rete di controllo. Zellman aspettava in Strada Maggiore, un'altra arteria piena di traffico tra la casa sicura e l'università.

L'arrivo di Zellman era la prova che il piano stava avendo un nuovo impulso. Luigi ne conosceva ormai quasi tutti i particolari ed era piuttosto rattristato al pensiero che Marco aveva i giorni contati. Non sapeva bene chi l'avrebbe fatto fuori e aveva l'impressione che non lo sapesse nemmeno Whitaker.

Luigi pregava che l'incarico di eliminare il suo sorvegliato non fosse affidato a lui. Aveva già ucciso altri due uomini e preferiva evitare certe situazioni. E, a parte questo, Marco gli piaceva.

Prima che Zellman potesse dare il cambio a Luigi, Marco era scomparso. Luigi si fermò, poi si nascose in un androne, nel caso che anche Marco si fosse fermato.

L'aveva udito alle sue spalle, aveva il passo e il respiro un po' troppo pesanti. Svoltò quindi all'improvviso in una stradina alla sua sinistra, via Castellata, corse per una cinquantina di metri per poi svoltare nuovamente a sinistra in via de' Chiari e proseguire per piazza Cavour. Il centro storico ormai lo co-

nosceva bene: viali, stradine, vicoli ciechi, incroci, il labirinto
infinito delle viuzze tortuose, il nome di ogni piazza e moltis-
simi negozi e botteghe. Sapeva quale tabaccheria apriva alle
sei e quale alle sette. Conosceva cinque bar che erano già affollati all'alba, anche se quasi tutti aprivano a giorno fatto. Sapeva dove andare a sedersi con un giornale dietro la vetrata
d'ingresso, a osservare il marciapiede in attesa che arrivasse
Luigi per andare in giro.

Poteva seminarlo ogni volta che voleva, anche se di solito
stava al gioco e lasciava che lo seguisse senza complicargli le
cose. Ma il fatto di essere tenuto d'occhio con quella assiduità
era fin troppo significativo.

Non vogliono che scompaia, continuava a ripetersi. E perché? Perché mi trovo qui per un preciso motivo.

Si mosse in direzione ovest, allontanandosi dal punto dove
Luigi immaginava si trovasse. Dopo quasi un'ora di zigzag fra
stradine e vicoli sbucò in via Irnerio, dove si fermò a osservare
il traffico pedonale. Il Bar Fontana era lì di fronte e non c'era
nessuno a tenerlo d'occhio.

Rudolph si era seduto a un tavolino in fondo al locale, con il
capo sepolto dentro il giornale dal quale saliva pigramente il
fumo azzurrino della pipa. Non si vedevano da dieci giorni e,
dopo i consueti calorosi saluti, il docente gli chiese se era poi
andato a Venezia.

Sì, rispose Marco, è stata una bellissima gita, e snocciolò
tutti i nomi che aveva imparato a memoria sulla guida. Andò
in estasi descrivendo la bellezza dei canali, l'incredibile va-
rietà di ponti, le orde opprimenti dei turisti. Un posto favolo-
so, non vedeva l'ora di tornarci. Rudolph intervenne con alcuni ricordi personali e Marco descrisse la chiesa di San Marco
come se ci avesse passato dentro una settimana.

E ora dove andrà? gli chiese ancora Rudolph. Probabilmente
a sud, verso climi più caldi. Forse in Sicilia, o sulla costiera
amalfitana. Rudolph, ovviamente, adorava la Sicilia e gli parlò
delle sue numerose visite sull'isola. Dopo mezz'ora di racconti,
Marco entrò finalmente in argomento. «Viaggio tanto che non
ho un indirizzo stabile. Un mio amico doveva spedirmi un
pacco dall'America e gli ho dato il suo recapito in facoltà. Spero che non le dispiaccia.»

Rudolph stava riaccendendo la pipa. «È già arrivato. Ieri» disse, emettendo contemporaneamente dense nuvolette di fumo.

Marco trasalì. «C'era l'indirizzo del mittente?»

«Sì, un posto in Virginia.»

«Bene.» All'improvviso si sentì la bocca secca. Bevve un bicchiere d'acqua per cercare di nascondere l'entusiasmo. «Spero di non averle creato problemi.»

«Assolutamente no.»

«Passerò più tardi a ritirarlo.»

«Mi trova in ufficio dalle undici a mezzogiorno e mezzo.»

«Bene, grazie.» Altro sorso d'acqua. «Solo per curiosità, quanto è grande questo pacco?»

Rudolph mordicchiò il cannello della pipa. «Come una piccola scatola di sigari, direi.»

A metà mattina aveva cominciato a cadere una pioggia fredda. Marco ed Ermanno, che in quel momento stavano attraversando il quartiere universitario, si erano rifugiati per la loro lezione in un baretto tranquillo. Ma avevano terminato in anticipo, soprattutto dietro le pressanti richieste dell'allievo; ed Ermanno, se era possibile chiudere prima dell'orario previsto, non si tirava mai indietro.

Dal momento che Luigi non aveva prenotato un ristorante per pranzare insieme, Marco poté mettersi come al solito a girovagare, presumibilmente senza essere seguito. Ma adottò comunque le consuete precauzioni, fece mille deviazioni e giri tortuosi sentendosi come ogni volta un idiota. Ma, idiota o meno, non poteva non seguire quella procedura. Tornato in via Zamboni si accodò a un gruppo di studenti che se ne andavano a zonzo. Arrivato davanti al portone della facoltà di giurisprudenza entrò, salì di corsa le scale e pochi secondi dopo bussò alla porta semiaperta di Rudolph.

Il docente stava pestando i tasti della sua macchina per scrivere antidiluviana, impegnato apparentemente in una lettera personale. «È lassù» disse, indicando una montagna di carte che coprivano un tavolo che da anni non veniva messo in ordine. «È quel pacchetto marrone in cima.»

Marco lo prese fingendosi quasi disinteressato. «Grazie ancora, Rudolph» gli disse, ma lui si era rimesso a scrivere a macchina e non sembrava disposto a socializzare, essendo stato chiaramente interrotto.

«Prego» rispose senza voltarsi, emettendo una nuvola di fumo dalla pipa.

«C'è un bagno da queste parti?»

«In fondo al corridoio, a sinistra.»

«Grazie, ci vediamo.»

Il bagno, preistorico, aveva tre cabine di legno. Marco entrò nell'ultima, chiuse a chiave, abbassò la tavoletta e si sedette. Poi aprì lentamente il pacco e quindi i fogli piegati in due. Il primo era senza alcun tipo d'intestazione, e quando lesse le parole "Caro Marco" si mise quasi a piangere.

5 marzo

Caro Marco,

inutile dirti quale è stata la mia emozione nell'avere tue notizie. Ho ringraziato Dio quando sei uscito di prigione e prego ora per la tua incolumità. Sai bene che farò di tutto per aiutarti.

Ti mando questo cellulare ultimissimo modello con mille funzioni. Gli europei sono più avanti di noi in fatto di telefonia mobile e tecnologia Internet, per cui non dovresti avere problemi di compatibilità. Su un altro foglio ti ho scritto alcune istruzioni, lo so che quello che leggerai ti sembrerà turco, ma ti assicuro che è più semplice di quanto possa apparire.

Non tentare di telefonarmi, saresti localizzato immediatamente, e a parte questo dovresti usare un nome e aprire un account. Quello dell'e-mail è il sistema migliore. Usando KwyteMail in codice è impossibile che i nostri messaggi possano venire intercettati. Ti consiglio quindi di usare l'e-mail soltanto con me, all'eventuale diffusione a terze persone provvederò poi io.

A questo scopo ho preso un nuovo computer portatile che terrò sempre con me.

Funzionerà, Marco, abbi fiducia in me. Appena potrai connetterti online, mandami un'e-mail e ci faremo una chiacchierata.

Buona fortuna, Grinch

Grinch? Doveva essere un nome in codice, il figlio non aveva usato i loro veri nomi.

Marco si mise a osservare la linea elegante di quel cellulare, deciso a tutti i costi a farlo funzionare ma al tempo stesso assolutamente perplesso. Poi ne ispezionò la custodia, trovò i soldi e si mise a contarli come se fossero oro. La porta della toilette si aprì e si richiuse, qualcuno stava usando l'orinatoio. Marco trattenne il fiato, imponendosi di rilassarsi.

Poi la toilette tornò a essere deserta. La pagina di istruzioni era scritta a mano, evidentemente in un momento in cui Neal non aveva molto tempo a disposizione.

Telefono cellulare Ankyo 850 PC Pocket smartphone, batteria carica e caricatore accluso, sei ore di conversazione prima della ricarica. Ecco la sequenza della procedura che dovrai seguire:

1) Trovare un Internet Caffè, o un'altra postazione, con connessione wireless (l'elenco è accluso);

2) Entrare oppure fermarsi a una sessantina di metri di distanza;

3) Accendere il cellulare, il pulsante è in alto a destra;

4) Sul display apparirà "Access Area" e poi la richiesta "Access Now?". Premere "Yes" sotto il display e attendere;

5) Spingere in basso a destra e liberare la tastiera;

6) Premere sul display la casella "Wi-Fi Access";

7) Premere "Start" per collegarsi a Internet;

8) Puntare il cursore e digitare "www.kwytemail.com";

9) Digitare lo user name "Grinch456";

10) Digitare la password "post hoc ergo propter hoc";

11) Premere il pulsante "Compose" per far apparire lo spazio del nuovo messaggio;

12) Selezionare il mio indirizzo e-mail: 123grinch@ kwytemail.com;

13) Digitare il messaggio;

14) Cliccare su "Encrypt Message" per cifrarlo;

15) Cliccare su "Send";

16) Tombola! Il messaggio mi è arrivato.

Sul retro c'erano altre istruzioni, ma Marco aveva bisogno di una pausa. Il cellulare sembrava farsi sempre più pesante con il passare dei minuti, perché le domande che poneva erano di più delle risposte che dava. Uno come lui, che non aveva mai messo piede in un Internet Caffè, non riusciva a capire come fosse possibile servirsene dal marciapiede di fronte o da sessanta metri di distanza.

Il flusso delle e-mail era stato di regola gestito dalle sue segretarie. Lui era sempre troppo occupato per trovare il tempo di sedersi davanti a un monitor.

C'era un libretto di istruzioni, aprì una pagina a caso, lesse qualche riga e non capì nemmeno una parola. Abbi fiducia in Neal, si disse.

Non hai scelta, Marco. Devi far funzionare questo maledetto aggeggio.

Da un sito web chiamato www.AxEss.com suo figlio aveva stampato un elenco di postazioni Internet a Bologna, sette in tutto: in tre bar, due alberghi, una biblioteca e una libreria.

Marco piegò le banconote, se le infilò in tasca e poi lentamente richiuse il pacchetto. Quindi si alzò, fece scorrere l'acqua e uscì dal gabinetto. Telefono, carte e il piccolo caricabatterie sparirono senza sforzo nelle capaci tasche del parka.

Quando uscì dalla facoltà di Giurisprudenza la pioggia era diventata neve, ma grazie ai portici non si bagnò. E mentre si allontanava dalla città universitaria cominciò a chiedersi dove nascondere quei beni preziosi inviatigli dal figlio. Il telefono l'avrebbe portato sempre addosso, e anche i dollari. Ma la lettera, le istruzioni, il manuale: dove poteva nasconderli? A casa era assolutamente impensabile. Nella vetrina di un negozio vide una bella borsa da spalla, ed entrò a chiedere. Era un portacomputer di colore blu, impermeabile, di una fibra sintetica che la commessa non riuscì a tradurre. Costava sessanta euro, dai quali Marco si separò controvoglia, poi infilò nella borsa il cellulare e tutto il resto e uscì in strada, dove si mise la borsa a tracolla tenendola premuta sotto il braccio destro.

Quella borsa significava per Marco Lazzeri la libertà, e lui l'avrebbe difesa a costo della vita.

Trovò la libreria in via Ugo Bassi. Le riviste erano al secondo piano, lui rimase cinque minuti davanti agli scaffali sfogliando un settimanale sportivo e tenendo d'occhio l'entrata per individuare eventuali facce sospette. Un comportamento da sciocchi, forse, ma ormai per lui era diventata un'abitudine. La postazione Internet era in un piccolo bar al terzo piano. Lui si comprò una pasta e una Coca-Cola e poi si trovò una piccola cabina dalla quale poteva controllare il viavai.

Nessuno avrebbe potuto trovarlo lì.

Estrasse il suo Ankyo 850 armandosi di tutta la fiducia possibile e sfogliò il manuale, poi lesse di nuovo le istruzioni di Neal. Le seguì nervosamente, premendo con entrambi i pollici i pulsantini della tastiera come da illustrazioni sul manuale. E, dopo avere effettuato tutti i passaggi elencatigli dal figlio, alzò il capo per controllare i movimenti intorno a lui.

La procedura funzionò alla perfezione. Entrò subito online, con suo enorme stupore, e quando i codici si rivelarono quelli giusti si trovò sul display l'OK per scrivere un messaggio. Allora, muovendo lentamente i pollici, scrisse la sua prima e-mail senza fili.

> Grinch, il pacchetto è arrivato e non puoi capire che cosa significhi per me. Grazie per l'aiuto. Sei certo che i nostri messaggi non possono essere intercettati? In tal caso ti darò particolari sulla mia situazione. Temo di non essere al sicuro. Ora da te sono le 8.30 del mattino. Ti invio questo messaggio e tornerò a connettermi fra qualche ora. Con affetto, Marco

Dopodiché spense il cellulare e rimase un'ora a leggere attentamente il manuale. Prima di andare all'appuntamento con Francesca, però, lo riaccese e seguì le istruzioni per entrare in rete. Si collegò a Google e poi digitò "Washington Post" sulla casella di ricerca. La sua attenzione fu subito attirata dall'articolo di Sandberg, e Marco lo lesse facendo scorrere le righe sul piccolo schermo.

Non aveva mai incontrato Teddy Maynard, però si erano parlati diverse volte al telefono e le loro conversazioni erano state piuttosto animate. Ma quell'uomo era praticamente morto da dieci anni. Nell'altra sua vita in più di una circostanza Joel era entrato in rotta di collisione con la CIA, spesso a proposito di qualche fregatura che uno dei suoi clienti appaltatori della Difesa voleva rifilare al governo.

Marco finalmente uscì, guardò la strada in su e in giù senza vedere nulla di insolito e si avviò per una nuova, lunga camminata.

Provvedimenti di grazia venduti? Una notizia sensazionale, ma non gli riusciva di credere che un presidente uscente potesse prendere bustarelle del genere. Nei giorni della sua spettacolosa caduta Joel aveva letto troppe cose sul suo conto, e neppure la metà corrispondeva al vero. Aveva imparato a sue spese a non fidarsi di ciò che leggeva.

21

Un agente di nome Efraim entrò in un edificio anonimo, indefinibile e senza numero civico di Pinsker Street, nel centro di Tel Aviv, e passò davanti all'ascensore percorrendo poi un corridoio che terminava davanti a una porta chiusa, senza maniglia o pomello. Allora estrasse di tasca un congegno simile a un piccolo telecomando e lo puntò contro la porta. Si udì lo scatto metallico di robusti cilindri che rientravano nei loro alloggiamenti, poi un secco *clic* e infine la porta si aprì, rivelando l'interno di una delle tante case sicure gestite dal Mossad, il servizio segreto israeliano. Aveva quattro vani, due camere con le brandine dove dormivano Efraim e i suoi tre colleghi, un cucinotto dove preparavano i loro pasti frugali e infine l'ampia e disordinata stanza dove passavano ogni giorno ore e ore per mettere a punto un'operazione che era rimasta "in sonno" per sei anni, ma che da qualche giorno si era trasformata in una delle più delicate priorità del Mossad.

I quattro erano membri del *kidon*, una piccola cellula di agenti altamente qualificati il cui compito principale era l'assassinio: veloce, efficace e silenzioso. Loro obiettivi erano i nemici d'Israele che non potevano essere processati per mancanza di giurisdizione. Molti di questi obiettivi si trovavano nei paesi arabi e islamici, ma gli agenti del *kidon* venivano impiegati spesso nei paesi dell'ex Unione Sovietica, in Europa, in Asia e perfino nella Corea del Nord e negli Stati Uniti. Non conoscevano limiti o restrizioni di sorta, nulla che potesse impedire loro di eliminare chi intendeva distruggere Israele. Una volta che un obiettivo era stato autorizzato per iscritto dal primo ministro in carica si passava alla fase di pianificazione, si organizzava l'unità per quell'incarico e il nemico d'Israele poteva considerarsi spacciato. Di solito ottenere questa autorizzazione dal vertice non presentava grandi difficoltà.

Efraim depose un vassoio di paste su uno dei tavolini pieghevoli sul quale Rafi e Shaul facevano il loro lavoro di ricerca. In un angolo della stanza Amos stava studiando sul computer una carta stradale di Bologna.

Molto del loro materiale di ricerca era datato, comprendeva cioè pagine e pagine di precedenti sul conto di Backman raccolte anni prima. Si sapeva tutto della sua caotica vita personale: le tre ex mogli, i tre figli, gli ex soci, le amichette, i clienti, i vecchi amici dei centri di potere di Washington sui quali non poteva più contare. Questo materiale era stato messo insieme in fretta e furia sei anni prima da un altro *kidon*, quando per la prima volta era stata autorizzata l'uccisione di Backman. Ma un piano preliminare che prevedeva la sua uccisione a Washington in un incidente stradale era stato accantonato dopo la confessione del Broker e la sua immediata reclusione. Nemmeno un *kidon* avrebbe potuto raggiungerlo nel carcere di sicurezza di Rudley.

Il materiale su di lui adesso aveva una sua importanza solo in funzione del figlio. Da quando sette settimane prima il Broker aveva ottenuto a sorpresa la grazia ed era scomparso, il Mossad aveva assegnato due agenti alla sorveglianza di Neal Backman. E questi agenti venivano sostituiti a rotazione ogni tre o quattro giorni per non destare sospetti a Culpeper; le cittadine con i vicini di casa curiosi e i poliziotti annoiati presentavano infatti seri rischi. Un'agente, una bella donna dall'accento tedesco, aveva scambiato due parole con Neal sulla Main Street; l'aveva fermato spacciandosi per una turista e chiedendogli indicazioni per andare a Montpelier, dove sorgeva la casa del presidente James Madison. Aveva civettato con lui, o almeno aveva fatto del suo meglio, ed era disposta a spingersi ben più in là, ma Neal non aveva abboccato. Gli avevano piazzato microspie in casa e in ufficio, ascoltando le sue telefonate. Da un centro specializzato di Tel Aviv avevano letto tutte le e-mail del suo ufficio e anche quelle partite da casa. Avevano seguito attentamente le operazioni sul suo conto in banca e gli acquisti effettuati con la carta di credito. Sapevano di una rapida puntata di Neal sei giorni prima ad Alexandria, ma ne ignoravano il motivo.

Tenevano d'occhio anche la madre di Backman, a Oakland, ma quella povera vecchia si stava spegnendo giorno dopo giorno. Avevano preso in considerazione per anni l'idea di somministrarle una di quelle pillole velenose in dotazione al loro stupefacente arsenale, per poi tendere un agguato al figlio prima o dopo il funerale. Ma le norme che regolavano le uccisioni da parte dei *kidon* vietavano di fare vittime tra i familiari dell'obiettivo, a meno che anche loro non fossero coinvolti nella minaccia alla sicurezza nazionale.

L'idea, però, era ancora in piedi, e Amos ne era uno dei più convinti assertori.

Volevano Backman morto, ma volevano anche che rimanesse vivo per qualche ora prima di tirare le cuoia. Avevano bisogno di parlare con lui, fargli certe domande, e se le risposte non fossero venute avrebbero saputo come convincerlo. Tutti parlavano, se il Mossad voleva delle risposte.

«Abbiamo trovato sei agenti che parlano italiano» disse Efraim. «Con due di loro faremo una riunione qui alle tre di oggi pomeriggio.» Nessuno del loro gruppo parlava italiano, ma tutti conoscevano alla perfezione l'inglese e l'arabo. E fra tutti e quattro parlavano altre otto lingue.

Ognuno di loro aveva esperienza di prima linea e un'approfondita conoscenza informatica, oltre a disporre di una particolare abilità nel superare le frontiere (con o senza documenti), condurre gli interrogatori, camuffarsi e contraffare. E sapevano uccidere a sangue freddo senza un'ombra di rimorso. L'età media era di trentaquattro anni e ciascuno aveva già partecipato ad almeno cinque omicidi messi a segno da una cellula *kidon*.

L'organico del loro *kidon* in versione operativa era di dodici elementi. Quattro compivano materialmente l'omicidio mentre gli altri otto provvedevano alla copertura, alla sorveglianza e al supporto tattico, oltre a cancellare le loro tracce prima di tornare in patria.

«Abbiamo un indirizzo?» chiese Amos sollevando gli occhi dal computer.

«No, non ancora» gli rispose Efraim. «E non so nemmeno se l'avremo mai. Dovrebbe darcelo il controspionaggio.»

«A Bologna abita mezzo milione di persone» disse ancora Amos, come parlando a se stesso.

«Quattrocentomila» lo corresse Shaul. «Centomila dei quali sono studenti.»

«Ci serve una sua foto» disse Efraim, e gli altri tre sollevarono lo sguardo su di lui. «Ce n'è in giro una recente, scattata dopo la scarcerazione. E forse non è impossibile averne una copia.»

«Certo sarebbe un bell'aiuto» fu il commento di Rafi.

Possedevano centinaia di vecchie foto di Joel Backman. Avevano studiato ogni centimetro quadrato del suo viso, ogni ruga, ogni venuzza degli occhi, ogni ciocca di capelli. Avevano contato i denti e disponevano della sua cartella odontoiatrica. Gli specialisti al lavoro in quell'edificio dall'altra parte della città che ospitava l'Istituto centrale per l'intelligence e le operazioni speciali dello Stato di Israele, meglio noto come Mossad, avevano realizzato eccellenti immagini al computer dei prevedibili lineamenti di Joel Backman oggi, cioè sei anni dopo essere stato visto per l'ultima volta. Esisteva una serie di proiezioni digitali di un Backman di cento chili, come era all'epoca della sua entrata in carcere, e di un Backman di settantatré chili, come si diceva pesasse attualmente. Avevano lavorato sui capelli, lasciandoli com'erano e prevedendo come sarebbero stati all'età di cinquantadue anni. Li avevano fatti diventare neri, rossi, castani. Li avevano tagliati e allungati. Gli avevano messo sul viso diverse paia di occhiali e anche una barba, prima scura e poi grigia.

Ma si erano dedicati soprattutto agli occhi, li avevano studiati a lungo.

Amos era il più anziano di quella unità, anche se Efraim ne era il capo. Si era occupato di Backman per la prima volta nel 1998, quando il Mossad aveva cominciato a udire certe voci su quel software JAM che un potente lobbista di Washington stava cercando di piazzare al migliore offerente. Tramite l'ambasciatore israeliano negli Stati Uniti si erano messi alla caccia di JAM e pensavano a un certo punto di essere sul punto di concludere l'affare, ma poi si erano visti respingere da Backman e

Jacy Hubbard, che avevano portato la loro mercanzia a un altro acquirente.

Il prezzo di vendita non fu mai reso noto e l'affare non fu mai concluso. Dei soldi cambiarono effettivamente mano ma, per qualche motivo, Backman non consegnò mai il suo prodotto.

Dove si trovava, ora, questo prodotto? E, soprattutto, era mai esistito veramente?

Solo Backman lo sapeva.

La stasi di sei anni nella caccia a Backman aveva permesso ad Amos di riempire certi vuoti. Come i suoi superiori anche lui riteneva che il cosiddetto sistema satellitare Neptune fosse una creatura dei cinesi; che i cinesi avevano speso una bella fetta delle loro riserve nazionali per realizzarlo; che per farlo avevano rubato agli americani della preziosissima tecnologia; che erano riusciti brillantemente a mascherare il lancio del sistema, facendo fessi i satelliti americani, russi e israeliani; e che però, alla fine, non erano stati in grado di riprogrammare il sistema per neutralizzare il software di JAM. Neptune senza JAM era inutilizzabile e i cinesi avrebbero dato via la Grande Muraglia pur di mettere le mani su JAM e su Backman.

Amos e il Mossad ritenevano inoltre che Faruq Khan, l'unico sopravvvissuto del terzetto iniziale e principale creatore del software, fosse stato localizzato ed eliminato dai cinesi otto mesi prima. Il Mossad era infatti sulle sue tracce quando il tecnico pachistano era improvvisamente scomparso.

Secondo Israele, gli americani non avevano ancora stabilito con certezza chi fosse l'autore di Neptune, e questo vuoto d'intelligence era per loro motivo di continuo e crescente disagio. I satelliti americani avevano dominato i cieli per quarant'anni ed erano talmente perfezionati da vedere attraverso le nubi, individuare una mitragliatrice sotto una tenda, intercettare un trasferimento bancario da parte di un trafficante di droga, ascoltare una conversazione all'interno di un edificio e trovare il petrolio sotto il deserto mediante le immagini a infrarossi. Erano insomma tecnologicamente di gran lunga superiori a tutto ciò che i russi avevano messo in orbita. E sembrava quindi inconcepibile che, all'insaputa della CIA e del Pentagono, potesse essere progettato, costruito, lanciato o in ogni caso reso operativo un altro sistema di livello uguale o superiore.

I satelliti israeliani erano molto validi, ma non certo all'altezza di quelli americani. E ora, invece, la comunità internazionale dell'intelligence aveva la sensazione che Neptune fosse tecnologicamente più avanzato di tutto quanto gli americani avevano fino ad allora lanciato.

Si trattava solo di ipotesi ancora non corroborate da sufficienti conferme. L'unica copia esistente di JAM era stata nascosta e i suoi creatori erano morti.

Amos seguiva l'affare Backman da quasi sette anni, era eccitato all'idea di poter contare su un nuovo *kidon* e stava preparando in fretta dei piani. Di tempo ce n'era poco. I cinesi avrebbero fatto saltare in aria mezza Italia se ci fosse stata la certezza di trovare sotto le macerie il cadavere di Backman. Anche gli americani avrebbero potuto fare un tentativo. Sul loro territorio nazionale il Broker era tutelato dalla Costituzione, con tutte le sue varie forme di garanzia; la legge prevedeva che fosse trattato correttamente, messo in carcere e protetto ventiquattr'ore su ventiquattro. Ma dall'altra parte del mondo la caccia a quel tipo di selvaggina era consentita.

Kidon era stato impiegato per neutralizzare certi israeliani cocciuti e indocili, ma mai in patria. Gli americani avrebbero fatto lo stesso.

Neal Backman teneva il suo nuovo computer portatile ultrapiatto nella vecchia borsa malandata che l'accompagnava da casa all'ufficio e dall'ufficio a casa. Lisa non se n'era mai accorta perché lui non l'aveva mai tirato fuori, ma lo teneva sempre a portata di mano.

Modificò leggermente le sue abitudini mattutine. Aveva acquistato una tessera di Jerry's Java, una nuova catena di caffetterie che cercava di attirare i clienti con caffè esotici, giornali e riviste gratuite e l'accesso wireless a Internet. La caffetteria di Culpeper, una di quelle dove si può ordinare restando seduti in auto, occupava i locali di una vecchia rosticceria messicana alla periferia della città e chiusa da tempo; era stata ravvivata con un arredamento particolarmente eccentrico e in due mesi di attività aveva fatto registrare un boom di clienti.

In fila prima di lui c'erano altre tre auto. Neal teneva il computer sulle ginocchia, sotto il volante. Alla ragazza che venne a prendere la sua ordinazione chiese un caffè doppio, senza panna, e aspettando che le auto davanti alla sua avanzassero lentamente si diede da fare con il computer. Una volta online andò su KwyteMail, digitò il suo user name, "Grinch123", e la password "post hoc ergo propter hoc". E pochi secondi dopo eccolo lì: il primo messaggio di suo padre.

Trattenne il fiato leggendolo, poi espirò e fece avanzare l'auto di qualche metro. Aveva funzionato! Il suo vecchio aveva capito le istruzioni!

Allora digitò velocemente:

Marco, i nostri messaggi non possono essere intercettati. Puoi scrivere ciò che vuoi, ma è sempre meglio dire il meno possibile. Mi fa un gran piacere che tu sia lì e fuori da Rudley. Mi connetterò ogni giorno a quest'ora, alle mie 7.50 in punto. Ora devo andare. Grinch.

Poggiò il portatile sul sedile del passeggero, pagò quasi quattro dollari per la consumazione e, allontanandosi, guardò con la coda dell'occhio il computer per vedere fino a quando sarebbe rimasta illuminata la spia luminosa del segnale di collegamento. Dopo non più di sessanta metri il segnale scomparve.

Teddy Maynard aveva cominciato a mettere a punto la strategia della grazia a Backman nel mese di novembre, subito dopo la sonora sconfitta di Arthur Morgan. E, pianificando meticolosamente com'era sua abitudine ogni particolare, si preparava al giorno in cui le talpe della CIA avrebbero cominciato a spiattellare a chi di dovere le coordinate per localizzare Backman. Nel caso dei cinesi, non volendo destare i loro sospetti, si era messo a cercare la perfetta gola profonda.

La trovò nella persona di Helen Wang, una sinoamericana di quinta generazione che lavorava da otto anni a Langley come analista per gli affari asiatici. Era una ragazza molto intelligente oltre che attraente, e parlava un discreto cinese. Teddy le fece avere un'assegnazione temporanea presso il dipartimento di Stato, dove Helen cominciò a frequentare i diplomatici cinesi, alcuni dei quali erano a loro volta spie e alla continua ricerca di nuovi agenti da reclutare.

I cinesi erano famosi per la tecnica aggressiva che adottavano a questo scopo. Ogni anno venticinquemila studenti si iscrivevano alle università americane, e la polizia segreta li teneva tutti d'occhio. Gli uomini d'affari cinesi dovevano collaborare con gli organismi di intelligence al ritorno nel loro paese. Le migliaia di società americane che facevano affari in Cina erano oggetto di un costante monitoraggio e sui loro funzionari venivano fatti controlli e indagini. Quelli che Pechino considerava "promettenti" venivano a volte avvicinati.

Quando Helen Wang si lasciò "scappare distrattamente" che nel suo curriculum c'era qualche anno trascorso alla CIA e che sperava di tornare quanto prima a Langley, si meritò subito l'attenzione dei dirigenti dello spionaggio cinese. Accettò l'invito a pranzo di un nuovo amico in un ristorante chic di Washington, poi a cena. Recitò benissimo la sua parte, mostrandosi reticente davanti alle loro offerte ma alla fine accettandole anche se con riluttanza. E dopo ogni incontro ne inviò i dettagliati resoconti a Teddy.

Quando Backman venne all'improvviso scarcerato e fu chiaro a tutti che l'avevano nascosto da qualche parte perché non si facesse più rivedere, i cinesi cominciarono a premere disperatamente su Helen Wang e le offrirono centomila dollari per farsi dire dove si trovava. Lei finse di essere spaventata da quell'offerta e per qualche giorno interruppe ogni contatto. A quel punto, con perfetta scelta di tempo, Teddy le revocò l'incarico al dipartimento di Stato richiamandola a Langley. E per due settimane Helen non ebbe più nulla a che fare con i suoi vecchi amici sotto copertura dell'ambasciata cinese.

Poi un giorno si fece viva e quelli immediatamente moltiplicarono per cinque l'offerta originale di centomila dollari. Ma lei tirò fuori le unghie e pretese un milione, sottolineando i propri rischi riguardo alla carriera e alla libertà personale, che per lei avevano un valore ben più grande. I cinesi accettarono.

Il giorno dopo il licenziamento di Teddy lei chiamò di nuovo il suo contatto all'ambasciata cinese e gli chiese un appuntamento. Quando si incontrarono gli consegnò un foglietto con le coordinate di un conto corrente presso una banca di Panama, posseduta dalla CIA per le sue operazioni. All'arrivo della somma, gli garantì Helen, si sarebbero visti di nuovo e lei gli avrebbe rivelato dove si nascondeva Backman, oltre a dargli una foto recente dell'ex broker.

Il nuovo incontro fu in pratica uno sbrigativo contatto organizzato in modo che nessuno notasse qualcosa d'insolito. All'uscita dal lavoro, Helen Wang si fermò al grande magazzino Kroger di Bethesda e andò subito alla fine del banco dodici, quello delle riviste e dei tascabili. Il suo contatto era lì che sfogliava distrattamente il "Lacrosse Magazine". Helen prese una copia della stessa rivista e vi infilò velocemente una busta, poi si mise a guardare qualche foto con aria annoiata e infine la rimise al suo posto. Il contatto frattanto stava passando in rassegna i settimanali sportivi, poi prese la copia di "Lacrosse Magazine" sfogliata in precedenza da Helen. Lei a quel punto girò sui tacchi e uscì.

Una volta tanto non c'era stato bisogno di organizzare un servizio di sorveglianza specializzato, e questo perché le modalità dell'incontro erano state messe a punto dai colleghi di Helen che da anni tenevano d'occhio il contatto cinese.

Nella busta c'era un foglio di carta con una fotocopia a colori di Joel Backman che camminava in strada. Era molto più magro, sfoggiava un corto pizzetto grigio, occhiali di stile europeo e vestiva all'italiana. In fondo alla pagina si leggeva: "Joel Backman, via Fondazza 112, Bologna, Italia". Il contatto di Helen, appena entrato in macchina, guardò la foto a bocca spalancata. Poi partì a tutta velocità, puntando sull'ambasciata della Repubblica Popolare Cinese, Wisconsin Avenue, NW Washington.

I russi sulle prime non sembrarono interessati a conoscere i dati riguardanti Joel Backman, e i segnali da loro emessi furono interpretati in maniere diverse a Langley. Ma non fu possibile arrivare ad alcuna conclusione. Per anni i russi avevano sostenuto in segreto che il cosiddetto sistema Neptune era una loro creatura, e questo aveva contribuito non poco a confondere le idee alla CIA.

Tra la sorpresa della comunità internazionale dell'intelligence, la Russia era riuscita a tenere in orbita ogni anno circa centosessanta satelliti da ricognizione, più o meno lo stesso numero dei tempi dell'Unione Sovietica. La sua consistente presenza nello spazio quindi non era scemata, contrariamente a quanto previsto dal Pentagono e dalla CIA.

Nel 1999 un disertore del GRU, ossia il servizio segreto militare succeduto al KGB, aveva informato la CIA che Neptune non era stato creato dai russi, i quali erano stati presi alla sprovvista esattamente come gli americani. I sospetti si erano allora appuntati sulla Cina, nazione piuttosto staccata nella gara dei satelliti.

Ma erano stati proprio i cinesi a mettere in piedi Neptune?

I russi volevano avere tutte le informazioni possibili su Neptune, ma non intendevano pagare per averne su Backman. E, dopo che le avance di Langley erano state da loro ignorate, la stessa foto a colori venduta ai cinesi fu spedita con un'anonima e-mail a quattro responsabili dello spionaggio russo in servizio sotto copertura diplomatica in altrettante capitali europee.

La soffiata ai sauditi fu opera del dirigente di una società petrolifera americana di stanza a Riyadh. Si chiamava Taggett, abitava nella capitale araba da oltre vent'anni e quindi parlava correntemente la lingua e si muoveva con una certa facilità nei circoli che contano. Taggett aveva rapporti piuttosto stretti con un funzionario di medio livello del ministero degli Esteri al quale un giorno, mentre prendevano insieme il tè delle cinque, fece sapere che la sua società era stata un tempo rappresentata da Joel Backman; e, particolare ben più importante, sostenne di sapere dove Backman si stava nascondendo.

Cinque ore dopo, Taggett fu svegliato dal campanello della porta. Andò ad aprire, trovandosi davanti tre giovani signori in giacca e cravatta che entrarono in casa chiedendogli di dedicare loro un po' del suo tempo. Scusandosi per l'intrusione gli spiegarono che lavoravano per un certo ufficio della polizia saudita e che avevano bisogno di sapere una certa cosa. Messo sotto pressione Taggett accettò a malincuore di fornire quelle informazioni, le stesse cioè che aveva avuto istruzione di svelare.

Joel Backman si nascondeva in Italia, a Bologna, sotto falso nome. Non sapeva altro.

Potrebbe scoprire qualcos'altro? gli fu chiesto.

Forse.

Lo pregarono allora di partire la mattina seguente per fare ritorno alla sede della sua società, a New York, e cercare altre notizie sul conto di Backman. Quelle notizie erano importantissime per il governo saudita e per la famiglia reale.

Taggett accettò. Questo e altro, per il re.

22

Ogni anno a maggio, alla vigilia dell'Ascensione, i bolognesi salgono al Colle della Guardia partendo da Porta Saragozza. E percorrendo il porticato più lungo del mondo arrivano al santuario di San Luca. Una volta lassù prendono l'immagine della Beata Vergine e la portano in processione per le strade di Bologna lasciandola poi nella cattedrale di San Pietro, dove rimane otto giorni per essere infine riportata alla sua sede permanente nel santuario. È un rito, questo, che si ripete ininterrottamente ogni anno dal 1476.

Un rito che ha un'enorme importanza per Bologna e che Francesca stava ora descrivendo a Marco, mentre sedevano fianco a fianco dentro la chiesa di San Luca. Bella chiesa, pensò lui, ma simile a tante che aveva visitato.

Avevano preso il pullman, stavolta, evitando la lunga salita sotto gli archi. Lui aveva ancora i polpacci indolenziti dopo la puntata al santuario di tre giorni prima.

E lei era talmente turbata da faccende più serie che ogni tanto passava dall'italiano all'inglese senza nemmeno rendersene conto, cosa della quale lui comunque non si lamentava. Esaurito l'argomento della Madonna di San Luca, Francesca passò a illustrargli gli elementi più interessanti della cattedrale, l'architettura e la costruzione della cupola, gli affreschi. E Marco cercò disperatamente di rimanere attento. Le cupole, gli affreschi sbiaditi, le cripte marmoree e le reliquie dei santi si stavano ormai accavallando nella sua mente. Si sorprese a vagheggiare una stagione più calda, quando avrebbero potuto passare più tempo all'aperto, magari visitando gli splendidi parchi cittadini; e se Francesca avesse soltanto provato a nominargli una cattedrale, lui si sarebbe ribellato.

Ma lei non pensava alla buona stagione, erano altri i suoi pensieri.

«Di quello mi ha già parlato» la interruppe, mentre Francesca gli stava indicando un dipinto al di sopra del battistero.

«Mi spiace. La sto annoiando?»

Lui stava per lasciarsi sfuggire la verità, ma riuscì a trattenersi. «No, ma ho visto abbastanza.»

Uscirono dal santuario e girarono intorno alla chiesa fino al sentiero dal quale bastava scendere di qualche passo per godersi il miglior panorama della città. L'ultima neve si stava sciogliendo velocemente sulle tegole rosse dei tetti. Era il 18 marzo.

Lei accese una sigaretta, apparentemente soddisfatta di poter ammirare in silenzio Bologna. «Le piace la mia città?» gli chiese a un certo punto.

«Sì, molto.»

«Che cos'è che le piace in particolare?»

Qualsiasi città gli sarebbe piaciuta dopo sei anni di prigione. Ci pensò un po' su. «È una città vera, la gente vive dove lavora. È sicura e pulita, un luogo senza tempo dove nel corso dei secoli non è cambiato granché. E gli abitanti si godono tutto questo e sono fieri della loro vita.»

Lei sembrò apprezzare la sua analisi. «Gli americani non li capisco. Quando li porto in giro a visitare Bologna hanno sempre fretta, smaniano per vedere un posto in modo da poterlo spuntare dal loro elenco e passare al successivo. Chiedono sempre che cosa c'è in programma domani, dopodomani. Ma perché?»

«Non lo chieda a me, sono la persona sbagliata.»

«Perché?»

«Perché sono canadese, non ricorda?»

«Lei non è canadese.»

«No, è vero. Sono di Washington.»

«Ci sono stata, a Washington. E non ho mai visto tanta gente correre per le strade senza meta. Non capisco il desiderio di una vita così convulsa, bisogna fare tutto in fretta, dal lavoro al cibo, al sesso.»

«Non faccio sesso da sei anni.»

Lo sguardo che lei gli lanciò conteneva mille interrogativi. «Non mi va di parlarne.»

«È lei che ha tirato fuori l'argomento.»

Francesca aspirò una boccata dalla sigaretta, e sembrò meno scontrosa. «Perché non fa sesso da sei anni?»

«Perché li ho passati in prigione, in isolamento.»

Francesca trasalì impercettibilmente e sembrò raddrizzare la schiena. «Ha ucciso qualcuno?»

«No, nulla del genere. Sono piuttosto innocuo.»

Altra pausa, altra boccata. «Perché è qui?»

«Non lo so proprio.»

«Quanto si fermerà?»

«Forse a questa domanda potrebbe risponderle Luigi.»

«Luigi» ripeté lei, come se volesse sputare. Si voltò incamminandosi e lui la seguì perché era previsto che la seguisse. «Da chi si sta nascondendo?» gli chiese Francesca.

«È una storia lunga, e sarebbe meglio se non la conoscesse.»

«È in pericolo?»

«Credo di sì. Non so quanto, ma le dico che ho paura di usare il mio vero nome e di tornare a casa mia in America.»

«Sembra una situazione effettivamente pericolosa. E Luigi che ruolo ha in tutto questo?»

«Mi sta proteggendo, credo.»

«Fino a quando?»

«Non lo so, davvero.»

«Perché non scompare dalla circolazione, Marco?»

«È quello che sto facendo, sono nel bel mezzo della fase di scomparsa. Ma dove potrei andarmene, da qui? Non ho soldi, né passaporto, né documenti d'identità: ufficialmente non esisto.»

«È sconcertante.»

«Proprio così. Perché non cambiamo argomento?»

Distolse per un attimo lo sguardo e quindi non la vide cadere. Lei portava stivali neri di pelle con il tacco basso e il sinistro si storse violentemente su un sasso dello stretto sentiero. Francesca trattenne il fiato per lo spavento e cadde, allungando le mani all'ultimo momento per proteggersi mentre la borsa le volava via di mano, e gridando qualcosa in italiano. Marco le si inginocchiò subito accanto.

«È la caviglia» disse lei con una smorfia. Il suo bel viso si contorceva per il dolore e gli occhi cominciavano a velarsi di lacrime.

Marco la fece alzare con la massima cautela e lentamente la portò a sedere su una panchina distante pochi metri, poi andò a riprenderle la borsa. «Devo essere inciampata» ripeteva lei. «Mi dispiace.» Tentò di trattenere le lacrime, ma non ci riuscì.

«È tutto a posto, è tutto a posto» provò a rassicurarla Marco. Poi le si inginocchiò davanti. «Posso?»

Lei sollevò lentamente la gamba sinistra, ma il dolore era troppo forte.

«Lasciamo lo stivale dov'è» disse Marco, toccandolo con la massima cautela.

«Ho paura di essermela rotta.» Francesca estrasse dalla borsa un fazzoletto di carta e si asciugò gli occhi. Aveva il respiro affannoso e stringeva i denti. «Mi dispiace.»

«È tutto a posto.» Marco si guardò intorno, ma erano assolutamente soli. Il pullman con il quale erano saliti a San Luca era praticamente vuoto e negli ultimi dieci minuti non avevano visto arrivare nessuno. «Torno su a cercare aiuto.»

«Sì, la prego.»

«Non si muova, torno subito.» Le diede una leggera pacca sul ginocchio e lei si sforzò di sorridere. Poi si allontanò in fretta, rischiando di cadere a sua volta. Passò dietro la chiesa ma non vide nessuno: come si fa a trovare un ufficio in una cattedrale? Dov'è il curatore, l'amministratore, il parroco? Chi comanda in un posto del genere? Fece due volte il giro della chiesa prima di veder spuntare un custode da una porticina del giardino parzialmente nascosta. «Mi può aiutare?» gli chiese in italiano.

Il custode lo guardò senza aprire bocca, ma Marco era certo di aver parlato chiaramente. Gli andò vicino. «La mia amica si è fatta male.»

«Dov'è?» borbottò l'uomo.

Marco puntò il dito. «Là, dietro la chiesa.»

«Aspetti.» Tornò alla porta dalla quale era uscito e l'aprì.

«Si sbrighi, per favore.»

Passarono un paio di minuti, con Marco che fremeva per la smania di tornare da Francesca perché, in caso di frattura a un osso, sarebbe quanto prima sopravvenuto lo choc. Poi si aprì una porta più grande, sotto il battistero, e ne uscì un signore in giacca e cravatta che si avvicinò di corsa, seguito dal custode.

«La mia amica è caduta» gli disse Marco.

«Dove si trova?» chiese quello in perfetto inglese. Si incamminarono su un sentierino di mattoni, cercando di schivare la neve che non si era ancora sciolta.

«Dietro la chiesa, sulla piccola spianata in basso. Teme di essersi rotta la caviglia, potrebbe servire un'ambulanza.»

L'uomo, senza voltarsi, gridò qualcosa al custode, che scomparve.

Francesca se ne stava seduta sul bordo della panchina, nella posizione più dignitosa possibile, e si teneva il fazzolettino davanti alla bocca, ma non piangeva più. Il distinto signore non conosceva il suo nome, ma naturalmente l'aveva già vista altre volte a San Luca. Si misero a parlare in italiano e Marco capì ben poco.

Decisero di non togliere lo stivale, per impedire che la caviglia si gonfiasse. L'uomo, il signor Coletta, sembrava un esperto di pronto soccorso. Le esaminò mani e ginocchia, che erano sbucciate ma non sanguinavano. «È soltanto una brutta distorsione» disse Francesca. «Non credo che la caviglia sia rotta.»

«Un'ambulanza ci impiegherebbe una vita. L'accompagno io in ospedale.»

A poca distanza si udì un clacson. Il custode era andato a prendere un'auto e cercava di avvicinarsi il più possibile.

«Credo di farcela a camminare» disse lei coraggiosamente, cercando di alzarsi in piedi.

«No, la sosteniamo noi» tagliò corto Marco. I due uomini la presero ciascuno per un gomito e la aiutarono ad alzarsi lentamente. Lei fece una smorfia quando poggiò sul piede.

«La caviglia non si è rotta, è solo slogata» li rassicurò, insistendo per camminare. Loro, invece, quasi la trasportarono fino all'auto.

Il signor Coletta prese il comando delle operazioni e li fece sedere dietro, in modo che lei tenesse i piedi sollevati, poggiati in grembo a Marco, e la schiena contro lo sportello posteriore di sinistra. Poi si mise al volante e l'auto si mosse a marcia indietro su un vialetto fiancheggiato da cespugli, quindi in avanti imboccando una stretta strada asfaltata e, poco dopo, la discesa verso Bologna.

Francesca si infilò gli occhiali da sole. Marco notò un rivoletto di sangue sul ginocchio sinistro di lei, allora le prese di mano il fazzolettino di carta e cominciò ad asciugarlo. «Grazie» sussurrò la donna. «Mi dispiace di averle rovinato la giornata.»

«La smetta, per favore» le disse lui con un sorriso.

Quello era il giorno più bello passato con Francesca. La caduta la stava rendendo più arrendevole, più umana. Suscitava in lei sincere anche se involontarie emozioni. Consentiva un contatto fisico tra due persone, una delle quali cercava veramente di aiutare l'altra. Stava spingendo lui nella vita di lei. Sia che fosse andata in ospedale o a casa, lui sarebbe stato al suo fianco almeno per un momento. In quella situazione d'emergenza Francesca aveva bisogno di lui, anche se di sicuro non lo desiderava.

Marco, tenendo i piedi di lei in grembo e guardando un punto fuori dal finestrino, si rese conto di quanto disperatamente lui desiderasse una relazione di qualunque tipo, con chiunque.

Qualsiasi amico sarebbe andato bene.

«Vorrei tornare a casa» disse Francesca al signor Coletta, al termine della discesa.

Quello guardò nello specchietto retrovisore. «Secondo me dovrebbe farsi vedere da un medico.»

«Più tardi, magari. Ora vado a riposarmi un po' per vedere se il dolore mi passa.»

Anche Marco era dell'idea che dovesse andare da un medico, ma tacque, per vedere dove abitava.

«Molto bene» capitolò il signor Coletta.

«Abito in via Don Minzoni, dietro la stazione.»

Marco sorrise dentro di sé, fiero di conoscere quella via. Sarebbe stato in grado di indicarla su una cartina, al margine settentrionale della città, in una zona bella ma non residenziale. C'era stato almeno una volta, in quella strada, e ricordava di aver trovato un bar che apriva presto quasi allo sbocco in piazza dei Martiri. E mentre si avvicinavano a casa di Francesca lui guardò ogni targa stradale, ogni incrocio, sapendo sempre perfettamente dove si trovava.

Nessuno aprì bocca. In macchina gli stivali di lei, eleganti ma ormai vecchi, sporcarono leggermente i pantaloni di lana di Marco. Ma in quel momento non gliene poteva importare di meno. «Ancora due isolati, sulla destra» disse Francesca appena arrivarono in via Don Minzoni. E qualche secondo dopo: «Più avanti, c'è un posto dietro quella BMW verde».

La fecero uscire con la massima cautela dall'auto e lei, una volta in piedi, si liberò dell'appoggio dei due uomini e provò timidamente a muovere qualche passo, ma la caviglia cedette. Marco e il signor Coletta la sorressero prima che cadesse. «Al secondo piano» disse Francesca, stringendo i denti. Sul citofono c'erano i campanelli di otto appartamenti e Marco lo osservò attentamente mentre premeva quello con la targhetta "Giovanni Ferro". Si udì una voce femminile.

«Francesca.» Poi un *clic*, il portone si aprì ed entrarono in un atrio buio e malandato. Sulla destra c'era l'ascensore, con le porte aperte come in attesa, e vi si pigiarono dentro. «Ora sto bene, davvero» disse Francesca, cercando evidentemente di sbarazzarsi sia di Marco sia del signor Coletta.

«Dobbiamo metterci sopra del ghiaccio» osservò Marco, mentre salivano lentamente.

L'ascensore si fermò con un gran rumore e le porte si aprirono lasciando uscire gli occupanti, con i due uomini che sorreggevano Francesca per i gomiti. Casa Ferro si trovava a pochi passi da lì e a quel punto il signor Coletta decise che il suo compito era terminato.

«Mi spiace molto per ciò che è successo» disse. «Se sosterrà delle spese mediche me lo faccia sapere.»

«No, lei è molto gentile. Grazie di tutto.»

Lo ringraziò anche Marco che, sempre sorreggendo Francesca, premette il campanello di casa mentre il signor Coletta rientrava in ascensore e scompariva. Lei si scostò. «Va bene così, ora posso cavarmela da sola. Oggi in casa c'è mia madre.»

Lui sperava di essere invitato a entrare, ma non poteva insistere. L'episodio, per quel che lo riguardava, si era esaurito e lui aveva saputo molto di più di quanto non prevedesse. Sorrise, le lasciò il braccio e stava per salutarla quando dall'interno si udì il rumore della serratura che veniva aperta. Francesca si voltò verso la porta e così facendo spostò il peso sulla caviglia slogata che cedette di nuovo, e lei allungò istintivamente una mano per aggrapparsi a Marco.

La porta si aprì proprio nel momento in cui Francesca perdeva i sensi.

La madre di Francesca, la signora Altonelli, era sulla settantina, non parlava una parola d'inglese e sulle prime pensò che Marco avesse in qualche modo fatto del male alla figlia. E l'italiano approssimativo di lui si dimostrò insufficiente, soprattutto in una circostanza come quella. Marco senza perdere tempo adagiò Francesca sul divano, le sollevò i piedi e ripeté: «Ghiaccio, ghiaccio». La donna fece qualche passo indietro, poco convinta, poi scomparve in cucina.

Quando tornò con un panno umido e un sacchetto di plastica pieno di ghiaccio, Francesca aveva ripreso a muoversi.

«Era svenuta» le disse Marco. Poi le afferrò una mano, stringendogliela.

«Chi è quest'uomo?» chiese la madre, sospettosa.

«Un amico.» Lui le passò il panno umido sul viso e Francesca si riebbe immediatamente. Poi, parlando nell'italiano più veloce che lui avesse mai udito, spiegò alla madre quello che era successo. Le raffiche di frasi da una parte e dall'altra diedero le vertigini a Marco. Cercò di afferrare qualche parola isolata ma poi vi rinunciò. La signora Altonelli all'improvviso sorrise e gli diede qualche pacca sulla spalla come se volesse congratularsi. Poi scomparve.

«È andata a preparare il caffè» gli spiegò Francesca.

«Bella idea.» Lui aveva avvicinato uno sgabello al divano e ci si era seduto, in attesa. «Dobbiamo metterci sopra il ghiaccio.»

«Direi proprio di sì.»

Entrambi guardarono gli stivali. «Le spiace togliermeli?» disse Francesca.

«Certo.» Marco abbassò la lampo di quello destro e lo sfilò come se anche quella caviglia si fosse slogata. Con il sinistro procedette ancora più lentamente, ogni piccolo movimento era causa di dolore. «Preferisce farlo lei?» le chiese a un certo punto.

«No, la prego, continui.» La lampo terminava proprio all'altezza della caviglia, ma il gonfiore rendeva difficoltosa l'ope-

230

razione. Comunque, al termine di una serie di tentativi durati alcuni lunghi minuti mentre la paziente soffriva stringendo i denti, lo stivale finalmente venne via.

Marco si mise a osservare le calze nere e strappate della sua insegnante. «Bisogna togliere anche queste.»

«Sì, vanno tolte.» Tornò la madre, sparando una serie di domande. «Perché non va ad aspettare in cucina?» gli chiese Francesca.

La cucina era piccola ma ben attrezzata, oltre che moderna, un trionfo di cromo e vetro senza un centimetro quadro sprecato. Sul banco gorgogliava una caffettiera high tech. Le pareti ai due lati dell'angolo della colazione erano coperte da quadri di arte astratta. Lui attese, ascoltando le due donne che parlavano contemporaneamente.

Tolsero le calze senza ulteriori danni. Quando Marco tornò dalla cucina la signora Altonelli stava sistemando il ghiaccio intorno alla caviglia sinistra.

«Secondo mia madre non è rotta» disse Francesca a Marco. «Ha lavorato in un ospedale per diversi anni.»

«Abita a Bologna?»

«No, a Imola, non molto lontano da qui.» Lui sapeva benissimo dove si trovava Imola, sulla carta, almeno. «Forse è il caso che me ne vada» disse. Di andarsene in verità non aveva alcuna voglia, ma lì dentro si sentiva un intruso.

«Secondo me lei ha bisogno di un caffè» disse Francesca. E la madre corse in cucina.

«Mi sembra di intromettermi nella vostra vita.»

«No, la prego. Dopo tutto quello che ha fatto oggi, è il minimo che possa offrirle.»

La signora Altonelli tornò con un bicchiere d'acqua e due pillole. Francesca le mandò giù, poi poggiò il capo sui cuscini, scambiò qualche frase con la madre e riportò la sua attenzione su Marco. «Nel frigo c'è una torta al cioccolato, ne gradisce un po'?»

«Sì, grazie.»

La signora Altonelli si allontanò di nuovo, canticchiando per il piacere di avere qualcuno da accudire e qualcuno a cui dare da mangiare. Marco tornò a sedersi sullo sgabello. «Fa ancora male?»

«Sì» rispose Francesca con un sorriso. «Non posso negarlo, fa male.»

Lui, non sapendo come mandare avanti la conversazione, tornò sull'episodio. «È avvenuto tutto così in fretta» osservò. Passarono qualche minuto a rievocare la caduta, poi scese il silenzio; lei chiuse gli occhi e sembrò addormentarsi. Marco incrociò le braccia sul petto e si mise a guardare un enorme, stranissimo dipinto che quasi copriva la parete.

L'edificio era vecchio ma, forse per spirito di reazione, Francesca e il marito avevano arredato la loro casa con un gusto da convinti modernisti. I mobili erano bassi, le poltrone di elegante pelle nera con telaio in acciaio, molto minimaliste. E le pareti erano piene di sconcertanti opere contemporanee.

«Non possiamo parlare a Luigi dell'incidente» sussurrò Francesca.

«Perché no?»

«Perché mi paga duecento euro la settimana per farle lezione» rispose lei dopo una leggera esitazione «e si lamenta perché secondo lui sono troppi. Abbiamo discusso e ha minacciato di sostituirmi con qualcun altro. A me quei soldi servono, francamente, perché è ancora bassa stagione e non trovo più di uno o due lavori la settimana. Il flusso dei turisti riprenderà tra un mese, ma di questi tempi non ho molto da fare.»

La dimostrazione di stoicismo era terminata e lui non riusciva a credere che Francesca stesse riconoscendo la sua vulnerabilità. Era spaventata, e lui si sarebbe fatto tagliare un braccio per poterla aiutare.

«Sono certa che se saltassi qualche giorno di lavoro Luigi farebbe a meno dei miei servizi.»

«Qualche giorno lo dovrà saltare di certo» osservò Marco, che in quel momento aveva lo sguardo fisso sul ghiaccio.

«Possiamo tenercelo per noi? Tra poco dovrei ricominciare a muovermi, non crede?»

«Possiamo anche tenercelo per noi, ma Luigi riesce sempre a sapere tante cose, mi segue da vicino. Domani gli dirò che sono malato, poi cercheremo qualche scusa per il giorno dopo. Potremmo anche studiare qui.»

«No, c'è mio marito.»

Marco non riuscì a non voltarsi a guardare. «Qui?»

«Sì, è in camera da letto. Sta molto male.»

«Che cosa?...»

«Cancro, all'ultimo stadio. Mia madre gli sta accanto quando io lavoro e tutti i pomeriggi viene un'infermiera dell'ospizio per la medicazione.»

«Mi dispiace.»

«Anche a me.»

«Non si preoccupi di Luigi. Gli dirò che la sua tecnica d'insegnamento mi piace moltissimo e che mi rifiuto di lavorare con qualcun altro.»

«Sarebbe una bugia, vero?»

«Più o meno.»

La signora Altonelli tornò con un vassoio sul quale aveva messo il caffè e la torta. Lo posò su un tavolino rosso squillante e cominciò ad affettare la torta. Francesca bevve il caffè ma non aveva voglia di mangiare. Marco invece mangiò il più lentamente possibile e bevve dalla sua tazzina come se ogni sorso potesse essere l'ultimo. E quando la signora Altonelli insistette per offrirgli un'altra fetta di torta e ancora un po' di caffè, lui accettò, anche se controvoglia.

Si trattenne circa un'ora. E quando infine scese con l'ascensore si rese conto che Giovanni Ferro non aveva emesso alcun suono.

23

Il principale organismo d'intelligence cinese, il ministero per la Sicurezza dello Stato (MSS), si serviva di piccole squadre composte da agenti particolarmente addestrati per mettere a segno in tutto il mondo omicidi mirati, più o meno come facevano russi, israeliani, americani e inglesi.

Un'importante differenza consisteva però nel fatto che l'MSS, con il passare degli anni, aveva finito per fare affidamento soprattutto su un elemento. Invece cioè di investire dell'incarico troppa gente come avveniva in altri paesi, l'MSS si rivolgeva preferibilmente a un giovane che CIA e Mossad seguivano da anni con particolare ammirazione. Si chiamava Sammy Tin, ed era figlio di due diplomatici cinesi che secondo certe voci erano stati selezionati dall'MSS per sposarsi e riprodursi. Se mai un agente era stato perfettamente clonato, questo era Sammy Tin. Nato a New York e cresciuto nei sobborghi residenziali intorno a Washington, aveva ricevuto la sua istruzione da istitutori privati che l'avevano bombardato di lingue straniere fin da quando aveva tolto i pannolini. Si era iscritto all'Università del Maryland a soli sedici anni, ne era uscito con due lauree a ventuno per poi studiare ingegneria ad Amburgo. E tra una cosa e l'altra aveva perfezionato il suo hobby, quello di mettere a punto bombe. Gli esplosivi erano diventati la sua passione, in particolare quelli comandati a distanza e nascosti dentro i contenitori più strani, come buste, bicchieri di carta, penne a sfera, pacchetti di sigarette. Era un abile tiratore, ma le armi da fuoco erano troppo semplici e lo annoiavano. Tin amava le sue bombe.

Aveva inoltre studiato chimica sotto falso nome a Tokyo, perfezionandosi in quella forma d'arte, o se si preferisce scienza, che è l'assassinio con il veleno. A ventiquattro anni aveva una decina di nomi diversi, conosceva quasi altrettante lingue e per varcare le frontiere disponeva di un campionario di passaporti e travestimenti. Era in grado cioè di convincere ogni doganiere di essere giapponese, coreano o di Taiwan.

Per migliorare la sua preparazione aveva trascorso un faticosissimo anno inquadrato in un reparto d'élite dell'esercito cinese. Aveva imparato a dormire e a prepararsi da mangiare all'aperto, ad attraversare fiumi in piena, a cavarsela in mezzo al mare, a vivere giorni e giorni nelle zone più selvagge. Finché, arrivato all'età di ventisei anni, l'MSS decise che il ragazzo aveva studiato abbastanza ed era venuta l'ora che incominciasse a uccidere.

A quanto risultava a Langley, Sammy Tin aveva cominciato a incidere idealmente le tacche dei numerosi omicidi messi a segno il giorno in cui fece passare a miglior vita tre scienziati cinesi che stavano familiarizzando eccessivamente con i russi. Una sera li aveva portati a cena in un ristorante di Mosca, eliminandoli a uno a uno mentre le loro guardie del corpo attendevano fuori del locale. Al primo tagliò la gola nella toilette mentre terminava di urinare, e il suo cadavere fu rinvenuto soltanto un'ora dopo infilato a forza dentro un contenitore di rifiuti. Il secondo scienziato commise l'errore di preoccuparsi per la lunga assenza del collega e andò a sua volta alla toilette, dove Tin l'attendeva camuffato da inserviente. Lo trovarono con la testa dentro il water, che si era intasato facendo fuoriuscire l'acqua. Il terzo morì pochi secondi dopo ancora seduto al tavolo, dove era rimasto solo oltre che in ansia per i suoi colleghi: un uomo con la giacca da cameriere gli era passato accanto e, senza nemmeno rallentare l'andatura, gli aveva conficcato nella nuca un dardo avvelenato.

Come succede spesso nel caso di omicidi multipli, l'uccisione dei tre scienziati non fu precisamente un'operazione pulita e asettica: troppo sangue, troppi testimoni. La fuga era avvenuta in circostanze rischiose, ma Tin era riuscito comunque ad attraversare velocemente le cucine senza che nessuno facesse caso a lui. E quando le guardie del corpo degli scienziati furono chiamate dal personale del ristorante, lui se la stava squagliando da un vicolo sul retro. Si dileguò in quella città cupa, fermò un taxi e venti minuti più tardi entrò nell'ambasciata cinese; e il giorno dopo a Pechino festeggiò senza eccessivo clamore il suo primo successo.

L'audacia di quell'operazione colpì il mondo dell'intelligence, e vari servizi di sicurezza si affannarono a scoprirne l'autore. Nessuno pensò ai cinesi, considerato il modus operandi così diverso da quello che fino a quel giorno era stato per loro abituale. I cinesi erano famosi per la pazienza e la disciplina con cui attendevano per settimane e mesi il momento giusto: a quel punto si mettevano in caccia fino a quando la vittima designata non si arrendeva. Oppure abbandonavano un piano per passare al successivo, sempre in prudente attesa dell'occasione propizia.

Quando pochi mesi dopo, a Berlino, ci fu il bis di Mosca, nacque la leggenda di Tin. Un dirigente francese, che aveva dato un bidone ai cinesi passando loro del materiale fasullo su un certo tipo di radar mobile, volò dal balcone di una stanza d'albergo al quattordicesimo piano; e atterrando accanto alla piscina provocò una certa impressione tra i clienti stesi al sole. Anche in quel caso l'uccisione era stata fin troppo impressionante.

A Londra l'assassino fece saltare la testa di un uomo con un dispositivo piazzato nel cellulare. Nella Chinatown di New York un agente che era passato con gli americani perse buona parte del viso nell'esplosione della sua sigaretta. E a poco a poco gli omicidi più clamorosi commessi in quel mondo sommerso che è lo spionaggio vennero accreditati a Sammy Tin. La sua leggenda crebbe di giorno in giorno. Lui preferiva lavorare da solo, anche se poteva contare su un gruppetto di quattro o cinque elementi fidatissimi. A Singapore perse uno di loro quando la vittima designata si presentò con alcuni amici, tutti armati. Fu uno dei suoi pochi insuccessi, grazie al quale comunque imparò a limitare al massimo l'organico della sua squadra e a colpire in fretta.

A mano a mano che si perfezionava, le sue operazioni diventavano sempre meno ostentate, meno violente e più facili da celare. Aveva ormai trentatré anni ed era indubbiamente l'agente segreto più temuto al mondo. La CIA spese una fortuna nel tentativo di localizzarlo, ma riuscirono solo a scoprire che viveva in un lussuoso appartamento di Pechino. Quando partì scovarono le sue tracce a Hong Kong, e l'Interpol fu avvertita quando si imbarcò su un volo diretto a Londra. Dove però all'ultimo momento cambiò passaporto, e prese un volo Alitalia per Milano.

L'Interpol poteva solamente stare a guardare, perché Sammy Tin viaggiava spesso sotto copertura diplomatica. Non era un criminale ma un agente, un diplomatico, un uomo d'affari, un professore, tutto quanto insomma gli conveniva essere di volta in volta.

All'aeroporto di Malpensa lo attendeva un'auto che lo portò in città, dove scomparve. E, a quanto risultava alla CIA, erano passati quattro anni e mezzo dal giorno che Tin aveva messo piede in Italia.

Il signor Elya era sicuramente credibile nella parte del facoltoso uomo d'affari saudita, anche se il suo pesante abito di lana era quasi nero, e quindi un po' troppo scuro per Bologna, e con delle righine eccessivamente marcate per essere di disegno italiano. Portava anche una camicia rosa con il colletto di un bianco candido: non una combinazione azzardata, ma era pur sempre una camicia rosa. I pizzi del colletto erano uniti da una barretta d'oro, anche questa piuttosto vistosa, che spingeva in fuori il nodo della cravatta fino a farlo assomigliare a una specie di cappio, e a ciascuna delle estremità della barretta era fissato un diamante. Il signor Elya aveva un debole per i diamanti, a giudicare dai due grossi brillanti incastonati in altrettanti anelli, uno per mano, dalle decine di quelli più piccoli che incrostavano il suo Rolex e dai due nei gemelli della camicia. Le scarpe marroni nuovissime sembrarono a Stefano italiane, anche se poco in sintonia con il resto dell'abbigliamento.

Nell'insieme, nonostante gli sforzi, c'erano diverse note stonate. Stefano ebbe modo di osservare attentamente il suo cliente mentre dall'aeroporto, dove il signor Elya era arrivato con un jet privato insieme a un assistente, viaggiavano nel silenzio più totale verso Bologna. Sedevano in una Mercedes nera, una delle condizioni poste dal signor Elya, dietro l'autista e l'assistente che evidentemente parlava soltanto l'arabo. L'inglese del signor Elya era passabile e lui si esprimeva in veloci raffiche per poi dire qualcosa in arabo al suo assistente, che si sentiva in dovere di scrivere su un notes tutto ciò che il principale gli diceva.

Dopo dieci minuti in quell'auto Stefano sperava in cuor suo di poter concludere prima di pranzo.

Il primo appartamento che gli fece visitare era dalle parti dell'università, dove il figlio del signor Elya si era appena iscritto alla facoltà di medicina. Quattro stanze al secondo piano di un vecchio e robusto stabile senza ascensore. Un appartamento ben arredato e certamente non alla portata di tutti gli studenti, dal momento che l'affitto era di milleottocento euro al mese, spese escluse. Il signor Elya rimase accigliato per tutto il tempo della visita, quasi a far capire che suo figlio aveva diritto a qualcosa di ben più lussuoso. Era accigliato anche l'assistente, e né lui né il signor Elya si staccarono dal viso quell'espressione uscendo di casa, scendendo le scale e salendo in macchina per la successiva tappa.

Il secondo appartamento si trovava in via Remorsella, a un isolato di distanza da via Fondazza. Era leggermente più grande del precedente ma la cucina aveva le dimensioni di un ripostiglio delle scope, era malamente arredato e dalle finestre il panorama era inesistente; si trovava a venti minuti dall'università, costava milleseicento euro al mese e aveva anche uno strano odore. Ma l'espressione accigliata scomparve, l'appartamento era quello giusto. «Questo va bene» disse il signor Elya, e Stefano emise un sospiro di sollievo. Con un po' di fortuna si sarebbe risparmiato l'onere di intrattenerli a pranzo e intanto si era assicurato una sostanziosa commissione.

Si trasferirono velocemente negli uffici dell'immobiliare di Stefano, dove le pratiche furono sbrigate a tempo di record. Il signor Elya era molto occupato, nella stessa giornata aveva un appuntamento d'affari a Roma e se il contratto d'affitto non fosse stato firmato su due piedi lui ci avrebbe rinunciato.

La Mercedes li riportò velocemente all'aeroporto e lì Stefano, frastornato ed esausto, li salutò ringraziandoli ancora e tornò in tutta fretta in città. Il signor Elya e il suo assistente raggiunsero a piedi il jet con cui erano arrivati, salirono e il portellone si chiuse alle loro spalle.

Ma il velivolo non si mosse. Il signor Elya e il suo assistente si sbarazzarono del loro abbigliamento formale passando a uno casual, poi tennero una riunione con gli altri tre componenti della loro squadra. Dopo un'ora d'attesa scesero tutti e cinque dall'aereo, trasportarono i loro voluminosi bagagli fino al terminal dei voli privati e li caricarono su due pulmini.

Luigi cominciava a insospettirsi di quella borsa blu. Marco non la lasciava a casa e non la perdeva mai di vista ma se la portava dappertutto, a tracolla sulla spalla e premendole sopra il braccio destro come se fosse piena d'oro.

Che cosa poteva mai contenere di tanto prezioso? Erano rare le volte in cui Marco si portava dietro il materiale didattico, e le lezioni con Ermanno si svolgevano in casa, mentre quando studiavano all'aperto non c'erano di mezzo libri e quaderni.

Anche Whitaker a Milano aveva dei sospetti, soprattutto da quando Marco era stato visto entrare in un Internet Caffè dalle parti dell'università. Aveva allora spedito a Bologna un agente, un certo Krater, perché desse una mano a Zellman e a Luigi nella sorveglianza di Marco e di quella preoccupante borsa blu. All'approssimarsi della resa dei conti e dei prevedibili fuochi d'artificio, Whitaker chiese a Langley di poter rafforzare il suo organico a Bologna.

Ma a Langley regnava il caos. L'uscita di scena di Teddy, anche se certo non inattesa, aveva messo sottosopra il quartier generale della CIA e si avvertivano ancora le onde d'urto provocate dal licenziamento di Lucat. Il presidente minacciava di procedere a una riorganizzazione in grande stile e di conseguenza i vicedirettori e gli alti dirigenti amministrativi passavano più tempo a coprirsi il culo che a seguire le operazioni in corso.

Krater fu informato via radio da Luigi che Marco si stava dirigendo verso piazza Maggiore, probabilmente in cerca di un bar. Lo vide poco dopo mentre attraversava la piazza, sempre con la borsa sotto il braccio e sempre più integrato nel tessuto cittadino. Era finalmente venuto il momento di mettergli

gli occhi addosso, dopo avere studiato il voluminoso dossier di Joel Backman. Se solo quel poveretto avesse saputo...

Ma Marco non aveva sete, non ancora per lo meno. Superò bar e negozi e poi all'improvviso, dopo avervi lanciato un'occhiata furtiva, si infilò nell'Albergo Nettuno, un elegante hotel da cinquanta stanze all'altra estremità della piazza. Krater informò subito via radio Zellman e Luigi, e quest'ultimo rimase particolarmente stupito perché Marco non aveva alcun motivo al mondo di entrare in un albergo. Krater attese cinque minuti, poi entrò a sua volta nella piccola hall. Alla sua destra c'era la hall vera e propria, con qualche poltroncina e alcune riviste di viaggio sparse su un tavolino. Alla sua sinistra una cabina telefonica vuota, con la porta spalancata, e un'altra che però era occupata. Dentro c'era Marco, da solo, chino sul ripiano sottostante il telefono a muro, con la borsa blu aperta. Era troppo indaffarato per veder passare Krater.

«Posso aiutarla, signore?» gli chiese l'impiegato dietro il banco della reception.

«Sì, grazie, avrei bisogno di una stanza» gli rispose Krater in italiano.

«Per quando?»

«Stanotte.»

«Mi spiace, siamo al completo.»

Krater prese dal banco un dépliant. «Siete sempre pieni» osservò con un sorriso. «Ha una grande popolarità, questo albergo.»

«Proprio così. Magari un'altra volta.»

«Avete per caso Internet?»

«Naturalmente.»

«Quello wireless?»

«Sì, siamo stati il primo albergo bolognese ad averlo.»

Krater si diresse all'uscita. «Grazie, proverò un'altra volta.»

«Prego.»

Uscendo passò davanti alla cabina, ma Marco non sollevò gli occhi.

Stava scrivendo il messaggio con i pollici, sperando che l'impiegato al banco non gli chiedesse di uscire. La pubblicità dell'Albergo Nettuno dava risalto alla disponibilità della connessione a Internet in modalità wireless, ma solo per i clienti. I bar, le biblioteche e una delle librerie lo mettevano a disposizione gratis, ma non gli alberghi.

Sul suo messaggio si leggeva:

> Grinch: ho avuto una volta rapporti con un banchiere di Zurigo, Mikel Van Thiessen, della Rhineland Bank di Banhof Strasse, nel centro di Zurigo. Prova ad accertare se lavora ancora lì e, in caso contrario, chi ha preso il suo posto. Non lasciare tracce!
> Marco

Premette il comando "Invio" e ancora una volta pregò il cielo di non aver commesso errori. Poi spense velocemente il cellulare e lo infilò nella borsa blu. Uscendo fece un cenno di saluto all'impiegato, che stava parlando al telefono.

Krater se n'era andato due minuti prima. Lui e gli altri tennero d'occhio Marco da tre punti diversi, seguendolo poi mentre si mischiava con facilità alla folla di bolognesi che uscivano dal lavoro. Zellman fece un ampio giro, entrò a sua volta nell'Albergo Nettuno e si infilò nella cabina telefonica dove Marco era stato seduto meno di venti minuti prima. L'impiegato dietro il banco, disorientato, finse di essere molto occupato.

Si incontrarono tutti e tre un'ora dopo in un bar e ricostruirono i suoi movimenti. La conclusione era ovvia ma difficile da accettare: Marco, visto che non aveva usato il telefono, aveva evidentemente scroccato l'accesso a Internet dell'albergo. Non esistevano altri motivi per entrare in un albergo, restare dieci minuti nella cabina telefonica della hall e poi all'improvviso andarsene. Ma come aveva fatto? Il loro uomo non aveva computer né cellulare, a parte quello decisamente datato ricevuto da Luigi, un modello che funzionava solo per l'Italia e non era in alcun modo collegabile a Internet. Era forse entrato in possesso di materiale high tech? Ma in che modo, se non aveva soldi?

Poteva averlo rubato.

Presero in considerazione diversi scenari, e Zellman andò a inviare a Whitaker un'e-mail con le ultime, inquietanti novità. Krater invece fu mandato a cercare in giro per i negozi una borsa blu come quella di Marco.

Luigi rimase a meditare sulla cena.

I suoi pensieri furono interrotti da una telefonata proprio di Marco, il quale gli fece sapere che non si sentiva bene, che da qualche ora aveva lo stomaco in subbuglio. Aveva cancellato la lezione con Francesca ed era intenzionato a saltare la cena.

24

Se il telefono di Dan Sandberg squillava prima delle sei del mattino non annunciava buone notizie. Lui era una specie di gufo, un animale notturno che spesso dormiva fino all'ora di pranzo. E quelli che lo conoscevano sapevano che era inutile telefonargli prima.

Era un collega del "Washington Post". «Hai preso un buco, amico mio» gli annunciò serio.

«Che cosa?»

«Il "Times" è uscito con un grosso scoop.»

«Su chi?»

«Su Backman.»

«Che cosa?»

«Vai a vedere con i tuoi occhi.»

Sandberg corse nello studiolo del suo incasinatissimo appartamento e accese il computer. Trovò subito l'articolo, scritto dall'odiato rivale del "New York Times" Heath Frick. Il titolo di prima pagina era: *L'inchiesta dell'FBI sui provvedimenti di grazia si concentra su Joel Backman.*

Citando una moltitudine di fonti non meglio specificate, Frick scriveva che l'inchiesta preliminare sul caso "grazia in cambio di soldi" aveva ricevuto nuovo impulso e si stava estendendo ad altri individui ai quali l'ex presidente Arthur Morgan aveva concesso una sospensione della pena. Duca Mongo veniva definito "persona interessante", eufemismo spesso utilizzato quando magistrati e polizia volevano rovinare la reputazione di qualcuno che non erano riusciti a incriminare. Ma Mongo era finito in ospedale e girava voce che stesse per esalare l'ultimo respiro.

L'inchiesta stava quindi concentrando la sua attenzione su Joel Backman, la cui grazia, ottenuta all'ultimissimo momento, aveva indignato più d'uno, almeno secondo l'interpretazione di Heath Frick. La misteriosa scomparsa di Backman aveva solo corroborato l'ipotesi che si fosse comprato la grazia togliendosi poi di torno per evitare le prevedibili domande. Certe vecchie voci si erano tutt'altro che dissolte, ricordava a tutti Frick con il suo articolo, e da molte fonti anonime e solitamente attendibili si lasciava intendere che l'ipotesi di un tesoro messo da parte da Backman non era stata per nulla accantonata.

«Immondizia!» esclamò Sandberg, facendo scorrere l'articolo sul monitor. Sapeva meglio di chiunque altro come stavano le cose, e quelle fesserie non potevano trovare conferma in alcun modo. Backman non aveva pagato per ottenere la grazia.

Tutti quelli che avevano avuto rapporti, anche lontani, con l'ex presidente Morgan tenevano la bocca chiusa. Per il momento si era ancora nella fase preliminare dell'inchiesta, senza cioè che fosse stata avviata un'indagine formale, ma l'artiglieria pesante federale stava per aprire il fuoco e uno smanioso procuratore federale chiedeva a gran voce l'inizio delle ostilità. Non aveva ancora ottenuto l'intervento del Gran Giurì ma il suo ufficio attendeva soltanto il via libera dal dipartimento della Giustizia.

L'articolo di Frick si concludeva con due paragrafi su Backman, materiale di repertorio già usato in precedenti ricostruzioni della vicenda.

«Un tappabuchi!» fu il polemico commento di Sandberg.

Anche il presidente lesse quell'articolo, ma la sua reazione fu diversa. Prese degli appunti e attese le sette e mezzo, ora dell'arrivo di Susan Penn da lui appena nominata direttore ad interim della CIA, per la relazione del mattino. Questa relazione veniva tradizionalmente presentata dal direttore in persona, sempre nello Studio Ovale, ed era di solito il primo impegno della giornata. Ma la salute malandata di Teddy Maynard aveva modificato questa routine e da dieci anni era un rappresentante del direttore a recarsi di prima mattina alla Casa Bianca per la relazione. Ora l'usanza era stata ripresa.

Alle sette in punto sulla scrivania del presidente veniva depositata una sintesi, tra le otto e le dieci cartelle, di argomenti relativi a questioni di intelligence. E lui, in carica da quasi due mesi, aveva preso l'abitudine di leggersela dalla prima all'ultima parola. La trovava affascinante, a differenza del suo predecessore che in una circostanza si era vantato di non leggere quasi nulla, cioè né quotidiani né riviste né libri. Sicuramente non leggeva nemmeno atti legislativi, programmi politici, trattati o relazioni quotidiane; spesso aveva qualche difficoltà a leggere i suoi stessi discorsi. Ma la situazione adesso era ben diversa.

Ogni mattina un'auto blindata aspettava Susan Penn davanti alla sua casa di Georgetown per portarla alla Casa Bianca, dove arrivava alle sette e un quarto, dopo avere letto durante il tragitto la sintesi quotidiana che le aveva preparato la CIA. A pagina quattro quella mattina si parlava di Joel Backman e dell'attenzione di cui era oggetto da parte di certa gente molto pericolosa, forse persino di Sammy Tin.

Il presidente accolse calorosamente il direttore ad interim e si sedette con lei sul divano per prendere il caffè. Erano soli, come di consueto, e si misero subito al lavoro.

«Ha letto il "New York Times"?» le chiese.

«Sì.»

«Quante possibilità ci sono che Backman abbia effettivamente pagato per ottenere la grazia?»

«Pochissime. Come ho già spiegato, lui non aveva idea che ci fosse in corso una pratica, non avrebbe nemmeno avuto il tempo di organizzare le cose. A parte che, secondo noi, non disponeva nemmeno di quei soldi.»

«E allora perché è stato graziato?»

La fedeltà di Susan Penn a Teddy Maynard era tutt'altro che granitica. Teddy era uscito di scena e quanto prima sarebbe andato al Creatore, mentre Susan a quarantaquattro anni aveva ancora prospettive di carriera. Forse di una lunga carriera. Lei e il presidente lavoravano bene insieme e lui non aveva all'apparenza alcuna fretta di nominare il nuovo direttore.

«Se devo essere sincera, Teddy lo voleva morto.»

«Perché? Che motivo aveva Maynard di volerlo morto, secondo lei?»

«È una lunga storia...»

245

«No che non lo è.»

«Non sappiamo ancora certe cose.»

«Ma lei ne sa comunque abbastanza. Mi dica quello che sa.»

Lei lasciò cadere sul divano la relazione preparata dal suo ufficio e respirò a fondo. «Backman e Jacy Hubbard si erano cacciati in una faccenda troppo grossa per loro. Parlo di JAM, il software che i loro clienti avevano stupidamente portato negli Stati Uniti, nell'ufficio di Backman, per ricavarne una fortuna.»

«I clienti erano quei giovani pachistani, giusto?»

«Sì, e sono morti tutti.»

«Sapete chi li ha uccisi?»

«No.»

«Sapete chi ha ucciso Jacy Hubbard?»

«No.»

Il presidente si alzò tenendo in mano la tazza di caffè e andò ad appoggiarsi al bordo della scrivania, con un'espressione accigliata. «Mi riesce difficile credere che ignoriamo certe cose.»

«Anche a me riesce difficile, francamente. E non si può dire che non ce l'abbiamo messa tutta. Questo è uno dei motivi che avevano spinto Teddy a darsi tanto da fare perché a Backman fosse concessa la grazia. Ciò non toglie che in linea di principio lui volesse la morte di Backman. I due non si potevano vedere, e Teddy aveva sempre considerato Backman un traditore. Ma era altresì convinto che l'assassinio del Broker avrebbe fornito molte risposte alle nostre curiosità.»

«In che senso?»

«Dipende tutto da chi lo ucciderà. Se saranno i russi possiamo dare per scontato che quel sistema satellitare appartiene ai russi, e lo stesso vale per i cinesi. Se lo faranno fuori gli israeliani ci sono buone possibilità che Hubbard abbia tentato di vendere JAM ai sauditi. Se a eliminarlo saranno i sauditi potremo ritenere che Backman abbia fatto con loro il doppio gioco, perché siamo quasi certi che i sauditi fossero convinti di avere concluso l'affare con Backman.»

«Che invece li avrebbe fottuti.»

«Forse no. Secondo noi, la morte di Hubbard modificò l'intero scenario. Subito dopo, infatti, Backman fece le valigie e andò a rifugiarsi in carcere. E tutti gli affari saltarono.»

Il presidente tornò al tavolino davanti al divano e si versò dell'altro caffè. Poi sedette di fronte alla Penn, scuotendo il capo. «Secondo lei io dovrei credere che tre giovani hacker pachistani si erano introdotti in un sistema satellitare avanzatissimo del quale noi ignoravamo addirittura l'esistenza?»

«Sì. Erano davvero bravi, ma avevano anche avuto fortuna. E poi non si erano limitati a penetrare nel sistema, ma avevano realizzato un fantastico software per manipolarlo.»

«E questo sarebbe JAM?»

«È così che l'avevano chiamato.»

«Quel software l'aveva visto qualcuno?»

«I sauditi. Grazie a loro sappiamo non solo che esiste ma che probabilmente è all'altezza delle entusiastiche descrizioni che ne sono state fatte.»

«Dove si trova ora questo software?»

«Non lo sa nessuno, a parte, forse, lo stesso Backman.»

Seguì una lunga pausa mentre il presidente sorseggiava il suo caffè ormai tiepido. Poi il capo dell'esecutivo poggiò i gomiti sulle ginocchia. «A noi che cosa conviene fare, Susan? Quali sono i nostri interessi?»

Lei non ebbe esitazioni. «Seguire il piano di Teddy, così Backman sarà eliminato. Per quanto riguarda il software probabilmente non c'è più, dal momento che da sei anni non l'ha più visto nessuno. Il sistema satellitare è lassù, ma chi ne ha l'uso non è in grado di utilizzarlo.»

Altro sorso, altra pausa. Poi il presidente scosse il capo. «Così sia.»

Neal Backman non leggeva il "New York Times", ma ogni mattina faceva una rapida ricerca su Internet digitando il nome Joel Backman. E quando s'imbatté nell'articolo di Frick lo allegò a un'e-mail spedendolo dal caffè Jerry's Java insieme al messaggio che inviava ogni mattina al padre.

Seduto alla sua scrivania, poi, lesse nuovamente l'articolo e gli tornarono in mente quelle voci sul tesoro che il Broker avrebbe nascosto da qualche parte mentre lo studio legale andava a rotoli. Non aveva mai fatto al padre una domanda precisa, ben sapendo che non avrebbe ricevuto una risposta adeguata. Ma con il passare degli anni aveva cominciato a condividere quella convinzione diffusa secondo la quale Joel Backman era povero in canna come la maggior parte dei malfattori condannati.

Perché allora non riusciva a scuotersi di dosso quel fastidioso sospetto, ad allontanare l'idea che potesse in effetti esserci stata una compravendita della grazia? Se qualcuno sepolto in una prigione federale era capace di compiere un miracolo del genere, quel qualcuno era proprio suo padre. Ma come era finito a Bologna, in Italia? E perché? Chi gli stava dando la caccia?

Le domande si accumulavano mentre le risposte si rivelavano più elusive che mai.

Bevendo un caffè doppio e fissando la porta del suo ufficio chiusa a chiave, si pose ancora una volta la grande domanda: come si fa a localizzare un certo banchiere svizzero senza ricorrere al telefono, al fax, alla posta o all'e-mail?

Un modo lui l'aveva trovato, ma era necessario del tempo.

Efraim lesse la notizia sul "New York Times" mentre andava in treno da Firenze a Bologna. Ad avvertirlo era stata una telefonata da Tel Aviv e lui aveva trovato l'articolo online. Amos era seduto quattro sedili dietro di lui e a sua volta stava leggendo sul monitor del portatile.

Rufi e Shaul sarebbero arrivati la mattina seguente, il primo con un volo da Milano e il secondo in treno da Roma. I quattro componenti del *kidon* che parlavano italiano erano già a Bologna, per allestire in tutta fretta le due case sicure che avrebbero utilizzato nel corso dell'operazione.

Il piano prevedeva di sequestrare Backman sotto i portici bui di via Fondazza o in un'altra località adeguata, preferibilmente la mattina presto oppure dopo il tramonto. Gli avrebbero fatto un'iniezione di sedativo per poi caricarlo su un furgone, portarlo in una delle case sicure e attendere che svanisse l'effetto del sedativo. L'avrebbero interrogato e poi ucciso con un veleno, dandolo infine in pasto ai pesci del lago di Garda, a due ore di auto in direzione nord.

Il piano era approssimativo e pieno di incognite, ma l'OK era già stato dato e ormai non era più possibile tornare indietro. Ora che Backman cominciava a ricevere tante attenzioni era necessario colpire velocemente.

Ad accelerare i tempi c'era anche un'altra circostanza: il Mossad aveva fondate ragioni per ritenere che Sammy Tin si trovasse a Bologna, o nelle vicinanze.

Il ristorante più vicino a casa di Francesca era una vecchia e bella trattoria, Nino. Lei la conosceva bene oltre a conoscere da anni i due figli di Nino: al punto che, dopo avere spiegato loro per telefono ciò che le era accaduto, al suo arrivo fu accolta sulla soglia e letteralmente trasportata all'interno. Le presero dalla mano il bastone, la borsa, il cappotto e l'accompagnarono lentamente al loro tavolo migliore, che avevano avvicinato al camino. Poi le portarono del caffè e dell'acqua e le offrirono tutto ciò che lei avrebbe potuto desiderare. Era metà pomeriggio, i clienti venuti a pranzo se n'erano andati e Francesca e il suo allievo avrebbero avuto la trattoria tutta per loro.

Quando pochi minuti dopo arrivò Marco, i due fratelli lo accolsero come uno di famiglia. «La professoressa la sta aspettando» gli disse uno di loro.

La caduta sulla ghiaia di San Luca e la caviglia slogata l'avevano trasformata. Non c'era più traccia della sua gelida indifferenza, della tristezza: per il momento, quanto meno. Lei sorrise quando lo vide arrivare e addirittura gli prese una mano e lo attirò vicino a sé per scambiarsi due baci sulle guance, cioè, quasi sulle guance: un'usanza a cui Marco non si era ancora abituato dopo due mesi. Francesca, che era dopo tutto la sua prima conoscenza femminile in Italia, gli fece segno di sedersi di fronte a lei. E i due figli di Nino si affaccendarono intorno al tavolo prendendogli il cappotto e chiedendogli se voleva del caffè, ansiosi di vedere e sentire una lezione d'italiano.

«Come va il piede?» le chiese Marco, ma commise l'errore di parlare in inglese. Lei si portò un dito alle labbra, scuotendo il capo. «Non inglese, Marco. Solamente italiano.»

Lui si incupì. «È quello che temevo.»

Il piede le faceva un gran male. Ci aveva tenuto sopra del ghiaccio mentre leggeva o guardava la televisione e il gonfiore era diminuito. In trattoria era andata camminando piano, ma muoversi era importante. Dietro le insistenze della madre aveva acconsentito a usare il bastone, che aveva trovato utile ma allo stesso tempo imbarazzante.

Arrivarono altro caffè e altra acqua, e quando i due fratelli ebbero la certezza che la loro cara Francesca e il suo allievo canadese non avevano più bisogno di nulla si allontanarono, anche se controvoglia.

«Come sta sua madre?» le chiese lui in italiano.

Bene, ma è tanto stanca. Da un mese ormai si prende cura di Giovanni e la fatica comincia a farsi sentire.

Quindi, pensò lui, ora è possibile parlare di Giovanni. Come sta?

Ha un tumore inoperabile al cervello, gli rispose (e furono necessari alcuni tentativi per arrivare a una traduzione esatta). Gliel'hanno scoperto un anno fa e la fine è ormai vicina. Che pena!

Qual era la sua professione, che cosa faceva?

Ha insegnato per diversi anni storia medievale all'università. Si erano conosciuti là, professore e studentessa, e all'epoca lui era sposato con una donna che detestava. Avevano due figli maschi. Lei e il professore si erano innamorati e avevano iniziato una relazione che era andata avanti quasi dieci anni. Poi lui aveva divorziato e l'aveva sposata.

Figli? No, aveva risposto Francesca con grande tristezza. Giovanni, avendone già due, non ne voleva altri. E lei aveva dei rimpianti, molti rimpianti.

Marco cominciava a capire che quel matrimonio non doveva essere stato felice. Aspetta che parliamo del mio, pensò.

Non ci volle molto. «Mi dica di lei» gli chiese. «E parli lentamente, voglio sentire gli accenti il più possibile giusti.»

«Sono soltanto un uomo d'affari canadese» cominciò lui in italiano.

«No, davvero. Come si chiama, veramente?»

«No.»

«Qual è il suo vero nome?»

«Per adesso è Marco. La mia è una lunga storia, Francesca, e non posso parlargliene.»

«Molto bene. Ha figli?»

Certo. Le parlò a lungo dei suoi tre figli, le disse i nomi, le età, le occupazioni, le parlò delle loro case, dei rispettivi coniugi, dei bambini. Aggiunse qualche particolare di fantasia e compì un mezzo miracolo riuscendo a far apparire quasi normale la sua famiglia. Francesca lo ascoltò attentamente, intervenendo a ogni pronuncia stravagante o a ogni coniugazione verbale impropria. Uno dei figli di Nino portò dei cioccolatini e si trattenne il tempo necessario per fare i complimenti a Marco. «Parla molto bene, signore.»

Dopo un'ora lei cominciò a cambiare posizione sulla sedia e Marco capì che la sua insegnante doveva sentirsi a disagio. Riuscì finalmente a convincerla a uscire dalla trattoria e con grande piacere si incamminò con lei lungo via Don Minzoni. Francesca gli stava attaccata al gomito con la destra e con la sinistra si appoggiava al bastone, camminando con estrema lentezza. Tremava al pensiero di tornare a casa, di riprendere la veglia a un moribondo. Marco avrebbe camminato per chilometri e chilometri, appagato dal sentire sul suo braccio la mano di qualcuno che aveva bisogno di lui.

Arrivati davanti alla casa di Francesca si scambiarono un bacio sulle guance e decisero di rivedersi il giorno dopo da Nino, stessa ora e stesso tavolo.

Jacy Hubbard aveva trascorso a Washington quasi venticinque anni, un quarto di secolo passato facendo il diavolo a quattro ai massimi livelli con un incredibile numero di donne disponibili. L'ultima era stata Mae Szun, una sventola di un metro e ottanta dai lineamenti perfetti, implacabili occhi neri e una voce roca grazie alla quale non aveva dovuto faticare per attirare Jacy fuori da un bar e dentro un'auto. Dopo un'ora di sesso torrido lo aveva messo nelle mani di Sammy Tin, che l'aveva fatto fuori abbandonandone poi il cadavere sulla tomba del fratello.

Quando l'eliminazione di qualcuno prevedeva una parentesi di sesso, Sammy Tin preferiva servirsi di Mae Szun. Era un'ottima agente dell'MSS, ma le sue gambe e il suo viso rappresentavano una specie di valore aggiunto che si era dimostrato mortale in almeno tre occasioni. Lui l'aveva fatta venire a Bologna non per sedurre qualcuno ma per tenersi per mano con un altro agente, facendosi passare per turisti felicemente coniugati. Ma l'arma della seduzione non era da escludere a priori, soprattutto con Backman: il quale, poveretto, aveva passato sei anni in isolamento lontano dalle donne.

Mae individuò Marco che camminava confuso tra gli altri passanti in Strada Maggiore, diretto verso via Fondazza. Con notevole agilità aumentò l'andatura, poi estrasse dalla borsetta un cellulare e cominciò l'operazione di avvicinamento, sempre con l'aria della signora annoiata che guarda le vetrine.

Ma lui scomparve. Svoltò improvvisamente a sinistra e da lì girò in un angusto vicolo, via Begatto, allontanandosi poi da via Fondazza in direzione nord. E quando lei girò l'angolo, di Marco non c'era più traccia.

25

La primavera stava finalmente arrivando a Bologna. Gli ultimi turbinii di neve erano ormai un ricordo, la temperatura aveva toccato il giorno prima i dieci gradi e Marco, uscendo come al solito da casa prima dell'alba, si chiese se non fosse il caso di sostituire il parka con una normale giacca. Mosse qualche passo sotto il portico ancora immerso nell'oscurità e poi decise che il freddo era ancora da parka. Avrebbe potuto mettersi addosso qualcosa di meno pesante quando, due ore dopo, avrebbe fatto ritorno a casa. Infilò le mani in tasca e diede inizio alla consueta passeggiata mattutina.

Non riusciva a non pensare a quell'articolo del "New York Times". Vedere il suo nome sbattuto in prima pagina gli aveva fatto tornare in mente certi ricordi dolorosi, e questo l'aveva abbastanza scombussolato. Ma nell'accusa di avere corrotto il presidente c'erano tutti gli estremi dell'azione giudiziaria, e in un'altra vita lui avrebbe cominciato la giornata con raffiche di querele a tutti i responsabili di quell'articolo. Sarebbe diventato il proprietario del "New York Times".

A tenerlo sulla corda, però, c'erano alcuni interrogativi. Come andava interpretata, ora, quell'attenzione nei suoi confronti? Luigi l'avrebbe trasferito da qualche altra parte?

E, soprattutto, dopo quell'articolo doveva considerarsi più in pericolo di prima?

Stava sopravvivendo benissimo, nascosto in una bella città dove nessuno sapeva il suo nome. Nessuno riconosceva il suo viso. Nessuno si curava di lui. I bolognesi campavano senza disturbare nessuno.

Nemmeno lui si riconosceva. Ogni mattina, quando terminava di radersi e si metteva gli occhiali e il berrettino di velluto a coste, si guardava allo specchio e augurava buongiorno a Marco. Erano ormai scomparsi gli occhi gonfi, le guance cadenti, i capelli incolti. Era diventato una persona come tante che cammina per strada.

Viveva giorno per giorno, Marco, e i giorni si accumulavano. Nessun lettore del "New York Times" sapeva dove lui si trovasse e che cosa facesse.

Superò un uomo vestito di scuro e capì subito che c'erano guai in vista. Quel vestito era di taglio e stoffa stranieri, uno di quegli abiti da quattro soldi che in un'altra vita lui vedeva ogni giorno. La camicia bianca era di quello stesso banale modello botton-down che aveva avuto sotto gli occhi per trent'anni a Washington. Una volta aveva avuto la tentazione di scrivere una circolare a uso dei dipendenti diffidandoli dall'indossare camicie a righe bianche e azzurre con i bottoncini al colletto, ma Carl Pratt l'aveva dissuaso.

Non aveva notato il colore della cravatta.

Non era quello il tipo di vestito che si vedeva sotto i portici di via Fondazza prima dell'alba, o a qualsiasi altra ora. Fece ancora qualche passo, poi si voltò accorgendosi che l'abito ora lo stava seguendo. Lo indossava un uomo sulla trentina, bianco, robusto e atletico, il tipo che in una corsa o in una scazzottata avrebbe sicuramente avuto la meglio. Marco decise allora di adottare una diversa strategia. Si fermò all'improvviso, si voltò e disse: «Serve qualcosa?».

La risposta venne da qualcun altro. «Da questa parte, Backman.»

Sentendo pronunciare il suo nome Marco si bloccò. Per un istante gli sembrò di avere le ginocchia di gomma mentre le spalle si incurvavano, e si disse che no, non stava sognando. In un flash rivide tutti gli orrori che la parola Backman comportava. Che tristezza farsi terrorizzare dal proprio cognome!

Erano in due. Quello che aveva parlato arrivò dall'altra estremità di via Fondazza. Era vestito praticamente come il suo compagno, ma la sua camicia bianca era priva dei bottoncini. Ed era più anziano, più basso e molto più magro. Lo smilzo e l'atticciato.

«Che cosa volete?» chiese Marco.

Si infilarono lentamente la mano in tasca. «Siamo dell'FBI» disse l'atticciato. L'accento era americano, probabilmente del Midwest.

«Non faccio fatica a crederlo.»

Come di prammatica gli mostrarono fuggevolmente i distintivi, ma nell'oscurità del portico Marco non riuscì a vederli bene. Una debole lampadina sopra un portone servì a poco. «Non riesco a leggerli» disse Marco.

«Facciamo due passi» propose lo smilzo. Il suo accento era di Boston e lui doveva essere di origine irlandese.

«Vi siete persi?» gli chiese Marco senza muoversi. Non voleva spostarsi da lì, e comunque in quel momento si sentiva i piedi pesantissimi.

«Sappiamo esattamente dove ci troviamo.»

«Ne dubito. Avete un mandato?»

«Non ne abbiamo bisogno.»

L'atticciato commise l'errore di toccare il gomito sinistro di Marco, come per aiutarlo a incamminarsi nella direzione che volevano. Marco si ritrasse di scatto. «Non mi toccate! Levatevi dai piedi. Qui non avete alcun diritto di arrestarmi, potete soltanto parlare.»

«Bene, allora andiamo a farci una chiacchierata» disse lo smilzo.

«Non sono obbligato.»

«C'è un bar a un paio di isolati da qui» propose l'atticciato.

«Benissimo, andate a farvi un caffè e magari anche una brioche. Ma lasciatemi in pace.»

I due si guardarono, poi diedero un'occhiata intorno indecisi sul da farsi, cioè se passare al piano B.

Marco non si mosse. Non che stando fermo lì si sentisse al sicuro, ma era quasi certo che dietro l'angolo lo attendesse un'auto scura.

Dove diavolo era Luigi? Possibile che quei due facessero parte del suo complotto?

Era stato scoperto, smascherato, lo avevano chiamato con il suo nome. Questo avrebbe quasi sicuramente significato un ennesimo trasloco in un'altra casa sicura.

Lo smilzo decise di prendere in mano la situazione. «Va bene anche qui, certo. C'è tanta gente dalle nostre parti che vorrebbe parlarle.»

«Forse è proprio per questo che mi trovo qui.»

«Stiamo indagando sul provvedimento di grazia che lei si è comprato.»

«Allora state buttando tempo e denaro, il che non è comunque una sorpresa.»

«Abbiamo qualche domanda da farle circa quella transazione.»

«Che indagine idiota.» Marco sputò quasi quelle parole, guardando fisso lo smilzo. Per la prima volta dopo tanti anni era tornato nei panni del Broker che strapazzava qualche borioso burocrate o qualche stupido parlamentare. «L'FBI spende della buona valuta americana per mandare due pagliacci come voi qui a Bologna, per bloccarmi su un marciapiede e farmi domande alle quali nemmeno uno scemo risponderebbe. Siete una bella coppia di stronzi, lo sapete? Tornatevene a casa e fate sapere al vostro capo che anche lui è uno stronzo. E già che ci siete ditegli che sta sprecando un mucchio di tempo e di soldi se crede che mi sia comprato la grazia.»

«Lei quindi nega...»

«Non nego nulla. E non ammetto nulla. Non dico nulla, a parte che non ho mai visto l'FBI scendere così in basso. Voi due non sapete nuotare e siete finiti dove non si tocca.»

In patria gli avrebbero dato qualche schiaffo e qualche spinta, sarebbero volati insulti. Ma in territorio straniero non sapevano come regolarsi. Avevano ricevuto l'ordine di trovarlo e accertare se in effetti abitava dove aveva detto la CIA. E se l'avessero trovato avrebbero dovuto dargli una ripassata, spaventarlo e metterlo alle strette con domande su bonifici bancari e conti offshore.

Avevano previsto tutto, avevano provato e riprovato quella scena. Ma sotto i portici di via Fondazza il signor Lazzeri stava facendo naufragare i loro piani.

«Non ce ne andiamo da Bologna se prima non parliamo con lei» disse l'atticciato.

«Congratulazioni, vi aspetta una lunga vacanza.»

«Abbiamo degli ordini, signor Backman.»

«Anche io ho degli ordini.»

«Soltanto qualche domanda, per favore» insistette lo smilzo.

«Parlate con il mio avvocato.» E Marco s'incamminò verso casa.

«Chi è il suo avvocato?»

«Carl Pratt.»

Non si mossero, non lo seguirono mentre lui accelerava l'andatura. Attraversò la strada dando un'occhiata al suo palazzo ma senza fermarsi. Se avevano avuto l'intenzione di seguirlo avevano indugiato troppo e, quando s'infilò velocemente in via del Piombo, capì che non l'avrebbero più ripreso. Quelli ormai erano i suoi vicoli, le sue strade, gli atrii bui dei negozi che sarebbero rimasti chiusi ancora tre ore.

L'avevano trovato in via Fondazza soltanto perché conoscevano il suo indirizzo.

Prese un autobus dalle parti di Porta Santo Stefano e scese mezz'ora dopo alla fermata della stazione ferroviaria, dove salì su un altro autobus che lo portò in centro. I mezzi pubblici cominciavano a riempirsi delle prime persone dirette al lavoro. Con un terzo autobus attraversò poi la città fino a Porta Saragozza, dove diede inizio all'arrampicata fino al santuario di San Luca. Arrivato al quattrocentesimo arco si fermò a riprendere fiato e guardò indietro per controllare se qualcuno lo stesse seguendo, nascondendosi dietro una delle tante colonne. Ma, come immaginava, non vide nessuno.

Allora rallentò l'andatura e terminò la passeggiata in cinquantacinque minuti. Aggirò il santuario e seguì lo stretto sentiero sul quale Francesca era caduta, andando poi a sedersi sulla panchina dove lei l'aveva atteso. Da quel punto si godeva una splendida vista di Bologna al mattino. Si tolse il parka. Il sole si era alzato, l'aria era fresca e limpida come mai, e Marco sedette a lungo tutto solo guardando la città che riprendeva vita.

Si godette la solitudine e la sensazione di sicurezza. Perché non farla ogni mattina quella salita, si chiese, e guardare Bologna dall'alto senza aver nulla da fare a parte pensare e magari leggere i giornali? Oppure telefonare a un amico per farsi dire le ultime indiscrezioni?

Prima, però, avrebbe dovuto trovare degli amici.

E quello era un sogno che non si sarebbe potuto avverare.

Con il cellulare fornitogli da Luigi chiamò Ermanno e disdisse la lezione di quel mattino, poi telefonò a Luigi annunciandogli che non aveva voglia di studiare.

«Qualcosa non va?»

«No, voglio solo fare una pausa.»

«Capisco, Marco, ma noi paghiamo Ermanno per farti lezione. E tu hai bisogno di studiare ogni giorno.»

«Dacci un taglio, Luigi. Oggi non ho voglia.»

«Non mi va questa faccenda.»

«Non m'interessa. Sospendimi, buttami fuori dalla scuola.»

«Sei nervoso?»

«No, sto bene. È una bella giornata, a Bologna c'è la primavera e io vado a farmi una bella passeggiata.»

«Da che parte ti dirigi?»

«No, grazie, non voglio compagnia.»

«Mangiamo insieme?»

Marco avvertì in quel momento un certo languore. I pranzi con Luigi erano sempre deliziosi e al conto provvedeva immancabilmente lui. «Certo.»

«Ci penso io, poi ti richiamo.»

«D'accordo. Ciao, Luigi.»

Si incontrarono a mezzogiorno e mezzo al Caffè Atene, una vecchia tavernetta in un vicolo alla quale si accedeva scendendo qualche gradino. Lo spazio all'interno era ridottissimo e i tavolini quadrati praticamente si toccavano l'uno con l'altro. I camerieri si facevano largo còn i gomiti, tenendo vassoi sopra la testa, i cuochi urlavano dalla cucina. Il locale era pieno di fumo oltre che di clienti che sembravano divertirsi a parlare a tutto volume mentre mangiavano. Luigi gli spiegò che quel ristorante esisteva da secoli, che trovare un tavolo libero era un'impresa e che, ovviamente, si mangiava da re. Gli propose di dividere con lui un piatto di calamari come antipasto.

Dopo aver passato la mattinata a San Luca valutando i pro e i contro, Marco aveva deciso di non parlare a Luigi del suo incontro con gli uomini dell'FBI. Quanto meno non in quel momento, non quel giorno. Magari l'indomani o tra un paio di giorni, ma per adesso aveva bisogno di mettere un po' di ordine nelle sue idee. Se non voleva informare Luigi era soprattutto perché non aveva intenzione di fare in fretta e furia le valigie per darsi nuovamente alla fuga, alle condizioni di Luigi. Se doveva scappare l'avrebbe fatto da solo.

Non riusciva a immaginare il motivo della presenza a Bologna dell'FBI, presenza della quale Luigi e i suoi erano evidentemente all'oscuro. Luigi in quel momento sembrava preoccuparsi soltanto del menu e della lista dei vini. La vita era bella e intorno a loro tutto era normale.

Le luci all'improvviso si spensero e il Caffè Atene piombò nell'oscurità. Subito dopo un cameriere incespicò, cadendo sul loro tavolo con un vassoio carico di portate. Le gambe del tavolo antico cedettero e Marco si trovò il ripiano in grembo, mentre un piede o qualcos'altro lo colpiva alla spalla sinistra. Tutti urlavano e spingevano, poi dalla cucina si udì un grido: «Al fuoco!».

L'evacuazione del locale avvenne senza gravi conseguenze. L'ultimo a uscire fu Marco, che si era chinato per sottrarsi alla carica e cercare la sua borsa blu. L'aveva appesa come al solito alla spalliera della sedia, e sedendo la sfiorava con il corpo assicurandosi che fosse sempre lì. Ma in quella confusione era scomparsa.

Gli avventori in strada guardavano sfiduciati il ristorante, il loro pranzo lasciato a metà. Poi dalla porta uscì una nuvoletta di fumo, che si disperse a contatto con l'aria. All'interno si intravedeva un cameriere che correva in mezzo ai tavoli stringendo fra le mani un estintore, poi ancora dell'altro fumo, ma non troppo.

«Ho perso la borsa» comunicò Marco a Luigi mentre osservavano la scena.

«Quella blu?»

Con quante borse vado in giro, Luigi? «Sì, quella blu.» Aveva già il sospetto che gliela avessero portata via.

Preceduta da una rumorosissima sirena arrivò una piccola autopompa che si fermò con uno stridio di freni. Ne scesero di corsa alcuni vigili del fuoco, mentre la sirena continuava a ululare. Passò qualche minuto, poi spettatori e avventori cominciarono ad allontanarsi, con i più decisi tra loro alla ricerca di un altro ristorante prima che le cucine chiudessero. Gli altri rimasero a guardare a bocca spalancata quella terribile ingiustizia.

La sirena fu alla fine neutralizzata e così anche l'incendio, per spegnere il quale non era stato necessario inondare la trattoria. Dopo un'ora di discussioni, di controversie e di lotta alle fiamme, la situazione poté considerarsi sotto controllo. «C'era qualcosa nella toilette» urlò un cameriere a un amico, uno dei pochi avventori impauriti e a pancia vuota rimasti là davanti. Le luci si riaccesero.

I clienti furono fatti rientrare a riprendersi i soprabiti; tornarono anche alcuni di quelli che erano andati in cerca di un altro ristorante. Luigi si diede da fare per aiutare Marco a ritrovare la sua borsa. Ne discusse con il capocameriere e quasi subito tutto il personale si dedicò a questa ricerca. Nel bel mezzo di quel vociare eccitato Marco sentì un cameriere dire qualcosa a proposito di "un fumogeno".

Ma la borsa era scomparsa, e Marco lo sapeva.

Presero un panino e una birra seduti al sole in un tavolino all'aperto, dal quale si godeva ogni tanto il passaggio di una bella ragazza. Marco era preoccupato di quel furto, ma cercava di non darlo a vedere.

«Mi spiace per la borsa» gli disse Luigi a un certo punto.

«Niente di irreparabile.»

«Ti farò avere un altro cellulare.»

«Grazie.»

«Che cos'altro hai perso?»

«Niente, qualche cartina di Bologna, delle aspirine, qualche euro.»

A pochi isolati di distanza, dentro una stanza d'albergo, Zellman e Krater avevano rovesciato sul letto il contenuto della borsa sistemandolo poi ordinatamente. A parte il cellulare Ankyo c'erano due cartine di Bologna, entrambe sgualcite e piene di segni a penna ma non particolarmente significative, quattro biglietti da cento dollari, il cellulare che Luigi gli aveva prestato, un flaconcino di aspirina e il libretto d'istruzioni dell'Ankyo.

Zellman, il più esperto di informatica, collegò il cellulare a Internet e fece scorrere il menu. «Bell'articolo» commentò, colpito dal giocattolino di Marco. «È in assoluto l'ultimo modello sul mercato.»

A quel punto, però, dovette fermarsi, bloccato dalla password: a scoprirla avrebbero provveduto quelli di Langley. Usando il suo computer portatile mandò un'e-mail a Julia Javier, comunicandole il numero di serie e altri dati.

A due ore di distanza dal furto, un agente della CIA se ne stava seduto in auto nel parcheggio di Chatter, alla periferia di Alexandria, in attesa che il negozio aprisse i battenti.

26

Da lontano la vide trascinarsi coraggiosamente lungo il marciapiede di via Don Minzoni, sorreggendosi al bastone. La seguì fino a trovarsi a una quindicina di metri da lei. Quel giorno si era messa degli stivaletti di camoscio, sicuramente per poter camminare con maggiore comodità. Gli stivaletti avevano i tacchi bassi e, date le circostanze, un paio di scarpe senza tacchi sarebbe stato ancora più indicato: ma lei era italiana e la moda aveva sempre la precedenza. La gonna marrone chiaro si fermava alle ginocchia e sopra Francesca indossava un maglione aderente di lana di un rosso acceso. Per la prima volta, notò lui, non si era infagottata in quel cappottone che nascondeva la sua bella figura.

Camminava con cautela, zoppicando leggermente, ma con una determinazione che rincuorò Marco. Dovevano prendere un caffè da Nino, approfittando dell'occasione per una o due ore di lezione. Tutto per lui!

E per i soldi.

Per un attimo Marco pensò alla situazione economica della sua insegnante. Nonostante le condizioni del marito e la stagionalità del suo lavoro di guida turistica, Francesca riusciva a vestirsi con una certa eleganza e a vivere in un appartamento arredato con gusto. Giovanni aveva fatto il professore e forse aveva messo da parte qualche risparmio, ma ora la malattia stava incidendo sul bilancio familiare.

Marco aveva comunque da pensare ai suoi, di problemi. Aveva appena perso quattrocento dollari in contanti oltre all'unico mezzo di collegamento con il mondo esterno. Gente che non doveva sapere nemmeno in che parte del pianeta si trovasse ora conosceva il suo indirizzo esatto. Nove ore prima, in via Fondazza, aveva udito pronunciare il suo nome.

Rallentò per lasciarla entrare da sola da Nino, dove fu immancabilmente accolta dai figli del proprietario come una di famiglia. Fece il giro dell'isolato per dar loro modo di sistemarla a un tavolo, di affaccendarsi intorno a lei, portarle un caffè, chiacchierare un po' e aggiornarla sui pettegolezzi del quartiere. Dieci minuti dopo entrò anche lui, ricevendo un vigoroso abbraccio dal figlio più giovane di Nino. Un amico di Francesca era un loro amico per la vita.

L'atteggiamento di lei era talmente cambiato che Marco non sapeva più cosa pensare. Ricordava ancora quella calda atmosfera che si era stabilita tra loro il giorno prima, ma si rendeva conto che poteva essersi trattato di una parentesi, che l'indifferenza era sempre dietro l'angolo. Però quando lei gli sorrise, gli afferrò una mano e ancora una volta gli sfiorò le guance con un bacio, Marco capì immediatamente che la lezione di Francesca avrebbe rappresentato la parte più bella di una giornata altrimenti schifosa.

Quando furono finalmente soli le chiese del marito, ma la situazione non era cambiata. «È soltanto una questione di giorni» gli rispose con le labbra tese, come se avesse già accettato l'idea della morte e fosse pronta a indossare il lutto.

Poi le chiese della madre e seppe che stava preparando una torta di pere, una delle preferite dal genero, sperando che dalla cucina gli giungesse il profumo.

«E la sua giornata com'è andata?» gli chiese lei.

La realtà di quella serie di disgrazie superava la fantasia. Non riusciva a immaginarsi un giorno peggiore di quello, dallo choc di sentir pronunciare in strada il suo vero nome al trovarsi vittima di un furto messo a segno con un'elaborata messinscena.

«C'è stato un po' di trambusto a pranzo» le rispose.

«Mi racconti.»

Le descrisse il ritorno a San Luca fino al punto in cui lei era caduta, la panchina, il panorama, la lezione con Ermanno cancellata, il pranzo con Luigi, il principio d'incendio, ma tacque sulla perdita della borsa. Lei fino ad allora non ci aveva fatto caso, ma poi se ne accorse.

«C'è pochissima criminalità a Bologna» osservò, quasi a volersi scusare. «Il Caffè Atene lo conosco e non è un posto da ladri.»

Lui avrebbe voluto sottolineare che i ladri in questione probabilmente non erano italiani, ma si limitò a scrollare la testa, quasi a voler dire: "Ma a che punto siamo arrivati!".

Esaurite le chiacchiere lei si trasformò nella severa insegnante e gli annunciò l'intenzione di affrontare certi verbi. Lui non era dello stesso parere, ma la cosa era assolutamente priva d'importanza. Francesca gli insegnò il futuro dei verbi abitare e vedere, poi gli fece coniugare in tutti i tempi questi verbi applicandoli a una serie di frasi scelte a caso. E, lungi dal divagare, gli fece notare ogni accento sbagliato, mentre qualsiasi errore di grammatica era causa di un immediato rimprovero, quasi che sbagliando lui avesse insultato l'Italia intera.

Aveva passato tutta la giornata in casa, con un marito moribondo e una madre occupata, e quella lezione era per lei l'unica valvola di sfogo. Marco era esausto, le emozioni di quella giornata avevano lasciato il segno, ma le domande a raffica di Francesca lo distoglievano dalla stanchezza e dall'agitazione. Passò velocemente un'ora. Ricaricarono le batterie con un altro caffè e lei si avventurò nel mondo arduo e limaccioso del congiuntivo: presente, imperfetto e piuccheperfetto. Fino a quando Marco non cominciò a commettere un errore dietro l'altro. Francesca cercò di consolarlo, spiegandogli che il congiuntivo è la trappola nella quale cadono molti studenti, ma lui era stanco e pronto a cadere nella trappola.

Si arrese dopo due ore, completamente esaurito oltre che smanioso di fare un'altra lunga passeggiata. Per salutare i ragazzi di Nino impiegarono un quarto d'ora, poi lui accompagnò ben volentieri a casa la sua insegnante. Si abbracciarono, si sfiorarono le guance con i consueti baci e rimasero d'accordo di riprendere lo studio l'indomani.

Camminando il più possibile in linea retta sarebbe arrivato a casa sua in venticinque minuti. Ma da oltre un mese lui non camminava più in linea retta.

Prese a vagare senza meta.

Alle quattro del pomeriggio, otto componenti del *kidon* erano appostati in vari punti di via Fondazza: due prendevano un caffè seduti al tavolino all'aperto di un bar, tre passeggiavano un isolato più avanti, due andavano e venivano su uno scooter e un altro seguiva i vari movimenti da una finestra al terzo piano.

A meno di un chilometro di distanza, dove cominciava la periferia, i restanti quattro membri del *kidon* giocavano a carte attendendo nervosamente lo svilupparsi degli eventi, in un appartamento sovrastante il negozio di un anziano fioraio ebreo. Uno di loro, Ari, era lo specialista del Mossad per gli interrogatori in lingua inglese.

La conversazione era pressoché inesistente, li attendeva una notte lunga e sgradevole.

Per tutta la giornata Marco si era chiesto se fosse il caso di tornare in via Fondazza, dove avrebbe potuto trovare ad aspettarlo i ragazzi dell'FBI pronti per un altro brusco confronto. Ed era certo che questa volta non sarebbe riuscito a sbarazzarsene tanto facilmente, quelli non erano i tipi da chiudere i lavori e salire sul primo aereo. I loro superiori pretendevano dei risultati.

Anche se non ne aveva la certezza, Marco sospettava fortemente che dietro il furto della sua borsa ci fosse Luigi. L'incendio era stato più che altro una diversione, una scusa per far saltare la corrente elettrica e impossessarsi della borsa.

Non si fidava di Luigi perché non si fidava di nessuno.

Loro adesso avevano il suo bel cellulare smartphone, con dentro i codici di Neal. Sarebbero riusciti a decifrarli? Potevano risalire fino a suo figlio? Marco non aveva la minima idea di cosa fosse possibile in materia di tecnologia.

Doveva a tutti i costi andarsene da Bologna, ma la destinazione e come raggiungerla erano quesiti che non aveva preso ancora in considerazione. Si era messo a vagare, sentendosi vulnerabile e quasi inerme. Ogni faccia che lo guardava gli sembrava appartenere a qualcuno che conosceva il suo vero nome. A un'affollata fermata d'autobus salì saltando la fila, anche se non sapeva dove stava andando. L'autobus era pieno di pendolari stanchi, pigiati come sardine. Dal finestrino si mise a osservare il traffico pedonale sotto i meravigliosi, animatissimi portici del centro.

Scese all'ultimo secondo e percorse a piedi tre isolati lungo via San Vitale, finché non vide un altro bus. Vi salì restando a bordo oltre un'ora da un capolinea all'altro, poi scese dalle parti della stazione. Si mischiò ad altri passanti, quindi accelerò l'andatura e arrivò al capolinea delle corriere in via dell'Indipendenza. Sul tabellone scoprì che dieci minuti dopo sarebbe partito un pullman per Piacenza, distante un'ora e mezza di viaggio, con cinque fermate. Comprò un biglietto, trenta euro, e rimase nascosto fino all'ultimo nella toilette. Il pullman era quasi pieno, i sedili comodi e con alti poggiatesta, e mentre si muoveva lentamente in mezzo al traffico Marco quasi si addormentò. Ma poi si scosse, non poteva permettersi di dormire.

C'era arrivato, finalmente, a quella fuga alla quale pensava fin dal suo primo giorno a Bologna. Si era ormai convinto che per sopravvivere sarebbe stato costretto a scomparire, lasciandosi alle spalle Luigi e cavandosela da solo. Spesso si era chiesto come e quando si sarebbe tolto dalla circolazione. Quale sarebbe stata la causa della fuga? Un volto? Una minaccia? Si sarebbe allontanato in pullman o in treno? In taxi o in aereo? Sarebbe riuscito a tirare avanti con quel suo rudimentale italiano? E quanti soldi gli sarebbero rimasti al momento della fuga?

C'era arrivato, stava fuggendo. E non poteva più tornare indietro.

La prima fermata il pullman la fece in un paesino, Bazzano, circa venticinque chilometri a ovest di Bologna. Marco scese ma non risalì, e anche questa volta andò a nascondersi nella toilette fin quando la corriera non si mosse. Poi attraversò la strada, entrò in un bar dove ordinò una birra e si informò dal barista su dove avrebbe potuto trovare un albergo nelle vicinanze.

Alla seconda birra gli chiese la strada per la stazione ferroviaria, scoprendo però che a Bazzano non esisteva. Solo corriere, disse il barista.

L'Albergo Cantino era vicino al centro di Bazzano, distante da lì cinque o sei isolati. Era buio quando si presentò al banco, senza bagagli: particolare questo che non sfuggì all'impiegata.

«Vorrei una stanza» le chiese in italiano.

«Per quante notti?»

«Soltanto una.»

«La tariffa è di cinquantacinque euro.»

«Bene.»

«Il suo passaporto, per favore.»

«L'ho perso, mi dispiace.»

Le sopracciglia depilate e tinte s'inarcarono per il sospetto e la donna prese a scuotere il capo. «Spiacente.»

Marco posò davanti a lei due biglietti da cento euro. Il messaggio era chiarissimo: prendi i contanti, non farmi riempire moduli e dammi la chiave.

Ma la donna continuò a scuotere il capo, sempre accigliatissima.

«Deve avere il passaporto» ribadì. Poi incrociò le braccia sul petto, sollevò il mento e si preparò per lo scambio successivo. Non avrebbe ceduto di un millimetro.

Marco uscì e si mise a camminare per quelle strade sconosciute. Trovò un bar dove ordinò un caffè; basta alcol, doveva rimanere lucido.

«Dove trovo un taxi?» chiese al barista.

«Alla fermata delle corriere.»

Erano le nove di sera e Luigi camminava su e giù dentro casa, in attesa del ritorno del suo vicino Marco. Aveva telefonato a Francesca, dalla quale aveva saputo che avevano studiato tutto il pomeriggio, e che anzi la lezione era stata piacevolissima. Splendido, pensò.

La scomparsa di Marco era prevista nel piano, ma Whitaker e Langley erano certi che sarebbe dovuto passare ancora qualche giorno. L'avevano già perso? Così presto? In zona erano ormai cinque gli agenti: Luigi, Zellman, Krater e altri due mandati da Milano.

Luigi l'aveva sempre messo in discussione, quel piano. In una città delle dimensioni di Bologna era materialmente impossibile tenere sotto controllo qualcuno ventiquattr'ore al giorno. E sempre Luigi aveva sostenuto con una certa veemenza che, perché il piano funzionasse, Backman andava trasferito in un paese, dove i suoi movimenti sarebbero stati per forza di cose limitati, le sue opzioni scarse e i suoi eventuali visitatori sarebbero stati molto più visibili. Il piano originale era proprio quello, ma un giorno, all'improvviso, Washington aveva deciso di modificarlo.

Alle 9.12 gli giunse dalla cucina un ovattato ronzio e corse davanti ai monitor. Marco era tornato a casa. La porta si stava aprendo e Luigi non staccò gli occhi dall'immagine digitale offerta dalla microcamera nascosta nel soffitto del soggiorno.

Ma non era Marco, bensì due sconosciuti sulla trentina, in giacca e cravatta. Chiusero la porta rapidamente, silenziosamente, professionalmente, poi cominciarono a guardarsi intorno. Uno dei due aveva in mano una specie di valigetta nera.

Erano in gamba, molto in gamba. Per avere la meglio sulla serratura di una casa sicura dovevano sapere il fatto loro.

Luigi sorrise eccitato. Con un po' di fortuna le microcamere avrebbero registrato la cattura di Marco. Forse l'avrebbero ucciso proprio lì, in soggiorno, sotto l'occhio della telecamera. Forse, tutto sommato, il piano funzionava.

Manovrò gli interruttori audio per aumentare il volume. La lingua era di importanza cruciale, a quel punto. Da dove venivano, che lingua parlavano? Ma dagli altoparlanti non usciva alcun suono mentre i due si muovevano senza fare rumore. Sussurrarono qualcosa un paio di volte, ma Luigi riuscì a malapena a sentire.

27

Il taxi si fermò all'improvviso in via Gramsci, non lontano dalla stazione ferroviaria e da quella dei pullman. Marco pagò l'autista e scese, accovacciandosi poi tra due auto in sosta e confondendosi con l'oscurità circostante. La sua fuga da Bologna era stata di breve durata, ma comunque non si era ancora conclusa. Seguendo le sue recenti abitudini prese a camminare passando da un marciapiede all'altro, tornando a volte sui suoi passi e voltandosi ogni tanto a controllare che nessuno lo stesse seguendo.

Arrivato in via Don Minzoni si avviò a passo svelto sotto i portici fin quando raggiunse il portone del palazzo dove abitava Francesca. A quel punto non poteva permettersi di ripensarci, di esitare, di porsi domande. Premette due volte il pulsante del citofono, sperando con tutto se stesso che a rispondergli fosse lei e non la madre.

«Chi è?» Era la bella voce di Francesca.

«Sono io, Marco. Ho bisogno d'aiuto.»

Una breve pausa. «Sì, certo. Ti apro.»

Lo attendeva davanti alla porta di casa e lo invitò a entrare. Purtroppo c'era anche la madre, che dalla soglia della cucina seguì attentamente il suo arrivo tenendo in mano un asciugamano.

«Va tutto bene?» gli chiese Francesca.

«Parliamo in inglese, per favore» le disse, sorridendo alla madre.

«Sì, naturalmente.»

«Ho bisogno di un posto dove passare la notte. Non posso andare in albergo perché sono senza passaporto. Non è bastata nemmeno una grossa mancia.»

«La legge è questa, lo sa.»

«Lo sto imparando.»

Lei gli fece cenno di accomodarsi su un divano, poi chiese alla madre di preparare il caffè. Marco notò che Francesca camminava a piedi nudi e non si appoggiava al bastone, anche se ne aveva bisogno. Indossava jeans aderenti e un maglione largo. Era carina, sembrava una studentessa.

«Perché non mi dice che cosa sta succedendo?» gli chiese.

«È una storia complicata e non posso rivelarle quasi niente. Diciamo che in questo momento non mi sento molto al sicuro e ho bisogno di lasciare Bologna il più presto possibile.»

«Dove pensa di andare?»

«Non lo so ancora. Da qualche parte fuori dall'Italia o dall'Europa, in un posto dove possa tornare a nascondermi.»

«E quanto dovrà rimanere nascosto?»

«Per parecchio tempo, ma non lo so con precisione.»

Francesca lo fissò senza battere ciglio, e lui ricambiò il suo sguardo, perché quegli occhi, pur se freddi, erano belli. «Ma lei, chi è?» gli chiese.

«Non sono sicuramente Marco Lazzeri.»

«E da che cosa sta fuggendo?»

«Dal mio passato, che però sta per raggiungermi. Non sono un criminale, Francesca, una volta facevo l'avvocato ma mi sono messo nei guai, sono stato in carcere e poi ho avuto la grazia. Non sono un delinquente.»

«Perché le danno la caccia?»

«Riguarda un affare di sei anni fa. Certa gente poco raccomandabile non è rimasta soddisfatta della conclusione di un affare, se la sono presa con me e ora vorrebbero trovarmi.»

«Per ucciderla?»

«Sì, è esattamente ciò che vorrebbero fare.»

«Mi sembra una storia molto confusa. Perché è venuto a Bologna? Perché Luigi l'aiutava? Perché paga me ed Ermanno? Non capisco.»

«E io non posso rispondere a queste domande. Due mesi fa ero in carcere e pensavo di restarci altri quattordici anni. Poi all'improvviso mi hanno rimesso in libertà, mi hanno dato una nuova identità, mi hanno portato in Italia nascondendomi prima a Treviso e poi a Bologna. Penso che vogliano uccidermi proprio qui.»

«Qui! A Bologna?!»

Marco annuì e spostò lo sguardo sulla porta della cucina, dove era apparsa la signora Altonelli con un vassoio sul quale aveva poggiato il caffè e una torta di pere ancora intatta. E mentre gliene tagliava una fetta mettendola in un piattino, lui si rese conto di essere digiuno dall'ora di pranzo. Il pranzo con Luigi, quello del falso incendio e del furto del suo smartphone. Ripensò a Neal, temendo per l'incolumità del figlio.

«È deliziosa» disse in italiano alla madre di lei. Francesca non mangiava ma seguiva ogni mossa del suo allievo, ogni morso, ogni sorso di caffè. «Per chi lavora Luigi?» gli chiese quando la madre rientrò in cucina.

«Non lo so con sicurezza, probabilmente per la CIA. Lo sa che cos'è la CIA?»

«Sì, li leggo anch'io i romanzi di spionaggio. Ed è stata la CIA a spedirla in Italia?»

«Sì. Penso proprio che siano stati loro a farmi uscire di prigione, a farmi espatriare e a sistemarmi qui a Bologna, in una casa sicura, in attesa di decidere che cosa fare di me.»

«La uccideranno?»

«Forse.»

«Luigi?»

«Può darsi.»

Francesca poggiò la tazzina sul tavolo e si mise a giocherellare con i suoi capelli. «Vuole un po' d'acqua?» gli chiese poi, alzandosi in piedi.

«No, grazie.»

«Io ho bisogno di muovermi» disse lei, spostando con cautela il peso sul piede sinistro. Poi si diresse lentamente in cucina, dove poco dopo nacque una discussione, sottovoce, con la madre che evidentemente non era contenta di qualcosa. E questo disaccordo sembrava quasi insanabile.

La discussione si protrasse per qualche minuto, poi s'interruppe per riprendere però quasi subito, evidentemente nessuna delle due aveva intenzione di cedere. Finché Francesca non tornò zoppicando con una bottiglietta di San Pellegrino e si sedette di nuovo.

«Che cos'è successo?» le chiese Marco.

«Ho detto a mia madre che voleva dormire qui, e lei ha equivocato.»

«Dormirò nello sgabuzzino, non m'importa.»

«È una donna terribilmente all'antica.»

«Si fermerà qui stanotte?»

«Si è già fermata.»

«È sufficiente che mi dia un cuscino, dormirò sul tavolo della cucina.»

La signora Altonelli era una donna diversa quando tornò a prendere il vassoio. Lanciò un'occhiata di fuoco a Marco, come se le avesse già molestato la figlia, e poi a Francesca come se fosse sul punto di tirarle uno schiaffo. Si affaccendò qualche minuto in cucina, ritirandosi poi da qualche parte all'altra estremità della casa.

«Ha sonno?» gli chiese Francesca.

«No. E lei?»

«Nemmeno io. Parliamo.»

«D'accordo.»

«Mi dica tutto.»

Dormì qualche ora sul divano fino a quando non fu svegliato da Francesca, che gli stava dando dei colpetti su una spalla. «Ho un'idea, venga con me.»

La seguì in cucina, l'orologio a muro segnava le 4.15. Sul lavello c'era un rasoio usa e getta, una confezione di crema da barba, un paio di occhiali da vista e un flacone di un prodotto per capelli la cui etichetta però lui non riuscì a tradurre. Francesca gli porse una piccola custodia di pelle bordeaux. «È un passaporto, quello di Giovanni.»

Per poco non gli cadde di mano. «No, non posso...»

«Sì, invece, lui non ne avrà bisogno. Insisto.»

Marco lo aprì, trovandosi davanti agli occhi il viso di una persona distinta che non aveva mai visto prima. Mancavano ancora sette mesi alla scadenza e la foto risaliva quindi a circa cinque anni prima. Dalla data di nascita scoprì che Giovanni aveva sessantotto anni, una ventina più della moglie.

Tornando in taxi a Bologna da Bazzano non aveva pensato ad altro che a un passaporto, accarezzando addirittura l'idea di rubarlo a un turista o di comprarlo al mercato clandestino, anche se non avrebbe saputo nemmeno da dove cominciare. Aveva preso in considerazione anche quello di Giovanni, visto che purtroppo il titolare da lì a poco non ne avrebbe più avuto bisogno.

Ma aveva allontanato quest'ultima ipotesi per paura di mettere Francesca nei guai. Se l'avessero arrestato? Se una guardia di confine si fosse insospettita? Ma ciò che temeva di più era finire nelle mani di quelli che gli stavano dando la caccia. Il passaporto avrebbe coinvolto la donna, e questo lui non avrebbe potuto in alcun modo permetterlo.

«È sicura?» le chiese. Ora che stringeva in mano il documento aveva una gran voglia di tenerselo.

«La prego, Marco, voglio aiutarla. Anche Giovanni insisterebbe.»

«Non so che cosa dire.»

«Dobbiamo darci da fare. Tra due ore parte un pullman per Parma, mi sembra un sistema sicuro per allontanarsi da Bologna.»

«Io voglio andare a Milano.»

«Buona idea.»

Francesca gli prese di mano il passaporto e lo aprì. Insieme studiarono la foto del marito. «Cominciamo da quella peluria intorno alla bocca» propose lei.

Dieci minuti dopo baffi e pizzetto erano scomparsi, il viso completamente rasato. Francesca gli mise davanti agli occhi uno specchio, mentre lui si appoggiava al lavello. A sessantatré anni Giovanni aveva meno capelli grigi di Marco a cinquantadue, ma non aveva alle spalle l'esperienza di un'incriminazione federale e di sei anni di carcere.

La tinta era probabilmente quella usata da Francesca, ma lui non approfondì. Il prodotto prometteva risultati nel giro di un'ora. Lui sedette al tavolo con un asciugamano sulle spalle mentre lei gli passava delicatamente il prodotto sui capelli. Si scambiarono pochissime parole. La madre di lei dormiva. Il marito, imbottito di sedativi, se ne stava zitto e immobile nel suo letto.

Non molto tempo prima, il professor Giovanni portava occhiali tondi con la montatura di tartaruga marrone chiaro, tipici dell'accademico, e Marco, quando se li mise studiando poi allo specchio il proprio aspetto, si stupì del cambiamento. I capelli erano molto più scuri, gli occhi decisamente diversi. Fece quasi fatica a riconoscersi.

«Non male» fu il giudizio che Francesca diede del proprio lavoro. «Per ora può andare.»

Gli portò una giacca sportiva di velluto blu a coste, con le toppe consumate sui gomiti. «Giovanni è circa cinque centimetri più basso di lei» disse. Le maniche erano leggermente troppo corte e la giacca in condizioni normali avrebbe tirato sul petto, ma Marco era talmente dimagrito che nuotava dentro qualsiasi vestito.

«Mi dica, come si chiama veramente?» gli chiese Francesca, tirandogli le maniche della giacca e sistemandogli il colletto.

«Joel.»

«Dovrebbe viaggiare con una ventiquattrore, sembrerebbe più normale.»

Non poteva opporsi, la generosità di lei era immensa e lui ne aveva un gran bisogno. Francesca uscì, tornando poco dopo con una bella vecchia valigetta di pelle color testa di moro, con la serratura d'argento.

«Non so che cosa dire» biascicò Marco.

«È la preferita di mio marito, gliela regalai io vent'anni fa. Vera pelle.»

«Lo vedo.»

«Che cosa dirà se la fermeranno con il passaporto di Giovanni?»

«Che l'ho rubato. Dirò che mi trovavo a casa della mia insegnante, sono riuscito a trovare un cassetto con dei documenti e mi sono portato via il passaporto di suo marito.»

«È un bravo bugiardo.»

«Una volta ero uno dei migliori bugiardi in circolazione. Se mi prenderanno, Francesca, la proteggerò, glielo prometto. Dirò tali e tante di quelle balle da sconcertare tutti.»

«Non la prenderanno, ma cerchi di usare il passaporto il meno possibile.»

«Non si preoccupi, lo distruggerò alla prima occasione.»

che se il loro amico era riuscito in qualche modo a procurarsi un cellulare di ultimissima generazione, da mille dollari o giù di lì, sarebbe stato anche in grado di mettere le mani su un passaporto.

Alle tre del mattino Whitaker urlava da Milano, e Luigi, che per motivi di sicurezza non poteva urlare a sua volta, imprecava in italiano e in inglese tenendogli testa in entrambe le lingue.

«Te lo sei perso, maledizione!» strillava Whitaker.

«Non ancora.»

«È già morto!»

Luigi riattaccò, per la terza volta quella mattina.

Il *kidon* si ritirò alle 3.30. Avrebbero riposato qualche ora, per poi organizzare la giornata.

Se ne stava seduto insieme a un barbone alcolizzato sulla panchina di un giardinetto in fondo a via dell'Indipendenza, non lontano dalla stazione dei pullman. Il barbone si stringeva al petto una grossa bottiglia contenente un liquido rosato, e ogni cinque minuti sollevava il capo per biascicare qualcosa a Marco, a un metro e mezzo di distanza. Lui gli rispondeva con un borbottio indistinto, che comunque riusciva a soddisfare il barbone. Due suoi compagni, in stato comatoso, giacevano lì accanto l'uno contro l'altro, simili a soldati morti dentro una trincea. Marco non si sentiva precisamente al sicuro, ma aveva problemi ben più seri.

Davanti alla stazione dei pullman c'era qualche tiratardi, poi verso le cinque e mezzo l'attività cominciò a intensificarsi con l'uscita di un folto numero di zingari, tali almeno sembravano, che parlavano tutti insieme ad alta voce visibilmente soddisfatti per quella che doveva essere la conclusione di un lungo viaggio. Arrivarono altri passeggeri, questi in partenza, e Marco decise che era venuta l'ora di separarsi dal barbone. Entrò nella stazione dietro una giovane coppia con un bambino e li seguì fino alla biglietteria, dove sentì che acquistavano i biglietti per Parma. Li imitò, poi corse a imboscarsi dentro uno dei box della toilette.

Krater se ne stava seduto alla tavola calda della stazione e beveva del pessimo caffè nascosto dietro un giornale, osservando il viavai dei viaggiatori. Vide passare Marco, ne notò l'altezza, la corporatura, l'età. Il modo di camminare gli sembrava familiare, anche se l'andatura del Marco Lazzeri che aveva pedinato per settimane era più veloce della media. L'uomo che aveva attirato la sua attenzione camminava invece molto più lentamente, ma tutto considerato che motivo avrebbe avuto di affrettarsi? Per la strada Lazzeri aveva cercato spesso di scrollarseli di dosso, a volte riuscendoci.

Ma il volto era diverso, i capelli erano molto più scuri. Il berretto di velluto marrone a coste era scomparso, ma di un accessorio come quello ci si poteva sbarazzare facilmente. Furono gli occhiali con la montatura di tartaruga a colpire l'attenzione di Krater, gli occhiali erano un ottimo diversivo, a volte però troppo sfruttato. Il modello di Armani portato da Marco gli stava benissimo, alterandogli leggermente la fisionomia senza far convergere l'attenzione sul suo viso. Quelli tondi di quel tipo, invece, destavano un certo interesse.

Baffi e pizzetto erano scomparsi, ma si trattava di un'operazione di cinque minuti che ognuno era in grado di compiere. Quella camicia Krater non l'aveva mai vista, eppure durante le periodiche perquisizioni della casa di Marco lui e Luigi avevano passato attentamente in rassegna ogni capo d'abbigliamento. I jeans scoloriti erano un articolo diffusissimo e Marco una volta ne aveva acquistato un paio. Ma a dissuadere Krater dall'alzarsi erano state la giacca sportiva blu con le toppe consumate sui gomiti e la bella ventiquattrore. La giacca aveva addosso tanti chilometri e Marco non avrebbe potuto quindi comprarsela, e le maniche leggermente corte non erano tali da insospettire. La valigetta era di pelle e quindi costosa: Marco poteva avere trovato in qualche modo i soldi per comprarsi il cellulare ultramoderno, ma che motivo avrebbe avuto di acquistare un accessorio così costoso? La borsa blu che si era portato dietro fino al giorno prima, e che Krater gli aveva soffiato approfittando del caos al Caffè Atene, era costata sessanta euro.

Krater seguì l'uomo con lo sguardo finché quello non girò l'angolo e scomparve. C'era una possibilità, null'altro che una possibilità. Bevve un sorso di caffè e rimase qualche minuto a pensare a quel tipo che aveva appena visto.

Marco se ne stava dentro il box nella toilette con i jeans abbassati sulle caviglie, sentendosi un po' ridicolo ma ben più preoccupato di non farsi scoprire. La porta dei gabinetti si aprì, alla sinistra di chi entrava c'erano quattro orinatoi, di fronte a loro sei lavandini e accanto ai lavandini i quattro box. In quel momento non c'era decisamente un gran movimento. Marco tese l'orecchio per cogliere i consueti rumori di chi va alla toilette: la chiusura lampo, il tintinnio di una fibbia, il profondo sospiro comune a tanti uomini, lo schizzo dell'urina sulla maiolica.

Nulla. Dai lavandini non giungeva alcun rumore, nessuno si stava lavando le mani. Le porte degli altri tre scomparti non furono aperte. Doveva essere stato il custode che faceva uno dei suoi giri di controllo.

Krater, di fronte ai lavandini, si accovacciò e vide i jeans intorno alle caviglie e lì accanto la bella ventiquattrore. Lo sconosciuto stava pensando ai fatti suoi e non sembrava avere fretta.

Il primo pullman in partenza era quello delle sei per Parma, venti minuti dopo ce n'era uno diretto a Firenze. Krater corse alla biglietteria e comprò un biglietto per ognuna delle due destinazioni, fregandosene dell'occhiata perplessa lanciatagli dal bigliettaio. Poi tornò ai gabinetti, il suo uomo non si era mosso dall'ultimo scomparto.

Allora uscì e telefonò a Luigi, dandogli una descrizione dell'uomo e spiegandogli che sembrava non avere alcuna fretta di uscire dalla cabina.

«È il posto ideale per nascondersi» osservò Luigi.

«Io l'ho fatto tante volte.»

«Pensi che si tratti di Marco?»

«Non lo so. Se è lui si è camuffato benissimo.»

Dopo la scoperta dell'Ankyo e dei quattrocento dollari, e dopo la scomparsa di Marco, non era il caso di correre rischi. «Seguilo» ordinò a Krater.

Alle 5.55 Marco si tirò su i jeans, fece scorrere l'acqua, raccolse da terra la ventiquattrore e si diresse ai pullman. In attesa sul marciapiede c'era Krater, che mordeva distrattamente una mela tenendo nell'altra mano un giornale. E quando Marco puntò verso il pullman per Parma, lo seguì.

Un terzo dei posti era vuoto. Marco andò a sedersi accanto al finestrino, in una delle file tra il centro e la coda. Krater gli passò davanti senza guardarlo e sedette quattro file più indietro.

La prima fermata era prevista dopo mezz'ora, a Modena. Mentre il pullman entrava in città Marco decise di dare un'occhiata ai passeggeri alle sue spalle e si alzò andando verso la toilette, in fondo, lanciando un'occhiata distratta agli uomini.

Dopo essersi chiuso dentro strinse gli occhi e disse a se stesso: "Sì, quella faccia l'ho già vista".

L'aveva vista meno di ventiquattr'ore prima al Caffè Atene, pochi minuti prima che mancasse la corrente, riflessa nello specchio che correva lungo la parete accanto a un vecchio attaccapanni. La faccia era quella di un uomo seduto alle sue spalle insieme a un altro uomo.

Ed era una faccia familiare, probabilmente l'aveva già vista in precedenza a Bologna.

Marco tornò al suo posto mentre il pullman rallentava per la fermata. Ragiona in fretta, si disse, ma senza farti prendere dal panico. Ti hanno seguito in uscita da Bologna, ma non puoi permetterti che ti seguano uscendo dall'Italia.

Il pullman si fermò e l'autista annunciò che erano arrivati a Modena, da dove sarebbero ripartiti dopo una sosta di un quarto d'ora. Quattro passeggeri si alzarono raggiungendo l'uscita, tutti gli altri rimasero ai loro posti. Molti di loro dormivano. Marco chiuse gli occhi e appoggiò la testa contro il finestrino alla sua sinistra, fingendo di addormentarsi. Passò un minuto, sul pullman salirono due uomini con gli occhi rossi per il sonno, ciascuno stringendo in mano una pesante sacca di tela.

Quando l'autista risalì e cominciò a sistemarsi dietro il volante, Marco si alzò di scatto, percorse a passi rapidi il corridoio tra le due file di posti e scese proprio mentre le porte automatiche si richiudevano. Poi entrò veloce nella stazione e si voltò a guardare il pullman che si allontanava. Lo sconosciuto che l'aveva seguito era rimasto a bordo.

Il primo impulso di Krater fu quello di correre dall'autista e convincerlo a farlo scendere. Ma poi si trattenne, perché Marco ovviamente si era accorto di essere seguito e la sua uscita all'ultimo secondo era la conferma del suo sospetto: si trattava proprio di Marco, in fuga come un animale ferito.

Solo che adesso girava libero per Modena e lui invece era rimasto sul pullman. Al primo semaforo rosso corse dall'autista tenendosi lo stomaco con una mano e chiedendogli di farlo scendere se non voleva che vomitasse addosso ai passeggeri. Lo sportello si aprì, Krater saltò a terra e tornò di corsa alla stazione.

Marco non perse tempo. Quando il pullman scomparve dietro la prima curva uscì dalla stazione e salì sul primo dei tre taxi fermi al parcheggio. «Può portarmi a Milano?» chiese in un ottimo italiano all'autista.

«Milano?»

«Sì, Milano.»

«È molto caro.»

«Quanto?»

«Trecento franchi.»

«Andiamo.»

Dopo aver passato un'ora a ispezionare la stazione dei pullman e le strade adiacenti, Krater telefonò a Luigi riferendogli l'accaduto. Si era fatto seminare dal suo uomo, ma quella folle corsa verso la libertà era una conferma che si trattava proprio di Marco.

Luigi da una parte non riusciva ad ammettere che Krater si fosse fatto fregare da un dilettante, ma dall'altra era rimasto colpito dall'abilità con la quale Marco era riuscito a modificare la sua fisionomia e a sottrarsi a un piccolo esercito di assassini. E comunque era infuriato con Whitaker e quegli idioti di Washington che avevano continuato a modificare i piani, creando i presupposti di quell'incombente catastrofe, della quale sarebbe stato sicuramente considerato responsabile proprio lui, Luigi.

Telefonò a Whitaker, e furono ancora urla e imprecazioni, poi corse alla stazione ferroviaria con Zellman e gli altri due. Si sarebbero ricongiunti con Krater a Milano, dove Whitaker aveva promesso un giro di vite chiamando a raccolta tutti gli uomini a disposizione.

Mentre l'Eurostar usciva dalla stazione di Bologna, a Luigi venne una splendida idea che però non poteva comunicare agli altri. Perché non informare israeliani e cinesi che Marco era stato visto nelle ultime ore a Modena, diretto a Parma e probabilmente a Milano? Loro lo volevano molto più di quanto non lo volesse Langley, e sarebbero stati sicuramente più bravi a trovarlo.

Ma gli ordini erano ordini, anche se venivano cambiati di continuo.

Tutte le strade portavano a Milano.

29

Il taxi si fermò a un isolato dalla Stazione Centrale di Milano. Marco pagò il tassista, lo ringraziò più volte, gli augurò un buon viaggio di ritorno a Modena e si allontanò passando davanti a una dozzina di taxi in attesa dei passeggeri in arrivo. Una volta all'interno della monumentale stazione si lasciò trasportare dalla folla su per la scala mobile, fino al caos ordinato dell'area dalla quale si diramavano una ventina di binari. Poi si mise a studiare il tabellone delle partenze, scoprendo che ogni giorno partivano quattro treni per Stoccarda e la settima fermata era Zurigo. Allora prese un opuscolo con gli orari dei principali treni, comprò una piccola guida di Milano con relativa cartina e andò a sedersi al tavolino di un bar incastonato in una fila di negozi. Non aveva tempo da perdere, ma doveva capire bene dove si trovava. Ordinò due caffè e una brioche, osservando il viavai dei passeggeri. Amava la folla, il flusso continuo dei passanti: in quella massa c'era la sicurezza.

Il piano numero uno era quello di fare una passeggiata di mezz'ora fino in centro. Lungo la strada avrebbe sicuramente trovato un negozio di abbigliamento, non costoso, per sostituire giacca, camicia, pantaloni e scarpe. A Bologna l'avevano riconosciuto e non poteva rischiare di nuovo.

Dalle parti di piazza del Duomo, poi, avrebbe potuto trovare altrettanto sicuramente un Internet Caffè dove utilizzare un computer per un quarto d'ora. Anche se, a dire il vero, non faceva molto affidamento sulla sua capacità di sedersi davanti a quella che per lui era una strana macchina, metterla in funzione e poi non solo sopravvivere nella giungla di Internet ma inviare un messaggio a Neal. Erano le 10.15, cioè le 4.15 a Culpeper, Virginia: e Neal si sarebbe collegato alle 7.50.

Doveva assolutamente usare il computer, non aveva scelta.

Il piano numero due prevedeva la fuga immediata, e Marco si convinse sempre più della sua validità a mano a mano che seguiva con lo sguardo migliaia di persone salire sui treni che le avrebbero portate in poche ore in tutta Europa. Doveva comprare subito un biglietto e allontanarsi il prima possibile da Milano e dall'Italia. I capelli più scuri, gli occhiali di Giovanni e la vecchia giacca da professore non li avevano tratti in inganno a Bologna; se erano tanto in gamba l'avrebbero ritrovato dappertutto.

Scelse una soluzione di compromesso, una breve passeggiata. L'aria fresca era sempre di aiuto e dopo quattro isolati Marco ebbe l'impressione che il sangue avesse ripreso a circolare regolarmente. Le strade di Milano, come quelle di Bologna, formavano una specie di ragnatela, il traffico era intenso e a volte addirittura immobile, e lui amava il traffico, in particolare quei marciapiedi affollati che gli garantivano la copertura.

Roberto era un negozietto di abbigliamento maschile stretto fra una gioielleria e una panetteria. Le due vetrine traboccavano quasi di capi che sarebbero durati al massimo una settimana, il che a Marco andava benissimo. Il commesso era un mediorientale che parlava italiano peggio di lui, ma era bravo a indicare con il dito farfugliando qualcosa, e sembrava deciso a trasformare il suo cliente. La giacca blu fu sostituita da una marrone scuro, la camicia da un pullover bianco con le maniche corte, e sotto un paio di pantaloni blu di lana scadente. Per le modifiche bisognava attendere una settimana, e Marco si fece dare un paio di forbici trasferendosi poi in un camerino puzzolente di muffa, dove accorciò a occhio le estremità dei pantaloni. Quando uscì dal camerino nella sua nuova tenuta, il commesso guardò quei bordi sfrangiati dove avrebbero dovuto esserci i risvolti e si mise quasi a piangere.

Subito dopo, Marco provò un paio di scarpe, ma gli stavano così strette da farlo zoppicare e decise quindi di tenersi gli scarponcini che aveva ai piedi. L'acquisto più indovinato fu un cappello di paglia uguale a quello che aveva visto in testa a un passante subito prima di entrare nel negozio.

A quel punto che cosa poteva interessargliene della moda? La nuova mise venne a costargli quasi quattrocento euro, dai quali Marco si separò molto a malincuore. Cercò di scambiare la merce con la ventiquattrore, che da sola valeva sicuramente di più, ma il commesso era ancora troppo scosso dal massacro dei pantaloni e riuscì a malapena a biascicare: «Grazie, arrivederci». Marco uscì tenendo in mano una sacca rossa di plastica, qualcosa di nuovo da portare in giro, in cui aveva infilato la giacca blu, i jeans e la vecchia camicia.

Dopo qualche minuto trovò un negozio di calzature, dove comprò quello che sembrava un paio di scarpe da bowling. Erano nere, con una specie di striscia orizzontale bordeaux; non pretendevano di essere belle ma soprattutto comode. Le pagò centocinquanta euro. Dopo due isolati trovò il coraggio di abbassare gli occhi per guardarle.

Luigi non si accorse di essere pedinato. Il ragazzo sullo scooter l'aveva visto uscire dall'appartamento accanto a quello di Backman e non l'avrebbe quasi notato se non fosse stato per la sua andatura, che aumentava di velocità a ogni passo. E nessuno corre sotto i portici di via Fondazza. Lo scooter restò indietro, finché Luigi si fermò per infilarsi veloce dentro una FIAT rossa. Guidò per alcuni isolati, poi rallentò fino quasi a fermarsi per far salire un altro uomo. Quindi l'auto ripartì a tutta velocità, ma nel traffico del centro lo scooter non ebbe alcuna difficoltà a mantenere il contatto. E quando la FIAT si fermò in divieto di sosta davanti alla stazione ferroviaria e i due uomini scesero, il ragazzo chiamò via radio Efraim.

Quindici minuti dopo, due agenti del Mossad in divisa da vigili urbani entrarono nell'appartamento di Luigi facendo scattare gli allarmi, alcuni silenziosi e altri appena udibili. E, mentre tre loro colleghi li coprivano dalla strada, buttarono giù a calci la porta della cucina scoprendo quell'incredibile armamentario per la sorveglianza elettronica.

Quando Luigi, Zellman e un terzo agente salirono sull'Eurostar per Milano, il ragazzo dello scooter comprò un biglietto e li seguì. Si chiamava Paul, ed era il componente più giovane del *kidon*, oltre a essere quello che parlava meglio l'italiano. Dietro la frangetta e il viso dall'espressione quasi adolescenziale si nascondeva un agente di ventisei anni che aveva già preso parte a sei eliminazioni. Quando comunicò via radio che il treno sul quale era salito stava muovendosi, due suoi colleghi entrarono a loro volta in casa di Luigi per dare una mano a esaminare l'attrezzatura elettronica. Ma non fu possibile neutralizzare un allarme che prese a suonare in maniera così insistente da attirare l'attenzione dei vicini.

Dieci minuti dopo, Efraim ordinò la ritirata e gli agenti uscirono alla spicciolata ritrovandosi più tardi in una delle loro case sicure. Non erano riusciti a stabilire chi fosse Luigi e per conto di chi lavorasse, ma era fin troppo evidente che aveva tenuto Backman sotto controllo ventiquattr'ore su ventiquattro.

Con il passare delle ore, e senza riuscire a trovare traccia di Backman, gli israeliani cominciarono a sospettare che fosse fuggito. L'avrebbero ritrovato grazie a Luigi?

In piazza del Duomo, a Milano, Marco guardò ammirato la gigantesca cattedrale gotica e poi fece una passeggiata nella Galleria Vittorio Emanuele, con la sua celebre cupola a vetrate. Questa Galleria, piena di bar e librerie, è uno dei punti di ritrovo più frequentati. Approfittando della temperatura ormai superiore ai quindici gradi, Marco sedette a un tavolino all'aperto e ordinò un panino e una Coca-Cola, con i piccioni che si avventavano su ogni briciola caduta a terra. Si mise a osservare i milanesi anziani che passeggiavano in Galleria, le donne sottobraccio, gli uomini che si fermavano a chiacchierare come se il tempo non avesse la minima rilevanza. Beati loro.

Gli conveniva ripartire subito o starsene nascosto un paio di giorni? Era il problema più urgente da risolvere. In quella città con più di un milione di abitanti avrebbe potuto scomparire fin quando avesse voluto. Si sarebbe comprato una cartina di Milano, avrebbe imparato le strade, passato ore chiuso in casa e altre a camminare per i vicoli.

Ma in tal modo i segugi che gli stavano dando la caccia avrebbero avuto il tempo di riorganizzarsi.

Non era meglio tagliare subito la corda, mentre quelli si muovevano alla cieca grattandosi perplessi la zucca?

Sì, decise, era meglio. Pagò il conto e abbassò lo sguardo sulle sue scarpe, erano indubbiamente comode, ma lui non vedeva l'ora di dargli fuoco. Su un autobus di passaggio vide la pubblicità di un Internet Caffè in via Verri, e dieci minuti dopo era già lì. Lesse su un cartello le tariffe, dieci euro l'ora con uso minimo di mezz'ora. Ordinò un succo d'arancia e pagò in anticipo mezz'ora. L'impiegato gli indicò con il capo un tavolo con una fila di otto computer, tre dei quali erano in quel momento occupati da gente che evidentemente sapeva dove mettere le mani. Lui si sentiva già perduto.

Ma riuscì a non farsene accorgere. Sedette davanti a una tastiera, guardò lo schermo ed ebbe voglia di pregare, ma andò avanti come se da anni non facesse altro. E si sorprese di quanto fosse facile: entrò nel sito KwyteMail, digitò il suo user name "Grinch456" e la password "post hoc ergo propter hoc", attese dieci secondi e, puntualissimo, arrivò il messaggio di Neal:

Marco: Mikel Van Thiessen lavora sempre alla Rhineland Bank ed è diventato il vicepresidente con delega al ramo clienti. C'è altro? Grinch

Alle 7.50 in punto, ora della costa orientale degli Stati Uniti, Marco digitò questo messaggio:

Grinch: qui Marco, vivo e vegeto. Sei lì?

Bevve il succo e rimase a fissare lo schermo. Dài, bello, fammi vedere quello che sai fare. Altro sorso. Una signora di fronte a lui stava parlando al monitor. E poi il messaggio:

Ti sento forte e chiaro. Che mi dici?

Marco: Mi hanno rubato l'Ankyo 850. È molto probabile che ora si trovi in mano ai cattivi, che potrebbero averlo smontato pezzo per pezzo. C'è la possibilità che ti scoprano?

Neal: Solo se hanno lo user name e la password. Ce l'hanno?

Marco: No, li avevo distrutti. Non c'è modo che possano aggirare l'ostacolo?

Neal: Non con KwyteMail, è un sistema cifrato totalmente sicuro. Se hanno il PC e nient'altro sono proprio sfortunati.

Marco: Quindi siamo al sicuro?

Neal: Decisamente. Ora con che cosa mi stai scrivendo?

Marco: Sono in un Internet Caffè e sto usando un computer. Come quelli che ci capiscono qualcosa.

Neal: Vuoi che ti mandi un altro smartphone Ankyo?

Marco: Non ora, semmai più avanti. Vai a parlare con Carl Pratt, so bene che non ti va a genio, ma a questo punto ho bisogno di lui. Pratt era molto vicino all'ex senatore Ira Clayburn, del North Carolina, che ha presieduto per diversi anni la commissione Intelligence del Senato. Mi serve, subito. Cerca di contattarlo attraverso Pratt.

Neal: Dov'è adesso Clayburn?

Marco: Non lo so, spero solo che sia ancora vivo. È originario delle Outer Banks del North Carolina, una regione sperduta, ed è andato in pensione l'anno dopo la mia entrata nel carcere federale. Pratt è in grado di trovarlo.

Neal: Lo cercherò appena potrò farlo senza dare nell'occhio.

Marco: Stai attento, ti prego. Guardati le spalle.

Neal: Tu stai bene?

Marco: Sono scappato da Bologna questa mattina presto. Cercherò di mettermi in contatto con te domani alla stessa ora. Okay?

Neal: Non ti esporre. A domani.

Marco chiuse il collegamento, soddisfatto. Missione compiuta. Senza danni. Benvenuti nell'era della stregoneria e della tecnologia high tech. Si assicurò di essere uscito da KwyteMail senza lasciare tracce, poi terminò di bere il succo d'arancia e uscì incamminandosi in direzione della stazione ferroviaria. Si fermò prima in una pelletteria, dove riuscì a scambiare alla pari la ventiquattrore di Giovanni con una valigetta nera di qualità decisamente inferiore. Da lì passò a una botteguccia di gioielleria dove per diciotto euro acquistò un grosso orologio tondo con un vistoso cinturino di plastica rossa, altro articolo volto a sviare chi fosse stato alla ricerca del bolognese Marco Lazzeri. La tappa successiva fu una libreria dell'usato, dove spese due euro nell'acquisto di una copia sufficientemente consumata delle poesie di Czeslaw Miłosz, rigorosamente in polacco, anche questa per confondere i segugi. La fase shopping si concluse in un negozio di accessori di seconda mano, dove comprò un paio di occhiali da sole e un bastone da passeggio che usò immediatamente appena uscito da lì.

Il bastone gli fece venire in mente Francesca. E gli fece rallentare l'andatura. Avendo molto tempo a disposizione arrivò con la massima calma alla Stazione Centrale, dove comprò un biglietto per Stoccarda.

Whitaker ricevette da Langley un messaggio urgente in cui si diceva che qualcuno si era introdotto in casa di Luigi perquisendola da cima a fondo. Ma lui a quel punto non poteva intervenire, tutti gli agenti di stanza a Bologna erano a Milano alla disperata ricerca di Marco. Due di loro si trovavano alla stazione ferroviaria, cercando il classico ago nel pagliaio, due all'aeroporto di Malpensa distante una cinquantina di chilometri dalla metropoli, due all'aeroporto di Linate, molto più vicino e riservato soprattutto ai voli continentali. Luigi era a una stazione dei pullman e in quel momento, tanto per cambiare, discuteva con Whitaker al cellulare insistendo che probabilmente Marco non si trovava nemmeno a Milano. Il fatto che avesse preso un pullman da Bologna a Modena, cioè genericamente in direzione nordovest, non poteva in alcun modo garantire che avesse proseguito per Milano. Ma la credibilità di Luigi aveva perso posizioni in classifica, almeno nell'opinione di Whitaker, e per questo era stato assegnato alla stazione dei pullman a seguire con lo sguardo migliaia di persone che andavano e venivano.

Krater fu quello che si avvicinò di più all'ago.

Marco aveva acquistato un biglietto di prima classe per evitare di mettersi in vista viaggiando in seconda. La vettura di prima classe diretta a Stoccarda era l'ultima e lui vi salì alle 5.30, cioè tre quarti d'ora prima della partenza. Si sistemò al suo posto, nascose per quanto possibile il viso dietro gli occhiali da sole e il cappello di paglia marrone scuro, aprì il libro di poesie in polacco e seguì con lo sguardo il flusso dei passeggeri sul marciapiede. Alcuni erano a pochissima distanza da lui, e tutti avevano fretta.

Tutti tranne uno. Riecco il tizio del pullman, il volto del Caffè Atene, il delinquente dalle mani lunghe che si era portato via la sua borsa blu, lo stesso segugio che undici ore prima non era stato così pronto a scendere dal pullman a Modena. Teneva gli occhi socchiusi e la fronte aggrottata. Per essere un professionista era un po' troppo ovvio, considerò Giovanni Ferro, che purtroppo era diventato, suo malgrado, uno specialista in camuffamenti e fughe precipitose.

A Krater avevano detto che Marco avrebbe potuto puntare a sud, a Roma, dove gli si presentavano diverse possibilità di tornare in America, oppure a nord, in Svizzera, Germania, Francia: aveva solo l'imbarazzo della scelta. Da cinque ore Krater stava facendo su e giù per i marciapiedi della stazione osservando tutti i treni in partenza e in arrivo, mischiandosi alla folla dei viaggiatori, disinteressandosi completamente di chi scendeva ma dedicando la massima attenzione a chi saliva. Ogni giacca blu di qualsiasi taglio o tonalità attirava il suo sguardo, ma non ne aveva ancora vista nessuna con le toppe sui gomiti.

La giacca in questione si trovava in quel momento dentro la dozzinale valigetta nera tra i piedi di Marco, al posto numero settanta della carrozza di prima classe per Stoccarda. Marco seguì con lo sguardo Krater che con aria indifferente andava avanti e indietro lungo la banchina, senza mai perdere d'occhio il treno con destinazione finale Stoccarda. In mano aveva qualcosa che assomigliava a un biglietto, e quando scomparve Marco poté giurare che era salito sul suo treno.

Dovette vincere l'impulso di scendere. Poi la porta dello scompartimento si aprì e fece il suo ingresso Madame.

30

Una volta stabilito che Backman era scomparso dalla circolazione, ma non per questo aveva cessato di vivere per mano altrui, dovettero trascorrere cinque convulse ore prima che Julia Javier entrasse in possesso di una certa informazione che in via teorica avrebbe dovuto avere a portata di mano. Fu trovata all'interno di un dossier messo sotto chiave nell'ufficio del direttore e tenuto d'occhio personalmente dallo stesso Teddy Maynard. Julia non ricordava se a suo tempo ne fosse venuta a conoscenza, ma in quel caos non aveva certo intenzione di ammettere nulla.

Questa informazione era stata fornita controvoglia dall'FBI anni prima, all'epoca delle indagini su Joel Backman. Le sue transazioni finanziarie erano state passate al setaccio dopo che si era sparsa una voce insistente secondo la quale il Broker aveva tirato un bidone a un cliente nascondendo poi una piccola fortuna. Che fine avevano fatto quei soldi? Decisi a trovarli, quelli dell'FBI si erano messi a esaminare attentamente tutti i suoi viaggi, fino a quando Backman all'improvviso aveva confessato ed era finito in galera. L'ammissione di colpevolezza non aveva certo portato all'archiviazione del caso, ma sicuramente aveva allentato la pressione dei federali. Con il passare del tempo le ricerche sui suoi viaggi erano state completate e i relativi risultati trasmessi a Langley.

Nel mese precedente l'incriminazione, il suo arresto e la successiva concessione della libertà provvisoria, dietro un accordo cauzionale particolarmente severo, il Broker aveva fatto due brevi viaggi in Europa. Il primo, in business class su un volo Air France, lo aveva portato a Parigi, dove se l'era spassata per qualche giorno in compagnia della sua segretaria. La donna avrebbe poi riferito agli investigatori che il principale aveva fatto una puntata di un giorno a Berlino, senza di lei, per un affare urgente, ma era tornato la sera in tempo per portarla a cena da Alain Ducasse.

Non si era trovata traccia di uno spostamento di Backman in quella settimana a bordo di un aereo di linea diretto a Berlino o in qualsiasi altra città europea. Il Broker avrebbe tra l'altro avuto bisogno del passaporto, e l'FBI aveva accertato che il suo non era stato usato. Non sarebbe servito, invece, per uno spostamento in treno, e città come Ginevra, Berna, Losanna e Zurigo si trovano a quattro ore di treno da Parigi.

Il secondo dei due viaggi lo aveva visto volare con un'altra compagnia aerea, stavolta la Lufthansa, ma sempre in prima classe, con destinazione Francoforte. Backman era rimasto assente in tutto settantadue ore, ufficialmente per lavoro, anche se non era stato possibile individuare alcun suo contatto d'affari. Aveva pagato un conto di due notti in un albergo di lusso a Francoforte e non c'era alcuna prova che avesse dormito altrove, ma i principali poli bancari svizzeri si trovano a poche ore di treno da Francoforte.

Quando Julia Javier trovò il dossier e lesse la relazione dell'FBI, telefonò immediatamente a Whitaker. «Sta andando in Svizzera.»

Madame aveva al seguito bagagli sufficienti per un'agiata famiglia di cinque persone. Uno sconsolato facchino l'aveva aiutata a sistemare quelle pesanti valigie nello scompartimento di prima classe che lei aveva riempito di sé, delle sue cose e del suo profumo. Lo scompartimento aveva sei posti e Madame ne aveva occupati almeno quattro, sedendosi poi di fronte a Marco e dimenando il suo voluminoso sedere quasi volesse allargare il sedile. Guardò il compagno di viaggio, come rannicchiato contro il finestrino, ed emise un caldo: «*Bonsoir*». Francese, pensò lui, e non sembrandogli il caso di risponderle in italiano, ricorse al vecchio, caro: «Hello».

«Ah, americano.»

In quella confusione di lingue, nomi, culture, passati, bugie,

bugie e ancora bugie, Marco riuscì a replicare senza alcuna convinzione: «No, canadese».

«Ah, sì» disse lei, terminando di sistemare le sue cose. Era evidente che avrebbe preferito viaggiare con un americano. Madame era una gagliarda signora sui sessant'anni dai grossi polpacci e indossava un abito rosso stretto e un paio di scarpe nere che dovevano aver percorso milioni di chilometri. Gli occhi erano truccati pesantemente e gonfi, e il motivo del gonfiore fu subito chiaro. Molto prima che il treno si mettesse in movimento, infatti, tirò fuori dalla borsa una grossa fiaschetta metallica, ne svitò il tappo, che si trasformò in un bicchiere, e mandò giù una sorsata di qualcosa di forte. Poi sorrise a Marco. «Ne vuole?»

«No, grazie.»

«È un brandy buonissimo.»

«No, grazie.»

«Molto bene.» Si versò un altro cicchetto, lo tracannò, poi richiuse la fiaschetta e la infilò nella borsa.

Quel viaggio sarebbe stato lungo.

«Dov'è diretto?» gli chiese in un ottimo inglese.

«Stoccarda. E lei?»

«Anch'io, ma da lì vado subito a Strasburgo. Non ce la faccio a restare troppo a lungo a Stoccarda, sa.» E arricciò il naso come se quella città galleggiasse su un mare di liquame.

«Io amo Stoccarda» disse Marco, tanto per veder tornare a distendersi la pelle del naso di Madame.

«Oh, be'.» La donna dedicò la propria attenzione alle scarpe e se le tolse scalciandole via, senza minimamente preoccuparsi di dove sarebbero atterrate. Marco si preparò a una zaffata di puzza di piedi, rendendosi però conto che nessuna puzza ce l'avrebbe fatta contro quel profumaccio da quattro soldi.

Allora, per difendersi, finse di dormicchiare. Lei lo ignorò per qualche minuto, poi gli chiese ad alta voce: «Parla polacco?». Stava fissando il libro di poesie.

Lui sollevò la testa di scatto come se fosse stato svegliato da quella domanda. «No, non precisamente, ma sto tentando d'impararlo. La mia famiglia è polacca.» E trattenne il fiato, quasi si aspettasse che la sconosciuta aprisse bocca travolgendolo sotto un fiume di polacco.

«Capisco» disse invece lei, ma non in tono di approvazione.

Alle 6.15 esatte un invisibile ferroviere soffiò nel fischietto e il treno cominciò a muoversi. Fortunatamente nessun altro passeggero aveva avuto il posto assegnato nella carrozza di Madame. Alcuni percorrendo il corridoio si erano fermati a dare un'occhiata ma, di fronte a quell'invasione di bagagli, avevano tirato avanti in cerca di uno scompartimento meno congestionato.

Marco osservò attentamente il marciapiede della stazione mentre il treno si muoveva, ma non vide traccia dell'uomo del pullman.

Madame si diede da fare con il brandy fino a quando non cominciò a russare, poi però fu svegliata dal controllore. Dopo di lui spuntò un cameriere che spingeva un carrello di bibite. Marco prese una birra e ne offrì una alla compagna di viaggio. Ma il suo gesto fu accolto da un altro vistoso arricciamento nasale, quasi che la donna avesse preferito bere urina.

Il treno fece la prima fermata a Como San Giovanni, ma nei due minuti di sosta non salì nessuno. La seconda fermata ci fu cinque minuti dopo, a Chiasso. Si era fatto quasi buio e Marco stava valutando un rapido abbandono del treno. Studiò l'itinerario del viaggio, prima di Zurigo c'erano altre quattro fermate, una in Italia e tre in Svizzera: quale paese avrebbe fatto al caso suo?

Non poteva rischiare di essere pedinato, a quel punto. Se si trovavano sul treno voleva dire che gli erano rimasti appiccicati addosso fin da Bologna, che lo avevano seguito a Modena e a Milano camuffandosi in maniera sempre diversa. Quelli erano professionisti, lui non poteva competere con loro, e bevendo la sua birra si sentì solo un povero dilettante.

Madame stava guardando l'orlo orribilmente sfrangiato dei suoi pantaloni, poi Marco la colse mentre osservava le sue strane scarpe da bowling e non seppe darle torto. L'attenzione di lei si soffermò quindi sul cinturino di plastica rossa dell'orologio. Sul suo viso si coglieva tutta la disapprovazione per quella mancanza di gusto: tipico degli americani o dei canadesi, o di qualsiasi altro paese fosse quel tipo.

Marco notò le lucine tremolanti intorno al lago di Lugano, che sembravano arrampicarsi sulle montagne sovrastanti. La Svizzera era ormai a un passo.

Davanti allo scompartimento, lungo il corridoio semibuio, sfilava ogni tanto qualche passeggero che lanciava una rapida occhiata e proseguiva diretto alla toilette, in fondo alla carrozza. Madame aveva poggiato i suoi piedoni sul sedile di fronte, non lontano da Marco. Il treno era partito solo da un'ora e lei era già riuscita a riempire ogni spazio disponibile dello scompartimento con le sue scatole, le riviste, il soprabito. Marco non aveva il coraggio di alzarsi dal suo posto.

Ma poi la stanchezza ebbe il sopravvento e si addormentò, per essere svegliato dal frastuono della stazione di Bellinzona, la prima fermata in Svizzera. Un passeggero di prima classe, che non riusciva a trovare il suo posto, aprì la porta dello scompartimento di Madame, ma ciò che vide non fu di suo gradimento e andò a protestare con il controllore, che fece in modo di sistemarlo altrove. Madame non sollevò mai lo sguardo dalla rivista di moda che stava leggendo.

La fermata successiva era prevista dopo un'ora e quaranta minuti, e quando Madame mise nuovamente mano alla fiaschetta Marco decise di accettare la precedente offerta. «Quasi quasi un sorso lo assaggerei volentieri.» Lei per la prima volta sorrise, non che bere da sola le dispiacesse, ma in compagnia è sempre più gradevole. Dopo un paio di sorsi, però, Marco tornò ad appisolarsi.

In vista della stazione di Arth-Goldau il treno rallentò con un lieve scossone, che fece cadere il cappello dal capo di Marco. Madame, che lo stava osservando attentamente, appena lui ebbe aperto gli occhi lo informò che uno strano tipo era rimasto a fissarlo.

«Dove?»

«Come sarebbe a dire, dove? Qui sul treno, naturalmente. È passato almeno tre volte, si è fermato a guardarla da dietro la porta dello scompartimento e poi si è allontanato.»

Saranno state le mie scarpe, pensò Marco. Oppure i pantaloni. E perché no, magari il cinturino. Si stropicciò gli occhi, cercando di reagire come se fosse abituato a episodi del genere.

«Che tipo era?»

«Biondo, sui trentacinque, bel tipo, giacca marrone scuro. Lo conosce?»

«No, non ho idea di chi possa essere.» L'uomo sul pullman a Modena non era biondo e non portava una giacca marrone scuro, ma ormai quelli erano particolari irrilevanti. E Marco provò un tale spavento da decidere di cambiare piano.

Alla stazione di Zug, la fermata prima di Zurigo, mancavano venticinque minuti, e lui non poteva correre il rischio di portarseli dietro fino a Zurigo. Quando mancavano dieci minuti annunciò che stava andando alla toilette, ma per arrivare alla porta bisognava superare materialmente l'ostacolo Madame. Lo affrontò, dopo avere sistemato sul proprio sedile la borsa e il bastone.

Passò davanti a quattro scompartimenti, ognuno occupato da almeno tre passeggeri nessuno dei quali dall'aria sospetta. Poi andò alla toilette, si chiuse dentro e attese che il treno cominciasse a rallentare fino a fermarsi. La sosta prevista era di due minuti e il treno fino ad allora era stato di un'incredibile puntualità. Marco attese un minuto, poi tornò a passo veloce al suo scompartimento, aprì la porta e, senza dire nemmeno una parola a Madame, afferrò borsa e bastone (era pronto a usare quest'ultimo come arma) e corse allo sportello della carrozza saltando giù dal treno.

Era una piccola stazione, quella di Zug, soprelevata rispetto alla sede stradale. Marco scese le scale a gran velocità e si infilò nell'unico taxi presente nel parcheggio. «Albergo, prego» disse al tassista semiaddormentato, che istintivamente girò la chiave dell'accensione. L'uomo poi gli chiese qualcosa in tedesco e Marco tentò con l'italiano. «Mi serve un piccolo albergo, ma non ho prenotato.»

«Non c'è problema.» Mentre il taxi si staccava dal marciapiede Marco alzò gli occhi, vedendo il treno che aveva cominciato a muoversi, e poi si guardò alle spalle, ma nessuno apparentemente si era lanciato al suo inseguimento.

La corsa del taxi fu breve, soltanto quattro isolati. «È un albergo molto buono, questo» gli disse in italiano il tassista, dopo essersi fermato davanti a un edificio dalla facciata a forma di A.

«Lo vedo. Grazie. Quanto dista da qui Zurigo, in auto?»

«Due ore, più o meno. Dipende dal traffico.»

«Domani mattina alle nove devo trovarmi a Zurigo, in centro. Mi ci può portare?»

Il tassista esitò, pensando ai contanti che avrebbe intascato. «Forse» rispose poi.

«Quanto mi costerà?»

L'uomo si grattò il mento. «Duecento euro.»

«Bene. Partiremo alle sei.»

«D'accordo, domattina alle sei sarò qui.»

Marco lo ringraziò ancora e poi seguì con lo sguardo il taxi che si allontanava. Quando entrò nell'albergo udì suonare un campanello. La piccola reception era deserta ma da lì vicino giungevano le voci di una trasmissione tivù. Apparve finalmente un ragazzotto sorridente e mezzo addormentato. «*Guten Abend.*»

«Parla inglese?» gli chiese Marco.

Quello scosse il capo.

«Italiano?»

«Un poco.»

«Anche io lo parlo un poco. Vorrei una stanza per questa notte.»

L'impiegato gli mise davanti il modulo di registrazione e Marco vi segnò il numero del passaporto, che aveva imparato a memoria, e il nome. Poi aggiunse un indirizzo bolognese di fantasia e un numero telefonico a casaccio. Il passaporto lo teneva nella tasca interna della giacca accanto al cuore, ed era disposto a tirarlo fuori anche se di malavoglia.

Ma era tardi e l'impiegato non vedeva l'ora di tornare davanti alla tivù. «Quarantadue euro» disse, con insolita inefficienza svizzera, e non accennò nemmeno al passaporto.

Giovanni mise i soldi sul banco, ricevendo in cambio la chiave della stanza 26, quindi in un italiano sorprendentemente buono chiese la sveglia per le cinque del mattino. «Ho dimenticato lo spazzolino da denti» annunciò poi, come se se lo fosse ricordato solo in quel momento. «Non ne avrebbe uno da darmi?»

Il ragazzo infilò la mano in un cassetto pieno di articoli di vario genere: spazzolini da denti, dentifrici, rasoi usa e getta, crema da barba, aspirina, assorbenti, crema per le mani, pettini, persino preservativi. Giovanni scelse alcuni di questi oggetti e lasciò dieci euro di mancia.

La stanza 26 gli sembrò accogliente come e più di una suite

di gran lusso al Ritz. Era piccola, pulita, calda, con un materasso sufficientemente rigido e una porta con serratura a doppia mandata per tenere alla larga quei volti che lo perseguitavano fin dal primo mattino. Fece una lunga doccia calda, poi si fece la barba e infine dedicò lunghi minuti alla pulizia dei denti.

Scoprì con piacere la presenza di un minibar dentro un mobiletto sotto il televisore. Mandò giù un pacchetto di biscotti aiutandosi con due bottigliette mignon di whisky e poi si infilò sotto le coperte, fisicamente e mentalmente esausto. Il bastone se lo tenne accanto, sul letto. Una stupida precauzione, ma non poteva farci nulla.

31

Mentre marciva in prigione Marco aveva sognato spesso Zurigo, i suoi fiumi azzurri, le strade pulite e ombreggiate, i negozi moderni e i suoi cittadini, orgogliosi di essere svizzeri e dediti alla loro attività con un naturale impegno. Durante un'altra vita era salito con loro su quei silenziosi tram diretti al quartiere finanziario della città. In quell'epoca era stato troppo occupato per viaggiare, troppo importante per potersi staccare dai fragili meccanismi di Washington, ma Zurigo era uno dei pochi posti dove era stato. Per lui era la città ideale: non appesantita dal traffico e dai turisti, non disponibile a crogiolarsi nelle proprie cattedrali e nei propri musei oppure nell'adorazione degli ultimi due secoli di storia. Tutt'altro. Zurigo significava soldi, più precisamente una raffinata gestione dei capitali radicalmente diversa dal brutale accaparramento di denaro che Backman aveva un tempo perfezionato.

Si trovava su un tram che aveva preso dalle parti della stazione e stava percorrendo Bahnhofstrasse, l'arteria principale del centro di Zurigo, ammesso che la città avesse un centro. Erano quasi le nove del mattino e lui si era mischiato all'ultima ondata di giovani bancari diretti all'UBS, al Credit Suisse o a un'altra miriade di istituti meno conosciuti ma altrettanto solidi finanziariamente. Abiti scuri, camicie di colori diversi, tra i quali il bianco era però poco presente, costose cravatte dal nodo robusto e dalle fantasie discrete, scarpe stringate color testa di moro. Negli ultimi sei anni certi canoni non erano cambiati granché e lo stile era sempre quello conservatore, anche se con qualche piccola caduta di tono: i giovani professionisti di Zurigo non avevano la classe di quelli di Bologna, ma facevano ugualmente la loro figura.

Tutti erano intenti nella lettura, mentre il tram si muoveva incrociandone altri che procedevano nella direzione opposta. Marco finse di essere immerso in una copia di "Newsweek", ma in effetti stava tenendo sotto controllo la situazione.

Nessuno faceva caso a lui, nessuno sembrava scandalizzarsi per le sue scarpe da bowling e anzi, dalle parti della stazione, ne aveva visto un paio simili ai piedi di un giovanotto in abbigliamento casual. Il suo cappello di paglia non dava nell'occhio. In circa mezz'ora aveva sistemato in qualche modo il bordo dei suoi pantaloni grazie a uno di quei kit per il cucito che si era procurato in albergo. Il suo abbigliamento era evidentemente di qualità molto inferiore a quello che vedeva in giro, ma la cosa non lo turbava affatto. Era arrivato a Zurigo scrollandosi di dosso Luigi e gli altri, e con un po' di fortuna sarebbe riuscito a cavarsela definitivamente.

I tram si fermavano al capolinea di Paradeplatz scaricando i giovani bancari che si disperdevano in piccoli gruppi per raggiungere i loro posti di lavoro. Marco, che aveva lasciato il cappello sotto il suo sedile in tram, si unì al flusso.

Paradeplatz era rimasta quella di prima, con i suoi negozietti e i bar. Le banche dalle quali era circondata erano lì da cent'anni, alcune sormontate da un'insegna al neon e altre così ben mimetizzate che chi non le conosceva avrebbe avuto difficoltà a trovarle. Con gli occhi riparati dalle lenti scure, Marco passò in rassegna l'ambiente circostante, senza perdere il contatto visivo con tre giovanotti con i borsoni da palestra in spalla. Sembravano diretti alla Rhineland Bank, sul lato est della piazza, e lui entrò con loro nell'atrio. A quel punto ebbe inizio il divertimento.

Negli anni il banco delle informazioni non era stato spostato e la signora azzimata che lo occupava aveva addirittura un'aria vagamente familiare. «Vorrei vedere il signor Mikel Van Thiessen» le disse a voce più bassa possibile.

«Lei è il signor?...»

«Marco Lazzeri.» Il suo vero nome l'avrebbe usato una volta ammesso ai piani superiori, esitava ancora a dire "Joel Backman". Le e-mail di Neal, se tutto era andato secondo i piani, dovevano avere informato di quello pseudonimo il banchiere, al quale era stato anche chiesto di non muoversi da Zurigo possibilmente per tutta la settimana.

La donna parlava al telefono, battendo contemporaneamente sui tasti del computer. «Solo un momento, signor Lazzeri» gli disse poi. «Le dispiacerebbe aspettare?»

«No.» Aspettare? Da anni sognava questo momento. Si sedette, accavallò le gambe, poi vide le scarpe e nascose i piedi sotto la sedia. Era sicuro che in quel momento veniva tenuto sotto osservazione da una decina di telecamere, e la cosa gli stava bene, forse qualcuno avrebbe riconosciuto Backman seduto nell'atrio. Gli sembrava di vederli, qualche piano più in alto, a fissare il monitor grattandosi la testa. "Mah, non saprei dire, è molto più magro. Anzi, sembra proprio sciupato."

"E quei capelli, poi. Evidentemente sono stati tinti male."

Per aiutarli si tolse gli occhiali di Giovanni con la montatura di tartaruga.

Cinque minuti dopo si materializzò dal nulla un uomo della sicurezza, dall'aria arcigna e dall'abbigliamento trasandato. «Vuole seguirmi per favore, signor Lazzeri?»

Salirono al terzo piano con un ascensore riservato e Marco fu fatto entrare in una stanzetta dalle pareti spesse, ma tutte le pareti sembravano spesse alla Rhineland Bank. Lì erano in attesa altri due agenti, uno sorridente e l'altro no, che gli chiesero di poggiare entrambe le mani su uno scanner biometrico per confrontare le sue impronte digitali con quelle che gli erano state prese sette anni prima in quella stessa stanza. E, una volta accertato che erano le stesse, fu accompagnato con mille sorrisi in una stanza più bella, in un atrio più bello e gli venne offerto caffè o succo di frutta. Tutto ciò che vuole, signor Backman.

Chiese un succo d'arancia perché non aveva fatto colazione. Quelli della sicurezza erano tornati nella loro caverna e alle esigenze del signor Backman provvedeva ora Elke, una delle graziose assistenti del signor Van Thiessen. «Arriverà tra un minuto» gli spiegò Elke. «Non l'attendeva questa mattina.»

È dura fissare appuntamenti mentre te ne stai nascosto nel box di un gabinetto pubblico. Joel le sorrise, il vecchio Marco era stato ormai messo a riposo dopo una fuga di due mesi abbondanti. Marco gli era stato utile, l'aveva tenuto in vita, gli aveva insegnato le nozioni base della lingua italiana, gli aveva fatto visitare Treviso e Bologna e l'aveva presentato a Francesca, una donna che non avrebbe dimenticato tanto presto.

Ma Marco avrebbe anche potuto provocare la sua morte, per questo se ne era disfatto lì, al terzo piano della Rhineland Bank, mentre fissava i tacchi a spillo neri di Elke e attendeva il suo capo. Marco se n'era andato per non tornare mai più.

L'ufficio di Mikel Van Thiessen era stato disegnato in modo da colpire il visitatore come un potente gancio destro. Tutto in quella stanza denunciava il potere del suo occupante, dall'enorme tappeto persiano al divano con le poltrone di pelle, dalla vecchia scrivania di mogano che non sarebbe riuscita a entrare nella cella del carcere di Rudley alla batteria di congegni elettronici a sua disposizione. Il banchiere ricevette Joel sulla porta di quercia massiccia, e i due si strinsero la mano, ma non certo come vecchi amici. In fondo era la seconda volta che si vedevano.

E se dal giorno del loro primo incontro Joel aveva perso oltre venticinque chili, Van Thiessen ne aveva presi quasi altrettanti. Era notevolmente ingrigito e non aveva certo quell'aria vivace e diretta dei giovani bancari che Joel aveva visto sul tram. Gli fece segno di accomodarsi su una poltrona di pelle, mentre Elke e un'altra assistente provvedevano a caffè e pasticcini.

«Ho letto di lei» disse infine Van Thiessen quando furono soli e con la porta chiusa.

«Ah, sì? E che cos'ha letto?»

«Andiamo, signor Backman, corrompere un presidente per ottenere la grazia... Ma è davvero tanto facile, dalle vostre parti?»

Joel non capiva se il suo interlocutore stesse scherzando o no. Si sentiva di ottimo umore, ma non abbastanza da mettersi a scambiare battute.

«Non ho corrotto nessuno, se è per questo.»

«Be', certo, lo sappiamo tutti che i giornali lavorano spesso di fantasia.» Ma il suo tono di voce era più accusatorio che gioviale e Joel decise di non perdere altro tempo. «Lei crede a tutto quello che legge sui giornali?»

«No, certo, signor Backman.»

«Sono qui per tre motivi. Voglio disporre della mia cassetta di sicurezza, voglio esaminare l'andamento del mio conto e voglio prelevare diecimila dollari. Dopodiché potrei avere bisogno di un altro favore, forse due.»

Van Thiessen s'infilò in bocca un biscotto, masticandolo rapidamente. «Sì, naturalmente. Non dovrebbero esserci problemi.»

«E perché mai dovrebbe esserci qualche problema?»

«Nessun problema, signore. Ho bisogno di qualche minuto.»

«Per quale motivo?»

«Devo consultarmi con un collega.»

«Può farlo con una certa celerità?»

Van Thiessen praticamente schizzò dalla sua poltrona e uscì sbattendosi la porta alle spalle. La fitta che Joel sentiva allo stomaco non era fame. Se le cose si fossero messe male lui non aveva un piano alternativo. Sarebbe uscito dalla banca a mani vuote, avrebbe attraversato Paradeplatz e preso un tram, ma una volta a bordo non avrebbe saputo dove andare. La fuga a quel punto sarebbe terminata con il ritorno di Marco, e Marco alla fine sarebbe stato la causa della sua morte.

Mentre il tempo sembrava all'improvviso essersi bloccato, lui continuò a pensare al favore che il presidente gli aveva concesso. La grazia aveva fatto tornare immacolata la sua fedina penale e quindi il governo degli Stati Uniti non poteva permettersi di esercitare pressioni sulla Svizzera perché gli venisse congelato il conto corrente bancario. Gli svizzeri non congelano i conti correnti! Gli svizzeri non subiscono pressioni! Per questo le loro banche traboccano dei bottini saccheggiati in tutto il mondo.

Gli svizzeri!

Riapparve Elke, che gli chiese di seguirlo di sotto. Ai bei tempi l'avrebbe seguita dappertutto, ma ora si trattava solo di scendere "di sotto".

Nel corso della sua precedente visita era già stato nel caveau. Si trovava diversi piani sotto il livello stradale, ma i clienti non avevano modo di capire quanto fossero scesi in profondità nel suolo svizzero. Ogni porta era spessa una trentina di centimetri, ogni soffitto aveva la sua telecamera. Elke lo affidò di nuovo a Van Thiessen.

Marco dovette ripetere l'operazione per le impronte digitali e subito dopo un altro scanner gli fece una foto. «Numero sette» disse Van Thiessen. «Ci rivedremo di là» aggiunse e uscì da una porta.

Joel percorse un breve vestibolo, superando sei porte d'acciaio prive di finestrella e fermandosi davanti alla settima. Premette un pulsante, e la porta si aprì dopo un piccolo concerto di serrature e cilindri. Dentro lo aspettava Van Thiessen.

La stanza era a pianta quadrata di tre metri e sessanta di lato e tre delle quattro pareti erano coperte da cassette di sicurezza, ciascuna più o meno delle dimensioni di una grossa scatola da scarpe.

«Che numero?» gli chiese il banchiere.

«L2270.»

«Giusto.»

Van Thiessen si spostò sulla destra, si chinò leggermente davanti alla cassetta L2270 e poi premette alcuni pulsanti sulla piccola tastiera numerata. Quindi si raddrizzò. «Proceda pure.»

Sotto lo sguardo attento del banchiere, Joel si avvicinò e compose il suo numero di codice, sussurrando quelle cifre che si erano impresse per sempre nella sua memoria. «Ottantuno, cinquantacinque, novantaquattro, novantatré, ventitré.» Una lucina verde prese a lampeggiare sulla tastiera e Van Thiessen sorrise. «L'aspetto fuori, suoni quando avrà terminato.»

Rimasto solo, Joel estrasse la cassetta dal suo alloggiamento e ne sollevò il coperchio, poi prese la busta imbottita e l'aprì. All'interno si trovavano quattro dischi JAZ da 2 gigabyte, che anni prima valevano un miliardo di dollari.

Si concesse una pausa, ma non superiore a sessanta secondi. Ormai era al sicuro, e fermandosi a riflettere non avrebbe compromesso la sua situazione.

Ripensò a Safi Mirza, Fazal Sharif e Faruq Khan, i tre geniali ragazzi che avevano scoperto Neptune ed elaborato il software per manipolare il sistema. Erano morti tutti, uccisi dalla loro ingenua avidità e dagli avvocati che si erano scelti. Ripensò a Jacy Hubbard, quell'imbroglione sfacciato, socievole e terribilmente carismatico che in tutto l'arco della sua carriera aveva raccontato balle agli elettori diventando alla fine troppo ingordo. Ripensò a Carl Pratt, a Kim Bolling, a decine di altri soci che aveva accolto nel suo affermatissimo studio legale e alle vite che erano state stroncate per colpa di quei dischetti. Ripensò a Neal e all'umiliazione che suo figlio aveva dovuto subire per causa sua nel momento in cui lo scandalo aveva sommerso Washington e la prigione oltre a essere una certezza si era trasformata in un rifugio.

E ripensò a se stesso, però non in termini egoistici, non autocommiserandosi, non scaricando su altri la responsabilità. Che vita deprimente e incasinata era stata la sua, almeno fino a quel momento. Gli sarebbe piaciuto tornare indietro e viverla diversamente ma non aveva tempo da perdere in quelle considerazioni. Ti rimangono pochi anni da vivere Joel, o Marco, o Giovanni o come diavolo ti chiami. Perché, per la prima volta nella tua vita marcia, non fai ciò che è giusto invece di ciò che ti conviene?

Rimise i dischetti nella busta, infilò la busta nella borsa e reinserì la cassetta di sicurezza nel suo alloggiamento. E poi suonò.

Van Thiessen, una volta tornati nel suo ufficio, gli porse una cartelletta contenente un unico foglio. «È una sintesi del suo conto corrente» gli disse. «Nulla di complicato perché, come sa, su questo conto non ci sono mai stati molti movimenti.»

«Mi date un interesse dell'uno per cento» osservò Joel.

«I nostri tassi li conosceva quando ha aperto il conto, signor Backman.»

«Sì, certo.»

«Noi proteggiamo il suo capitale in altri modi.»

«Naturalmente.» Joel richiuse la cartelletta e la riconsegnò al banchiere. «Non voglio tenerla. Il contante lo avete preparato?»

«Sì, lo stanno portando qui.»

«Bene. Mi serve dell'altro.»

Van Thiessen estrasse un taccuino e svitò il cappuccio della stilografica. «Dica.»

«Voglio trasferire centomila dollari su una banca di Washington. Può consigliarmene una?»

«Certo, noi abbiamo stretti rapporti con la Maryland Trust.»

«Bene, allora trasferisca quella somma e dia disposizioni di aprirci un conto generico dal quale mi limiterò a prelevare, senza cioè emettere assegni.»

«Il conto a che nome va aperto?»

«Joel e Neal Backman.» Aveva ripreso ad abituarsi al suo nome, senza trasalire mentre lo pronunciava. Gli piaceva, il suo nome.

«Molto bene» commentò Van Thiessen. Tutto era possibile.

«Ho bisogno che mi dia una mano per tornare negli Stati Uniti. Può dire a una delle sue ragazze di guardarmi gli orari della Lufthansa per Filadelfia e New York?»

«Naturalmente. Quando e da dove?»

«Oggi, prima possibile, ma vorrei evitare l'aeroporto di Zurigo. Quanto dista Monaco in auto?»

«Fra le tre e le quattro ore.»

«Può trovarmi un'auto?»

«Penso proprio di sì.»

«Preferirei partire dal caveau, e chi guida non dovrà essere in uniforme da autista. La macchina poi non dovrà essere nera, ma di un colore che non attiri l'attenzione.»

Van Thiessen smise di prendere appunti e sfoggiò un'espressione perplessa. «È in pericolo, signor Backman?»

«Forse. Non ne sono sicuro, ma non voglio correre rischi.»

Il banchiere rimase un po' a pensarci su. «Vuole che le prenotiamo noi l'aereo?»

«Sì.»

«In tal caso ho bisogno di vedere il suo passaporto.»

Joel gli porse il passaporto di Giovanni e Van Thiessen lo studiò a lungo. Il suo sguardo impassibile da banchiere venne meno; era visibilmente confuso e preoccupato. «Viaggerà con il passaporto di un'altra persona, signor Backman.»

«Esattamente.»

«Questo passaporto è valido?»

«Sì.»

«Devo ritenere quindi che lei non abbia il suo.»

«Se lo sono preso tanto tempo fa.»

«Questa banca non può farsi complice di un reato. Se il passaporto è rubato...»

«Le posso assicurare che non è rubato.»

«E allora come?...»

«Diciamo che mi è stato prestato.»

«Ma usando un passaporto altrui si viola la legge.»

«Evitiamo di perderci nelle normative degli Stati Uniti sull'immigrazione, signor Van Thiessen. Lei mi dà gli orari, io scelgo il volo e la sua assistente prenota e paga detraendo l'ammontare del biglietto dal mio conto corrente. Poi mi fornisce una macchina con autista, e anche quella può detrarla dal mio conto, se crede. È tutto molto semplice.»

In fondo era soltanto un passaporto, e certi clienti ne usavano tre o quattro. «Molto bene. Serve altro?» gli chiese il banchiere restituendogli il documento.

«Sì, devo entrare in Internet. I vostri computer sono sicuri, immagino.»

«Assolutamente.»

Sull'e-mail che mandò a Neal si leggeva:

Grinch: con un po' di fortuna dovrei arrivare negli Stati Uniti questa sera. Compra oggi stesso un nuovo cellulare e non perderlo mai di vista. Domani mattina chiama gli alberghi Hilton, Marriott e Sheraton di Washington e chiedi di Giovanni Ferro. Sono io. Ma prima telefona con il nuovo cellulare a Carl Pratt e fai di tutto perché si metta in contatto con il senatore Clayburn perché vada a Washington. Digli che è una questione urgente, un favore a un vecchio amico, e che gli rimborseremo le spese. Insisti fino a quando non avrà accettato. Fine delle e-mail fino a quando non sarò tornato. Marco.

Dopo un panino e una Coca nell'ufficio di Van Thiessen, Joel Backman partì dalla sede di Zurigo della Rhineland Bank seduto accanto all'autista di una fiammante BMW verde a quattro porte. Come ulteriore precauzione si tenne davanti al viso un quotidiano svizzero fino a quando la macchina non si immise nella *Autobahn*. L'autista, Franz, si sentiva un potenziale pilota di Formula 1, e quando Joel gli fece sapere che aveva una certa urgenza, occupò in permanenza la corsia di sorpasso a centocinquanta chilometri l'ora.

32

Alle 13.55 Joel Backman sedeva in una comodissima poltrona di prima classe di un 747 della Lufthansa, che un trattore stava allontanando a marcia indietro dal suo finger all'aeroporto di Monaco per le operazioni di decollo. E solo nel momento in cui l'aereo cominciò a muoversi il Broker osò sollevare la coppa di champagne che stava fissando da dieci minuti. Il bicchiere era vuoto solo qualche minuto dopo, quando il Jumbo si fermò all'estremità della pista per gli ultimi controlli prima del decollo. Poi, quando il carrello si staccò dal suolo, Joel chiuse gli occhi e si concesse il lusso di qualche ora di sollievo.

Contemporaneamente, alle 7.55 esatte del mattino ora della costa orientale, il figlio Neal era alterato al punto da mettersi a lanciare oggetti dentro casa. Come diavolo faceva a comprare subito un nuovo cellulare e poi a telefonare di nuovo a Carl Pratt chiedendogli un favore assurdo? Convincere cioè un vecchio e intrattabile senatore in pensione di Ocracoke, North Carolina, ad abbandonare ciò che stava facendo per tornare subito in una città che evidentemente, e intensamente, odiava. Per non parlare poi del resto: lui, Neal Backman, aveva davanti a sé una giornata di lavoro piuttosto piena. Nulla di così irrimandabile come il salvataggio del suo imprevedibile genitore, beninteso, ma pur sempre una serie di clienti da vedere e di importanti faccende da sbrigare.

Uscì da Jerry's Java ma, invece di andare in ufficio, tornò a casa. Lisa stava facendo il bagno alla bambina e si sorprese vedendolo arrivare. «Che cos'è successo?» gli chiese.

«Dobbiamo parlare. Adesso.»

Cominciò il racconto partendo da quella misteriosa lettera con il timbro di York, Pennsylvania, e proseguì con il sofferto prestito di quattromila dollari avuto dalla banca e via via lo smartphone, le e-mail criptate... Tutta la storia dalla A alla Z, insomma. Lei la prese con una certa calma, per fortuna.

«Avresti dovuto dirmelo» ripeté più di una volta.

«Hai ragione, mi dispiace.»

Ma non ci furono liti o discussioni. Una delle caratteristiche più marcate di sua moglie era la devozione, e quando disse: «Dobbiamo aiutarlo, è tuo padre», Neal l'abbracciò.

«I soldi ce li restituirà» le assicurò.

«Ai soldi penseremo dopo. È in pericolo?»

«Credo di sì.»

«Okay, qual è il primo passo?»

«Chiama il mio studio e avvertili che sono a letto con l'influenza.»

La loro conversazione fu captata per intero, in ogni particolare, da una microspia che il Mossad aveva inserito all'interno del portalampade sopra le loro teste. Da lì passò a un trasmettitore nascosto nel solaio, che la inviò a un ricevitore ad alta frequenza lontano circa quattrocento metri, dentro un ufficio che veniva usato di rado, preso in affitto per sei mesi da un signore di Washington. Un tecnico l'ascoltò due volte e quindi ne inviò per e-mail il contenuto a un agente dislocato nell'ambasciata israeliana a Washington.

Da quando, oltre ventiquattr'ore prima, Backman era scomparso da Bologna, le cimici che spiavano le attività di suo figlio venivano monitorate con attenzione ancora maggiore.

L'e-mail inviata a Washington si concludeva così: "JB sta tornando a casa".

Neal per fortuna non aveva pronunciato il nome Giovanni Ferro durante la sua conversazione con la moglie, ma purtroppo aveva nominato due dei tre alberghi, il Marriott e lo Sheraton.

Al ritorno di Backman fu riservata la massima priorità, e gli undici agenti del Mossad presenti sulla costa orientale ricevettero tutti l'ordine di raggiungere immediatamente Washington.

Lisa lasciò la bambina dalla nonna, poi lei e Neal si spostarono velocemente a Charlottesville, a circa mezz'ora di auto. In uno shopping center trovarono l'ufficio della U.S. Cellular. Aprirono un conto, comprarono un telefono e trenta minuti dopo erano nuovamente in strada, con Lisa al volante mentre Neal cercava di mettersi in contatto con Carl Pratt.

Con la generosa collaborazione dello champagne e di altro vino, Joel riuscì a dormire per quasi tutta la durata del viaggio. Ma quando l'aereo alle 4.30 del pomeriggio toccò terra al Kennedy la tranquillità era scomparsa, sostituita da una grande incertezza e dalla smania di guardarsi alle spalle.

Arrivato all'Immigrazione si mise in fila con gli americani che tornavano in patria, una fila molto più corta rispetto a quella, di una lunghezza imbarazzante, riservata agli stranieri. Poi si rese conto dell'errore, si guardò intorno imprecando sottovoce e cambiò fila.

Si poteva essere più stupidi?

Un ragazzotto del Bronx in uniforme, dal collo taurino, gridava ai passeggeri in arrivo di mettersi in quella fila, non in quell'altra, e di sbrigarsi. Bentornato in America. Di certe cose non aveva sicuramente sentito la mancanza.

L'agente del controllo passaporti osservò accigliato quello di Giovanni, ma aveva riservato la stessa espressione a tutti quelli che l'avevano preceduto. Joel l'aveva tenuto d'occhio da dietro i suoi occhiali da sole.

«Vuole togliere gli occhiali, per favore?» gli chiese l'agente.

«Certamente» rispose lui in italiano e ad alta voce, come ad attestare la propria italianità. Si tolse gli occhiali, sbatté le ciglia e poi si stropicciò gli occhi, mentre l'agente cercava di studiare il suo viso, quindi appose controvoglia un timbro sul passaporto e glielo restituì. Alla linea "Niente da dichiarare" del varco doganale l'addetto non lo degnò di uno sguardo. Joel attraversò l'aerostazione, si mise in fila al parcheggio dei taxi e quando venne il suo turno si fece portare alla Penn Station. Il tassista assomigliava a Faruq Khan, il più giovane dei tre pachistani, praticamente un ragazzo, e mentre Joel lo guardava dal sedile posteriore si strinse istintivamente la borsa al fianco.

Muovendosi in senso contrario al traffico dell'ora di punta

riuscirono ad arrivare alla Penn Station in quarantacinque minuti. Joel comprò un biglietto per Washington e alla 19 partì da New York diretto alla capitale.

Il taxi parcheggiò in Brandywine Street, nella zona nordoccidentale di Washington, quando mancava qualche minuto alle undici di sera e la maggior parte di quelle belle case era buia. Backman disse qualcosa al tassista, che si stava già preparando a un sonnellino.

Stava per addormentarsi anche la signora Pratt, nel suo letto, quando udì squillare il campanello di casa. Allora si mise addosso una vestaglia e scese. Il marito dormiva quasi sempre nel seminterrato, soprattutto perché russava, ma anche per l'insonnia provocata dall'eccesso di superalcolici. E in quel momento, secondo la donna, doveva essere a letto.

«Chi è?» chiese al citofono la signora Pratt.

«Joel Backman.»

Pensò a uno scherzo. «Chi?»

«Donna, sono io, Joel. Te lo giuro. Apri la porta.»

Lei accostò l'occhio allo spioncino ma non riconobbe quello sconosciuto. «Aspetti un momento» disse, poi corse nel seminterrato dove Carl stava guardando il telegiornale. Un minuto dopo il marito era dietro la porta, con addosso una felpa della Duke University e una pistola in mano.

«Chi è?» chiese a sua volta al citofono.

«Carl sono io, Joel. Metti via quella pistola e apri la porta.»

La voce era inconfondibilmente la sua, Pratt non poteva sbagliarsi. Aprì la porta e nella sua vita entrò Joel Backman, un vecchio incubo tornato a perseguitarlo. Non ci furono abbracci né strette di mano, solo un abbozzo di sorriso. Marito e moglie lo esaminarono in silenzio perché sembrava molto cambiato, era notevolmente dimagrito, aveva i capelli più scuri e corti e sfoggiava un insolito abbigliamento. «Che ci fai qui?» fu il bentornato che Joel ricevette da Donna.

«Bella domanda» rispose lui gelido. Comunque, avendo pianificato quella scena, era in vantaggio rispetto a loro che erano stati presi assolutamente alla sprovvista. «Vuoi mettere via quella pistola?»

Pratt la posò su un tavolino.

311

«Hai parlato con Neal?» gli chiese Joel.

«Tutta la giornata.»

«Che sta succedendo, Carl?» chiese Donna.

«Non lo so proprio.»

«Possiamo parlare? È per questo che sono venuto, non mi fido più del telefono.»

«Parlare di che?» gli domandò lei.

«Potresti prepararci del caffè, Donna?» le chiese Backman.

«Non ci penso nemmeno.»

«Come non detto.»

Carl si grattava il mento tentando di farsi un quadro della situazione. «Donna, io e lui dobbiamo parlare in privato, vecchie faccende di lavoro. Ti racconterò tutto più tardi.»

Lei li mandò entrambi al diavolo con un'occhiataccia e risalì pesantemente le scale, mentre Backman e il marito si infilavano nello studio. «Vuoi bere qualcosa?» gli chiese Pratt.

«Sì, qualcosa di forte.»

Lui aprì un piccolo mobile bar e versò due whisky doppi di puro malto. Poi, senza nemmeno tentare di sorridere, porse uno dei due bicchieri a Joel. «Salute.»

«Salute. Sono contento di rivederti, Carl.»

«Lo credo bene, non avresti dovuto rivedere nessuno per altri quattordici anni.»

«Stai contando i giorni, eh?»

«Stiamo ancora riparando i danni che hai provocato, Joel. Diverse brave persone sono rimaste scottate. Mi dispiace se Donna e io non abbiamo fatto precisamente salti di gioia rivedendoti. E non credo che siano in molti, in questa città, a volerti riabbracciare.»

«Molti vorrebbero spararmi, più che altro.»

Carl lanciò un'occhiata guardinga alla pistola.

«Ma non posso stare a preoccuparmi» proseguì Backman. «Certo, mi piacerebbe tornare indietro e cambiare alcune cose, ma è un lusso che non posso permettermi. Sto fuggendo per salvare la pelle, Carl, e mi serve aiuto.»

«Può darsi che non muoia dalla voglia di farmi coinvolgere.»

«Ti capisco, ma mi serve un favore, un grosso favore. Aiutami e ti prometto che non mi presenterò mai più a casa tua.»

«La prossima volta sparerò.»

«Dov'è il senatore Clayburn? Dimmi che è ancora vivo.»

«È vivo e vegeto e tu hai una certa fortuna.»

«Cioè?»

«Si trova qui a Washington.»

«Come mai?»

«Hollis Maples va in pensione, dopo cent'anni passati al Senato. Stasera fanno una festicciola in suo onore e a Washington sono arrivati tutti i vecchi leoni.»

«Maples? Dieci anni fa andava alla grande.»

«Adesso gli si è grippato il motore. Lui e Clayburn erano pappa e ciccia.»

«Hai parlato con Clayburn?»

«Sì.»

«E allora?»

«Potrebbe essere un osso duro, Joel, non gli ha fatto piacere sentire il tuo nome. Ha detto qualcosa circa il beccarsi una pallottola per avere tradito.»

«Non m'importa, digli che potrebbe concludere un affare che lo farà sentire un vero patriota.»

«Quale affare?»

«Ho in mano il software, Carl, dall'inizio alla fine. L'ho prelevato questa mattina dal caveau di una banca a Zurigo, dove era depositato da oltre sei anni. Domani mattina tu e Clayburn venite da me e ve lo mostrerò.»

«Io non voglio proprio vederlo.»

«Sì, invece.»

Pratt tracannò due lunghi sorsi di scotch, poi tornò al mobile bar e si riempì di nuovo il bicchiere mandando giù un'altra dose massiccia. «Quando e dove?» gli chiese poi.

«Domattina alle nove al Marriott sulla 22nd Street, stanza 520.»

«Perché, Joel? Che bisogno hai di coinvolgermi?»

«È un favore a un vecchio amico, quello che ti chiedo.»

«Non ti devo alcun favore. E il vecchio amico se n'è andato tanto tempo fa.»

«Ti prego, Carl. Portami Clayburn e a mezzogiorno sarà tutto finito. Ti prometto che non mi rivedrai più.»

«È una prospettiva molto allettante.»

Chiese al tassista di prendersela comoda. Attraversarono lentamente Georgetown percorrendo K Street, con i suoi ristoranti aperti fino a tardi, i bar, i ritrovi universitari affollati di gente che si godeva la vita. Era il 22 marzo, la primavera era arrivata, la temperatura si aggirava sui 18 gradi e gli studenti non vedevano l'ora di starsene all'aperto anche a mezzanotte.

Il taxi rallentò all'incrocio tra First Street e 14th, e Joel vide in lontananza il suo ufficio di New York Avenue. Dall'ultimo piano di quell'edificio lui un giorno aveva regnato sul suo piccolo impero, con i sottoposti pronti a scattare a ogni suo comando. Ma non era un momento di nostalgia, Joel si sentiva al contrario pieno di rimpianto per una vita inutile, spesa ad accumulare denaro e a comprarsi gli amici, le donne e tutti quei giocattoli che un pezzo grosso come lui poteva desiderare. Proseguirono lentamente passando davanti a una sfilata di palazzi per uffici, quelli del governo da un lato e quelli dei lobbisti dall'altro.

Allora chiese al tassista di cambiare zona, spostandosi in un'area più gradevole. Svoltarono in Constitution Avenue fiancheggiando il Mall, oltre il monumento a Washington. La sua figlia più piccola, Anna Lee, gli aveva chiesto più di una volta di portarla a fare una passeggiata nel Mall come facevano i padri delle sue compagne. Voleva vedere il signor Lincoln e passare una giornata allo Smithsonian. Lui aveva continuato a prometterglielo fino a quando Anna Lee non se n'era andata di casa. Ora abitava a Denver, pensò, e aveva un bambino che lui non aveva mai visto.

Vedendo avvicinarsi la cupola del Campidoglio decise all'improvviso di averne abbastanza, quella specie di sentiero dei ricordi lo stava deprimendo. I ricordi della sua vita erano troppo sgradevoli.

«Mi riporti in albergo» disse al tassista.

33

Neal preparò la prima caffettiera della giornata, poi uscì in veranda ad ammirare lo spettacolo di un'alba di primavera.

Se suo padre ere effettivamente tornato a Washington lui non poteva certo rimanere a dormire alle sei e mezzo del mattino. La sera prima Neal aveva inserito nel suo nuovo cellulare i numeri degli alberghi di Washington e al levar del sole cominciò dallo Sheraton. Nessun Giovanni Ferro. Provò allora al Marriott.

«Un momento, prego» disse la centralinista, poi si udì il segnale di un telefono che squillava e quindi una voce familiare. «Pronto.»

«Vorrei parlare con Marco, per cortesia.»

«Sono io. Parlo con il Grinch?»

«Sì.»

«Dove sei in questo momento?»

«A casa mia, in veranda. Aspetto che spunti il sole.»

«Che tipo di telefono stai usando?»

«Un Motorola nuovissimo che tengo in tasca da ieri, quando l'ho comprato.»

«Sei certo che sia un telefono sicuro?»

«Sì.»

Vi fu una pausa, durante la quale Joel respirò profondamente. «Mi fa piacere sentire la tua voce, figliolo.»

«Anche a me fa piacere sentire la tua. Com'è andato il viaggio?»

«Tranquillissimo. Puoi venire qui a Washington?»

«Quando?»

«Oggi, questa mattina.»

«Certo, in ufficio sanno che sono a letto con l'influenza. A che ora e dove?»

«Vieni al Marriott sulla 22nd Street. Entra nella hall alle 8.45, sali in ascensore al sesto piano e poi scendi le scale e vai al quinto. Stanza 520.»

«È proprio necessaria tutta questa...?»

«Fidati di me. Puoi usare un'altra auto?»

«Non lo so. Non so chi...»

«La madre di Lisa. Fatti prestare la sua auto e assicurati che nessuno ti segua. Quando arrivi in città lasciala al parcheggio sulla 16th e prosegui a piedi fino al Marriott, guardandoti sempre alle spalle. Se ti sembra di notare qualcosa di sospetto chiamami e cambieremo programma.»

Neal si mise a guardare il giardinetto dietro casa come se si aspettasse di vedere da un momento all'altro uomini in nero puntare verso di lui. Ma dove le aveva mai imparate, suo padre, quelle tecniche da agente segreto? Forse nei sei anni d'isolamento aveva letto un migliaio di romanzi di spionaggio?

«Sei sempre lì?» gli chiese Joel impaziente.

«Sì, certo. Mi metto in viaggio.»

Ira Clayburn aveva l'aspetto di uno che aveva passato la vita su una barca da pesca e non quello di chi aveva trascorso trentaquattro anni al Senato degli Stati Uniti. I suoi antenati erano andati a pesca per un centinaio d'anni nelle Outer Banks del North Carolina, non lontano dalla loro casa di Ocracoke. E Ira li avrebbe imitati, se non fosse stato per un professore di matematica che in prima media aveva scoperto l'eccezionale quoziente d'intelligenza di quel suo allievo. Una borsa di studio alla Chapel Hill aveva portato via di casa il giovane Ira, e un'altra borsa di studio a Yale gli aveva fatto prendere il master's degree. Una terza, questa a Stanford, gli aveva poi consentito di far precedere il cognome Clayburn dal titolo di dottore. Insegnava felicemente economia alla Davidson quando, grazie a una nomina di compromesso, finì al Senato in sostituzione di un senatore venuto prematuramente a mancare. Contro la sua volontà si candidò per la legislatura successiva e da allora per trent'anni le provò tutte per andarsene da Washing-

316

ton. Ci riuscì finalmente all'età di settantun anni, privando il Senato di un esperto di intelligence americana senza pari nel mondo politico.

Aveva accettato di accompagnare al Marriott Carl Pratt, vecchio amico conosciuto a un tennis club, solamente per soddisfare la propria curiosità. Il mistero del Neptune, a quanto gli risultava, non era stato mai risolto; ma lui era rimasto fuori dai circuiti negli ultimi cinque anni, durante i quali era andato quasi ogni giorno a fare pesca alla traina scorrazzando con la sua barca da Hatteras a Cape Lookout.

Al crepuscolo della sua carriera di senatore aveva seguito attentamente quella di Joel Backman, l'ultimo di una lunga schiera di lobbisti di successo che avevano perfezionato l'arte di premere sui politici in cambio di salatissime parcelle. E stava per andare via da Washington quando era stato trovato il cadavere di Jacy Hubbard, un altro cobra che aveva avuto ciò che si meritava.

Con gente di quel genere non aveva mai voluto avere niente a che fare.

Quando la porta della stanza 520 si aprì, Ira Clayburn entrò dietro Carl Pratt e si trovò faccia a faccia con il diavolo in persona.

Ma era un diavolo piuttosto gradevole, decisamente affabile, un altro uomo insomma. Miracoli della prigione.

Joel si presentò al senatore e gli presentò poi suo figlio Neal. Seguirono le strette di mano di prammatica e i doverosi ringraziamenti. Il tavolino della suite era occupato da pasticcini, caffè e succo di frutta; intorno erano state sistemate quattro sedie che vennero subito occupate.

«Dovremmo cavarcela in poco tempo» annunciò Joel. «Mi serve il suo aiuto, senatore. Non so quanto lei sia al corrente di quella questione che mi ha costretto a stare via per alcuni anni...»

«La conosco a grandi linee, ma sono sempre rimasti dei punti oscuri.»

«Sono abbastanza certo di poterli chiarire.»

«Di chi è il sistema satellitare?»

Joel non riusciva a stare seduto. Andò alla finestra a scrutare il nulla, poi trasse un profondo respiro. «Fu realizzato dalla

Cina a costi astronomici. Come lei sa, la Cina nel settore delle armi convenzionali è molto indietro rispetto a noi e quindi ha deciso di investire pesantemente nell'high tech. Ci hanno rubato una fetta di tecnologia e sono riusciti a mettere in orbita il sistema, da loro chiamato Neptune, senza che la CIA se ne accorgesse.»

«Come hanno fatto?»

«Con un metodo tutt'altro che high-tech: l'incendio di una foresta. Una notte hanno appiccato il fuoco a una distesa di oltre cinquantamila ettari di bosco, in una provincia settentrionale. L'incendio provocò un'enorme nuvola di fumo che coprì il lancio di tre razzi, ciascuno munito di tre satelliti.»

«Anche i russi una volta fecero qualcosa del genere» ricordò Clayburn.

«In quella circostanza, invece, anche i russi rimasero vittime dell'espediente e, come tutti gli altri, non si accorsero di Neptune. Nessuno al mondo ne conosceva l'esistenza fino a quando i miei clienti vi s'imbatterono per caso.»

«Quei ragazzi pachistani.»

«Sì, e sono morti tutti e tre.»

«Chi li ha uccisi?»

«Agenti cinesi, ho il sospetto.»

«E chi ha ucciso Jacy Hubbard?»

«Come sopra.»

«A che distanza da lei si trova ora questa gente?»

«A una distanza troppo breve, per i miei gusti.»

Clayburn allungò la mano su una ciambella mentre Pratt vuotava un bicchiere di succo di frutta. «Io ho in mano il software, lo avevano chiamato JAM» proseguì Joel. «Ne esisteva un'unica copia.»

«Quella che lei aveva cercato di vendere?» gli chiese Clayburn.

«Esattamente, e ora voglio sbarazzarmene perché si è dimostrata piuttosto mortale e non vedo l'ora di passarla a qualcun altro. Ma non so ancora a chi.»

«Perché non alla CIA?» intervenne Pratt, ma solo per il gusto di prendere parte alla conversazione.

Clayburn stava già scuotendo il capo.

«Non posso fidarmi di loro» gli rispose Joel. «Teddy May-

318

nard mi ha fatto avere la grazia solo per starsene alla finestra a vedere chi mi avrebbe ucciso. Ora c'è un direttore ad interim.»

«E un nuovo presidente» aggiunse Clayburn. «La CIA in questo momento è in pieno caos e io avrei paura anche ad avvicinarmi.» E in tal modo il senatore Clayburn varcò una soglia immaginaria, trasformandosi da spettatore curioso in consigliere.

«Con chi posso parlare?» chiese ancora Joel. «Di chi mi posso fidare?»

«Della DIA, la Defense Intelligence Agency» rispose l'ex senatore senza un attimo di esitazione. «La dirige un mio vecchio amico, il maggiore Wes Roland.»

«Da quanto tempo la dirige?»

Clayburn ci pensò su. «Da dieci, forse dodici anni. Ha esperienza e intelligenza da vendere, ed è una persona onesta.»

«Lei può parlarci?»

«Sì, non abbiamo mai perso i contatti.»

«Ma la DIA non fa capo al direttore della CIA?» chiese Pratt.

«Sì, come tutti. Esistono almeno quindici diverse agenzie d'intelligence, una proliferazione contro la quale mi sono battuto per vent'anni, e per legge fanno tutte capo alla CIA.»

«Il che significa che Wes Roland riferirà alla CIA tutto quanto verrà a sapere da me?»

«Non ha alternativa, ma ci sono tanti modi per uniformarsi alla legge. Roland è un uomo assennato e sa muoversi negli ambienti politici, per questo è riuscito a rimanere a galla così a lungo.»

«Può organizzarmi un incontro con lui?»

«Sì, ma che cosa succederà quando vi vedrete?»

«Gli tirerò contro JAM e uscirò di corsa dall'edificio.»

«E in cambio che cosa chiede?»

«È un accordo semplice, senatore. Non voglio soldi, ma soltanto un piccolo aiuto.»

«Che tipo di aiuto?»

«Preferisco parlarne con lui. Ovviamente in sua presenza, senatore.»

La conversazione si interruppe e Clayburn abbassò lo sguardo sul pavimento valutando i pro e i contro. Neal si avvicinò al tavolo e prese un croissant mentre Pratt, che era visibilmente affetto dai postumi di una sbornia, si versò dell'altro succo d'arancia.

«Immagino si tratti di una faccenda urgente» disse alla fine Clayburn.

«Più che urgente. Se il maggiore Roland accetta sono pronto a vederlo anche subito, dove preferisce.»

«Sono sicuro che interromperà qualsiasi cosa stia facendo.»

«Il telefono è lì.»

Clayburn si alzò avvicinandosi alla scrivania. Pratt si schiarì la voce. «Sentite, ragazzi, a questo punto del gioco il sottoscritto si chiama fuori. Di questa storia non voglio più sentire nemmeno una parola, non voglio essere un testimone, un imputato o un'altra vittima. Quindi, se non vi dispiace, me ne torno in ufficio.»

Non attese risposta, ma uscì all'istante e la porta si richiuse pesantemente alle sue spalle. Clayburn e Backman rimasero a fissarla per qualche secondo, colti di sorpresa da quella brusca uscita di scena.

«Povero Carl, ha sempre paura della sua ombra» commentò Clayburn. Poi sollevò il telefono e si mise al lavoro.

A metà della quarta telefonata, che era anche la seconda consecutiva alla Difesa, l'ex senatore mise la mano sul microfono. «Preferiscono vederla al Pentagono» disse a Joel.

Lui stava già scuotendo il capo. «No, non se prima non raggiungiamo un accordo. I dischetti li lascio qui e glieli darò successivamente, non me li porto al Pentagono.»

Clayburn riferì e poi rimase a lungo ad ascoltare. «Com'è composto il software?» chiese a Joel, dopo aver coperto di nuovo il microfono con la mano.

«Sono quattro dischetti.»

«Capisce bene che dovranno prima controllarne il contenuto.»

«Va bene. Allora porterò al Pentagono due dei quattro dischetti e loro potranno dargli un'occhiata.»

Clayburn, chino sulla cornetta, ripeté le condizioni di Joel e rimase ancora una volta a lungo ad ascoltare. «Me li può mostrare questi dischetti?» chiese poi a Joel.

«Sì.»

Allora premette il pulsante per isolare l'interlocutore, mentre Joel prendeva la borsa dalla quale tirò fuori la busta con i quattro dischetti che allineò sul letto, sotto gli occhi incuriositi di Clayburn e Neal. «In questo momento sto guardando quattro dischetti» disse poi al telefono l'ex senatore «e il signor Backman mi assicura che contengono ciò di cui stiamo parlando.» Ascoltò per qualche minuto, poi premette di nuovo il pulsante di attesa.

«Ci vogliono subito da loro» disse.

«Andiamo.»

Clayburn riagganciò. «Al Pentagono sembra scoppiata la rivoluzione, quella gente è eccitatissima. Andiamo lo stesso?»

«Ci vediamo nella hall tra cinque minuti.»

Quando la porta si richiuse alle spalle dell'ex senatore, Joel si infilò nella tasca della giacca due dischetti mentre gli altri due, i numeri 3 e 4, li rimise nella borsa che consegnò poi al figlio. «Quando io e Clayburn ce ne andremo vai alla reception, prendi un'altra stanza e insisti per occuparla subito. Poi telefona qui e lasciami sulla segreteria telefonica il numero della stanza in cui ti trovi. Resta lì fino a quando non mi farò vivo.»

«Certo, papà. Spero che tu sappia ciò che stai facendo.»

«Sto concludendo un affare, figliolo. Come ai bei tempi.»

Il taxi li lasciò sul lato sud del Pentagono, accanto alla fermata della metropolitana. Ad attenderli c'erano già due collaboratori in uniforme del maggiore Roland, con le loro credenziali e relative istruzioni, che li aiutarono a superare i controlli di sicurezza e a farsi fare la foto per il pass. Per tutto il tempo Clayburn brontolò, ricordando quanto queste procedure ai suoi tempi fossero più semplici.

Ciò nonostante, l'ex senatore era passato in breve tempo dal personaggio di critico e scettico a quello di coprotagonista, e aveva completamente aderito al piano di Backman. Com'era più semplice la vita, ricordò mentre percorrevano gli ampi corridoi del primo piano, quando c'erano soltanto due superpotenze a fronteggiarsi: loro e i sovietici, e i cattivi erano quindi facili da individuare.

Salirono a piedi al secondo piano, ala C, e i due militari li precedettero in un'area di uffici comunicanti dove li stavano evidentemente aspettando. Il maggiore Roland, che era sulla sessantina e sembrava ancora asciutto e in forma nella sua uniforme cachi, dopo le presentazioni li fece accomodare in una sala riunioni. A un'estremità del lungo tavolo centrale tre tecnici si affaccendavano su un grosso computer che era appena stato portato lì.

Roland chiese a Joel il permesso di far assistere all'incontro due suoi assistenti e Joel non ebbe nulla da obiettare.

«Le dispiace se riprendiamo il tutto con una videocamera?» gli chiese poi.

«A quale scopo?»

«Nel caso che qualcuno nelle alte sfere voglia vedere come sono andate le cose» rispose il maggiore.

«Qualcuno come chi, per esempio?»

«Il presidente, magari.»

Joel guardò Clayburn, l'unico amico che avesse in quella stanza. Un amico molto alla lontana, oltretutto.

«E magari anche la CIA?» chiese.

«Può darsi.»

«Niente video, almeno all'inizio. Forse a un certo punto potremo decidere di accendere la videocamera.»

«Mi sta bene. Caffè o bibite?»

Nessuno aveva voglia di bere. Il maggiore Roland chiese ai tecnici se avevano terminato il loro lavoro e, avuta risposta affermativa, li pregò di uscire.

Joel e Clayburn sedettero a un lato del tavolo, di fronte al maggiore Roland e ai suoi due assistenti, che avevano già sfoderato penne e taccuini.

«Apriamo e chiudiamo una parentesi sulla CIA» esordì Backman, deciso a prendere in mano le redini della riunione. «Se ricordo bene la legge, o quanto meno se ricordo come andavano una volta le cose da queste parti, il direttore della CIA presiede a tutte le attività d'intelligence.»

«Esatto» confermò Roland.

«Che cosa farà il direttore della CIA delle informazioni che sto per darle?»

Il maggiore guardò alla sua destra, e nello sguardo che si scambiò con il suo vice c'era un'evidente incertezza. «Come lei ha appena detto, il direttore della CIA ha il diritto di sapere e di avere tutto.»

Backman sorrise e si schiarì la voce. «Senta, maggiore, la CIA ha tentato di uccidermi e, per quanto ne so, continua a cercarmi. Dai signori di Langley preferirei tenermi alla larga.»

«Il direttore Maynard non c'è più, signor Backman.»

«Ma qualcun altro ha preso il suo posto. Non voglio soldi, maggiore, voglio protezione. E come prima cosa voglio che le autorità del mio paese mi lascino in pace.»

«Si può fare» garantì Roland.

«E avrò bisogno di aiuto per proteggermi da qualcun altro.»

«Perché non ci dice tutto, signor Backman? Più sapremo e più potremo aiutarla.»

Non c'era sulla faccia della terra una persona, a parte Neal, di cui Joel Backman si fidasse, ma ormai era venuta l'ora di mettere le carte in tavola sperando per il meglio. La caccia era finita, non esisteva un altro posto dove nascondersi.

Cominciò proprio da Neptune, descrivendone la costruzione da parte della Cina, che aveva rubato la relativa tecnologia da due diversi appaltatori del Pentagono stesso. Spiegò il trucco usato per metterlo in orbita senza farsene accorgere non solo dagli americani ma anche dai russi, dagli inglesi e dagli israeliani. Raccontò in dettaglio la storia dei tre pachistani, la loro pericolosissima scoperta, la paura per ciò che avevano in mano, la curiosità provata nello scoprire di poter comunicare con Neptune e la loro genialità nel dare vita a un software capace di manipolare e neutralizzare il sistema. Parlò senza mezzi termini della propria avidità nel cercare di vendere JAM a numerosi paesi, sperando di ricavarne quanti più soldi fosse umanamente possibile. Non usò pietose perifrasi nel ricordare la spericolatezza di Jacy Hubbard e i loro stupidi piani per piazzare quel particolare prodotto. Ammise senza esitazione i propri errori e si assunse per intero la responsabilità degli incalcolabili danni da lui provocati. Poi proseguì.

No, ai russi non interessava quel prodotto perché avevano i loro satelliti e non potevano permettersene altri.

No, gli israeliani non avevano concluso alcun affare. Erano rimasti ai margini, ma abbastanza vicini per sapere che incombeva sul loro capo un accordo con i sauditi, smaniosi di acquistare JAM. I sauditi avevano dei loro satelliti, ma nulla che potesse paragonarsi a Neptune.

Nulla poteva paragonarsi a Neptune, nemmeno i satelliti americani di ultimissima generazione.

I sauditi avevano visto materialmente i quattro dischetti. Nel corso di un esperimento condotto in condizioni di massima sicurezza, due membri della polizia segreta avevano ricevuto dai tre pachistani una dimostrazione del software. L'incontro si era svolto in un laboratorio dell'Università del Maryland e la dimostrazione si era rivelata straordinaria oltre che molto convincente. Backman e Hubbard vi avevano assistito non visti.

I sauditi avevano offerto per JAM cento milioni di dollari. Hubbard, che si considerava un caro amico dell'Arabia Saudita, fu il dominus dei negoziati. Era stata pagata una "commissione" di un milione di dollari, e la somma era stata accreditata su un conto corrente presso una banca di Zurigo. Hubbard e Backman avevano rilanciato con mezzo miliardo di dollari.

Poi si era scatenato l'inferno. L'FBI era passato all'attacco sfoderando mandati e atti d'accusa, e i sauditi si erano spaventati. Hubbard fu assassinato e Joel andò a rifugiarsi in carcere, lasciandosi alle spalle un cumulo di macerie oltre a un certo numero di persone che ce l'avevano a morte con lui.

La ricostruzione durò quarantacinque minuti e si concluse senza una sola interruzione. Quando Joel terminò di parlare, i tre seduti di fronte a lui avevano smesso da tempo di prendere appunti, occupati com'erano a non perdersi nemmeno una parola.

«Sono certo che potremo parlare con gli israeliani» disse il maggiore Roland. «Se si convincono che i sauditi non potranno mai mettere le mani su JAM dormiranno sonni molto più tranquilli. In questi ultimi anni abbiamo avuto con loro numerose discussioni e JAM è stato uno degli argomenti preferiti. Sono abbastanza sicuro che si rabboniranno.»

«E i sauditi?»

«Anche loro hanno chiesto di JAM, e ai più alti livelli. Di questi tempi abbiamo molti interessi in comune e sono convinto che si rilasseranno sapendo che ce l'abbiamo noi e che nessun altro potrà entrarne in possesso. Li conosco bene, i sauditi, e credo che archivieranno tutta la faccenda come un affare sbagliato. Ma c'è il piccolo particolare della "commissione" che hanno pagato.»

«Un milione di dollari per loro sono spiccioli. Comunque, se ne può parlare.»

«Molto bene. Rimangono i cinesi.»

«Consigli?»

Intervenne Clayburn, che non aveva ancora aperto bocca. «Secondo me non dimenticheranno mai» disse, poggiando i gomiti sul tavolo. «I suoi tre clienti in pratica si sono impossessati di un sistema del valore di miliardi e miliardi di dollari rendendolo inutilizzabile senza quel loro software fatto in casa. I cinesi stanno facendo volare sui nostri capi nove dei più avanzati satelliti mai realizzati e non possono servirsene. Non dimenticheranno né perdoneranno, e bisogna capirli. Purtroppo, su questioni d'intelligence delicate come questa non abbiamo molte armi per convincere Pechino.»

Il maggiore Roland annuì. «Purtroppo, non posso che essere d'accordo con il senatore. Possiamo far sapere loro che il software è in nostre mani, ma non perdoneranno mai.»

«Non me la sento di criticarli, ma io sto soltanto cercando di sopravvivere, tutto qui.»

«Faremo il possibile, con i cinesi, ma potrebbe rivelarsi insufficiente.»

«Allora, cari signori, i patti sono i seguenti. Mi date la vostra parola che farete uscire la CIA dalla mia vita e che tranquillizzerete israeliani e sauditi. Farete inoltre il possibile con i cinesi, anche se mi rendo conto che il possibile potrebbe essere molto poco. Mi darete due passaporti, uno australiano e l'altro canadese. Appena saranno pronti, cioè al massimo oggi pomeriggio, me li porterete e io vi consegnerò gli altri due dischetti.»

«Affare fatto. Naturalmente dovremo dare un'occhiata al software» osservò Roland.

Joel s'infilò una mano in tasca e ne estrasse i dischetti numero 1 e 2. Roland fece rientrare i tecnici e tutti si sistemarono davanti al grosso monitor.

Un agente del Mossad, nome in codice Albert, credette di vedere Neal Backman entrare nella hall del Marriott. Telefonò al suo supervisore e nel giro di mezz'ora altri due agenti entrarono in albergo. Un'ora dopo, Albert vide nuovamente Neal Backman uscire da un ascensore con una borsa che non aveva quando era entrato, andare alla reception e riempire un modulo, infine estrarre di tasca il portafoglio e tirarne fuori una carta di credito.

Neal tornò poi all'ascensore, che si richiuse prima che Albert potesse intervenire.

Avere scoperto che Joel Backman risiedeva con molta probabilità al Marriott sulla 22nd Street era indubbiamente importante, ma al tempo stesso poneva degli enormi problemi. Anzitutto, uccidere un cittadino americano sul proprio territorio era un'operazione così delicata da richiedere il parere del primo ministro. In secondo luogo, era da considerarsi un incubo sotto il profilo logistico. L'albergo aveva seicento stanze, e quindi centinaia di clienti, centinaia di dipendenti, centinaia di visitatori, almeno cinque congressi in corso. Migliaia di potenziali testimoni, insomma.

Ciò nonostante, fu approntato in tutta fretta un piano.

34

Pranzarono con l'ex senatore nel retro di un negozio di gastronomia vietnamita nei pressi di Dupont Circle, un posto considerato al riparo dai lobbisti e dalle vecchie volpi della politica che, vedendoli insieme, avrebbero potuto dare il via a quelle voci che tengono Washington viva e intasata. Per un'ora, mentre combattevano con dei tagliolini piccanti e bollenti, Joel e Neal ascoltarono gli innumerevoli ricordi del pescatore di Ocracoke e dei suoi splendidi anni nella capitale. Clayburn ribadì più di una volta che non aveva nostalgia della politica, ciò nonostante, i ricordi di quel periodo erano pieni di intrighi, di umorismo e di tante amicizie.

All'inizio di quella giornata l'ex senatore avrebbe considerato una pallottola in testa una punizione troppo blanda per Joel Backman, ma al momento di salutarsi sul marciapiede davanti al caffè gli chiese insistentemente di venire a vedere la sua barca e di portare anche Neal. Joel non pescava da quando era adolescente e sapeva bene che non sarebbe mai andato alle Outer Banks, ma in segno di riconoscenza gli promise che ci avrebbe pensato.

Poco dopo, senza rendersene conto, Joel corse veramente il rischio di beccarsi una pallottola in testa. Mentre dopo pranzo passeggiava con il figlio lungo Connecticut Avenue le sue mosse non furono perse di vista nemmeno un attimo dal Mossad. Un tiratore scelto appostato all'interno di un furgone preso a nolo era pronto a entrare in azione, ma da Tel Aviv non era ancora giunto l'okay definitivo. E il marciapiede era troppo affollato.

Consultando le pagine gialle trovate nella sua camera d'albergo, Neal trovò la pubblicità di un negozio di abbigliamento maschile che eseguiva prontamente gli eventuali ritocchi. Il giovane Backman aveva una gran voglia di aiutare il padre, che doveva assolutamente farsi un guardaroba. Joel comprò un abito blu con gilè, una camicia bianca, due cravatte, pantaloni e giacche sportivi e, finalmente, due paia di scarpe nere da mettere con l'abito. Il conto totale, pagato in contanti, fu di 3100 dollari. Le scarpe da bowling finirono in un cestino dei rifiuti, nonostante avessero riscosso una certa ammirazione da parte del commesso.

Alle 16 in punto, mentre padre e figlio sedevano in uno Starbucks sulla Massachusetts Avenue, Neal estrasse il cellulare e compose il numero lasciato dal maggiore Roland, poi porse il telefono al padre.

Fu Roland in persona a rispondere. «Stiamo arrivando.»

«Stanza 520» gli disse Joel, osservando gli altri avventori. «In quanti venite?»

«Siamo un bel gruppetto.»

«Porti pure tutti quelli che vuole, ma rimarranno nella hall.»

«Si può fare.»

Abbandonarono i loro caffè e si fecero a piedi i dieci isolati che li separavano dal Marriott, sempre tenuti d'occhio dagli agenti del Mossad armati di tutto punto. Da Tel Aviv non era ancora arrivato alcun segnale.

Erano nella stanza da qualche minuto quando udirono bussare alla porta.

Joel lanciò un'occhiata nervosa al figlio, in ansia quanto lui, che si bloccò. Forse ci siamo, pensò l'ex broker. L'epopea cominciata per le strade di Bologna, a piedi e in taxi, quindi in pullman fino a Modena, da lì ancora in taxi fino a Milano con altri piccoli spostamenti e altri taxi, poi il treno per Stoccarda con l'imprevista discesa a Zug dove un altro tassista si era intascato un bel po' di soldi per portarlo a Zurigo, due tram, Franz e la BMW verde lanciata a centocinquanta chilometri l'ora sull'autostrada per Monaco, e infine il caldo abbraccio della Lufthansa che lo riportava in patria. Il viaggio sarebbe probabilmente terminato da lì a qualche istante.

«Chi è?» chiese avvicinandosi alla porta.

«Wes Roland.»

Joel guardò attraverso lo spioncino, quindi trasse un profondo respiro e aprì la porta. Il maggiore questa volta indossava una giacca sportiva con cravatta ed era solo. O, quanto meno, sembrava solo. Joel vide qualcuno in fondo al corridoio che tentava di nascondersi, allora richiuse la porta e presentò Roland a Neal.

«Ecco i passaporti» disse il maggiore, estraendo dalla tasca della giacca due documenti falsi. Il primo aveva una copertina blu scuro con la scritta AUSTRALIA in lettere dorate. Joel lo aprì guardando come prima cosa la foto. I tecnici avevano usato quella scattata poche ore prima dalla sicurezza della DIA, ma gli avevano schiarito sensibilmente i capelli e tolto qualche ruga dando vita a un personaggio piuttosto gradevole. Il nome era Simon Wilson McAvoy. «Non male» fu il commento di Joel.

Il secondo passaporto era di un blu più chiaro e anche in quel caso la scritta CANADA era in lettere dorate. La foto era la stessa ma il nome era diventato Ian Rex Hatteboro. Joel approvò con un cenno del capo e porse i due passaporti al figlio.

«C'è qualche problema creato dall'inchiesta del Gran Giurì sullo scandalo della grazia comprata» disse Roland. «Prima non ne avevamo parlato.»

«Senta, maggiore, sappiamo entrambi che io in questa faccenda non c'entro affatto e spero che la CIA riesca a convincere i ragazzi dell'FBI. Non avevo la minima idea che stavano per concedermi la grazia, questo scandalo non mi riguarda.»

«Ma potrebbero chiamarla a deporre davanti al Gran Giurì.»

«Benissimo, ci andrò io spontaneamente, ma la mia sarà una brevissima comparsa.»

Roland sembrò soddisfatto, in fondo era soltanto un messaggero. Cominciò a guardarsi intorno. «Allora, quel software?» chiese.

«Non è qui» gli rispose Joel, con eccessiva enfasi. Poi con il capo fece un cenno a Neal, che uscì dalla stanza. «Soltanto un minuto» aggiunse, vedendo che Roland aveva aggrottato le sopracciglia preoccupato.

«C'è qualche problema?» chiese l'ufficiale.

«No, assolutamente. Il materiale si trova in un'altra stanza. Mi scusi, ma da parecchio tempo ormai mi sto comportando come una spia.»

«Per un uomo nella sua posizione non è una pratica sbagliata.»

«Credo che sia diventato uno stile di vita.»

«I nostri tecnici stanno lavorando sui primi due dischetti e mi dicono che il contenuto è sensazionale.»

«I miei clienti erano ragazzi in gamba, oltre che brave persone. Purtroppo erano diventati avidi, e non soltanto loro.»

Si udì bussare alla porta e Neal rientrò dando la busta a Joel, che ne estrasse i due dischetti porgendoli a Roland. «Grazie» disse. «C'è voluto del fegato.»

«Certa gente, secondo me, ha più fegato che cervello.»

Lo scambio si era concluso e non restava altro da dire. Roland mise la mano sulla maniglia della porta, poi gli venne in mente qualcosa. «Per sua informazione» disse serio «la CIA ha la ragionevole certezza che Sammy Tin è atterrato oggi pomeriggio a New York. Con un volo proveniente da Milano.»

«Immagino di doverla ringraziare, maggiore.»

Joel, dopo l'uscita di Roland, si stese sul letto e chiuse gli occhi. Neal trovò nel frigobar due birre e sprofondò in una poltrona, attaccandosi alla sua bottiglia. «Chi è Sammy Tin, papà?» gli chiese poi.

«È meglio che tu non lo sappia.»

«No, voglio sapere tutto. E tu me lo dirai.»

Alle sei del pomeriggio l'auto della madre di Lisa si fermò di fronte a un negozio di parrucchiere di Wisconsin Avenue, a Georgetown, e ne scese Joel che salutò e ringraziò. Subito dopo, Neal, che era al volante e non vedeva l'ora di tornare a casa, si allontanò velocemente.

Era stato lo stesso Neal, poche ore prima, a fissare per telefono l'appuntamento, allettando la receptionist del salone con la promessa di cinquecento dollari in contanti. E la parrucchiera, un donnone di nome Maureen, attendeva quel misterioso cliente non troppo contenta di lavorare fuori orario ma al tempo stesso curiosa di vedere in faccia la persona disposta a spendere tutti quei soldi solo per una tinta.

Joel pagò in anticipo, ringraziò la receptionist e Maureen per la loro disponibilità e andò sedersi davanti a uno specchio.

«Vuole prima lavarli?» gli chiese Maureen.

«No, sbrighiamoci.»

Lei gli infilò le dita tra i capelli. «Chi ha fatto questo lavoro?»

«Una signora, in Italia.»

«Che colore avrebbe in mente?»

«Grigio, un grigio uniforme.»

«Naturale?»

«Di più. Quasi bianco.»

Lei sollevò gli occhi al cielo in direzione della receptionist, come a dire che lì ne capitavano di tutti i tipi.

Poi si mise al lavoro, mentre la receptionist se ne tornava a casa chiudendosi la porta alle spalle.

«Lei domani lavora?» chiese Joel a Maureen dopo qualche minuto.

«No, è il mio giorno di riposo. Perché?»

«Perché ho intenzione di passare di qui verso mezzogiorno per un'altra seduta. Per domani avrei in mente qualcosa di più scuro, che nasconda il grigio di adesso.»

Le mani della donna si fermarono. «Che cosa vuole, esattamente?»

«Si faccia trovare qui a mezzogiorno e le pagherò mille dollari in contanti.»

«Certo. Ci vediamo anche dopodomani?»

«Sarò soddisfatto quando scomparirà un po' di grigio.»

Nel tardo pomeriggio di quel giorno, Dan Sandberg stava facendo passare il tempo dietro la sua scrivania al "Post" quando gli arrivò la telefonata di un signore che disse di chiamarsi Joel Backman e di voler parlare con lui. Sul display del suo apparecchio si leggeva "numero sconosciuto".

«Il vero Joel Backman?» chiese il giornalista, allungando la mano sul computer portatile.

«L'unico che io conosca.»

«È un vero piacere. L'ultima volta che l'ho vista, signor Backman, è stata in tribunale, quando lei ha ammesso la sua colpevolezza in ogni tipo di nefandezze.»

«Nefandezze cancellate in blocco dalla grazia presidenziale.»

«La pensavo al sicuro dall'altra parte del mondo.»

«Sì, poi però mi sono stancato dell'Europa. Mi mancava l'aria di casa. E ora sono di nuovo qui, pronto a ributtarmi negli affari.»

«Che tipo di affari?»

«Quelli che sono la mia specialità, naturalmente. È proprio di questo che vorrei parlarle.»

«Mi farebbe un enorme piacere, ma prima dovrei farle qualche domanda sulla grazia. Perché girano tante di quelle brutte voci...»

«È il primo argomento che tratteremo, signor Sandberg. Che ne direbbe di vederci domani mattina alle nove?»

«Affare fatto. Dove?»

«Occupo la suite presidenziale dell'Hay-Adams Hotel. Porti un fotografo, se crede. Il Broker è tornato.»

Sandberg riattaccò e chiamò subito dopo Rusty Lowell, la sua fonte privilegiata all'interno della CIA. Ma Lowell era fuori e, come al solito, nessuno sapeva dove si fosse cacciato. Tentò con un altro informatore a Langley, ma non servì a nulla.

Whitaker stava tornando a Washington con un volo Alitalia da Milano. Viaggiava in prima classe, dove gli alcolici erano gratuiti, e stava facendo del suo meglio per sbronzarsi. La telefonata di Julia Javier era stata un piccolo choc. Lei aveva esordito in maniera abbastanza garbata: "Qualcuno ha visto Marco dalle tue parti, Whitaker?".

"No, ma lo stiamo cercando."

"Pensi di trovarlo?"

"Sì, sono abbastanza certo che spunterà fuori."

"Il direttore è molto in ansia, Whitaker."

"Rassicurala, lo troveremo."

"Dove lo stai cercando?"

"Tra Milano e Zurigo."

"E allora stai sprecando il tuo tempo, Whitaker, perché il vecchio Marco è riapparso qui a Washington e nel pomeriggio è andato al Pentagono. Ce lo siamo persi, Whitaker, e abbiamo fatto la figura degli scemi."

"Che cosa?!"

"Torna qui, Whitaker, e in fretta."

Venticinque file più indietro, Luigi se ne stava rannicchiato in classe economica, a strusciare le ginocchia contro quelle di una ragazzina dodicenne intenta ad ascoltare il rap più volgare che avesse mai sentito. Anche lui era al quarto whisky, che lì non era gratis ma non gliene importava nulla.

Sapeva che più avanti Whitaker stava prendendo appunti per riuscire a dare tutta la colpa a lui. Avrebbe dovuto fare lo stesso, ma per il momento aveva solo voglia di bere. La settimana a Washington si annunciava particolarmente sgradevole.

Alle 18.02 ora della costa orientale, da Tel Aviv arrivò la telefonata con la quale veniva revocato l'incarico di uccidere Backman. Contrordine, fare le valigie e andare via. Stavolta non ci sarebbero stati cadaveri.

Per gli agenti del Mossad fu una bella notizia. Loro infatti erano addestrati a muoversi furtivamente, portare a termine la missione e sparire senza lasciare tracce, indizi, prove. E Bologna era una città di gran lunga preferibile a Washington, con le strade piene di gente.

Un'ora dopo, Joel pagò il conto del Marriott e si godette una bella passeggiata all'aria fresca. Ma non si allontanò dalle strade affollate e non perse tempo. Quella non era Bologna, al calare della sera la città cambiava radicalmente fisionomia, e con la partenza dei pendolari e l'affievolirsi del traffico, le cose potevano mettersi male.

L'impiegato alla reception dell'Hay-Adams preferiva le carte di credito, qualcosa di plastica, qualcosa che non contrariasse quelli della contabilità. I clienti di rado insistevano per pagare in contanti, ma quello davanti a lui non sentiva storie. La prenotazione era stata confermata e l'impiegato, con un sorriso di circostanza, porse la chiave al signor Ferro e gli diede il benvenuto.

«Ha bagagli, signore?»

«No.»

E lì terminò la loro breve conversazione.

Il signor Ferro si diresse agli ascensori tenendo in mano una dozzinale borsa di pelle nera.

35

La suite presidenziale dell'Hay-Adams Hotel si trovava al settimo piano e dai suoi tre finestroni ci si affacciava su H Street, Lafayette Park e la Casa Bianca. Il letto era enorme, la stanza da bagno un trionfo di marmo e ottone, e nel salotto dall'arredamento d'epoca e dal televisore leggermente rétro c'era, insieme a un certo numero di telefoni, un fax che veniva raramente usato. Il prezzo era tremila dollari al giorno, ma il Broker poteva mai preoccuparsi di questi dettagli?

Quando Sandberg alle nove del mattino bussò dovette attendere soltanto un secondo perché la porta si spalancasse accompagnata da un caloroso: «Buongiorno, Dan!». Backman gli afferrò la destra e, stringendogliela vigorosamente, lo trascinò all'interno del suo piccolo regno.

«Sono contento che sia riuscito a venire. Gradisce un po' di caffè?»

«Sì, certo. Nero.»

Il giornalista poggiò la borsa su una poltrona e seguì con lo sguardo Backman che versava il caffè da una caffettiera d'argento. Era molto più magro, con i capelli più corti, quasi bianchi, e il viso scavato. Con l'imputato Backman esisteva una leggera somiglianza, ma nulla di più.

«Si metta comodo» gli stava dicendo il Broker. «Ho ordinato la colazione, dovrebbe arrivare a minuti.» Poggiò con cura due tazze e i relativi piattini sul tavolino di fronte al divano. «Lavoreremo qui. Pensa di usare un registratore?»

«Se per lei va bene.»

«Lo preferisco, evita i malintesi.»

Presero posizione. Sandberg posò su tavolo un piccolo regi-

334

stratore, poi estrasse di tasca penna e taccuino. Backman, che era tutto un sorriso, sprofondò in poltrona con le gambe accavallate e l'aria baldanzosa di chi non ha paura di nessuna domanda. Sandberg notò le scarpe dalla suola di gomma, in pratica mai usate a giudicare dalla totale assenza di polvere o di segni d'usura sul cuoio nero. L'avvocato Backman sembrava come al solito sicuro di sé, con il suo abito blu, la camicia candida con i gemelli d'oro, lo spillo che univa i due pizzi del colletto e una vistosa cravatta rossa e oro.

«Prima domanda: dov'è stato finora?»

«Ho girato l'Europa in lungo e in largo.»

«Per due mesi?»

«Sì, sono sufficienti.»

«Si è fermato a lungo da qualche parte?»

«No. Ho passato diverso tempo in treno, che è la maniera migliore di viaggiare. Si vedono tante di quelle cose.»

«Perché è tornato?»

«Perché qui è casa mia. Dove altro sarei potuto andare? Che altro avrei potuto fare? Vagabondare per l'Europa può sembrare divertente, e lo è, ma non è la maniera migliore per costruire un futuro. E io ho del lavoro da fare.»

«Che tipo di lavoro?»

«Il solito, rapporti con il governo, consulenze.»

«Cioè lobbying, giusto?»

«La mia società avrà un settore lobbying, certo, che sarà una componente importante della nostra attività: ma certamente non la principale.»

«Di quale società sta parlando?»

«Di quella nuova.»

«Mi aiuti a capire, signor Backman.»

«Sto per dare vita alla Backman Group, con uffici qui, a New York e a San Francisco. I soci saranno inizialmente sei, destinati a diventare venti nel giro di un anno o poco più.»

«Chi saranno questi soci?»

«Nomi non posso farne, per adesso. Stiamo mettendo a punto i particolari, discutendo gli aspetti più delicati. Contiamo di tagliare il nastro il primo maggio, dovrebbe essere un evento sensazionale.»

«Non ne dubito. Non sarà un ufficio legale, quindi?»

«No, ma abbiamo in programma di integrare in un secondo tempo la società con un ufficio legale.»

«Pensavo che lei non potesse esercitare più la professione di avvocato da quando...»

«È vero, ma con la grazia presidenziale posso presentarmi a sostenere di nuovo l'esame di abilitazione. Se mi verrà la smania di intentare una causa a qualcuno darò una rinfrescata ai testi e mi riprenderò la licenza. Non nell'immediato futuro, comunque, ora ho troppo lavoro da fare.»

«Per esempio?»

«Far decollare questa iniziativa, trovare i capitali e, soprattutto, contattare i potenziali clienti.»

«Può farmi i nomi di qualcuno di questi clienti?»

«No, ovviamente. Ma abbia pazienza per qualche settimana e la sua curiosità sarà soddisfatta.»

Squillò il telefono sulla scrivania e Backman corrugò le sopracciglia. «Mi scusi un attimo, è una telefonata che aspettavo.» Sollevò la cornetta. «Parla Backman. Ciao, Bob. Sì, domani sarò a New York. Ti spiace se ti richiamo tra un'ora? In questo momento sono molto occupato.» Riattaccò. «Mi scusi.»

A chiamarlo era stato Neal, che aveva avuto istruzioni precise di telefonare alle 9.15 in punto per poi richiamare ogni dieci minuti nell'arco di un'ora.

«Non c'è di che. Parliamo della sua grazia, ora. Ha letto quelle notizie circa la presunta compravendita della grazia presidenziale?»

«Se ho letto quelle notizie? Ho una squadra di avvocati che se ne occupano. Quando e se i federali riusciranno a mettere in piedi un Gran Giurì, ammesso che ci riescano, vorrò essere il primo testimone a deporre, li ho già informati su questo punto. Non ho assolutamente nulla da nascondere, e il lasciar credere che io abbia pagato per ottenere la grazia è un reato perseguibile per legge.»

«Ha intenzione di querelare?»

«Assolutamente sì. I miei avvocati stanno mettendo a punto una colossale querela per diffamazione a carico del "New York Times" e di quel vero e proprio sicario che risponde al nome di Heath Frick. Sarà un processo brutto e sgradevole, e dovranno darmi una montagna di soldi.»

«Vuole davvero che scriva queste cose?»

«Certo, che diavolo! E già che ci siamo devo complimentarmi con il suo giornale per il senso della misura che avete dimostrato fino a questo momento. È piuttosto insolito, e comunque ammirevole.»

Il racconto di Sandberg circa la sua visita alla suite presidenziale era già una grossa notizia, che l'indomani mattina sarebbe finita ovviamente in prima pagina.

«Tanto per essere chiari, lei nega di avere pagato per la concessione della grazia?»

«Lo nego nella maniera più categorica.»

«E allora come mai ha ottenuto la grazia?»

Backman si sistemò sulla poltrona, e stava per lanciarsi in una lunga tirata quando si udì il ronzio del campanello. «Ah, già, la colazione» disse, schizzando in piedi. Aprì la porta e un cameriere in giacca bianca entrò spingendo un carrello sul quale facevano bella mostra caviale con le tradizionali guarnizioni, uova strapazzate con tartufi e una bottiglia di champagne Krug dentro il secchiello del ghiaccio. Mentre Backman firmava il conto, il cameriere aprì la bottiglia. «Una coppa o due?» chiese.

«Le va una coppa di champagne, Dan?»

Sandberg guardò istintivamente l'orologio. Sembrava un po' presto per attaccare con l'alcol ma poi, ripensandoci, perché no? Quando avrebbe avuto un'altra occasione di essere ricevuto in una suite presidenziale con vista sulla Casa Bianca, e bere quella roba con le bollicine da trecento dollari a bottiglia? «Certo, ma solo un goccio.»

Il cameriere riempì due coppe, rimise la bottiglia di Krug nel secchiello e uscì proprio mentre il telefono si rimetteva a squillare. Stavolta era Randall, da Boston, ma anche lui sarebbe stato richiamato entro un'ora in attesa che Backman si liberasse.

Il Broker sbatté giù la cornetta. «Prenda anche un po' di caviale, Dan, ho ordinato per due.»

«No, grazie, ho già mangiato una ciambella salata.» Sollevò la coppa di champagne e mandò giù un sorso.

Backman infilò una cialda in un monticello di caviale da cinquecento dollari e se l'infilò in bocca, come un ragazzino con le patatine e il ketchup. E masticò camminando su e giù per il salotto, sempre con la coppa in mano.

«La mia grazia? Avevo chiesto al presidente Morgan di rie-saminare il mio caso e, francamente, non pensavo che avesse qualche interesse. Ma l'uomo è molto astuto.»

«Chi, Arthur Morgan?»

«Sì, Dan, la sua presidenza è stata sottovalutata, lui non meritava quella batosta elettorale. Ne sentiremo la mancanza. Comunque, più Morgan studiava il mio caso e più gli interessava. Riuscì a squarciare la cortina di fumo alzata dal governo, smascherò le loro bugie, da vecchio avvocato difensore sapeva bene quanto potere abbiano i federali se vogliono inchiodare un innocente.»

«Sta dicendo che lei era innocente?»

«Assolutamente sì, non ho fatto nulla di male.»

«Ma si è dichiarato colpevole.»

«Non avevo scelta. Io e Jacy Hubbard eravamo stati incriminati per capi d'imputazione inesistenti, ma non cedemmo. "Andiamo in aula" dicemmo. "Dateci una giuria." Li spaventammo tanto, i federali, che si misero a fare ciò che fanno sempre: perseguitarono i nostri amici e familiari. Quegli idioti in stile Gestapo, Dan, arrivarono al punto da incriminare mio figlio, fresco di laurea in giurisprudenza, che dei miei file non sapeva un accidente. Perché non l'avete scritto?»

«Io l'ho scritto.»

«Comunque, come dicevo, non ebbi altra scelta che andare in galera. E lo considerai un onore. Mi dichiarai colpevole in modo da far cadere le accuse contro mio figlio e i miei soci. E il presidente Morgan l'ha capito, per questo ho avuto la grazia. Me la meritavo.»

Altra cialda, altro grosso e costoso boccone, altra sorsata per mandarlo giù. Backman aveva ripreso a girare per la stanza, ma si era tolto la giacca, come chi ha molti pesi da scrollarsi di dosso. All'improvviso si fermò. «Ma chiudiamola con il passato, Dan, e parliamo del futuro. Guardi la Casa Bianca, laggiù. È mai stato invitato a una cena di gala in smoking, con la guardia d'onore e quelle flessuose signore in lungo?»

«No.»

Backman, in piedi accanto alla finestra, osservava la Casa Bianca. «Io sì, due volte» disse, e nella sua voce c'era una traccia di tristezza. «Tempo due, tre anni mi vedrò consegnare a mano un biglietto di cartoncino pregiato sul quale a lettere dorate si leggerà: "Il presidente e la first lady hanno l'onore di invitarla...".» Si voltò a guardare compiaciuto Sandberg. «Questo è il potere, Dan. Ed è per il potere che io vivo.»

Quell'ultima frase avrebbe arricchito l'articolo, ma Sandberg era in cerca di qualcosa di ben più sostanzioso. E riportò bruscamente Backman alla realtà chiedendogli a bruciapelo: «Chi ha ucciso Jacy Hubbard?».

Il Broker si avvicinò al secchiello del ghiaccio per versarsi un'altra coppa di champagne. «È stato un suicidio, Dan, un suicidio puro e semplice. Jacy era stato umiliato in maniera insopportabile, l'FBI l'aveva distrutto. Non ce la faceva più.»

«Be', lei è l'unica persona a Washington che crede al suicidio.»

«E sono anche l'unica persona a conoscere la verità. Lo scriva questo, per favore.»

«Lo farò.»

«Parliamo d'altro.»

«Francamente, signor Backman, il suo passato è molto più interessante del suo futuro. Ho saputo da una mia fonte attendibile che lei ha avuto la grazia in seguito a una richiesta partita da Langley, che Morgan ha ceduto alle pressioni di Maynard e che la CIA l'ha nascosta da qualche parte per poi vedere chi sarebbe stato il primo a scovarla e a farle la pelle.»

«Ha bisogno di nuove fonti.»

«Lei quindi nega...»

«Sono qui!» Backman spalancò le braccia. «Sono vivo! Se la CIA mi avesse voluto morto sarei morto.» Mandò giù dell'altro champagne. «Si trovi una fonte migliore. Le vanno le uova? Si stanno raffreddando.»

«No, grazie.»

Backman riempì un piattino con una generosa porzione di uova strapazzate e prese a mangiare spostandosi per la stanza, da una finestra all'altra, ma mai troppo lontano dalla vista sulla Casa Bianca. «Sono con i tartufi, buonissime.»

«No, grazie. Lei fa spesso colazione con caviale, champagne e tartufi?»

«Non spesso quanto vorrei.»

«Conosceva Robert Critz?»

339

«Certo, lo conoscevano tutti Bob Critz, era "in servizio" più meno da quando lo ero io.»

«Dove si trovava, signor Backman, quando Critz è morto?»

«A San Francisco, ospite di un amico, l'ho saputo dal telegiornale. Una notizia molto triste. Ma che c'entra Critz con me?»

«Semplice curiosità.»

«Questo significa che ha esaurito le sue domande?»

Sandberg stava sfogliando il taccuino quando il telefono tornò a squillare. Era Ollie, stavolta, e Backman disse anche a lui che l'avrebbe richiamato.

«Ho lasciato giù il fotografo, il mio direttore vorrebbe qualche foto» lo informò il giornalista.

«Ma certo, facciamolo salire.»

Backman si rimise la giacca, controllò in uno specchio il nodo della cravatta, i capelli e i denti, poi mangiò un'altra cucchiaiata di caviale. Nel frattempo arrivò il fotografo che scaricò a terra il materiale e cominciò a sistemare le luci mentre Sandberg, che aveva lasciato il registratore acceso, faceva qualche altra domanda.

La foto migliore secondo il giudizio del fotografo, ma anche Sandberg era d'accordo, fu quella di Joel seduto sul divano di pelle bordeaux con un ritratto appeso sulla parete alle sue spalle. Alcune gli furono scattate accanto alla finestra, in modo da far apparire sullo sfondo la Casa Bianca.

Il telefono continuava a squillare e Joel lo ignorò. Neal avrebbe dovuto richiamare ogni cinque minuti se una telefonata non avesse avuto risposta e ogni dieci se suo padre invece avesse risposto. Dopo venti minuti di seduta fotografica il telefono li stava facendo impazzire.

Il Broker era un uomo occupato.

Il fotografo, una volta terminato il suo lavoro, raccolse gli strumenti e uscì. Sandberg rimase ancora qualche minuto, poi si diresse finalmente alla porta. «Ascolti, signor Backman» gli disse prima d'uscire. «Domani questa intervista farà scalpore, non c'è dubbio. Ma, tanto perché lo sappia, non credo alla metà delle stronzate che mi ha detto.»

«Quale metà?»

«Lei era assolutamente colpevole, come lo era Hubbard, che non si è ucciso ma è stato ucciso. E lei è andato a rifugiarsi in carcere per salvarsi il culo. Maynard le ha fatto avere la grazia e Morgan non ci ha capito niente.»

«Bene, questa metà non è importante.»

«E che cos'è importante?»

«Che il Broker è tornato. Si accerti che l'intervista vada in prima pagina.»

Maureen era di umore decisamente migliore, il suo giorno di riposo settimanale non le aveva mai fruttato mille dollari. Precedette il signor Backman in una saletta privata in fondo al negozio, lontano dalle clienti che sotto il casco starnazzavano tra loro come oche. Con lui esaminò tinte e tonalità, scegliendone finalmente una di facile mantenimento: termine, quest'ultimo, che per lei significava la speranza di mille dollari ogni cinque settimane.

A Joel invece non importava nulla, perché quella donna non l'avrebbe più rivista.

Sotto le mani della parrucchiera i capelli di Joel passarono dal quasi bianco al grigio e lei aggiunse tanto di quel marrone da togliere cinque anni dal viso del suo cliente. Non erano evidentemente problemi di vanità.

Perché a Joel non interessava apparire più giovane, lui voleva soltanto nascondersi.

36

Le ultime persone che andarono a trovarlo nella suite lo fecero piangere. Neal, il figlio che conosceva a malapena, e Lisa, la nuora che non aveva mai visto, gli misero tra le braccia Carrie, la nipotina di due anni che lui aveva soltanto sognato. Pianse anche lei, dapprima, calmandosi subito quando il nonno se la portò in braccio da una stanza all'altra indicandole poi dalla finestra la Casa Bianca. Joel non smise di cullare la bimbetta e di parlarle come se avesse già fatto esperienza con una decina di nipotini, e Neal scattò altre foto, ma stavolta il soggetto era un altro uomo. Era scomparso l'abito elegante, sostituito da un paio di pantaloni di cotone cachi e da una camicia scozzese botton-down. E con l'abito erano scomparse anche la spavalderia e l'arroganza, Joel era diventato un nonno come tutti gli altri che si stringeva al petto la sua bella nipotina.

Dal servizio in camera arrivò un pranzo leggero a base di zuppa e insalata, e quello fu per Joel il primo tranquillo pranzo in famiglia dopo tanti, tanti anni. Mangiò con una sola mano perché con l'altra teneva Carrie facendola saltellare su un ginocchio.

Li informò dell'intervista che sarebbe apparsa il giorno seguente sul "Post", spiegando i motivi che l'avevano indotto a quel passo. Per lui era importante sfruttare il massimo di visibilità possibile a Washington, perché avrebbe in tal modo guadagnato del tempo disorientando quelli che potevano essere ancora sulle sue tracce. Quell'intervista avrebbe fatto sensazione, se ne sarebbe parlato per diversi giorni dopo la sua partenza.

Lisa volle sapere quanto il suocero fosse in pericolo e lui

non seppe risponderle. Si sarebbe estraniato per qualche tempo e avrebbe girato, sempre tenendo le orecchie tese. Qualcosa, in quegli ultimi due mesi, l'aveva imparata.

«Tornerò fra qualche settimana» annunciò. «E di tanto in tanto passerò a trovarvi. È sperabile che tra qualche anno si possa stare più sicuri.»

«Dove andrai, adesso?» gli chiese Neal.

«Prendo un treno per Filadelfia e da lì un aereo per Oakland. Vorrei andare a trovare mia madre, sarebbe bello se tu le mandassi un biglietto. Me la prenderò comoda, e finirò da qualche parte in Europa.»

«Quale passaporto userai?»

«Non i due che mi hanno dato ieri. Non ho alcuna intenzione di lasciare che la CIA segua i miei spostamenti. A meno di un'emergenza, non me ne servirò mai.»

«E come farai ad andare all'estero?»

«Ho un altro passaporto, me l'ha prestato un amico.»

Neal gli lanciò un'occhiata sospettosa, quasi sapesse che cosa il padre intendeva per "amico". Ma Lisa non se ne accorse e la piccola Carrie scelse proprio quel momento per fare la pipì. Joel la passò velocemente alla madre.

Mentre la nuora era in bagno a cambiare il pannolino, Joel abbassò la voce. «Tre cose, Neal. Primo: rivolgiti a una ditta specializzata nella bonifica elettronica e fatti controllare casa, ufficio e auto, potresti avere delle sorprese. Ti costerà circa diecimila dollari, ma va fatto. Secondo: vorrei che trovassi una casa di riposo da queste parti perché mia madre, cioè tua nonna, se ne sta laggiù a Oakland senza che nessuno dei familiari vada a darle ogni tanto un'occhiata per vedere come sta. Una buona casa di riposo costerà fra i tre e i quattromila dollari al mese.»

«Devo pensare che i soldi li hai.»

«Sì, e qui arriviamo al terzo punto. I soldi sono su un conto corrente qui alla Maryland Trust e tu ne sei cointestatario. Preleva venticinquemila dollari per le spese che hai dovuto sostenere finora e per ogni evenienza tieniti ciò che avanzerà.»

«Non mi servono tanti soldi.»

«Allora spendine un po', okay? Sii meno tirato, porta la bambina a Disney World.»

«Come ci terremo in contatto?»

«Per il momento seguiremo la routine Grinch con l'e-mail. Sono diventato una specie di pirata informatico, sai?»

«Sei davvero al sicuro, papà?»

«Il peggio è passato.»

Lisa tornò con Carrie, che voleva rimettersi a cavallo di quel ginocchio che la faceva saltellare. Joel se la tenne fino all'ultimo.

Padre e figlio entrarono nella Union Station mentre Lisa e la bambina rimasero in auto ad aspettare. Tutta quell'animazione, quell'attività, fecero tornare l'ansia a Joel, sarebbe stata dura abbandonare le vecchie abitudini. Continuò a camminare tirandosi dietro una valigetta nella quale aveva infilato tutti i suoi averi.

Comprò un biglietto per Filadelfia e, mentre si stavano dirigendo al binario, Neal tornò alla carica. «Voglio sapere dove stai andando.»

Joel si fermò a guardarlo. «Sto tornando a Bologna.»

«Dove hai un'amicizia, giusto?»

«Sì.»

«Di genere femminile?»

«Proprio così.»

«Perché la cosa non mi sorprende?»

«Non posso farci niente, figliolo, questa è sempre stata la mia debolezza.»

«È italiana?»

«Italianissima, oltre che specialissima.»

«Erano tutte specialissime.»

«Questa mi ha salvato la vita.»

«Lo sa che stai tornando da lei?»

«Credo di sì.»

«Fai attenzione, papà, ti prego.»

«Ci vediamo tra un mese, giorno più giorno meno.»

Si salutarono con un abbraccio.

NOTA DELL' AUTORE

Nel mio passato professionale c'è la legge, non certo i satelliti o lo spionaggio; e oggi i gadget elettronici high-tech mi terrorizzano più di un anno fa. (I miei libri vengono tuttora scritti con un word processor vecchio di tredici anni, e quando si mette a fare il balbuziente, come da un po' di tempo gli capita sempre più spesso, trattengo letteralmente il fiato. Quando tirerà le cuoia, probabilmente farò la stessa fine anch'io.)

È tutta fantasia, ragazzi. Ne so ben poco di spie, di sorveglianza elettronica, di telefoni satellitari, di smartphone, di cimici, di cavi, di microfoni e della gente che se ne serve. E se qualcosa in questo romanzo si avvicina alla realtà deve essersi probabilmente trattato di un errore.

Bologna, comunque, è tutt'altro che fantasia. Mi sono concesso il lusso, dovendo scegliere un posto dove nascondere il signor Backman, di lanciare una freccetta su una carta geografica. Un paese valeva l'altro, più o meno; ma io adoro l'Italia e tutto ciò che è italiano, e devo quindi confessarvi che quando ho lanciato quella freccetta non avevo gli occhi bendati.

La mia ricerca (che parola impegnativa) mi ha portato così a Bologna, una deliziosa vecchia città che ho adorato all'istante. Me l'ha fatta visitare il mio amico Luca Patuelli, uno che conosce tutti i cuochi di Bologna – che non sono pochi –, di conseguenza nel corso di questo nostro noioso lavoro sono ingrassato di circa quattro chili e mezzo.

Ringrazio Luca, i suoi amici e la loro città così calda e magica. E ringrazio anche Gene McDade, Mike Moody e Bert Colley.

QUESTO VOLUME È STATO IMPRESSO
NEL MESE DI SETTEMBRE DELL'ANNO 2005
PRESSO MONDADORI PRINTING S.P.A.
STABILIMENTO NSM – CLES (TN)

STAMPATO IN ITALIA – PRINTED IN ITALY